Otra vida

S. J. WATSON

Otra vida

Traducción de
Eduardo Iriarte

Grijalbo

Título original: *Second Life*

Primera edición: octubre, 2015

© 2015, Lola Communications Ltd
© 2015, Penguin Random House Grupo Editorial, S. A. U.
Travessera de Gràcia, 47-49. 08021 Barcelona
© 2015, Eduardo Iriarte Goñi, por la traducción

Printed in Spain – Impreso en España

ISBN: 978-84-253-5194-5
Depósito legal: B-18.737-2015

Compuesto en La Nueva Edimac, S. L.

Impreso en Romanyà Valls, S.A.
Capellades (Barcelona)

GR 5 1 9 4 5

Penguin
Random House
Grupo Editorial

Para Alistair Peacock,
y para Jenny Hill

Si la represión ha sido en efecto un vínculo tradicional entre poder, conocimiento y sexualidad desde la época clásica, es razonable pensar que no nos libraremos de ella a menos que sea a un coste considerable.

MICHEL FOUCAULT

Dios me libre de los pensamientos que los hombres piensan solo para sí mismos.

YEATS

PRIMERA PARTE

1

Subo las escaleras, pero la puerta está cerrada. Titubeo fuera. Ahora que estoy aquí, no quiero entrar. Quiero dar media vuelta, irme a casa. Luego lo intentaré otra vez.

Pero es mi última oportunidad. La exposición lleva semanas abierta y se clausura mañana. Es ahora o nunca.

Cierro los ojos y respiro tan hondo como puedo. Me concentro en llenarme los pulmones, alzo los hombros, noto que la tensión de mi cuerpo se evapora al espirar. Me digo que no hay nada de qué preocuparse, vengo aquí a menudo: a almorzar con amigos, a ver las últimas exposiciones, a conferencias. Esta vez no es distinto. Aquí no hay nada que pueda hacerme daño. No es una trampa.

Por fin estoy preparada. Abro la puerta y entro.

El lugar tiene exactamente el mismo aspecto de siempre —paredes de color hueso, suelo de madera pulida, focos en el techo suspendidos de rieles—, y aunque es temprano ya hay unas cuantas personas merodeando. Las observo unos instantes detenerse delante de las fotografías; unas se mantienen un poco apartadas para verlas mejor, otras asienten en respuesta al comentario murmurado de un acompañante o examinan la hoja impresa que han cogido abajo. Reina una atmósfera de respeto silencioso, de contemplación sosegada. Estas personas verán las fotografías. Les gustarán, o no, y luego volverán a salir, de regreso a su vida, y con toda probabilidad las olvidarán.

Al principio no me permito mirar las paredes más que de soslayo. Hay más o menos una docena de fotos grandes colgadas a intervalos y unas cuantas de formato más pequeño entre ellas. Me digo que podría deambular por aquí, fingir interés por todas, pero hoy solo he venido a ver una fotografía.

Tardo un poco en encontrarla. Está expuesta en la pared más lejana, al fondo de la galería, no del todo en el centro. Se encuentra al lado de otras dos fotos: un retrato de cuerpo entero en color de una joven con un vestido desgarrado, un primer plano de una mujer con los ojos perfilados con kohl fumando un cigarrillo. Incluso a esta distancia resulta impresionante. Es en color, aunque se hizo con luz natural y la paleta de colores contiene sobre todo azules y grises, y ampliada a este tamaño impone. La exposición se titula «Agotados de tanta juerga», y aunque no la miro como es debido hasta que estoy a solo unos pasos, entiendo por qué esta fotografía está en un lugar tan destacado.

No la había contemplado desde hacía más de una década. No como es debido. La había visto, sí —aunque no fue una fotografía especialmente bien aprovechada por aquel entonces, apareció en un par de revistas e incluso en un libro—, pero no la había mirado en todo este tiempo. No de cerca.

Me aproximo en diagonal y examino primero la leyenda. «Julia Plummer —reza—. *Marcus en el espejo*, 1997, copia Cibachrome.» No hay nada más, ningún dato biográfico, y me alegro. Me permito levantar la vista hacia la imagen.

Es de un hombre; aparenta unos veinte años. Está desnudo, retratado de cintura para arriba, mirándose en un espejo. La imagen delante de él está enfocada, pero él no, y el rostro se ve un poco difuminado. Tiene los ojos entornados y la boca ligeramente abierta, como si estuviera a punto de hablar, o de suspirar. La fotografía tiene un aire melancólico, pero lo que no se ve es que, justo hasta el momento antes de la toma, ese chico —Marcus— había estado riéndose. Había pasado la tarde en la cama con su novia, de la que estaba tan enamorado como ella de él. Habían estado leyéndose mutuamente —*Adiós a Berlín*, de Isherwood, o quizá *Gatsby*, que ella había leído y él no— y comiendo helado de la tarrina. Estaban calentitos, estaban contentos, estaban a salvo. En una radio, en su habitación al otro lado del pasillo, sonaba rhythm and blues, y en la foto él tiene la boca entreabierta porque su novia, la mujer que hace la foto, estaba tarareando y él se disponía a unírsele.

En un principio la fotografía había sido diferente. La novia aparecía en la imagen, reflejada en el espejo justo por encima del hombro de él, con la cámara a la altura de los ojos. Estaba desnuda, desenfocada y borrosa. Era un retrato de los dos, en una época en que las fotografías sacadas en espejos eran todavía poco comunes.

Me había gustado la foto así. Casi la prefería. Pero en algún momento —no recuerdo cuándo con exactitud, pero sin duda antes de exponerla por primera vez— cambié de parecer. Decidí que estaba mejor sin mi presencia. Me eliminé de la imagen.

Ahora lo lamento. Fue fraudulento por mi parte, la primera vez que me serví del arte para mentir, y me gustaría decirle a Marcus que lo siento. Todo. Siento haberlo seguido hasta Berlín, y haberlo dejado allí, él solo en esa fotografía, y no haber sido la persona que él creía que era.

Incluso después de tanto tiempo, sigo lamentándolo.

Pasa mucho rato antes de que me aparte de mi fotografía. Ya no hago retratos así. Ahora son familias, los amigos de Connor, sentados con sus padres y hermanos menores, encargos que me hacen a la salida de la escuela. Dinero para gastos menores. No es que tenga nada de malo: pongo todo mi empeño, tengo una reputación, se me da bien. La gente me invita a las fiestas de sus hijos para que haga fotos de los invitados que luego se envían por email como recuerdo; he hecho las fotos de una fiesta infantil organizada a fin de recaudar dinero para el hospital donde trabaja Hugh. Lo disfruto, pero es una destreza técnica; no es lo mismo que hacer retratos como este: no es arte, a falta de un término mejor, y a veces echo en falta la creación artística. Me pregunto si aún podría, si todavía tengo ojo, instinto para saber exactamente cuándo activar el obturador. El momento decisivo. Hace mucho tiempo que no lo intento de veras.

Hugh cree que debería retomarlo. Ahora Connor es mayor, está empezando a vivir su propia vida. Como tuvo unos comienzos tan difíciles, los dos nos dedicamos en cuerpo y alma a cuidarlo, pero ya no nos necesita tanto como antes. Ahora tengo más tiempo para mí.

Miro de pasada otras fotografías en las paredes. Tal vez lo haga, pronto. Podría concentrarme un poco más en mi carrera y seguir cuidando de Connor. Es posible.

Voy a la planta baja a esperar a Adrienne. En un principio quería venir conmigo para ver la exposición, pero le dije que no, quería ver la foto a solas. No le importó.

«Nos vemos en la cafetería —dijo—. Igual podemos comer algo.»

Ha llegado temprano y está sentada junto al ventanal con una copa de vino blanco. Se levanta al ver que me acerco y nos abrazamos. Ya está hablando cuando tomamos asiento.

—¿Qué tal ha ido?

Acerco la silla a la mesa.

—Un poco raro, la verdad. —Adrienne ha pedido un botellín de agua con gas para mí y me sirvo un vaso—. Ya no tengo la sensación de que esa foto sea mía.

Asiente. Sabe la ansiedad que me producía venir.

—Hay algunas fotos interesantes. ¿Subirás a echarles un vistazo? ¿Luego?

Levanta la copa de vino.

—Puede.

Sé que no lo hará, pero no me ofendo. Ya ha visto mi fotografía en otras ocasiones y las demás le traen sin cuidado.

—Salud —dice. Bebemos—. ¿No has traído a Connor?

Niego con la cabeza.

—Habría sido muy raro. —Me río—. De todos modos, está muy ocupado.

—¿Por ahí con sus amigos?

—No. Hugh se lo ha llevado a nadar. Han ido a Ironmonger Row.

Sonríe. Connor es su ahijado, y conoce a mi marido casi desde hace tanto como yo.

—¿A nadar?

—Es una novedad. Idea de Hugh. Ha caído en la cuenta de que el año que viene cumplirá cincuenta y le ha entrado miedo. Intenta ponerse en forma. —Hago una pausa—. ¿Has tenido noticias de Kate?

Bajo la mirada hacia el vaso. No tenía intención de plantearle la pregunta, no tan pronto, pero ha saltado la liebre. No sé qué respuesta prefiero oír. Sí o no.

Toma un sorbo de vino.

—Hace tiempo que no. ¿Y tú?

—Hará unas tres semanas.

—¿Y…?

Me encojo de hombros.

—Lo de siempre.

—¿En plena noche?

—Sí.

Suspiro. Me remonto a la última llamada de mi hermana. A las dos de la madrugada, para ella incluso más tarde, allá en París. Parecía fuera de sí. Supuse que estaba borracha. Quiere recuperar a Connor. No sabe por qué no le permito que viva con ella. No es justo y, por cierto, ella no es la única convencida de que Hugh y yo nos estamos comportando de una manera egoísta e imposible.

—Vino a decir lo de siempre.

—Igual tienes que hablar con ella. Otra vez, quiero decir. Cuando no esté tan…

—¿Furiosa? —Sonrío—. Sabes tan bien como yo que probablemente no serviría de nada y, de todos modos, no consigo localizarla. No responde al móvil, y si llamo al fijo contesta su compañera de piso, que no me cuenta nada. No, lo ha decidido. De pronto, después de tanto tiempo, lo único que quiere en la vida es cuidar de Connor. Y cree que Hugh y yo se lo impedimos por motivos egoístas. No se ha parado a pensar ni un instante qué siente Connor, qué quiere. Desde luego, a él no se lo ha preguntado. Una vez más, todo gira en torno a ella.

Guardo silencio. Adrienne ya sabe lo demás; no es necesario que siga. Conoce los motivos por los que Hugh y yo adoptamos al hijo de mi hermana, sabe que durante todos estos años Kate ha estado satisfecha con la situación. Lo que no sabemos ninguna de las dos es por qué eso ha cambiado.

—¿Hablarás tú con ella? —digo.

Respira hondo, cierra los ojos. Por un momento creo que va a decirme que tengo que apañármelas yo, que no puedo acudir a ella cada vez que discuto con mi hermana; eso es lo que solía decirme mi padre. Pero no lo hace, se limita a sonreír.

—Lo intentaré.

Pedimos el almuerzo y comemos. Hablamos de nuestras amigas comunes —me pregunta si he visto a Fatima recientemente, si sabía que Ali tiene un trabajo nuevo, se pregunta si tengo intención de ir a la fiesta que celebra Dee este fin de semana— y luego dice que ya es hora de que se vaya, tiene una reunión. Le digo que nos daremos un toque el sábado.

No puedo resistirme a pasar por la tienda de regalos camino

de la salida. Querían poner mi fotografía de Marcus en la portada del catálogo, pero no contesté a su email y en cambio hay una foto de un chico de aspecto andrógino chupando una piruleta. Tampoco respondí a las solicitudes de entrevistas, aunque eso no impidió que una revista —*Time Out*, me parece— publicase un artículo sobre mí. Decía que yo era «retraída» y que mi fotografía era una de las más interesantes de la exposición, un «retrato íntimo», «tan conmovedor como frágil». Y una mierda, sentí deseos de contestarles, pero no lo hice. Si les gusta lo de «retraída», pues ya se lo daré yo.

Vuelvo a mirar al chico de la piruleta. Me recuerda a Frosty, y hojeo el libro antes de pasar a las postales dispuestas en el tarjetero. Por lo general compro unas cuantas, pero hoy solo me quedo una, *Marcus en el espejo*. Por un instante siento deseos de decirle a la cajera que es mía, que la saqué para mí y que, aunque he hecho todo lo posible por eludirla durante años, me alegra que la incluyeran en la exposición y haber tenido ocasión de reconocerla como mía de nuevo.

Pero no lo hago. No digo nada, solo murmuro: «Gracias», meto la tarjeta en el bolso y salgo de la galería. Pese al frío de febrero, recorro la mayor parte del camino a casa andando —por Covent Garden y Holborn, Theobald's Road abajo en dirección a Gray's Inn Road— y al principio no puedo pensar en otra cosa que no sea Marcus y el tiempo que pasamos en Berlín hace tantos años. Pero para cuando llego a Roseberry Avenue me las he ingeniado para dejar atrás el pasado y en cambio estoy pensando en lo que ocurre aquí, ahora. Estoy pensando en mi hermana, y esperando contra toda esperanza que Adrienne consiga hacerle entrar en razón, aunque sé que no podrá. Voy a tener que hablar con Kate yo misma. Me mostraré firme, pero amable. Le recordaré que la quiero y deseo que sea feliz, pero también le diré que Connor tiene casi catorce años, que Hugh y yo nos hemos afanado en ofrecerle una vida estable y es importante que no se desbarate. Mi prioridad tiene que ser hacerle entender que lo mejor es que las cosas sigan como están. Por primera vez me atrevo a plantearme que probablemente Hugh y yo deberíamos consultar con un abogado.

Doblo la esquina de nuestra calle. Hay un coche de policía aparcado unas casas más allá, pero es nuestra puerta principal la que está abierta. Echo a correr; mi mente lo destierra todo salvo la necesidad de ver a mi hijo. No paro hasta que estoy en casa, en la cocina, y veo a Hugh, delante de mí, hablando con una mujer de uniforme. Me fijo en la toalla y el bañador de Connor, puestos a secar en el radiador, y entonces Hugh y la agente se vuelven para mirarme. Ella luce una expresión de neutralidad perfecta y estudiada, y sé que es el semblante que adopta Hugh cuando tiene que dar malas noticias. El pecho me oprime, me oigo gritar, como en un sueño. «¿Dónde está Connor? —digo—. ¡Hugh! ¿Dónde está nuestro hijo?» Pero no responde. Hugh es lo único que veo en toda la habitación. Tiene los ojos muy abiertos; salta a la vista que ha ocurrido algo terrible, algo indescriptible. «¡Dímelo!», quiero gritar, pero no lo hago. No me puedo mover; mis labios no forman palabras. Mi boca se abre, luego se cierra. Trago saliva. Estoy bajo el agua, no puedo respirar. Veo que Hugh se me acerca; quiero zafarme cuando me agarra el brazo, entonces recupero la voz. «¡Dímelo!», digo, una y otra vez, y un momento después abre la boca y habla.

—No es Connor —dice, pero apenas me da tiempo a reparar en la sensación de alivio que me inunda la sangre antes de que añada—: Lo siento, cariño. Es Kate.

2

Estoy sentada a la mesa de la cocina. No sé cómo he llegado ahí. Estamos solos; la agente de policía se ha ido después de cumplir con su trabajo. Hace frío en la habitación. Hugh tiene mi mano cogida.

—¿Cuándo? —digo.

—Anoche.

Tengo delante una taza de té endulzado y la miro humear. No tiene nada que ver conmigo. No entiendo qué hace ahí. No puedo pensar más que en mi hermana pequeña, tirada en una callejuela parisina, empapada de lluvia y sola.

—¿Anoche?

—Eso han dicho.

Habla en voz suave. Sabe que solo recordaré una fracción de lo que me diga.

—¿Qué hacía allí?

—No lo saben. Igual había tomado un atajo.

—¿Un atajo?

Intento imaginarlo. Kate, de regreso a casa. Borracha, probablemente. Decidida a acortar unos minutos el trayecto.

—¿Qué ocurrió?

—Creen que acababa de salir de un bar. La agredieron.

Lo recuerdo. La agente había hablado de un atraco, aunque aún no saben si le robaron algo. Luego había apartado la mirada de mí. Había bajado la vista y la voz, y se había vuelto hacia Hugh, pero la oí: «No parece que la violaran».

Algo en mi interior se derrumba al pensar en ello. Me pliego hacia dentro; me vuelvo pequeña, diminuta. Tengo once años, Kate tiene cuatro, y tengo que decirle que esta vez nuestra madre no va a volver del hospital. Nuestro padre cree que soy lo bastante adulta para hablar con ella, él no es capaz de afrontarlo, esta vez no, es mi tarea. Kate llora, aunque no estoy segura de que entienda lo que le he dicho, y yo la abrazo. «No nos pasará nada», le digo, aunque parte de mí ya sabe lo que ocurrirá. Nuestro padre no podrá apañárselas, sus amigos no serán de ninguna ayuda. Estamos solas. Pero eso no se lo puedo decir, tengo que ser fuerte por Kate. Por mi hermana. «Tú y yo —le digo—. Te lo prometo. Cuidaré de ti. Siempre.»

Pero no lo hice, ¿verdad? Me largué a Berlín. Me quedé con su hijo. La dejé morir.

—¿Qué ocurrió? —repito.

Hugh se muestra paciente.

—Cariño, no lo sabemos. Pero están haciendo todo lo que está en su mano para averiguarlo.

Al principio pensé que sería mejor para Connor mantenerse al margen del funeral de Kate. Era muy pequeño, no lo superaría. Hugh no estuvo de acuerdo. Me recordó que nuestro padre no nos dejó a Kate y a mí asistir al de nuestra madre y le guardé rencor por ello el resto de su vida.

Tuve que reconocer que llevaba razón, pero fue la terapeuta la que decidió sobre el asunto. «No se le puede proteger —dijo—. Tiene que lidiar con la pena.» Vaciló. Estábamos sentados en su despacho, los dos. Ella tenía las manos entrelazadas encima del escritorio, delante de ella. Yo miraba las marcas de sus manos, minúsculas abrasiones. Me pregunté si se dedicaría a la jardinería. La imaginé, de rodillas junto a los arriates de flores con una podadera, cortando los capullos de rosa marchitos. Una vida a la que puede volver cuando esto haya terminado. A diferencia de nosotros.

—¿Julia?

Levanté la vista. Me había perdido algo.

—Y él, ¿quiere ir?

Cuando regresamos a casa se lo pregunté. Lo pensó un rato y luego dijo que le gustaría, sí.

Le compramos un traje, corbata negra, una camisa nueva. Parece mucho mayor, con eso puesto, y camina entre Hugh y yo rumbo al crematorio.

—¿Estás bien? —le pregunto una vez nos hemos sentado.

Asiente, pero no dice nada. Da la sensación de que el lugar está empapado de dolor, pero la mayoría de la gente guarda silencio. Están conmocionados. La muerte de Kate fue violenta, sin sentido, incomprensible. Cada cual se ha retirado al interior de sí mismo, en busca de protección.

Sin embargo, no lloro, y tampoco llora Connor, ni su padre. Solo Hugh ha mirado el interior del ataúd. Paso el brazo por los hombros de nuestro hijo.

—No pasa nada —digo.

La gente sigue entrando a nuestra espalda y toma asiento. Se les oye moverse, las voces suenan quedas. Cierro los ojos. Pienso en Kate, en nuestra infancia. Las cosas eran sencillas en aquel entonces, aunque con eso no quiero decir que fueran fáciles. Después de morir nuestra madre, nuestro padre comenzó a empinar el codo. Sus amigos —sobre todo artistas, pintores, gente de la farándula— empezaron a pasar cada vez más tiempo con nosotros, y vimos cómo nuestra casa se convertía en el escenario de una especie de fiesta continua que renqueaba y vacilaba pero nunca se detenía del todo. Cada pocos días llegaba gente nueva cuando otros se iban; traían más botellas y más tabaco, había más música, a veces droga. Ahora veo que todo aquello formaba parte del duelo de nuestro padre, pero por entonces parecía algo así como que celebraba su libertad, una juerga que duró una década entera. Kate y yo sentíamos como si fuéramos ingratos recordatorios de su pasado, y aunque él mantenía la droga fuera de nuestro alcance y nos decía que nos quería, no tenía inclinaciones paternales ni era capaz de ser un padre como es debido, así que recayó en mí el cuidar de ambas. Preparaba las comidas, ponía un poquito de pasta en el cepillo de dientes de Kate y se lo dejaba a la vista antes de acostarnos, le leía cuando se despertaba llorando y me aseguraba de que hiciera los deberes y estuviera preparada para ir al colegio todos los días. La abrazaba y le decía que papá nos quería y que todo iría bien. Descubrí que adoraba a mi hermana, y pese a los años que nos llevábamos, llegamos a estar tan unidas como si fuéramos gemelas, el vínculo entre nosotras era casi físico.

Sin embargo, está ahí, en esa caja, y yo estoy aquí, delante de ella, incapaz de llorar siquiera. Resulta increíble y, en algún momento, sé que la dejé en la estacada.

Alguien me toca el hombro. Me doy la vuelta. Es una desconocida, una mujer.

—Solo quería saludar —dice. Se presenta como Anna. Me cuesta un momento ubicarla; es la compañera de piso de Kate, le pedimos que leyera algo—. Quería decirte lo mucho que lo siento.

Está llorando, pero hay ahí una especie de estoicismo. Resiliencia.

—Gracias —respondo, y un instante después abre el bolso sobre el regazo. Me tiende una hoja de papel.

—El poema que he escogido..., ¿te parece bien?

Le echo un vistazo, aunque ya lo he leído en la tarjeta del funeral. «Para los furiosos —comienza—, me embaucaron, pero para los dichosos, estoy en paz.» Me había parecido una elección curiosa teniendo en cuenta que la ira es la única respuesta posible, pero no digo nada. Le devuelvo la hoja.

—Es estupendo. Gracias.

—Pensé que a Kate le habría gustado.

Le digo que seguro que sí. Le tiemblan las manos y, aunque no tiene mucho que recitar, me pregunto cómo va a lograrlo.

Lo consigue, al cabo. Aunque afectada, recurre a una reserva interior de fortaleza y sus palabras resuenan claras y firmes. Connor la mira, y le veo enjugarse una lágrima con el dorso de la mano. Hugh también está llorando, y me digo que estoy siendo fuerte por los dos, tengo que contenerme, no puedo dejar que vean que me desmorono. Aun así, no puedo evitar preguntarme si me estoy engañando y si en realidad no soy capaz de sentir ni rastro de dolor.

Después me acerco a Anna.

—Ha sido perfecto —digo.

Estamos delante de la capilla. Connor parece visiblemente aliviado de que haya concluido.

Anna sonríe. Pienso en las llamadas de Kate a lo largo de las últimas semanas y me pregunto qué piensa Anna de mí, qué le había contado mi hermana.

—Gracias —responde.

—Te presento a mi marido, Hugh. Y esta es mi queridísima amiga, Adrienne.

Anna se vuelve hacia mi hijo.

—Y tú debes de ser Connor, ¿no? —dice.

Él asiente. Tiende la mano para que ella se la estreche y por un momento vuelve a sorprenderme lo mayor que parece.

—Encantado de conocerte —saluda.

Se le ve perdido por completo, no sabe muy bien cómo comportarse. El chico despreocupado de hace solo unas semanas, el chico que entraba corriendo en casa, seguido por tres o cuatro amigos, para coger el balón o la bici, parece haberse esfumado de repente. El chico que se pasaba horas con el cuaderno de dibujo y unos lápices ha desaparecido. Me digo que es temporal, mi pequeño volverá, pero me pregunto si es verdad.

Seguimos hablando un rato, pero entonces Hugh debe de percibir el malestar de Connor y apunta que ellos van a ir tirando hacia los coches. Adrienne dice que les acompaña, y Hugh se vuelve hacia Anna.

—Gracias por todo —se despide, y le estrecha la mano de nuevo; luego pasa el brazo alrededor de los hombros de Connor—. Vamos, cariño —dice, y se alejan los tres.

—Parece buen chico —comenta Anna cuando ya no pueden oírnos. El viento ha arreciado; no tardará en llover. Se retira un mechón de pelo de la boca.

—Lo es —digo.

—¿Qué tal lo lleva?

—Me parece que aún no lo ha asimilado.

Nos damos la vuelta y vamos hacia las flores que han dispuesto en el patio a la salida de la capilla.

—Tiene que ser muy duro para él.

Me pregunto qué sabe de Connor. Mi hermana y ella eran viejas amigas; Kate me contó que se conocían de la escuela, aunque solo vagamente, a través de terceros. Hace unos años volvieron a ponerse en contacto por facebook y enseguida cayeron en la cuenta de que las dos se habían trasladado a París. Quedaron para tomar unas copas, y unos meses después la compañera de piso de Anna dejó el apartamento y Kate se mudó allí. Yo me alegré; a mi hermana no siempre le había resultado fácil mantener las amistades. Debían de haber hablado mucho, sin embargo Kate podía ser reservada, e imagino que no debía de serle fácil sacar a colación el doloroso tema de Connor.

—Está bien —digo—. Me parece.

Hemos llegado hasta la fachada sudoeste del crematorio, con las coronas, los crisantemos blancos y las rosas, los ramos de lirios blancos con tarjetas escritas. Me inclino para leerlas, sin acabar de entender todavía por qué encuentro el nombre de Kate por todas partes. Justo en ese momento el sol se abre paso entre las nubes y por unos brevísimos instantes nos ilumina su fulgor.

—Apuesto a que es de lo más travieso —dice Anna, y me incorporo.

26

Connor es un buen chico, no da ningún problema. Decidimos contarle la verdad acerca de su pasado en cuanto tuvo edad suficiente para entenderlo.

—Qué va —replico—. De momento…

—¿Se lleva bien con su padre?

—Muy bien.

No le aclaro que lo que me preocupa es cómo se lleva conmigo. Procuro ser tan buena madre como puedo, pero a veces no me resulta nada fácil. Desde luego no tan fácil como le resulta la paternidad a Hugh.

Recuerdo que una vez hablé de ello con Adrienne. Hugh estaba ocupado con el trabajo, y Connor y yo nos fuimos de vacaciones con sus gemelos. Adrienne había estado increíble, todo el día, con los tres niños. Eran mucho más pequeños, cogían rabietas, Connor se quejaba por cualquier cosa y no quería comer. Yo no era capaz de estar a la altura, y me sentía mal. «Me preocupa que se deba a que no es hijo mío», le dije una vez que los niños se habían acostado y ella estaba sentada con una copa de vino y yo con un refresco. «¿Sabes?» Me dijo que estaba siendo muy dura conmigo misma. «Sí que es tuyo. Eres su madre. Y eres una buena madre. Tienes que recordar que cada cual es distinto, y tu madre no estaba ahí para darte ejemplo. A nadie le resulta fácil.»

«Es posible», respondí. No pude evitar preguntarme qué habría dicho Kate.

—Eso es bueno —dice Anna ahora, y sonrío.

—Sí —aseguro—. Somos muy afortunados de tenerlo.

Seguimos mirando las flores. Hablamos de cosas intrascendentes, eludiendo el tema de Kate. Tras varios minutos regresamos camino del aparcamiento. Adrienne me hace señas con la mano y le digo a Anna que más vale que vaya.

—Me alegro de haberte conocido —digo.

Se vuelve y toma mis manos entre las suyas. Su pena ha aflorado de nuevo y se ha puesto a llorar.

—La echo de menos —dice sencillamente.

Le sujeto las manos. Yo también quiero llorar, pero no lo hago. El entumecimiento lo impregna todo. Adrienne coincide: «No hay una manera adecuada de llorar a Kate», asegura. No he contado a ningún otro de mis amigos cómo me siento por si creen que el asesinato de mi hermana me trae sin cuidado. Me siento fatal.

—Lo sé —afirmo—. Yo también la echo de menos.

Levanta la mirada. Quiere decir algo. Las palabras salen de manera atropellada.

—¿Podemos seguir en contacto? Bueno, me gustaría. Si no tienes inconveniente. Podrías venir a visitarme a París, o podría venir a verte. Bueno, solo si quieres, supongo que estás muy ocupada…

—Anna, por favor. —Le pongo la mano en el brazo para que calle.

¿Ocupada en qué?, pienso. Tenía unos cuantos encargos en la agenda —una pareja quería fotos suyas con su hijo de ocho semanas, la madre de un amigo de Connor quería que retratase a la familia con su perro labrador—, pero los he anulado. Ahora mismo no hago otra cosa que existir, pensar en Kate, preguntarme si de veras puede ser coincidencia que el día que fui a ver la fotografía de Marcus también fue el día que se cobró su vida.

Me las arreglo para sonreír. No quiero parecer grosera.

—Me encantaría.

3

Hugh está desayunando. Muesli. Le veo echar leche al café y añadir media cucharada de azúcar.

—¿Seguro que no es demasiado pronto?

Pero por eso precisamente quiero ir, pienso. Porque han transcurrido dos meses y, según mi marido, sigo negándome a aceptarlo. Tengo que convertirlo en algo real.

—Quiero ir. Quiero ver a Anna. Quiero hablar con ella.

Al decirlo caigo en la cuenta de lo mucho que supone para mí. Anna y yo nos llevamos bien. Se muestra cariñosa, divertida. Comprensiva. No parece que juzgue. Y tenía una relación más cercana con Kate que cualquiera de nosotros —más cercana que yo, más cercana que Hugh o Adrienne—, así que es Anna quien puede ayudarme, de una manera que no está al alcance de otros amigos míos. Y tal vez yo también pueda ayudarla a ella.

—Creo que me vendrá bien.

—Pero ¿qué esperas conseguir?

Hago una pausa. Quizá una parte de mí también quiere asegurarse de que no piensa mal de Hugh y de mí por habernos quedado con Connor a nuestro lado.

—No lo sé. Sencillamente siento que tengo que hacerlo.

Guarda silencio. Hace nueve semanas, me parece. Nueve semanas y aún no he llorado. No como es debido. Vuelvo a pensar en la postal que sigue en mi bolso, donde la metí el día que murió Kate. *Marcus en el espejo.*

—Kate murió. Tengo que afrontarlo. —Sea lo que sea eso. Apura el café.

—No estoy convencido, pero... —Su voz se torna más suave—. Si estás segura, deberías ir.

Cuando me apeo del tren, me siento nerviosa, pero Anna me está esperando al final del andén. Lleva un vestido de color limón pálido y el sol que entra por los altos ventanales la ilumina. Parece más joven de lo que recordaba, y posee una belleza sencilla y discreta que no había apreciado en el funeral. Tiene un rostro que en otros tiempos hubiera querido fotografiar; es cálido y franco. Sonríe al verme, y me pregunto si ya está despojándose de su tristeza, mientras que la mía apenas empieza a cuajar.

Saluda con la mano cuando me acerco.

—¡Julia! —Echa a correr para encontrarse conmigo. Nos besamos en las mejillas y nos abrazamos unos instantes—. ¡Muchas gracias por venir! Cómo me alegro de verte...

—Yo también —digo.

—Debes de estar agotada. Vamos a tomar algo.

Entramos en una cafetería, no muy lejos de la estación. Pide café para las dos.

—¿Hay alguna novedad?

Suspiro. ¿Qué puedo decir? Ya está al tanto de la mayor parte. La policía no ha avanzado mucho; Kate había estado bebiendo en un bar la noche que fue agredida, al parecer sola. Varias personas recuerdan haberla visto; parecía animada, estuvo charlando con el camarero. Su registro de llamadas no ha servido de nada, y no hay duda de que se marchó sola. Es irracional, pero no puedo quitarme de encima la idea de que soy responsable de lo que ocurrió.

—La verdad es que no.

—Lo siento. ¿Cómo lo llevas?

—Sigo pensando en ella. En Kate. A veces es como si no

hubiera ocurrido nada. Me parece que podría coger el teléfono y llamarla y todo estaría bien.

—No acabas de aceptarlo. Es normal. Al fin y al cabo, tampoco hace tanto tiempo.

Suspiro. No quiero decirle hasta qué punto me he obsesionado, que he estado marcando su número una y otra vez solo para oír un mensaje pregrabado en francés en el que se me informa de que ese número no existe. No quiero que sepa que le compré a Kate una postal, que escribí un mensaje y que cerré el sobre, luego lo escondí en el escritorio debajo de un montón de papeles. No quiero reconocer que lo peor, lo más difícil, es que una pequeña parte de mí, una parte que detesto pero no puedo negar, se alegra de que ya no esté, porque al menos sé que no va a llamarme en plena noche para exigirme que le devuelva a su hijo.

—Dos meses —digo—. Hugh asegura que eso no es nada.

Sonríe con tristeza, pero no dice nada. En cierto modo me quita un peso de encima; nadie puede decir nada que sirva de ayuda, todo es irrelevante. A veces el silencio es lo mejor, y la admiro por afrontarlo.

—Y tú, ¿qué tal? —preguntó.

—Bueno, ya sabes. Estoy muy ocupada con el trabajo, y eso va bien.

Recuerdo que es abogada, trabaja para una empresa farmacéutica, aunque no me ha dicho cuál. Espero a que me cuente algo más, pero no lo hace.

—¿Cómo está Connor? —se interesa.

Parece preocupada de veras; no puedo creer que hubo un tiempo en que se me pasó por la cabeza que era ella la que intentaba ayudar a mi hermana a recuperarlo.

—Está bien. Supongo…

Llegan los cafés. Dos expresos, un sobre de azúcar en cada platillo, una chocolatina envuelta en papel de aluminio.

—De hecho, no estoy segura de que lo esté. Bien, quiero

decir. Parece enfadado todo el rato, da portazos sin motivo, y sé que llora mucho. Lo oigo, aunque él lo niega.

No me contesta. Parte de mí quiere decirle que me preocupa perder a mi hijo. Durante muchos años hemos estado muy unidos, más como amigos que como madre e hijo. Le he animado con el arte, lo he llevado por ahí a dibujar. Siempre ha acudido a mí cuando estaba disgustado, tanto como ha acudido a Hugh. Siempre me lo ha contado todo. Entonces ¿por qué cree ahora que tiene que sufrir a solas?

—Me pregunta una y otra vez si ya han cogido a alguien.

—Es comprensible —dice—. Es joven. Ha perdido a una tía.

Vacilo. Lo sabía, ¿no?

—¿Sabes que Kate era la madre de Connor?

Asiente.

—¿Qué te contó?

—Todo, me parece. Sé que te llevaste a Connor cuando era una criatura.

Se me tensa la garganta, una reacción defensiva. Es esa expresión. «Te llevaste.» Noto el mismo espasmo familiar de irritación —la historia reescrita, la verdad enterrada— e intento sofocarlo tragando saliva.

—No nos lo llevamos exactamente. Por aquel entonces, Kate quiso que lo acogiéramos.

Aunque más adelante cambió de parecer, pienso. Me pregunto cuál pasó a ser la versión de Kate. Imagino que les contó a sus amigos que nos abalanzamos sobre ella, que le arrebatamos a Connor cuando se las estaba arreglando perfectamente, que solo queríamos a su hijo porque no podíamos tener uno propio.

Una vez más borbotea esa diminuta parte de mí a la que la alivia que ya no esté. No lo puedo evitar, aunque hace que me sienta de pena. Connor es mío.

—Fue complicado. Yo la quería. Pero Kate podía tener una sensación muy distorsionada de hasta qué punto era capaz de hacer frente a su situación. —Anna sonríe, como para infundirme confianza. Continúo—: Sé que no le resultó fácil. Renunciar a él, quiero decir. Era muy joven cuando él nació. Apenas era una niña, en realidad. Dieciséis años. Solo un poco mayor que Connor ahora.

Miro la taza de café. Recuerdo el día en que nació Connor. Solo hacía unos meses que había regresado de Berlín, y había asistido a una reunión. Estaba de nuevo en el programa, y me alegraba. Las cosas iban bien. Cuando llegué a casa, Hugh había hecho el equipaje para una noche.

—¿Adónde vamos? —dije, y me lo contó.

Kate estaba en el hospital. De parto.

—He llamado a tu padre —añadió—. Pero no contesta.

No podía procesar lo que oía, pero al mismo tiempo parte de mí sabía que era verdad.

—¿De parto? —pregunté—. Pero…

—Eso han dicho.

Pero tiene dieciséis años, sentí deseos de decir. No tiene trabajo. Vive en casa, se supone que nuestro padre la cuida.

—No puede ser.

—Bueno, por lo visto sí. Tenemos que ir.

Para cuando llegamos, Connor ya había nacido.

—No te enfades —me advirtió Hugh antes de entrar—. Necesita nuestro apoyo.

Estaba recostada en la cama, con él en brazos. Me lo pasó en cuanto entramos, y el amor que sentí por él fue instantáneo y pasmoso en su intensidad. No podría haberme enfadado con ella por mucho que hubiera querido.

—Es precioso —dije.

Kate cerró los ojos, de pronto agotada, y desvió la mirada.

Luego hablamos de lo ocurrido. Aseguró que ni siquiera sabía que estaba embarazada. Hugh dijo que no era algo tan insólito.

—Sobre todo entre las adolescentes —explicó—. Puede que las hormonas aún no se les hayan estabilizado, y entonces los períodos son irregulares. Quizá sea sorprendente, pero ocurre.

Intenté imaginarlo. Era posible, supongo; Kate era una chica rolliza, enfrentada a un cuerpo que ahora le resultaba extraño. Podía haber pasado por alto el hecho de que llevaba una criatura dentro.

—Intentó salir adelante —le explico ahora a Anna—. Durante un par de años. Pero...

Me encojo de hombros. No tenía nada. Para cuando Connor cumplió los tres años se lo había llevado a Bristol —sin decirle a nadie por qué— y vivía en una diminuta habitación amueblada con baño compartido y sin cocina. Tenía un quemador eléctrico enchufado junto al lavabo y un hervidor de viaje en precario equilibrio sobre una palangana vuelta del revés. La única vez que fui a verla, olía a orina y pañales sucios, y Kate estaba en la cama mientras su hijo permanecía atado a un asiento de coche en el suelo, desnudo y hambriento.

Levanto la vista hacia Anna.

—Me pidió que me lo quedase. Solo unos meses. Hasta que se recuperara. Adoraba a Connor, pero no podía cuidarlo. Nuestra madre ya no estaba, claro, y nuestro padre no tenía el menor interés. Seis meses se convirtieron en un año, y luego en dos. Ya sabes lo que es eso. Connor necesitaba estabilidad. Cuando tenía unos cinco años decidimos, entre todos, que sería mejor que lo adoptásemos formalmente.

Asiente.

—¿No intentasteis poneros en contacto con el padre?

—Fue todo un tanto lioso. Kate nunca nos dijo quién era. —Hay una pausa. Siento un bochorno tremendo, por Kate, además de tristeza por Connor—. En realidad me parece que no lo sabía.

—O igual no quería ayuda de una persona como él...

—No. —Miro el tráfico por la ventana, los taxis, las bicis que pasan. La atmósfera es densa. Quiero despejarla—. Pero

34

ahora tiene a Hugh. Están increíblemente unidos. De hecho, son muy similares.

Lo digo en una especie de arrebato. Es irónico, pienso. Hugh es el único con el que no tiene parentesco de sangre y, sin embargo, es a él a quien Connor admira.

—El caso —dice Anna— es que Kate siempre decía que, aunque fue muy doloroso, se quitó un peso de encima cuando os ofrecisteis a cuidar de Connor. Decía que, en cierto modo, le salvasteis la vida.

Me pregunto si solo intenta que me sienta mejor.

—¿Eso decía?

—Sí. Decía que de no ser por Hugh y tú, habría tenido que volver a vivir con vuestro padre…

Pone los ojos en blanco, cree que es una broma. Guardo silencio. No sé si estoy preparada para permitirle acceder a la historia de la familia. No hasta ese punto, no todavía. Se percata de mi incomodidad y alarga el brazo por encima de la mesa para cogerme la mano.

—Kate te quería, ¿sabes?

Noto que me inunda el alivio, pero luego lo sustituye una tristeza tan profunda que es física, un latido en mi interior. Me miro la mano, en la de Anna, y pienso en cómo sostuve la de Kate en la mía. Cuando era una criatura tomaba cada dedo diminuto y me maravillaba de su delicadeza, su perfección. Nació antes de tiempo, tan frágil y, aun así, tan llena de energía y deseos de vivir. Yo aún no tenía siete años, pero ya sentía un amor feroz por mi hermana.

Y sin embargo no fue suficiente para salvarla.

—¿Eso dijo?

Anna asiente.

—Lo decía a menudo.

—Ojalá me lo hubiera dicho cuando estaba viva. Pero supongo que no habría sido propio de ella, ¿verdad?

Sonríe.

—No… —reconoce, entre risas—. Nunca. No era su estilo.

Terminamos los cafés y tomamos el metro a rue Saint-Maur. Caminamos hasta el apartamento de Anna. Vive en una finca antigua, encima de una lavandería. Hay una entrada común y Anna prueba con el pomo antes de introducir la llave en la cerradura de la entrada.

—La mitad de las veces está estropeada —comenta.

Subimos al primer piso. Hay un escritorio en el rellano, sembrado de correo, y abre uno de los cajones para palpar debajo.

—Aquí hay una llave de reserva —dice—. Fue idea de Kate. Siempre olvidaba las llaves. A mi novio también le viene bien, si llega antes que yo.

Así que hay un novio, pienso, pero no hago preguntas. Como con cualquier nueva amistad, son esos los detalles que iré descubriendo poco a poco. Entramos y me coge el bolso para dejarlo junto a la puerta.

—¿De verdad no quieres quedarte aquí? —dice, pero le aseguro que no pasa nada, me alojaré en el hotel que he reservado, a pocas calles de aquí.

Hemos hablado de ello; estaría en la habitación de Kate, rodeada de sus cosas. Es demasiado pronto.

—Tomamos algo y luego puedes registrarte en el hotel cuando vayamos a cenar. Conozco un sitio estupendo. Bueno, pasa…

Es un piso bonito, grande, con techos altos y ventanas hasta el suelo. El mobiliario del salón es de buen gusto, aunque un poco soso. Hay pósters enmarcados en las paredes, el Folies Bergère, el Chat Noir; los carteles que escogería cualquiera deprisa y corriendo. No se ha puesto demasiado cariño en la decoración.

—¿Tienes este piso alquilado? —Asiente—. Es muy bonito.

—No está mal para una temporada. ¿Quieres tomar algo? ¿Vino? O igual tengo cerveza.

Así que hay cosas que Kate no le ha contado.

—¿Tienes zumo? ¿O agua?

—Claro.

La sigo a la cocina. Está al fondo del piso, limpia y ordenada —a diferencia de la mía cuando me he marchado esta mañana—, pero aun así Anna se disculpa. Guarda enseguida un pan de molde en rebanadas que había quedado a la vista y un tarro de crema de cacahuete. Río y me acerco a la ventana.

—Vivo con un adolescente. Esto no es nada.

Pienso en mi familia. Me pregunto cómo lo llevará Hugh con Connor. Ha dicho que irían a dar una vuelta esta noche, al cine, o tal vez jugarían al ajedrez. Pedirán comida a domicilio, o quizá salgan a cenar. Sé que tendría que llamarles, pero ahora mismo es un alivio no tener que pensar más que en mí misma.

Anna sonríe abiertamente y me tiende un vaso de zumo de manzana.

—¿Seguro que no quieres nada más?

—No, gracias.

Saca una botella de vino del frigorífico.

—¿No te tienta? ¡Última oportunidad!

Sonrío, le contesto que estoy bien. Podría decirle que no bebo, pero no quiero. Podría plantear preguntas, y no me apetece hablar de eso. No ahora mismo. No quiero que me juzguen.

Anna se sienta enfrente de mí y levanta la copa.

—Por Kate.

—Por Kate —brindo.

Tomo un sorbo de zumo. Noto por un brevísimo instante el deseo de que mi copa también estuviera llena de vino, y luego, como cada vez que ocurre, dejo que la sensación pase.

—¿Quieres ver su cuarto?

Dudo. No quiero, pero no hay manera de evitarlo. Es una de las cosas que he venido a hacer. Afrontar la realidad de su vida, y por lo tanto también de su muerte.

—Sí —digo—. Vamos.

No está tan mal como pensaba. Hay una ventana que da a

un pequeño balcón, una cama de matrimonio con colcha de color crema, un reproductor de CD en el tocador al lado de los perfumes. Está ordenado; todo está pulcramente dispuesto. No es en absoluto como había imaginado que vivía Kate.

—La policía ha registrado la habitación —dice Anna—. Dejaron las cosas más o menos como las encontraron.

La policía. Los imagino espolvoreándolo todo en busca de huellas, recogiendo sus cosas, catalogando su vida. Noto la piel candente, una sacudida en forma de un millar de diminutas detonaciones. Es la primera vez que vinculo el lugar donde estoy con la muerte de mi hermana.

Respiro hondo, como si pudiera inhalarla, pero ha desaparecido, ni siquiera está su espectro. Podría ser la habitación de cualquiera. Me aparto de Anna y voy hasta la cama. Me siento. Hay un libro en el tocador.

—Es para ti.

Es un álbum de fotos, de esos con páginas rígidas y láminas de plástico adhesivo para que no se muevan las fotos. Antes incluso de abrirlo percibo lo que habrá en su interior.

—Kate solía enseñárselas a la gente —dice Anna—. «Son de mi hermana», decía. Estaba orgullosísima, te lo juro. —Mis fotografías. Anna se sienta en la cama a mi lado—. Kate me dijo que las guardaba tu padre. Las encontró al morir él.

—¿Mi padre? —digo. Nunca sospeché que estuviera ni remotamente interesado en mi trabajo.

—Eso dijo ella...

En la primera página está esa foto. *Marcus en el espejo.*

—Dios mío... —exclamo. Tengo que sofocar la conmoción. Es la fotografía entera, sin editar, sin recortar. Estoy ahí, en pie detrás de Marcus, con la cámara delante del ojo. Desnuda.

—¿Eres tú?

—Sí.

—Y ¿quién es el chico? Ahora lo veo por todas partes.

Noto un inesperado arrebato de orgullo.

—Han incluido la foto en una exposición. Se ha hecho bastante famosa.

—¿Quién es?

Vuelvo a mirar la fotografía.

—Un ex mío. Marcus. —Su nombre se me traba; me pregunto cuándo lo pronuncié en voz alta por última vez. Sigo adelante—. Vivimos juntos una temporada. Hace años. Yo tenía… ¿qué? ¿Veinte años? Igual ni siquiera eso. Era un artista. Me dio mi primera cámara. Esta foto la saqué en nuestro piso. Bueno, era una casa ocupada, en realidad. En Berlín. La compartíamos con más gente. Artistas, sobre todo. Iban y venían.

—¿Berlín?

—Sí. Marcus quería ir. Estábamos a mediados de los noventa. El Muro había caído, parecía un lugar nuevo por completo, como si empezara de cero. ¿Sabes? —Asiente. No tengo claro que le interese, pero continúo—: Vivíamos en Kreuzberg. Fue elección de Marcus. Creo que por algo de Bowie. —Parece desconcertada. Quizá sea demasiado joven—. David Bowie. Vivió allí. O grabó allí, no estoy segura…

Poso los dedos sobre la fotografía. Recuerdo que solía llevarme la cámara a todas partes, igual que Marcus se llevaba el cuaderno de dibujo y nuestro amigo Johan, la libreta. Esos objetos no eran solo herramientas, eran la manera que teníamos de dar sentido al mundo. Me obsesioné con hacer retratos de personas mientras se preparaban, se vestían, se maquillaban, comprobaban en el espejo si iban bien peinados.

Anna desvía la mirada de mí a la fotografía.

—Parece… —empieza, pero se interrumpe. Es como si hubiera visto algo en la foto, algo inquietante que no sabe definir.

La contemplo de nuevo. Surte ese efecto en la gente. Les llega de manera sigilosa.

Termino su frase:

—¿Desdichado? Lo era. Bueno, no todo el tiempo, justo

después de que hiciera esta foto estaba cantando una canción que sonaba en la radio, pero sí. Sí, lo era.

—¿Por qué?

No quiero contarle la verdad. No toda.

—Sencillamente estaba…, estaba un poco perdido, me parece, para entonces.

—¿No tenía familia?

—Sí. Estaban muy unidos, pero…, ya sabes, la droga complica esas cosas.

Me mira.

—¿La droga?

Asiento. Seguro que puede verlo, ¿no?

—¿Le querías?

—Le quería mucho. —Me veo deseando con una esperanza feroz que no pregunte qué ocurrió, como también espero que no pregunte cómo nos conocimos.

Debe de notar mi reticencia.

—Es una foto increíble —dice. Me pone la mano en el brazo—. Todas lo son. Tienes mucho talento. ¿Miramos alguna más?

Paso a la primera página. Aquí Kate ha puesto una fotografía tomada mucho antes; en blanco y negro y deliberadamente difuminada en los márgenes. Frosty, maquillada, pero sin la peluca, poniéndose los tacones. Estaba sentada en nuestro sofá, con un cenicero rebosante de colillas a los pies, al lado de un paquete de tabaco y un mechero. Siempre fue una de mis instantáneas preferidas.

—¿Quién es?

—Frosty. Una amiga.

—¿Frosty?

—No recuerdo cuál era su verdadero nombre. De todos modos, detestaba tener que usarlo.

—¿Una amiga? —Anna parece sorprendida, y no me extraña, supongo. En la foto Frosty lleva el pelo muy corto, incluso con el maquillaje tiene un aspecto más masculino que femenino.

—Sí. Era una mujer. —Me río—. En realidad, no era ni lo uno ni lo otro, pero siempre hablaba de sí misma en femenino. Solía decir: «En esta vida hay que decidir. Solo hay dos baños en los bares. Solo hay dos recuadros en los formularios. Hombre o mujer». Decidió que era mujer.

Anna vuelve a mirar la fotografía. No espero que lo entienda. La gente como Frosty, o incluso como Marcus, no forma parte de su mundo. Ya ni siquiera forma parte del mío.

—¿Qué fue de ella?

—No lo sé —respondo—. Ninguno de nosotros creía que Frosty fuera a vivir mucho. Era demasiado frágil para este mundo… Pero quizá eso no fuera más que una estupidez nuestra melodramática. Lo cierto es que me fui de Berlín precipitadamente. Los dejé atrás. No tengo ni idea de qué ocurrió después de que yo me fuera.

—¿No volviste la mirada?

Es una expresión curiosa. Pienso en la mujer de Lot, la estatua de sal.

—No pude. —Era muy doloroso, siento deseos de decir, pero no lo digo. Cierro el álbum y se lo devuelvo.

—No. Son tuyas.

Titubeo.

—Quédatelas. Esto también.

Me da una caja que estaba en el suelo, junto a la cama de Kate. Es una caja de galletas de hojalata. En la tapa, las palabras «Huile d'Olive» y un dibujo de una mujer con un vestido rojo.

—Es para ti.

—¿Qué es?

—Objetos personales de Kate. Pensé que debías tenerlos tú.

Conque esto es lo que queda de mi hermana. Esto es lo que he venido a recoger para llevármelo a casa. Para devolvérselo a su hijo.

Estoy nerviosa, como si la caja contuviera una trampa, una rata o una araña venenosa.

Levanto la tapa. La caja está llena de libretas, fotos, papeleo. El pasaporte está encima y lo abro para ver la fotografía. Es reciente, no la había visto nunca. Lleva el pelo más corto y salta a la vista que ha adelgazado. Casi parece otra.

Miro la fecha de vencimiento. Tiene validez para ocho años más. Ocho años que no le harán falta. Lo cierro de golpe y lo vuelvo a dejar, luego vuelvo a poner la tapa a la caja.

—Ya miraré después lo demás —digo.

Me doy cuenta de que he empezado a llorar, por primera vez desde que murió. Estoy expuesta, en carne viva. Es como si me hubieran abierto con un bisturí igual que a uno de los pacientes de Hugh, del cuello hasta la ingle. Estoy desollada, mi corazón es un tajo desgarrado.

Dejo la caja. Quiero irme, buscar un sitio tranquilo y cálido donde quedarme para siempre y no tener que pensar en nada.

Pero ¿acaso no he venido a esto? ¿A dragar el recuerdo de mi hermana, a asegurarme de que una minúscula parte de ella sobreviva para Connor? ¿A sentir algo, a decir que lo siento, a despedirme?

Sí, pienso. Para eso estoy aquí. Estoy haciendo lo más conveniente.

Entonces ¿por qué me odio?

—No pasa nada —dice Anna—. Puedes llorar. No pasa nada.

4

Vamos en taxi al restaurante. Nos acompañan a nuestra mesa, en la terraza. Mantel blanco sujeto con pinzas de plástico, una cestita con pan. La tarde es templada y agradable, el aire tranquilo, cargado de promesas.

Charlamos. Después de recuperarme nos hemos dicho que debíamos pasar la velada celebrando la vida de Kate, además de llorar su muerte. Reímos, hay buen rollo entre nosotras; Anna saca incluso el móvil y hace una foto de las dos con el río al fondo. Me dice que le gusta esta parte de la ciudad y que quiere vivir aquí, algún día.

—Es muy céntrica —dice—. Junto al río…

Pide una botella de vino de la casa. Cuando el camarero empieza a servirlo, pongo la mano encima de la copa y niego con la cabeza.

—¿No vas a beber?

—No —contesto. Me vienen a la cabeza las excusas que he puesto otras veces, como que estoy tomando antibióticos, estoy a dieta, o tengo que conducir, pero luego ocurre lo inevitable. Empiezan a inundarme otras excusas, las que me explican por qué esta vez, esta vez en concreto, puedo tomar un sorbo. Ha sido un día duro, estoy estresada, han pasado quince años y no tengo nada que perder.

Han asesinado a mi hermana.

—Estoy bien así.

Pienso en lo que he aprendido. No puedo eludir la tentación de beber, tengo que reconocer esa necesidad. Tengo que saber que es normal, y pasajera. Tengo que afrontarla, o aguardar a que pase.

—A decir verdad, no bebo. Hace ya tiempo.

Anna asiente y toma un sorbo de vino mientras yo pido agua con gas. Parece interesada, pero no hace preguntas, y me alegro. Cuando deja la copa, veo que está distraída, inquieta. Cambia de postura en la silla, coloca bien la servilleta.

—Quería hablar contigo de una cosa.

—Adelante.

Vacila. Me pregunto qué va a decir. Sé que la policía ha hablado con ella largo y tendido; va a menudo al bar en que estuvo Kate aquella noche. Me preparo para una revelación.

—Se trata del dinero...

Sonrío. El testamento de Kate debe de haberla sorprendido, y Hugh me advirtió que probablemente lo mencionaría.

—¿El dinero que te dejó Kate?

—Sí. Fue un choque... —Coge un trozo de pan—. La verdad es que no lo esperaba. Para ser sincera, no tenía idea de que tuviera dinero que dejarle a nadie, y ni por asomo pensaba que me dejaría a mí una parte... Y no se lo pedí. Quiero que lo sepas.

Asiento. Recuerdo que fue Hugh quien convenció a Kate de que redactara un testamento en un primer momento, y a los dos nos tranquilizó que más adelante lo cambiara para incluir a Anna. Significaba que tenía amigos, estaba echando raíces.

—Lo sé. No pasa nada.

—¿Te sorprendió? ¿Que me dejara dinero a mí?

—No. Tiene sentido. Eras su mejor amiga. Kate era generosa. Debía de querer que te lo quedaras.

Parece aliviada. Me pregunto si es por el dinero o porque esta conversación no le está resultando tan incómoda como temía.

—¿De dónde salió?

—Nuestro padre. Murió hace un par de años y le dejó su dinero a Kate. Solo lo que había en el banco y lo que se sacó con la venta de su casa. Ascendió a mucho más de lo que nadie esperaba.

Mucho más, pienso. Casi un millón de libras. Pero no lo digo.

—¿A ti te dejó algo?

Niego con la cabeza.

—Supongo que pensó que no me hacía falta.

O tal vez fue por remordimiento. Era consciente de que había descuidado a su hija menor. Intentaba compensárselo.

Anna suspira.

—Bueno, no pasa nada —me apresuro a decir—. La familia de Hugh tiene dinero y Kate estaba pasando apuros.

—Pero no se lo gastó.

—No. Hugh le sugirió que ahorrara una parte, que la guardara para tiempos peores, pero ninguno de los dos creímos que le haría caso.

—Yo te cedería mi parte encantada, si quieres.

Lo dice en serio. Le pongo la mano sobre el antebrazo.

—De ninguna manera. Además, el resto se lo dejó a Connor. Resultó ser una buena suma. —Mucho más de lo que te dejó a ti, pienso, aunque eso tampoco lo digo—. Soy su administradora legal, pero no le daré el dinero hasta que esté segura de que no se lo gastará en videojuegos y zapatillas nuevas.

Guarda silencio. No parece muy convencida.

—Está claro que Kate quería que te quedaras con ese dinero. Disfrútalo…

Asoma a su cara una sonrisa de alivio. Me da las gracias, y poco después llega el camarero y por unos instantes estamos absortas en elegir y pedir la comida. Una vez se ha retirado, se hace el silencio. El sol derrama su luz dorada sobre el río. La gente pasea cogida del brazo. Mi velo de pena se alza, fugazmente, y atisbo la paz. Casi me siento capaz de relajarme.

—Qué bonito es esto —comento—. Ya veo por qué Kate vino a París.

Anna sonríe. Me pregunto cómo habrían sido las cosas si mi hermana y yo hubiéramos conseguido reconciliar nuestras diferencias de alguna forma y encontrar el camino de regreso a la intimidad que habíamos compartido hasta estos últimos años. Quizá entonces las habría visitado a las dos. Habríamos estado las tres aquí sentadas, charlando, cotilleando, divirtiéndonos. ¿De verdad éramos tan distintas, Kate y yo?

Toma un sorbo de vino y se sirve más.

—Normalmente habríamos salido juntas —dice. Algo en su tono me da a entender que no soy la única que se siente culpable—. Pero ese día yo estaba ocupada. Se fue sola.

Suspiro. No quiero imaginármelo.

—¿Es una mala zona? ¿Allí donde la encontraron?

—No. No especialmente.

—¿Qué ocurrió, Anna?

—¿Qué ha dicho la policía? ¿Hablaste con ellos?

—Sí. No tanto como Hugh. El Ministerio de Asuntos Exteriores dijo que prefería mantener contacto solo con uno de nosotros. Así es más sencillo, supongo, y él se ofreció voluntario. Pero yo también hablo con ellos.

—¿Y comentáis lo que dicen?

—Ah, sí, me lo cuenta todo. Pero nada sirve de gran cosa.

—¿De verdad?

—Sí. Todo son callejones sin salida. No hay móvil. Dijeron que habían hablado con sus amigos, pero...

—Pero ninguno sabíamos nada.

—No. Así que no llegan a ninguna parte. Lo único que les llama la atención es su pendiente.

Cierro los ojos. Resulta difícil. No puedo impedir visualizar el cadáver de mi hermana. La encontraron con un solo pendiente. Parece ser que el otro se lo habían arrancado.

—Me preguntaron sobre eso.

—¿No recuerdas nada?

Niega con la cabeza.

—No. ¿Era caro?

—Era barato. Bisutería. Oro corriente, me parece. Una especie de curioso atrapasueños diseñado con plumas de color turquesa. Supongo que en la oscuridad podría haber parecido caro, pero ¿por qué llevarse solo uno? Y, hasta donde saben, no faltaba nada más. Aún tenía el móvil, el bolso. —Vacilo—. Creo que por eso me resulta tan duro. Parece tan absurdo. Hugh insiste en que vaya a terapia.

—¿Y tú crees que deberías ir?

Cojo la copa.

—No sé de qué serviría. Pero es típico de Hugh. Es un hombre maravilloso, pero es cirujano. Si algo está roto, simplemente quiere arreglarlo y seguir adelante. A veces creo que en el fondo le saca de quicio que no esté volviendo a la normalidad lo bastante deprisa. ¿Sabes? Cree que estoy superobsesionada con averiguar quién la mató.

—¿Es así?

—Claro que no. Sé que eso no la haría volver. Es solo que…, estábamos todo lo unidas que pueden llegar a estar dos personas, ¿sabes? ¿Cómo es posible que no me diera cuenta de que tenía un problema?

—No tienes ninguna culpa… —comienza, pero la interrumpo.

—Tú la conocías, Anna. ¿Por qué estaba allí, en ese bar, sola?

Respira hondo.

—No estoy segura.

Desvía la mirada hacia el río. Los autocares sobre el puente tienen un tono plateado por efecto del sol vespertino, los edificios en la orilla derecha relucen.

—¿Qué? ¿Qué pasa? ¿Anna?

—Es posible que estuviera viéndose con alguien…

—¿Un novio?

—Algo así…

Noto una energía súbita; una respuesta pavloviana a la posibilidad de hacer algún avance.

—¿A qué te refieres? ¿Con quién se estaba viendo? ¿Está al tanto la policía?

—No es tan sencillo. —Parece incómoda—. Ella… tenía novios. Novios, en plural.

Respiro hondo y dejo el tenedor.

—¿Te refieres a más de uno al mismo tiempo?

Asiente.

—¿Crees que uno se enteró de la existencia de los otros? ¿Se lo dijiste a la policía?

—Les dije todo lo que sabía. Supongo que lo investigaron, creo que siguen investigándolo. El caso es que… no era tan sencillo como eso. —Titubea, pero no baja la voz, aunque hay gente en las mesas de alrededor—. En realidad no eran novios propiamente dichos. Kate se divertía. ¿Sabes? Le gustaba quedar con hombres y pasar un buen rato. Las dos lo hacíamos, de vez en cuando.

—¿En bares?

—No. En la red.

—Vale… —digo—. ¿Así que se citaba con gente por internet?

—No eran solo citas.

—Quedaba con hombres para acostarse con ellos.

Parece ponerse a la defensiva.

—¡No es raro! Pero, de todas maneras, sé que no quedaba con todos. Le iba el asunto más que a mí, pero aun así buena parte no eran más que conversaciones sexuales, ya sabes. Fantasías.

Procuro imaginarme a Kate, sola en su cuarto, delante del portátil. Por alguna razón pienso en Connor sentado ante su ordenador, con la cara iluminada por la pantalla, y luego en Hugh haciendo lo mismo.

Ahuyento la idea. Hugh no es de esos.

—Solíamos conectarnos juntas. Eso era antes de conocer a mi novio, claro. Chateábamos con gente, comparábamos experiencias, a veces quedábamos con alguien. ¿Sabes?

—Pero la policía dijo que se marchó sola.

—Igual le dieron plantón.

—¿Me prometes que la policía lo sabe? No nos dijeron nada… Quizá se metió en algo peligroso de verdad.

—Claro que sí. Se lo conté. Me interrogaron durante horas. Me hicieron preguntas acerca de todo. Sus amigos. Gente que conocía. Incluso tú y Hugh. —Me mira a mí y luego mira la mesa. Noto una comezón provocada por la ira. ¿Nos han investigado? ¿Creen que soy capaz de hacerle daño a mi hermana?—. Se llevaron su ordenador, su teléfono móvil. Supongo que no encontraron nada…

—A lo mejor no se esforzaron lo suficiente en la búsqueda.

Esboza una sonrisa triste.

—Bueno, supongo que debemos confiar en que saben lo que hacen. ¿No crees? —Se interrumpe—. Perdona si te he disgustado.

Vuelvo la vista hacia la ciudad. Ya ha oscurecido, el cielo está iluminado, Notre Dame está ahí delante, en posesión de su propia historia de fantasmas. Me abruma la tristeza. Todas estas preguntas que no llevan a ninguna parte.

Me echo a llorar otra vez. Es como si tuviera una nueva habilidad; ahora que he empezado, no puedo parar.

—¿Cómo es posible que alguien le haga esto a mi hermana, a cualquiera, y salga impune?

—Lo sé. Lo sé. —Me tiende un pañuelo de papel del bolso y luego posa la mano sobre la mía—. Tienes que ponerle punto final.

Cierro los ojos.

—Lo sé —digo—. Pero todo lo que intento hacer no sirve más que para reabrir la herida. Es como un corte que no acaba de cicatrizar.

Me viene a la cabeza Kate cuando aún gateaba: estamos listas para ir a una fiesta, ella lleva un vestido de color limón que antes era mío y una cinta en el pelo con un lazo amarillo. Se pone de pie apoyándose en una silla, pero la suelta. Se tambalea y luego me mira. Titubea, se decide, y tras un par de intentos en falso, levanta un pie, luego el otro. Da unos pasitos, con los brazos muy abiertos, y empieza a caerse. Recuerdo que la cogí, la levanté del suelo —ya estaba riéndose— y la llevé hasta donde estaba nuestra madre poniéndose los guantes. «Ha andado —dije—. ¡Katie ha andado!» Y nuestra madre nos abrazó a las dos contra su cuerpo, las tres riéndonos, encantadas.

El peso de la pena me oprime y parpadeo para ahuyentar la imagen. Anna deja la copa de vino.

—¿Serviría de algo ir?

—¿Adónde?

—Al lugar donde ocurrió.

Niego con la cabeza, pero ella continúa.

—Yo fui. La otra semana. Tenía que verlo por mí misma. —Me aprieta la mano—. No es más que una callejuela. Nada especial. Al lado de unas vías de tren.

No hablo. No puedo decirle cuántas veces lo he visto, cuántas veces he imaginado a mi hermana allí.

—Dejé unas flores. Creo que me sentó bien.

Sigo sin decir nada. No estoy preparada. No estoy preparada para mirar de frente a la muerte de Kate. No soy lo bastante fuerte.

—Necesitas un poco más de tiempo…

Tiempo. Lo que tengo de sobra, lo que a Kate se le agotó.

—¿Quieres ir conmigo?

Cierro los ojos. Siento deseos de decir que Kate está aquí. Su espectro. Está aquí atrapada, gritando. No puede escapar, y yo no puedo ayudarla.

—No. No. No puedo.

Algo se quiebra. Noto que cede, y luego una liberación.

Tiendo la mano hacia la botella. El gesto es automático, apenas soy consciente de haberme movido. Pienso en Kate, en ella sentada ante el ordenador, chateando con desconocidos, contándoles sus secretos. Pienso en Anna. Pienso en Hugh, y en Connor, y en Frosty y Marcus, y antes de darme cuenta de lo que hago tengo la copa en la mano, y está llena de vino, y pienso: «Ahora no puede hacerme daño, ¿verdad?» y «¿Es que no he esperado tiempo suficiente?».

Las respuestas llegarán, si no me doy prisa. Me llevo la copa a los labios, ahuyento todos mis pensamientos, y luego, por primera vez en quince años, bebo, y bebo y bebo.

5

Estoy sentada en el tren. Tengo sed, noto los labios secos, pero me noto la cabeza bastante despejada. Recuerdo resacas, y esto no lo es. No bebí tanto. Es imposible que lo hiciera, o lo sabría.

Pienso en anoche. La bebida se me deslizó por la garganta como si fuera el lugar que le correspondía, una llave en una cerradura, algo que me completaba, y mientras tragaba noté que me relajaba, que se distendían músculos que no era consciente de haber estado tensando. Fue una sensación demasiado similar a la de estar volviendo a casa.

Esto no está bien. Lo sé, me lo digo una y otra vez. Si no me ando con cuidado olvidaré que no hay término medio, me convenceré de que puedo con una copa de vez en cuando, o que no pasa nada si bebo solo vino, o si no bebo hasta la noche, o si bebo solo en las comidas. Una excusa se diluirá en otra.

Sé que tengo que hacer algo. Sé que tengo que hacerlo ahora.

Al llegar a casa llamo a Adrienne. Es la persona a la que siempre llamo cuando necesito ayuda. Lo entiende, aunque nunca ha estado en el programa. Ella es adicta al trabajo, si acaso. Contesta de inmediato.

—Cariño, estás en casa. ¿Qué tal fue?

Guardo silencio. No sé qué decir. Tantos años de vigilancia, todo desperdiciado, todo malogrado en una noche. Debería confesarlo de principio a fin, pero una parte de mí no quiere.

—Yo...

—¿Qué pasa?

—¿Puedo hablar contigo de una cosa?

—Claro.

No lo puedo decir. Todavía no.

—¿Sabías que Kate se conectaba a páginas web? Para conocer a hombres, quiero decir.

—Bueno, sé que visitaba páginas de contactos. Como todo el mundo. ¿Te refieres a eso?

—Sí. Pero no eran solo citas. Anna dijo que eran más bien fantasías sexuales.

—¿Cibersexo?

—Sí. Y quedaba con gente, por lo visto.

Vacilo. Soy consciente de que no la he llamado por eso, no es la razón por la que quería hablar con ella. Pero parece más sencillo. Es una manera de abordarlo, una preparación. Adrienne no dice nada.

—¿Lo sabías?

—Sí. Me lo contó.

Noto un hormigueo de celos en la piel.

—A mí no me lo contó.

Adrienne suspira.

—Querida, se divertía. No era nada importante, solo algo que hacía de vez en cuando. Y, de todos modos, llevabais una temporada sin hablar mucho.

Tiene razón. No hablábamos de nada que tuviera importancia, supongo. Vuelvo a tener náuseas.

—¿Y si el hombre que la mató fue alguien a quien conoció en la red?

—La policía sabe lo que hacía. Estoy segura de que lo están investigando.

¿Sí?, pienso. Ahora no me puedo concentrar. Cierro los ojos.

Respiro hondo. Abro la boca para hablar, pero las palabras se me resisten.

—¿Estás bien, cariño?

Me parece que lo sabe. Es mi amiga más antigua y lo nota. Bajo el tono de voz, aunque la casa está vacía.

—Julia, ¿qué ocurre?

—Tomé una copa.

La oigo suspirar. No soporto su desaprobación, pero la oigo suspirar.

—No tenía intención. O sea, no iba a hacerlo, pero…

Me interrumpo. Estoy poniendo excusas. No acepto la responsabilidad. No reconozco que no tengo voluntad cuando se trata del alcohol. Es lo más básico.

Respiro hondo. Lo digo de nuevo.

—Tomé una copa.

—Vale. ¿Solo una?

—No.

No me digas que es un terreno resbaladizo, por favor. Eso ya lo sé. No me hagas sentir peor de lo que ya me siento, por favor.

—Ay, cariño —dice.

—Me siento bastante mal. Fatal, en realidad.

Otra pausa. No me digas que no tiene importancia y que más vale que lo olvide, por favor.

—¿Adrienne?

—Estás sometida a mucha presión —dice—. Ocurrió. Es un patinazo, una recaída, pero tienes que perdonarte… ¿Has pensado en aquello que hablamos?

Se refiere a la terapia. Coincide con Hugh, y como todo aquel que sigue una terapia cree que yo también debería ir, o acudir a un terapeuta. Incluso me recomendó uno. Martin Nosecuantos.

Pero lo cierto es que no quiero ir. Ahora no, todavía no. No mientras esté así. Creo que no serviría de nada, y entonces ya no podría tenerlo como alternativa.

—No —digo.

—Bien, bueno, no voy a insistir, pero ojalá te lo replantearas. Piénsalo al menos.

Le digo que ya lo he hecho, y lo haré. Pero empiezo a preguntarme si merezco este dolor, si de algún modo le debo a mi hermana sobrellevarlo. No fui capaz de salvarla. Me llevé a su hijo.

—¿Se lo has dicho a Hugh?

No contesto.

—Lo de tomarte una copa. ¿Se lo has contado?

Cierro los ojos. No quiero. No puedo.

—¿Julia?

—Todavía no —digo—. No hay necesidad. No volverá a ocurrir...

Me interrumpe.

—Cariño. Escucha. Eres mi amiga más antigua y más querida. Te adoro. Sin reservas. Pero creo que tienes que contárselo a Hugh. —Espera a que diga algo, pero no lo hago—. Sé que depende de ti, pero estoy segura de que es lo más adecuado.

Se muestra tierna, cariñosa; aun así, esto me parece brutal. Le aseguro que se lo diré esta noche.

Hugh pasa la tarde fuera. Tiene partido de squash, y luego irá a tomar algo. Pero vuelve temprano, y Connor acaba de acostarse cuando llega. Casi de inmediato decido que se lo voy a contar.

Espero hasta que estamos sentados en el salón, viendo la tele. En el primer bloque de anuncios, pongo la imagen en pausa y me vuelvo hacia él, como si fuera a preguntarle si quiere un té.

—Cariño...

—¿Sí?

Se me traban las palabras.

—He sufrido una recaída.

No digo nada más. No tengo que hacerlo. Sabe a qué me refiero. No ha pasado por el programa, ni siquiera ha asistido a una reunión, pero ha leído al respecto. Sabe lo suficiente. Sabe lo que es una recaída, del mismo modo que sabe que no debe intentar controlar mi comportamiento modificando el suyo, que no puede impedir que beba dejando él de beber.

También sabe que más vale no preguntar cuántas copas he tomado, o cuándo o por qué. No sirve de nada. Las respuestas carecen de importancia. Tomé una copa. Si fue un minúsculo sorbo o toda una botella no supone la menor diferencia.

Me coge la mano. Creía que iba a enfadarse, pero no se enfada. Es peor. Está decepcionado. Lo sé por sus ojos.

—Lo siento.

—No tienes que disculparte conmigo.

No es eso lo que quiero oír. Pero ¿qué quiero oír? ¿Qué puede él decir? La adicción es una enfermedad distinta a las que Hugh acostumbra a tratar. Él se dedica a cortar las partes afectadas y mandarlas al incinerador. El paciente se cura, o no.

Le miro. Necesito que diga que me quiere. No necesito que diga que sabe por lo que estoy pasando. Necesito que me recuerde que un lapsus no tiene por qué ser una recaída, o que me diga que puedo empezar a ir otra vez a reuniones o que me haga sentir que estamos juntos en esto.

—No volveré a beber —digo.

Sonríe y me dice que eso espera, por mi bien y por el bien de Connor. Me dice que cuento con su apoyo, siempre, pero es demasiado tarde. Ha puesto la culpa antes que nada, y ahora apenas escucho. En cambio, estoy pensando en mi sponsor en el programa, Rachel. Ojalá pudiera llamarla, pero se mudó hace mucho tiempo. Y estoy pensando en Kate.

Por fin guarda silencio. Espero un momento y le doy las gracias. Seguimos sentados unos minutos y luego le digo que tengo que acostarme. Me da un beso y dice que subirá enseguida.

Estoy sola, pero me digo que no dejaré que vuelva a ocurrir. Estaré en guardia. Pase lo que pase, cueste lo que cueste, no volveré a beber.

6

Me despierto temprano. Abro los ojos de golpe. Otra mala noche. Estamos en junio, hace dos meses que fui a París, cuatro de la muerte de Kate. No ha amanecido. Es noche cerrada.

La habitación está caliente y cargada, las sábanas, húmedas. Hugh ha retirado el edredón con los pies y yace a mi lado, roncando suavemente. El reloj en mi mesilla emite un sonoro tic-tac. Son las cinco menos veinte. La misma hora a la que desperté anoche y anteanoche.

He soñado con Kate. Esta vez tenía unos cuatro años, era verano, estábamos en el jardín. Llevaba un vestido amarillo, unas alas de ángel de papel amarillo, leotardos negros. Quería que la persiguiera; emitía un zumbido, hacía ver que era una abeja. «¡Vamos! —decía una y otra vez, pero yo estaba aburrida, quería dejarlo. Quería volver a mi libro—. ¡Vamos, Julia! —decía—. ¡Vamos!» Luego se volvía y echaba a correr hacia un bosque. Quería decirle que no fuera por allí, pero no se lo decía. Hacía mucho calor. Yo tenía mucho calor, me daba mucha pereza. Dejaba que se alejara corriendo, y luego daba media vuelta y regresaba a la casa. Al hacerlo, el sueño se metamorfoseaba, ahora éramos adultas, estaba ocurriendo algo horrible, y de pronto era yo la que corría, corría tras ella, gritando su nombre, y ella desaparecía por una callejuela. Estaba oscuro, yo estaba desesperada por darle alcance, por salvarla. Doblaba una esquina y allí estaba, tirada en el suelo. Era demasiado tarde.

Me siento en el borde de la cama. Todas las noches es lo mismo, sueño con Kate, desangrándose hasta morir, y luego en un sueño detrás de un sueño está Marcus, siempre Marcus, con la boca abierta y acusadora. Sé que no volveré a conciliar el sueño, nunca lo consigo.

Esta noche me siento débil. No lo puedo evitar. Así que me permito pensar en él. En Marcus. Por primera vez desde hace años pienso en el día en que nos conocimos. Cierro los ojos y lo veo. Estoy allí de nuevo. Tengo a Marcus sentado enfrente, al otro lado del círculo. Es su primera reunión. Estamos en una sacristía, hay corriente, una tetera grande hace un ruido sibilante en un rincón. El director —un tipo llamado Keith— ya ha esbozado el programa y presentado a la primera persona que va a hablar, una mujer cuyo nombre he olvidado. Apenas la escucho; llevo una temporada viniendo, desde que me derrumbé y reconocí que llevaba demasiado tiempo bebiendo más de la cuenta. Además, estoy observando a Marcus. Tiene la misma edad que yo, y los dos somos mucho más jóvenes que los demás del grupo. Está inclinado hacia delante en la silla. Parece impaciente, atento, y aun así, al mismo tiempo, no se le ve del todo interesado. Algo falla. Me pregunto si ha venido por interés propio o por alguien más. Imagino a una novia, alguien a quien esperaba convencer aquí esta noche pero ha decidido no venir. Igual quiere irse a casa, de nuevo con ella, y contarle lo que ha aprendido. No está tan mal, dirá quizá. Esa gente quiere ayudar. Acompáñame la semana que viene.

Sentí deseos de averiguarlo. No sé por qué; tal vez por su aspecto me pareció que era alguien con quien podía congeniar. Me acerqué a él durante la pausa. Me presenté, y él dijo que se llamaba Marcus. «Hola», dije, y sonrió, y en ese momento me di cuenta de lo mucho que me atraía. Era un deseo que parecía sólido, tenía una forma, un peso que se me antojaba físico. No lo había experimentado nunca, no de esa manera. Me hubiera gustado alargar la mano para tocarle el cuello, el pelo, los labios.

Solo para estar segura de que existía, de que era real. «¿Es la primera vez?», pregunté, y dijo que sí, lo era. Charlamos un rato. De alguna manera —no recuerdo cómo, ni siquiera si él me facilitó la información por voluntad propia— me enteré de que la novia no existía. No tenía pareja. Cuando llegó el momento de volver a nuestros asientos vino a sentarse a mi lado, y después de la reunión salimos juntos. Nos detuvimos para despedirnos, a punto de tirar cada cual por su camino.

—¿Vendrás la semana que viene?

Se encogió de hombros y dio una patadita al bordillo.

—Es probable.

Se volvió para marcharse, pero entonces sacó un trozo de papel del billetero.

—¿Tienes un boli? —preguntó.

¿Fue entonces? Ahora me lo pregunto. ¿Fue ese el momento en que mi vida abandonó un camino —recuperación, estabilidad, sobriedad— y tomó otro? ¿O eso vino después?

Abro los ojos. No puedo pensar más en él. Pertenece al pasado; mi familia está aquí, en el presente. Mi familia es Hugh, y Connor.

Y Kate.

Me levanto. Esto no puede seguir así, esto de despertarme en plena noche. Esto de eludir las cosas. Me obsesiona el lugar en el que perdió la vida; tendría que haber ido a verlo cuando tuve oportunidad, pero hay otras maneras de hacerlo.

Bajo y me siento a la mesa de la cocina. Estoy decidida, tengo que hacerlo. En París fui cobarde, pero ahora puedo corregirlo. Abro el portátil y me conecto al programa de mapas. Escribo la dirección.

Pulso ENTER. Aparece un plano en la pantalla, calles que se entrecruzan, lugares de interés dispersos. Hay una flecha en mitad de la pantalla, y cuando pulso STREET VIEW el mapa desaparece y lo sustituye una foto de la calle. Parece amplia, bordeada de árboles, con tiendas, bancos y un montón de casas prefabricadas cubiertas de grafitis. La foto se tomó durante el día y da la impresión de un sitio concurrido; viandantes congelados mientras caminan por allí, sus caras difuminadas sin mucha pericia por el software.

Miro la pantalla. Parece un sitio normal. ¿Cómo pudo perder la vida allí mi hermana? ¿Cómo es que su muerte no dejó ninguna huella?

Cobro ánimo y navego a lo largo de la calle. Veo la callejuela, que ataja entre un edificio y la vía elevada del ferrocarril que atraviesa la calle.

Aquí estoy, pienso. El lugar donde murió.

Amplío la imagen con el zoom. Parece un sitio que no reviste ningún peligro, anodino. En un extremo hay un quiosco, pintado de azul con un cartel que anuncia COSMÉTIQUES ANTILLES, y dos hileras de bolardos que jalonan la acera. La callejuela dibuja una curva después de lo que parecen cuatro o cinco metros, y no se ve más allá.

Me pregunto adónde lleva, qué hay al otro extremo. Me pregunto cómo es que no había nadie para salvarla y, por enésima vez, qué estaba haciendo allí.

Necesito respuestas. Saco de debajo de la cama la caja que me dio Anna y me la llevo abajo. Miro la foto de la tapa, la mujer con vestido rojo. Durante dos meses he intentado dejarla de lado, aterrada por lo que pudiera encontrar, pero ya no puedo seguir haciéndolo. ¿Tan malo puede ser?, me pregunto. ¿No dijo Anna que no era más que papeleo? Eso es todo.

Aun así, tengo miedo. Pero ¿de qué? Pruebas de lo lejos que había llegado Kate, quizá. ¿Pruebas de que tenía razón, de que Connor habría estado mejor con ella?

Saco el pasaporte y lo sostengo en la mano un momento antes de dejarlo a un lado. Debajo hay unas cartas, y bajo estas la partida de nacimiento y el carnet de conducir, junto con la tarjeta sanitaria y una nota con lo que supongo que es su número de la Seguridad Social.

Me tranquiliza, de alguna manera. Me estoy enfrentando a algo que estaba esperándome. Lo llevo como es debido. Me siento sorprendentemente bien.

Hurgo un poco más. Es más difícil; hay fotos, tomadas en fiestas, una de Connor que le mandé yo, otra de unos amigos en un paseo en barco por el Sena. Me digo que ya las miraré luego como es debido. Más abajo hay una agenda rosa de bolsillo. Esto parece lo más difícil, pero al hojearla veo que al parecer dejó de usarla cuando se compró un iPhone el verano pasado. Dentro hay una hoja de papel doblada. La saco y la despliego.

Veo de inmediato un nombre que reconozco. En la parte superior pone «Jasper1234». Es el nombre del labrador que tuvimos de pequeñas, seguido de cuatro números y, escrito al lado, «KatieB» y luego la dirección de una web, Encountrz.com. El resto de la página lo ocupa una lista de palabras extrañas —«Eastdude»; «Athletique27»; «Kolm»; «Ourcq»—, todas anotadas en distintos momentos, con tintas diferentes y bolígrafos distintos. Solo me lleva un instante atar cabos. Encountrz es la web de la que me habló Anna, la que utilizaban las dos. Kate usaba el nombre de nuestro perro como contraseña y KatieB como nombre de usuaria.

Doblo de nuevo la hoja y la dejo en su sitio. La culpabilidad que me he dicho que no debería sentir vuelve a borbotearme en el estómago. Debería haberlo mirado antes, pienso. Podría ser importante, algo que la policía pasó por alto. La dejé en la estacada; había algo que podría haber hecho para salvarla, algo que aún podría hacer para compensarlo.

Marco el número de Anna. Es temprano, pero me parece urgente. Y en París es una hora más tarde. Casi las seis.

Contesta casi de inmediato. Soñolienta, ansiosa.

—¿Sí?

—¿Anna? Soy yo. Julia.

—Julia. ¿Va todo bien?

—Sí, bien. Perdona que te llame tan temprano. No quería despertarte, pero ¿sabes la caja que me diste? ¿Seguro que la policía la ha revisado?

—¿Qué caja? ¿Te refieres a las cosas de Kate?

—Sí. ¿Estás segura de que la policía la miró?

—Sí, estoy segura. ¿Por qué?

—Estoy mirándola ahora mismo…

—¿Ahora? Es muy temprano.

—Lo sé, pero no podía dormir. El caso es que hay una lista de nombres. Creo que pueden ser las personas con las que hablaba. En la red, quiero decir. He pensado que la policía tendría que verla…

—Creo que ya lo hicieron. Todo lo que hay en esa caja pasó por sus manos. Dijeron que se habían quedado todo lo que pudieran necesitar.

—¿Seguro?

—Eso creo, sí. Un segundo.

Guarda silencio un momento; imagino que está desperezándose.

—Perdona. ¿Qué nombres hay?

Leo los dos primeros.

—¿Te suena alguno? ¿Te mencionó alguno de ellos?

—No.

Sigo leyendo. Tras varios nombres me detiene. Ahora está despierta del todo.

—Espera. ¿Has dicho «Ourcq»? Eso no es un nombre de usuario. Es una estación de metro.

Sé lo que va a decir.

—Está cerca de donde encontraron su cadáver.

—Entonces ¿era eso lo que hacía allí? ¿Encontrarse con alguien de esta lista?

—No lo sé —dice. Pero ya noto un curioso arrebato de energía—. Aunque supongo que es posible.

Pongo fin a la llamada. Vuelvo a mirar la lista de nombres de usuarios en la agenda. Es como si hubiera encontrado un punto débil en el muro de mi pena, algo que me permite penetrarlo y luego atravesarlo hasta el otro lado. Hasta la paz.

Saco el portátil de su letargo. Tecleo a toda prisa: «Encountrz.com». Me digo que solo quiero echar un vistazo. No puede hacer ningún daño. Estoy a punto de pulsar ENTER cuando oigo un ruido. Una tos, luego una voz.

—¿Cariño? —Es Hugh—. Son las cinco y media de la mañana. ¿Qué demonios estás haciendo?

Cierro la ventana del buscador y me vuelvo. Lleva el albornoz atado a la cintura y bosteza al tiempo que se frota los ojos.

—¿Estás bien?

—Sí. No podía dormir.

—¿Otra vez? ¿Qué pasa?

—No hago más que pensar en que la policía debe de haber pasado algo por alto.

Suspira. Le digo lo mismo todos los días.

—Creo que están siendo increíblemente meticulosos.

Se acerca y se sienta a mi lado. Sé que puede ver lo que hay en la pantalla.

—Si me entero de alguna novedad siempre te lo digo de inmediato. Ya lo sabes.

—Sí. Pero ¿crees que siguen investigando lo que ocurrió?

—Estoy seguro de que están haciendo cuanto… —empieza, pero le interrumpo.

—Me refiero a investigándolo de verdad.

Sonríe. Es su sonrisa triste, rebosante de compasión. Su sonrisa de cirujano. Acostumbraba a imaginármelo ensayándola en el espejo, decidido a no ser uno de esos médicos a los que acusan de no tener tacto con los pacientes.

—Seguro que sí. Lo hemos hablado con ellos. Han entrevistado a todos sus amigos, a todas las personas con las que trabajaba. Han revisado sus listados de llamadas, han sacado la información de su ordenador. Han seguido todas las pistas. Pero ¿algo así? No puede ser sencillo. Al azar, sin provocación alguna...

—¿Les mencionaste los sitios web de citas?

—Sí. Les llamé en cuanto me lo dijiste. Pero ya estaban al tanto. Anna se lo contó. Dijeron que Kate no tenía novio...

—Pero no se trata solo de citas. Anna dio a entender que los usaba en busca de sexo. Sexo esporádico. —Mueve la cabeza, pero continúo—: Rollos de una noche. Ya sabes. Anna dice que no lo hacía a menudo, pero lo hacía. Y no siempre le contaba adónde iba, o con quién había quedado.

Asoma a su rostro un gesto de desaprobación. Me pregunto por un momento si cree que se merece lo que le ocurrió, y luego desecho la idea al instante.

—¿Crees que fue quien la mató?

—¿Quién?

—Alguien con quien había quedado. Para acostarse, quiero decir. ¿O al menos alguien con quien cruzaba mensajes?

—Seguro que la policía lo está investigando...

—No nos han dicho que sea así.

—Mira, ya hemos hablado de todo esto, Julia. Lo están investigando. Lo cierto es que habló con mucha gente online, pero solo se citó con uno o dos.

Dudo. Tengo que apretarle; estoy casi segura de que sabe más de lo que me dice, que puede haber un minúsculo fragmento que haya pasado por alto, un detalle que desentrañará el resto y hará que todo encaje.

—Pero...

Me interrumpe.

—Julia, hemos hablado de todo esto mil veces. Se han quedado su portátil; están haciendo todo lo que pueden. Pero si ella hacía eso en secreto, sería casi imposible encontrar a todos aquellos con los que estaba en contacto. Podría haber sitios web a los que recurrió de los que no sabemos nada, infinidad de personas con las que habló… ¿Qué es eso?

Al principio no sé a qué se refiere, pero entonces veo que está mirando la pantalla.

—Una fotografía. —No lleva las gafas y tiene que acercarse para verla mejor—. Es donde murió Kate.

Me pone la mano en el hombro. La noto pesada, con ánimo tranquilizador.

—¿Seguro que es buena idea mirar eso, cariño?

—No —contesto.

No estoy desesperada, pero me gustaría contar con su aprobación.

Pero ¿por qué habría de dármela? Cree que la policía hace todo lo posible y punto.

—No tengo ni idea de si es buena idea, pero ¿qué otra cosa puedo hacer?

—¿Volver a la cama?

—No tardo…

—Vamos. —Me aprieta el hombro y luego cierra suavemente la pantalla del portátil—. Ven a descansar un poco. Te sentirás mejor. Te lo prometo. Por prescripción facultativa.

Me levanto. Quiero decirle que no me sentiré mejor, nunca me siento mejor. Se vuelve para subir las escaleras.

—Iré enseguida —digo—. Voy a prepararme un té. Igual leo un poco. Hasta que me entre sueño.

—Vale —dice. Sabe que no tengo intención de seguirle—. No has olvidado que esta noche tenemos invitados a cenar, ¿verdad?

—No —respondo, aunque lo había olvidado.

—Maria y Paddy…

Claro. Hace años que conocemos a los Renouf, desde que Maria entró a trabajar en el departamento de Hugh como interna. Hugh auguró ya entonces que tendría éxito, dijo que llegaría lejos, que no había que perderla de vista. Me caen bien los dos, pero es la primera vez que los invita —que invita a alguien, de hecho— desde que murió Kate. Supongo que pensó que me vendría bien cocinar. A lo mejor tiene razón. Seguir una receta. Trocear, pesar, calcular. Me lo pasaba bien, antes de lo de Kate. Iba a clases; eso de no saber nada de cocina a ser capaz de preparar mi propia pasta fresca me enorgullecía.

Pero ¿ahora? Ahora no quiero ver a nadie.

—¿No lo podemos suspender?

Se me acerca.

—Cariño. Te vendrá bien, te lo prometo. —Me besa la coronilla. Es un beso tierno, cálido. Por un instante quiero refugiarme en su interior para que me proteja—. Lo pasaremos bien. Siempre lo pasamos bien. Maria hablará sin cesar de su trabajo y Paddy coqueteará contigo, y luego, cuando se hayan ido, nos reiremos. Te lo prometo.

Tiene razón. Sé que la tiene. No puedo seguir huyendo.

—Iré a comprar por la mañana —digo.

Vuelve a subir. Me siento en la silla. Dejo el portátil cerrado. No quiero conectarme a Encountrz. Me da miedo lo que podría ver.

Preparo té, me siento con un libro. Transcurre una hora, luego dos. Baja Hugh, ya duchado, listo para ir a trabajar, y luego, poco después, Connor.

—Hola, mamá —dice.

Va vestido con el uniforme, el jersey gris, la camisa blanca con corbata granate. Miro cómo se prepara un cuenco de cereales y se sirve un zumo. Parece mayor cada día que pasa, pienso.

—¿Estás bien, cariño? —le pregunto.

—Sí. —Se encoge de hombros con un gesto simpático, como si fuera imposible que no estuviera bien.

Quizá sea verdad, pero lo dudo. Ahora ha dejado de llorar, pero eso en todo caso es más preocupante. Solo alude a la muerte de Kate para preguntar si hay «alguna novedad», con lo que quiere decir: «¿Lo han pillado ya?». Al principio me molestaba —solo puede concentrarse en eso—, pero ahora veo que es el único prisma que le sirve para procesar el duelo. Después de todo, acaba de cumplir los catorce. ¿Cómo iba a reaccionar?

Se sienta con el desayuno y lo observo empezar a comer.

La terapeuta a la que lo hemos llevado dice que eso es normal. Lo está asimilando todo lo bien que cabría esperar, afronta el dolor a su manera, y debemos intentar no preocuparnos. Pero ¿cómo no voy a preocuparme? No habla conmigo. Se está alejando. Ahora necesito que sepa lo mucho que le quiero, que no hay nada que no haría por él, pero es casi como si hubiera decidido que ya no le importa.

Carraspeo.

—Si quieres hablar, está bien.

—No hace falta.

Come los cereales deprisa mientras me hago un café. Por un momento estoy otra vez con Kate, es ella la que se prepara para ir al colegio, no su hijo, pero un instante después Connor se levanta y recoge sus cosas. No te vayas, me entran ganas de decirle. Siéntate conmigo. Habla conmigo. Pero no puedo, claro.

—¡Hasta luego! —digo, y antes de darme cuenta ya casi ha salido por la puerta. Me sobreviene llegado de la nada un impulso casi abrumador de abrazarlo.

Lo habría hecho antes, pero ahora no. Estos días es probable que respondiera a mi abrazo con indiferencia, como si no le concerniera en absoluto, y eso no lo podría soportar.

—¡Te quiero! —grito, en cambio.

Y él dice:

—¡Adiós, mamá! —Saliendo ya. Casi me basta con eso.

Está madurando. Lo sé. Se está haciendo un hombre; sería una época dura aunque no tuviera que vérselas con la muerte de Kate. Debo tenerlo presente, pase lo que pase, lo difícil que es, lo distante que se muestra, está sufriendo. Es posible que yo tenga la sensación de que le he fallado un millón de veces, pero aun así he de cuidarlo, protegerlo, como cuidaba y protegía a su madre de niña.

Me aparto de la ventana. La semana que viene tengo que hacer fotos a una familia —una colega de Adrienne, su marido, sus dos niñas— y necesito pensar en ello. Es la primera vez que me he sentido capaz de trabajar desde que murió Kate y quiero que vaya bien. Además, tengo que preparar la cena de esta noche. Manos a la obra.

7

Llamo a Adrienne para que me facilite los detalles de su amiga. Quiero cerrar los planes. Al fondo del jardín tengo el estudio donde guardo los trípodes y las luces, un par de telones de fondo que puedo colgar del techo. Hay un escritorio, aunque por lo general edito en el portátil en casa, sentada a la mesa de la cocina, o en el salón.

—Me vendría bien que pasaran ellos por aquí —digo—. Sería más sencillo.

Adrienne oye la falta de entusiasmo en mi voz.

—¿Qué ocurre?

—¿Se me nota?

—Claro. Dime.

No quiero, pero no entiendo por qué. ¿Es porque me angustia que se limite a decirme que lo deje correr, que deje de entrometerme, que deje de preocuparme?

—Miré las pertenencias de Kate. Las cosas que me dio Anna.

—Cielo…

—Encontré sus datos de conexión. Para la página web que utilizaba.

—¿Para qué?

—Para conocer a hombres. Había una lista de nombres. De gente con la que hablaba…, o se citaba, supongo.

—¿Se la has dado a la policía?

—Hugh dijo que ya la tenían.

—Bien. Entonces no puedes hacer nada más.

Pero sí que puedo.

—Podría conectarme. Haciéndome pasar por ella, quiero decir. Tengo la contraseña. Podría averiguar si había alguien más.

Guarda silencio un buen rato.

—¿Adrienne?

—¿No lo habrá hecho ya la policía?

—No lo sé. Igual no se dieron cuenta de lo que es Encountrz.com. O de que Jasper1234 es su contraseña. He pensado que podía conectarme y echar un vistazo a su historial de chats. A ver si aparece algún otro nombre.

—No sé… Suena arriesgado.

Sus reservas reafirman mi resolución.

—Solo hablo de conseguir una lista de nombres.

Sigue una larga pausa, como si estuviera intentando sopesar algo. Lo conveniente de que yo tenga algo que hacer, quizá, frente a la posibilidad, la probabilidad, de que desemboque en una decepción mayor aún.

Después de todo, tiene razón. Lo más probable es que la policía ya lo haya hecho.

—Supongo que no puede hacer ningún mal —dice—. Siempre y cuando solo estés hablando de obtener esa lista. Pero ¿por qué no lo confirmas con ellos antes?

De pronto, no estoy segura de que sea tan buena idea. Una lista de nombres. ¿Qué haría la policía con ella?

—Seguramente lo dejaré correr.

Suspira.

—Ándate con cuidado, Julia. Hagas lo que hagas. Y tenme al tanto.

Paso la tarde de compras, cocinando. Durante un rato estoy absorta en el ritmo de la receta. Solo un momento. Pero la velada empieza con mal pie. Connor anuncia que tiene que hacer deberes y quiere comer en su cuarto, lo que significa que Hugh y yo discutimos sobre si dejarle o no. La tensión se encona y las cosas no mejoran hasta que llegan los invitados.

Después la velada discurre por su cauce habitual, y sin embargo la atmósfera es sin duda distinta. La muerte de Kate proyecta su sombra, ahora familiar —Paddy la menciona casi nada más llegar, y los dos nos dicen cuánto lo sienten—, pero es más que eso. Me noto desligada, no consigo integrarme. Hablan mucho de Ginebra, adonde han invitado a Hugh para hacer el discurso de apertura en un congreso la semana que viene. Maria también presentará su trabajo, y aunque yo he estado en esa ciudad, no aporto nada. Me siento al margen de todo, como si observara desde muy lejos. Veo que Hugh sirve vino y asiento mientras todos lo saborean con gesto de admiración; mastico la ternera a la Wellington que he preparado y acepto sus elogios con gentileza, pero es una fachada, finjo ser una persona normal. No soy yo.

Cuando hemos terminado, Paddy dice que va a salir un momento a fumar.

—No sabía que fumaras —digo.

—Es una costumbre asquerosa —responde—, pero...

Se encoge de hombros.

Le digo que no tenemos inconveniente en que fume dentro de casa, cerca de una ventana abierta, pero Maria protesta.

—¡Ni hablar! ¡Que salga!

Él finge enfurruñarse, pero de buen talante, en plan gracioso. Saca el tabaco de la chaqueta y me mira.

—¿Me acompañas?

Accedo. Hugh me mira, pero no dice nada. Salimos y cerramos la puerta del patio a nuestra espalda. Casi ha oscurecido, aún hace buena temperatura. Nos sentamos en el murete, al borde del remanso de luz que llega desde la cocina; detrás queda mi estudio. Me tiende un cigarrillo.

—No fumas, ¿o sí?

71

Lo acepto.

—Muy de vez en cuando —respondo.

Enciende su pitillo y me pasa el mechero. Inhalo profundamente, notando cómo entra el humo, el impacto instantáneo. Permanecemos un momento en silencio y entonces me pregunta cómo lo llevo.

—En serio, quiero decir.

Me cuesta tragar saliva.

—Es duro. Ya sabes…

—Sí. Mi hermano murió. Hace años. De cáncer. Era mayor que yo…

—Ay, Dios —digo—. No tenía idea.

—¿Por qué ibas a saberlo? —Se hace el silencio. Un latido—. El desenlace no era inesperado, pero de todos modos fue horrible. No puedo empezar a imaginar siquiera por lo que estás pasando.

Permanecemos sentados unos instantes.

—¿Qué tal está Connor? —pregunta.

Suspiro. No hay nada que decir. Aun así, me alegra que se haya tomado la molestia de preguntarlo.

—Está bien, creo. La verdad es que no ha hablado del asunto. No sé si eso es bueno, aunque…

—Ya hablará, imagino. Cuando esté preparado.

—Supongo. Pero ojalá supiera qué piensa. Qué le ronda por la cabeza. Pasa horas en su cuarto, aunque eso no es nada nuevo. Es como si me evitara.

—Está en esa edad, supongo. Además, es chico.

Le miro, miro su perfil, silueteado contra la luz de la casa. ¿Es así de sencillo? Perdí a mi madre cuando era pequeña; no tengo ni idea de lo que es normal. Quizá tenga razón, es solo que él es chico y yo soy mujer y por eso se escabulle de mí. La idea me resulta curiosamente reconfortante. Tal vez no tenga nada que ver con que no soy su madre biológica.

—¿Alguna vez habéis pensado Maria y tú en tener hijos?

Vuelve la mirada hacia su mujer, visible en la cocina, que ayuda a mi marido a preparar el postre. Connor está con ellos, se ríen de algo.

—La verdad es que no —dice Paddy, que me mira de nuevo—. La carrera de Maria…, ya sabes. Y tampoco me preocupa. Vengo de una familia grande. Tenemos un montón de sobrinos y sobrinas.

Suena decepcionado, pero no lo conozco lo bastante para indagar más. La verdad es que no.

—Eso está bien —digo. Aplasto la colilla—. ¿Entramos?

—Claro. —Se limpia las manos en los vaqueros, se pone en pie y me tiende una mano—. ¿Irás a la fiesta de Carla?

Lo había olvidado por completo. Otra colega de Hugh, con una casa enorme en Surrey, un jardín grande, una barbacoa de gas. Siempre celebra una fiesta en julio e invita a todo el mundo. El año pasado fue divertido, pero ahora no tengo ningunas ganas de ir. Aun así, estoy atrapada; envía las invitaciones en abril. No hay manera de eludirlo.

—Supongo —respondo, y me pongo en pie.

Sonríe y dice que se alegra. Pasa una fracción de segundo antes de que me suelte la mano, demasiado poco tiempo para estar segura de que signifique algo. No sé a ciencia cierta si me cojo yo a él o él se coge a mí.

Se marchan. Hugh va a la cocina, sin decir una palabra. Le sigo. Empieza a recoger, frota todos y cada uno de los platos antes de enjuagarlos y dejarlos en el fregadero. No sonríe, ni siquiera me mira mientras hablo.

—¿Qué te pasa?

Sigue sin mirarme a los ojos. Tintinea un plato en el fregadero. ¿Es porque he salido fuera a sentarme con Paddy?

—Es Connor —dice.

—¿Connor? —Cojo un trapo y empiezo a limpiar la encimera—. ¿Qué le ocurre? ¿Seguimos discutiendo porque le he dicho que podía cenar en su cuarto?

—Entre otras cosas.

Opto por no hacerle caso. Si quiere sacar a colación cualquier otra cosa, tendrá que abordarla en vez de obligarme a que la adivine.

—Está muy disgustado últimamente —digo, en cambio—. Me parece que no conviene obligarle a hacer algo que no le apetece. Creo que tenemos que darle un poco de cuerda.

Deja el plato que tiene en las manos y se vuelve hacia mí.

—Sí, bueno, yo creo que hemos estado dándole demasiada cuerda de un tiempo a esta parte. No deberíamos mimarlo. Es muy importante que mantengamos la normalidad, Julia.

—¿Y eso qué significa?

Vuelve las palmas de las manos hacia arriba.

—La terapeuta de duelo dijo que no hiciéramos demasiadas concesiones. Tiene que darse cuenta de que la vida continúa.

¿La vida continúa? Mi ira asciende de nivel. La vida de Kate no continuó, ¿verdad? Respiro hondo.

—Estoy preocupada por él, nada más.

—¿Y yo no? Llega oliendo a tabaco…

—¿Tabaco?

—¿No te has dado cuenta? La ropa…

Niego con la cabeza. No me había dado cuenta de nada de eso. O me he vuelto descuidada, o son imaginaciones de Hugh, y sospecho que es lo segundo.

—A lo mejor son sus amigos los que fuman. ¿No te lo has planteado?

Entorna los ojos en ademán de acusación.

—¿Y qué será lo siguiente? ¿Beber?

—Hugh…

—Pelearse en el instituto…

—¿Qué?

—Me lo contó. Se metió en una pelea.

74

—¿Te lo contó él mismo?

—Sí. Estaba disgustado. No quiso decirme de qué se trataba, pero no es propio de él, Julia. Nunca se había peleado en la escuela.

Nunca había perdido a su madre, pienso, pero no lo digo.

—Igual lo que debemos hacer es dejar que cometa sus propios errores, ¿no? Tiene que madurar. Tiene que desahogarse, sobre todo teniendo en cuenta lo que ocurrió.

—Lo que yo creo es que debemos vigilarlo más de cerca.

—Te refieres a mí. Crees que yo debería vigilarlo más de cerca. El caso es que me parece que eres un padre perfecto cuando se trata de jugar al ajedrez o de pedir comida a domicilio si yo no estoy. Pero cuando le hace falta algo de disciplina, entonces es cosa mía, ¿no? —No me hace ningún caso—. ¿Y bien?

—No me refiero a eso. Mira, es que no sé si estás…

—Si estoy ¿qué?

Sé exactamente a qué se refiere. A si estoy dando buen ejemplo. Esto tiene que ver con lo que ocurrió en París.

—No sé si estás disponible para Connor de la manera en que él necesita que lo estés.

No puedo evitar reír, pero es un acto reflejo. En cierto modo, tal vez tenga razón.

—¿Y eso qué significa exactamente?

Baja el tono de voz.

—Haz el favor de tranquilizarte, Julia. Sé razonable.

Vuelvo a la mesa para acabar de recogerla, para darle la espalda. Es entonces cuando ocurre. Tengo delante la copa de la que he estado bebiendo y cuando la cojo me sobreviene de la nada un ansia súbita y casi irresistible. Imagino que la lleno con la botella de vino tinto que no han acabado del todo y me la bebo. Puedo sentirlo, denso en la boca. Lo saboreo, cálido y con un toque picante. Lo deseo, más que cualquier otra cosa.

Sostengo la copa en la mano. Me digo que es la primera vez

desde París, la primera vez que siento la tentación. No es una recaída. Solo significa lo que yo deje que signifique.

—¿Julia?

No le hago caso. Espera a que pase, me digo. Aguanta. El deseo alcanzará su punto culminante como una ola en el océano y luego menguará. Solo tengo que esperar. Hugh está aquí, de todos modos, y pase lo que pase no pienso beber delante de él.

Aun así, me las arreglé para beber en París, y de eso hace ya varias semanas. No he sentido la tentación desde entonces. Por mucho que beba ahora, no tiene que suponer el principio del fin.

Pienso en el programa. El primer paso. Esto no es algo que pueda controlar; el que hayan pasado semanas sin sentirme tentada no significa que lo haya superado. Todo control es una ilusión.

Pienso en mi sponsor, Rachel.

«La adicción es una enfermedad paciente —me dijo una vez—. Estará esperando toda la vida, si tiene que hacerlo. No lo olvides nunca.»

No lo he olvidado, me digo. No lo olvidaré.

—¿Julia? —dice Hugh. Parece molesto. He pasado algo por alto; estaba hablándome.

Me vuelvo.

—¿Sí?

—Sé que está disgustado por la muerte de su madre…

Las palabras elegidas me duelen, pero la ira hace que el deseo de beber mengüe un poco más.

—Nunca ha pensado en Kate como su madre.

—Ya sabes a lo que me refiero. La muerte de Kate tiene que perturbarlo por fuerza, pero…

—Pero ¿qué?

—Pero en realidad sigue sin hablar de ello, y eso me preocupa. Tendría que hacerlo, a estas alturas.

El comentario me enfurece.

—¿No se te ha pasado por la cabeza que es un proceso? No

hay unos plazos marcados. No todo el mundo puede afrontar la muerte de Kate como tú lo has hecho.

—¿Qué quieres decir?

—A Connor le llevará mucho más superar la muerte de Kate que a ti, eso es todo.

Pienso en lo que me ha dicho Adrienne. «No pienses nunca que a Hugh no le importa. Lo que pasa es que es muy remilgado. La pena es turbia, y no le gusta la turbiedad. Además, no olvides que tiene que vérselas con la vida y la muerte en su trabajo. Constantemente. Eso tiene que endurecerte, un poco.»

Parece sorprendido.

—Yo no he superado su muerte. Hubo un tiempo en que Kate y yo éramos íntimos. Yo también la echo de menos. ¿Por qué dices eso? Es hiriente.

—¿Sigues en contacto con el Ministerio de Asuntos Exteriores? ¿O lo vas a dejar todo en mis manos?

—Julia, hablo con ellos constantemente…

—No crees que deba conectarme a la red y mirar el lugar donde fue asesinada…

—Solo creo que ya estás bastante mal. Tienes que concentrarte en Connor, en tu trabajo. En el futuro, no en el pasado.

—¿Y qué se supone que quiere decir eso?

Abre la boca para hablar, pero luego parece pensárselo mejor. Un momento después se vuelve y tira el trapo de cocina que se había echado al hombro.

—Julia, me tienes muy preocupado.

—¿Yo?

—Sí, lo creas o no. Me parece que tienes que ir a ver a alguien. No lo estás afrontando como es debido. El lunes me iré a Ginebra y te quedarás aquí sola…

—Venga, no me pasará nada —digo, pero sigue hablando; por lo visto no me ha oído.

—… y me gustaría que al menos te plantearas ver a alguien…

Noto un arrebato de furia, su intensidad redoblada. Algo se quiebra. Ya no lo puedo soportar.

—Anda, vete al cuerno, Hugh.

La copa que no era consciente de tener en la mano se hace añicos contra el suelo. No recuerdo haberla tirado.

Da un paso hacia mí, se lo piensa mejor y da media vuelta como para irse. Por fin está furioso, y yo también, y casi es mejor así. Es algo distinto del entumecimiento, o del dolor.

—¿Adónde vas?

—Por ahí. Voy a dar una vuelta. Tengo que serenarme.

Se marcha. La casa entera se estremece, luego queda en silencio, y estoy sola.

8

Paso un rato sentada en el borde de la cama. Acaricio la funda del edredón. Algodón egipcio, de color azul huevo de pato. Nuestra cama, pienso. ¿Qué ha ocurrido?

La compramos al mudarnos aquí hace cuatro años y no es nada demasiado especial. Es el sitio donde dormimos, hablamos, leemos. Alguna que otra vez hacemos el amor, y cuando lo hacemos sigue siendo tierno, lento. Agradable, por lo general, aunque no excitante.

¿Fue excitante alguna vez? Creo que sí, durante una temporada, pero el frenesí de los primeros tiempos es insostenible; tiene que consumirse, convertirse en otra cosa. No es culpa suya, ni mía. Le ocurre a todo el mundo.

Quizá a nosotros nos ocurrió antes. Hugh es hijo del mejor amigo de mi padre; me conoce desde que iba al colegio. Aunque era mayor que yo, siempre nos llevamos bien, y del mismo modo que su padre intentaba cuidar del mío, Hugh cuidaba de mí y me ayudaba a cuidar de Kate. Nuestra pasión, cuando por fin llegó, fue sosegada. Ya iba acompañada de una historia. A veces creo que es como si nos hubiéramos saltado una etapa, como si hubiéramos pasado directamente de amigos a compañeros.

Oigo que Hugh regresa a casa. Va al salón. Me levanto. Tengo que bajar, hablar con él, solucionar las cosas. Si no lo hago, dormirá en el sofá de su despacho y yo pasaré otra noche tumbada en la cama, sola, intentando dormir mientras en el cerebro me chisporrotean imágenes, pensamientos que no se desvanecen. Rumiaré lo ocurrido durante la velada y en el centro siempre estará Kate. Enfila la callejuela, levanta la vista para ver una figura entre las sombras delante de ella, saluda con una sonrisa, pero entonces, cuando avanza, él levanta la mano y la sonrisa de Kate se convierte en mueca de terror al darse cuenta de que las cosas se han torcido, esta vez ha cometido un error. El hombre que ha venido a conocer no era quien ella creía.

Sé que si cerrara los ojos lo vería con la misma claridad que si estuviese ocurriendo delante de mí. Un puñetazo en la cara, un pie enfundado en una bota. ¿Cómo es que de alguna manera no lo supe? Esa conexión psíquica que siempre pensé que teníamos…, ¿por qué nos falló cuando de verdad era importante? ¿Se rompió cuando nos llevamos a Connor? Vería su sangre, derramada sobre el hormigón. Vería su nariz, rota. La oiría gritar. Me preguntaría si lo supo, si se dio cuenta de que había llegado su hora. Me preguntaría cuánto dolor sintió. Me preguntaría si pensó en mí y, de ser así, si lo hizo con cariño. Me preguntaría si, en el momento final, me perdonó.

Voy a la planta baja.

—¿Hugh?

Está en el salón con un vaso de whisky. Me siento frente a él.

—Más vale que te acuestes.

—Lo siento.

Me mira, por primera vez desde que he entrado. Suspira, bebe un sorbo de whisky.

—Duele.

—Lo sé.

No hay nada más que decir. Nos acostamos.

Por la mañana hablo con Connor.

—No sé qué oíste anoche —digo—. Pero tu padre y yo te queremos muchísimo.

Está echando leche a chorro en el cuenco de cereales y se derrama un poco sobre la mesa. Contengo el impulso de secarla con un trapo.

—Solo os oí discutir.

Me sienta como una bofetada. Es justo lo contrario de lo que quiero para mi hijo, de lo que le prometí a Kate. Estabilidad. Unos padres cariñosos. Un hogar sin conflictos.

—Todas las parejas discuten. Es normal.

—¿Vais a divorciaros?

—¡No! No, claro que no.

Vuelve a los cereales.

—¿Por qué discutíais?

No se lo quiero decir.

—Es difícil. Estos últimos meses han sido duros. Para todos. Sin tía Kate, y tal. —Sé que digo lo evidente, pero lo siento así, y creo que es necesario.

Una sombra le cruza el rostro y por un instante veo el aspecto que tendrá cuando sea mucho mayor, pero luego pasa y deja una especie de tristeza. Creo que va a decir algo, pero calla.

—¿La echas de menos?

Se queda helado con la cuchara a medio camino entre el cuenco y la boca. Vuelve a dejarla. Otra vez parece pensativo, mucho mayor. Por alguna razón me recuerda a Marcus —es la misma expresión que tenía en esas raras ocasiones en que estaba preocupado o meditabundo—, pero luego habla y se convierte de nuevo en un adolescente.

—No sé. —Se le desencaja el rostro y asoman las lágrimas.

Es inesperado y me pongo en pie de súbito en un impulso de tranquilizarlo y reconfortarlo.

—No te preocupes. Sientas lo que sientas, incluso si no sabes lo que es, no pasa nada.

Titubea.

—Supongo que la echo de menos. Un poco. ¿Y tú?

—Sí. Todos los días.

—Bueno —continúa—, no la veíamos tan a menudo, pero aun así...

—Es distinto, ¿verdad?

—Sí. Cuando alguien está vivo, igual no lo ves mucho, pero sabes que puedes, si quieres.

—Sí.

—Y ahora no puedo.

Guardo silencio. Quiero darle tiempo para hablar, pero también me pregunto si de verdad sentía que podía ver a su madre. Hugh y yo seguramente le habríamos dado permiso si lo hubiera pedido —hacer eso, ir y quedarse con ella—, pero en realidad nunca le animamos. Quizá nos daba demasiado miedo que ella no le dejara regresar.

—Ya sabes —digo al cabo— que, sientas lo que sientas, puedes preguntarme lo que quieras. Cualquier cosa.

Aunque lo digo de corazón, mis palabras suenan huecas, porque lo cierto es que hay secretos, cosas que no le diré, aunque me pregunte.

Sigue una larga pausa y luego pregunta:

—¿Crees que los atraparán? A los que mataron a Kate.

Me deja de piedra. No la ha llamado tía. Me pregunto si es el primer paso hacia llamarla mamá. El aire entre nosotros crepita.

—Eso espero, cariño. Pero es difícil.

Se hace el silencio entre nosotros.

—Papá dice que era una buena persona que se topó con mala gente.

Pongo pan en la tostadora y levanto la mirada. Sonrío. Eso es justo lo que Hugh pensaba de mí. Una buena persona, influida en exceso por quienes me rodeaban. Mientras estaba en Berlín, me decía: «Cuídate. Todos te echamos de menos...», y yo sabía que lo que quería decir era: «Esa gente no son tus amigos». Intentaba salvarme, ya entonces; solo que yo no estaba preparada para que me salvaran.

—Era una persona realmente encantadora. Punto.

Titubea.

—Entonces ¿por qué no me quería con ella?

—Connor —empiezo—. Es complicado…

—Papá dice que no le dé vueltas. Dice que tía Kate me quería muchísimo, pero que no se las podía arreglar, que no tenía dinero para mantener a un niño, pero vosotros sí, así que era lo más lógico.

—Bueno, es una manera muy simplista de enfocarlo…

Me pregunto cuándo Hugh le ha dicho todo esto a Connor. Ni siquiera sabía que hubieran hablado. Me digo que tenemos que esforzarnos más, ser sinceros con Connor, estar unidos. Tal como decidimos hace años.

—Si queríais hijos, ¿por qué no los tuvisteis?

—No podíamos. —Procuro mantener la voz firme; no quiero que se me quiebre, que delate toda la pérdida que contengo—. Lo intentamos. Durante años. Pero uno de nosotros… —Me interrumpo. No necesita saber detalles—. Simplemente, no podíamos.

Entonces me viene a la cabeza. La clínica: paredes blancas y suelos de caucho; cajas de las que asomaban guantes azules; en las paredes, anuncios de líneas de socorro y organizaciones benéficas a las que sabía que no llamaría nunca. Recuerdo los estribos, el metal frío entre las piernas. Lo viví como un castigo.

Caigo en la cuenta de que nunca le he hablado de ello a nadie, desde luego no a Hugh. No sabe nada del bebé que habría podido tener pero no tuve.

—¿Quién de los dos no podía?

Miro a mi hijo. Al hijo de Kate.

—No lo sé. —Me invade entonces una sensación de vergüenza que ya conozco. Pensaba que la había vencido hace años. Me equivocaba—. No lo sabemos. Pero da igual. No supone ninguna diferencia. Te queremos, Connor. Eres nuestro hijo.

La tostadora emite un sonido metálico, el pan salta. Me llevo un susto, fugaz, y empiezo a untarle la tostada de mantequilla.

—Gracias, mamá —dice, y no sé con seguridad qué me agradece.

Saco la llave del bolso y abro el candado. La puerta del cobertizo se abre hacia dentro con un chirrido y espero unos instantes a que se airee un poco antes de entrar. Aunque las paredes están forradas y pintadas, y enciendo velas aromáticas cuando trabajo aquí, sigue oliendo ligeramente a madera. Sí, es acogedor; mi propio espacio, un refugio.

Cierro la puerta a mi espalda y me siento al escritorio. Dejo delante la caja de galletas, la que me dio Anna. Ahora estoy más tranquila. Sé lo que tengo que hacer.

Saco la agenda de Kate de la caja y la dejo en la mesa, al lado del portátil. La luz que entra en el estudio por la ventana detrás de mí se refleja en el ordenador, así que recoloco la silla y cambio el ángulo de la pantalla. Al final, pulso una tecla.

La foto que tengo como fondo de pantalla es una mía antigua, sentada en un banco en el parque de Heath con Connor en el regazo. En la foto tiene cuatro años, quizá cinco. Hace una década, y parezco feliz, enormemente emocionada de ser por fin madre; sin embargo, ahora es como si formara parte de una época distinta por completo. Tomo conciencia de nuevo de que la muerte de Kate ha partido mi vida en dos.

Pulso otra tecla y la foto de Connor desaparece, sustituida por la última ventana que había abierto. Es un vídeo.

Aprieto PLAY. Es una filmación de nosotros dos, Connor y yo, en una playa. La hizo Hugh hace años, cuando aún utilizaba una videocámara. Connor tiene unos cinco años, lleva bañador rojo y va embadurnado de crema de protección solar, y los dos nos alejamos corriendo de la cámara, en dirección al mar, riéndonos.

Fue un verano glorioso; habíamos alquilado una casa de

campo en Portugal. Pasábamos los días en la piscina o en la playa. Comíamos en un restaurante del pueblo, o dábamos un paseo en coche hasta las colinas. Después de haber acostado a Connor, nos sentábamos en la terraza y veíamos ponerse el sol. Nos quedábamos allí y charlábamos, y luego nos íbamos nosotros a la cama, donde, en silencio y con cuidado, hacíamos el amor. Éramos felices. Muy, pero que muy felices.

El vídeo casi ha terminado cuando recibo una llamada; es Anna, por Skype. No quiero hablar con ella ahora. Pulso ocultar. Ya la llamaré luego. Lo que tengo que hacer no me llevará mucho rato.

Termina el vídeo; Connor queda congelado a lo lejos.

Estoy preparada.

Abro el buscador y empiezo a escribir la dirección de la página web: «Encountrz». Basta con que teclee las primeras letras; el resto se completa automáticamente de anteanoche, cuando no llegué a pulsar ENTER.

Ahora sí pulso la tecla. Tengo una sensación de ingravidez; es inexplicable, pero real. Mi cuerpo ha soltado amarras. Estoy flotando. La ventana se carga. Aparece una fotografía, una pareja que camina por la playa, riendo. Parece banal, de alguna manera, pero ¿qué esperaba?

En la parte superior de la pantalla hay una casilla con la leyenda «Nombre de usuario» y otra con «Contraseña». Tecleo «KatieB», luego «Jasper1234». Le doy a ENTER.

No estoy segura de qué pasará. Parece como si el ordenador se hubiera colgado, tarda una eternidad, pero luego la pantalla cambia y aparece un mensaje en el centro.

«Bienvenida de nuevo, Katie. ¡Cuánto tiempo!»

Es como si me hubieran dado un puñetazo que me hubiera tirado al suelo. Me falta el resuello, no puedo respirar, pero entonces caigo en la cuenta de que es un mensaje automatizado. Respiro hondo, procuro calmarme. Al lado hay un botón de ENTER. Lo pulso.

No estoy preparada para lo que veo; hay una fotografía de mi hermana en la esquina superior izquierda de la pantalla, debajo del logo de la página web. Siento otra sacudida. Es como si estuviera ahí, sentada a su ordenador. Es como si no tuviera más que escribir un mensaje y darle a enviar —como puedo hacer con Anna, y Adrienne, y Dee y Fatima— para volver a hablar con ella, decirle que lo siento, que Connor está a salvo. Que la echo de menos.

Pero no puedo. No está. Me centro en el motivo por el que me he conectado, me obligo a mirar la foto que utilizaba. Parece que se la hicieron en unas vacaciones. Es un primer plano. Está tumbada en una toalla playera, boca abajo, leyendo un libro. Tiene las gafas de sol retiradas sobre la cabeza, la piel bronceada. Lleva biquini y se yergue sobre los codos. Los pechos presionan contra la tela de la toalla, pero parece una pose espontánea, natural.

Sonríe. Feliz. Miro fijamente la foto. Me pregunto cuándo la tomaron, y quién lo hizo. Qué relajada parece. No puedo creer que la niña a la que antaño tuve en brazos, bañé, leí, ya no esté. No puedo creer que nunca vaya a volver a hablar con ella.

Me echo a llorar. Me precipito, marcha atrás, hacia el dolor. No puedo hacerlo, pienso. Sola no.

Llamo a Anna.

—En la parte superior debería haber un registro de la actividad reciente. Puedes mirar ahí. Aparecen las últimas personas que han consultado su perfil.

Ya me ha preguntado si estoy bien, qué estoy haciendo. Ya ha puesto en duda que sea buena idea y le he dicho la mentira a medias de que Adrienne lo sugirió.

—Solo quiero ver si hay algo que la policía puede haber pasado por alto.

—Claro. Entiendo. Entonces deberías ver los canales. ¿A la derecha?

Minimizo la ventana del chat y la cara de Anna desaparece. Detrás está la página de citas, la lista de canales de chat. ¿Buscas amor? Algo extra. Un poco de diversión. Parejas y grupos. Me pregunto hacia cuál habría gravitado Kate.

—Vale.

—Kate y yo solíamos ir a «Conversación informal» —dice Anna—. Pero debería haber una pestaña, en la parte superior. Amigos y favoritos.

—Ya la veo.

—Son las personas con las que Kate chateaba. Con las que se conectó, con quienes vinculó su perfil.

Pulso la pestaña y la página cambia. Aparece una lista de nombres con fotografías en miniatura. Me quedo de piedra. Empieza a temblarme la mano derecha. Robbie676, Lutture, SteveXXX…, la lista continúa.

Desplazo la página hacia abajo: hay unos quince nombres en total.

—¿Ves algo? —pregunta Anna.

La esperanza se me escurre y de pronto estoy vacía. Hueca. Esto es inútil, y yo soy idiota. ¿Qué pensaba que vería? ¿Un mensaje de uno de sus amigos diciéndome que mató a mi hermana? ¿Un mensaje dirigido a ella: «Por fin te pillé»?

—No sé. Solo una lista de nombres. Podrían ser de cualquiera. No dice nada.

Por primera vez caigo en la cuenta de que podría estar asustada. Ella ha visitado esa misma página web, es posible que haya hablado con las mismas personas. Debe de estar pensando que bien podría haber estado ella en esa callejuela en lugar de Kate.

Por un momento pienso que ojalá hubiera sido así, pero luego ahuyento esa idea. No se lo deseo, a ella no, ni a nadie.

—Igual deberías mirar algunos. —Dice—. Sus perfiles. Ver si viven cerca.

Me sorprende.

—¿No viven todos cerca?

—No necesariamente. No olvides que Kate no solo estaba interesada en encontrarse con gente en el mundo real. Con algunos era todo virtual. Podrían estar en cualquier parte, en la otra punta del mundo.

Tiene razón, claro. Escojo un par de perfiles para mirarlos con detalle. SexyLG, cuya foto de perfil es una puesta de sol, vive en Connecticut; CRM1976 resulta que es mujer. Hago clic en varios más y por lo visto la mayoría vive en el extranjero: en Europa, Estados Unidos, Australia. Algunos son mucho mayores que Kate; un par, más jóvenes. Ninguno parece la clase de persona en la que imagino interesada a Kate, ni sexualmente ni de cualquier otra manera.

—¿Alguno?

—Todavía no. Tengo que mirar más a fondo.

Echo un vistazo al resto. Solo veo uno que encaje. Harenglish.

—Aquí hay uno. Hombre, vive en París. —Clico en su perfil—. Ha usado un retrato de cabeza y hombros, y es calvo. Lleva gafas y una cazadora de cuero de motero. Ha ocultado la edad, pero aparenta entre treinta y cinco y cuarenta años. Es piscis, según dice, soltero, en busca de amor o «diversión por el camino».

—¿Cómo se llama? —pregunta Anna.

Se lo digo y la oigo teclear. Supongo que se está conectando a la misma página web para buscar su perfil.

Me quedo mirando su fotografía como si fuera un enigma que tengo que resolver. Parece bastante simpático, tirando a inocente, pero ¿qué importancia tiene eso? Cualquiera puede encontrar una foto decente de sí mismo, cualquiera se puede presentar bajo una luz favorecedora. En cierto modo, ¿no es lo que todos intentamos hacer? Mostrar al mundo nuestra mejor cara, dejar la oscuridad en el interior. El filtro de internet simplemente nos lo pone más fácil.

Ojalá hubiera algún modo de averiguar hasta qué punto conocía a mi hermana. Si eran lo bastante íntimos como para que lo incluyera entre sus amigos, ¿por qué no le envió un mensaje, por qué no expresó asombro, o al menos sorpresa, cuando desapareció?

—No lo reconozco.

Imagino que hago lo que sugirió Adrienne. Tomar nota de su nombre, junto con el de cualquiera que parezca que pudo haberse citado con Kate, y facilitar la información a la policía. Pero tal vez ya hayan investigado estos nombres.

—Voy a enviarle un mensaje.

—¡Espera! —Se aprecia un tono de urgencia en su voz; es alarmante, sorprendente.

Abro la ventana de Skype; tiene los ojos entornados como si se estuviera concentrando, parece ansiosa.

—¿Qué pasa?

—Podría ser peligroso. Bueno, piénsalo. Estás conectada con el perfil de Kate. Si fue él quien la mató, se dará cuenta de que eres otra persona haciéndote pasar por ella. Y eso le hará ser precavido. Tenemos que ser listas. —Titubea—. Igual debería enviarle yo un mensaje, ¿no? Saludarle. A ver si averiguo algo.

Oigo que empieza a teclear. «Enviar», dice unos segundos después, y cuando lo hace, mi ordenador anuncia con un tintineo que tengo un mensaje. Pero no es de ella, ni de Harenglish. Algún otro le ha enviado un mensaje a Kate. Eastdude.

Noto un extraño arrebato de emoción, un subidón que no esperaba.

—¡Tengo un mensaje!

—¿De quién?

Se lo digo. El nombre me suena. Abro la lista de usuarios que Kate había introducido en su agenda y veo que no me equivocaba. Allí está.

—Este tipo está en la lista de Kate. Es él.

—Julia, eso no lo sabemos.

Tiene razón. Nada más empezar a rebatirla, caigo en la

cuenta de que mi argumentación presenta fallos. Si ha matado a mi hermana, ¿para qué iba a enviarle un mensaje ahora?

Me quedo mirando el mensaje como si fuera peligroso, venenoso.

—Igual solo se pregunta por qué Kate no ha dado señales de vida.

—Voy a leerlo.

Hago clic en el mensaje de Eastdude y se abre en una ventana nueva. Parece escrito a toda prisa. «Hola, Katie. ¡Has vuelto! ¡Te echaba de menos! ¡Si te apetece otro rollete, yo sigo dispuesto!»

Intento imaginar qué habría hecho Kate. ¿Se habría limitado a enviar una respuesta, un sí? ¿Y después? Habría quedado en una fecha, supongo, para encontrarse. ¿Copas y cena? ¿O habría ido a su casa, o le habría invitado ella a la suya? ¿Sería más sencillo saltarse los prolegómenos?

—Quiere saber si Kate quiere enrollarse con él.

—Enrollarse, ¿dónde?

—No lo dice.

Hago clic en su perfil. Tiene poco más de treinta años, según dice, aunque la foto sugiere por lo menos diez años más. En «Ubicación» ha escrito «Nueva York».

—Nueva York.

—Pero eso no tiene sentido.

Vuelvo a leerlo.

—«Otro rollete.» No recuerdo que Kate fuera nunca a Nueva York, ¿verdad?

—No. Debe de referirse a cibersexo.

Cibersexo. Nada más que interminables descripciones de quién le hace qué a quién. Qué llevan puesto, cómo hace que se sientan. Adrienne siempre bromea con que en realidad es gente en chándal con manchas de vómito de bebé.

—Pero ¿es normal que lo llame rollete? —pregunto.

—Supongo.

—No hay historial de mensajes.

—Entonces, más vale que lo olvides, Julia.

—Puedo responder a su mensaje. Cree que soy Kate.

—¿Y qué conseguirías?

—Averiguar qué sabe…

Vuelvo a mirar la foto de ese tal Eastdude. Parece inocente, inofensivo. Tiene entradas, y en la foto que ha escogido rodea con los brazos a una mujer que ha sido eliminada de la imagen sin mucha pericia. Tal como me eliminé yo de la fotografía de Marcus.

Me pregunto de qué habrían hablado Kate y él. Me pregunto hasta qué punto la conocería, si es que la conocía.

¿No me he conectado para eso? ¿Para indagar?

—No sé si serviría de algo —señala Anna.

—Confía en mí —digo—. Hablamos luego.

Nuestros mensajes van desplazándose pantalla abajo. Eastdude cree que está hablando con Kate.

«¿No recuerdas lo calientes que nos pusimos? Qué decepción.»

En la línea siguiente un emoticono, una carita redonda, amarilla, guiñando un ojo. Bromea.

Me siento incómoda. ¿Así empieza un chat sexual? ¿Con una referencia a la calentura?

«He estado muy ocupada últimamente.»

La respuesta es instantánea.

«¿Trabajo?»

No estoy segura de a qué se refiere. Yo creía que Kate solo tenía trabajos temporales; de camarera, en bares, de administración en oficinas. Me pregunto de nuevo qué le habría contado a él.

Tengo que mantener la ambigüedad.

«Algo así.»

«Una pena. Sea como sea, me encantaría retomarlo donde lo dejamos. ¿Estás bien? Creía que te había pasado algo.»

«¿Por qué?»

«No dabas señales de vida. Luego recibí una visita de la policía. Me preguntaron de qué habíamos estado hablando. Si había ido a París recientemente. Supuse que podía tener algo que ver contigo.»

Me quedo de piedra.

«¿Se lo dijiste?»

Tarda un momento en contestar.

«¿Tú qué crees?»

¿Y eso qué significa? ¿Sí se lo dijo o no se lo dijo?

Me repito que él no pudo haber matado a mi hermana. Cree que está hablando con ella.

A menos que mienta.

«No me ha pasado nada —digo—. Estoy bien.»

«¡Mejor que bien, en mi opinión!»

Aparece otro icono; una carita roja con cuernos.

«Gracias —digo. Me doy cuenta de que tengo que andarme con cuidado si quiero que se suelte—. Bueno, has dicho que querías retomarlo donde lo dejamos.»

«Antes que nada, dime qué llevas.»

Vacilo. Esto no está bien y me siento fatal. Estoy haciéndome pasar por mi hermana, mi hermana muerta, y ¿para qué?

Procuro convencerme. Quiero averiguar quién la mató. Lo hago por motivos correctos, por el bien de Kate y de su hijo.

Entonces ¿por qué tengo ganas de vomitar?

«¿Qué llevaba la última vez?», escribo.

«¿No lo recuerdas?»

«No —contesto—. ¿Por qué no me lo dices tú?»

«No gran cosa, al final.»

Otra carita sonriente, esta con la lengua colgando.

Dudo. El cursor parpadea, a la espera de que decida qué voy a escribir, hasta dónde voy a llevar esto. Parece surrealista; yo en

Londres, él en Nueva York, separados por miles de kilómetros y al mismo tiempo por nada en absoluto.

«Imagino que eso es lo que llevas ahora.»

No respondo.

«Imagino que no llevas nada en absoluto…»

Sigo sin decir nada. No es esto lo que quería que pasara.

«Se me está poniendo dura.»

Cierro los ojos. No debería estar haciendo esto. Soy una mirona, estoy probando la vida virtual de mi hermana, la vida privada de mi hermana muerta. Soy una turista.

Debería dejarlo, pero no puedo. Ahora no. No hasta que sepa con seguridad que no es él.

Llega otro mensaje.

«Y tú ¿qué? ¿Me deseas?»

Vacilo. Kate me perdonaría, ¿verdad? Tecleo:

«Sí.»

«Bien —responde él—. Dime que lo recuerdas. Dime que recuerdas lo calientes que nos pusimos. Cómo describiste tu cuerpo. Las cosas que hiciste.»

«Lo recuerdo.»

«Dime lo que quieres, ahora mismo.»

«A ti.»

«Te estoy besando. Por todas partes. Los labios, la cara. Voy bajando. Los pechos, el estómago.»

Una vez más algo en mi interior me dice que esto no está bien. Cree que está hablando con Kate. Imagina que tiene relaciones con mi hermana muerta.

«¿Te gusta?»

Tengo las manos suspendidas sobre el teclado. Ojalá supiera qué decir.

«¿Sientes mi lengua sobre tu cuerpo? Qué bien sabes…»

¿Qué habría dicho Kate?

«¿Quieres que siga bajando?»

¿Qué puedo decir? ¿Sí? ¿Sí, quiero? Puedo decirle que quiero que siga bajando, que no quiero que pare, o puedo preguntarle qué le dijo a la policía, dónde estaba en febrero la noche de la muerte de Kate, si asesinó a mi hermana. Lo digo en mi cabeza y ya me parece ridículo.

Cojo el portátil y me pongo en pie. No sé qué hacer.

«¿Estás preparada para mí?»

Se abre la tierra bajo mis pies. Empiezo a hundirme. El corazón me late muy deprisa, no puedo respirar. Quiero que la cabeza deje de darme vueltas, pero no hago más que pensar en lo que habría dicho Kate, lo que habría hecho.

Miro el portátil en mi mano. Por un momento lo detesto; tengo la sensación de que contiene todas las respuestas y quiero zarandearlo para que las suelte, exigirle la verdad.

Pero no me la revela. No puede. No es más que una herramienta, no puede decirme nada.

Lo cierro de golpe.

Hugh vuelve de trabajar y cenamos, los tres, sentados a la mesa. Luego hace el equipaje, de vez en cuando me pregunta si sé dónde está tal camisa o si he visto la loción para después del afeitado, y después sube a retocar su discurso mientras Connor y yo vemos una película en el salón. *El caso Bourne*. No puedo concentrarme; pienso en esta tarde, me pregunto si el hombre al que Anna envió un mensaje —Harenglish— se habrá puesto en contacto con ella. También pienso en el cibersexo, que supongo no es muy distinto del sexo telefónico. Eso me hace pensar en Marcus; por entonces no había mensajes de texto, ni emails, ni servicios de mensajería instantánea, a menos que se contaran los buscas, que casi nadie tenía. Solo la voz.

Connor se inclina hacia delante y coge un puñado de las palomitas que le he preparado. Dejo vagar mi mente.

Recuerdo la primera vez que Marcus y yo nos acostamos. Nos conocíamos desde hacía unas semanas, hablábamos por teléfono, nos quedábamos a tomar café después de las reuniones. Había empezado a contarme su historia. Era de buena familia, sus padres estaban vivos, tenía una hermana simpática, normal, estable. Sin embargo, en casa siempre había alcohol, y aunque le estaba prohibido, se sentía atraído hacia él. La primera vez que se emborrachó fue con whisky; no recordaba nada, salvo que sintió que una parte de sí se abría, en ese instante, y que algún día querría volver a hacerlo.

—¿Qué edad tenías? —le pregunté.

Se encogió de hombros.

—No sé. Diez.

Pensé que exageraba, pero me aseguró que no. Empezó a beber. Siempre se le había dado bien el arte, dijo, pero con la bebida sentía que era mejor. Su capacidad para pintar mejoró. Las dos cosas se entrelazaron. Pintaba, bebía, pintaba. Dejó la universidad, sus padres lo echaron de casa. Solo le apoyaba su hermana, pero era mucho más joven, no lo entendía.

—Y después me quedé solo. Intenté apañármelas, pero…

—¿Qué ocurrió?

Le quito hierro.

—Una vez entre tantas me desperté de nuevo sin la menor idea de dónde estaba o cómo había llegado allí; una vez entre tantas me pregunté de nuevo por qué sangraba. Llamé a mi madre. Dije que necesitaba ayuda. Pidió a un amigo que me acompañara a mi primera reunión en la asociación.

—Y aquí estamos.

—Sí. Aquí estamos. —Hizo una pausa—. Me alegra haberte conocido.

Un par de semanas después me llamó. Kate estaba viendo la tele con un amigo y cogí la llamada en el supletorio de la cocina. Parecía preocupado.

—¿Qué ocurre? —pregunté.

—He tomado una copa.

Suspiré, cerré los ojos.

—¿Has llamado a Keith?

—No quiero hablar con Keith. No quiero verlo. Quiero verte a ti.

Me sentí fatal y entusiasmada al mismo tiempo. Había tomado una copa, pero era a mí a quien acudía. Me pidió que fuera a su piso, y dije que claro que iría. Cuando llegué, estaba sentado en el sofá raído, con una botella a los pies. Me senté a su lado y le tomé la mano. ¿Sabía que íbamos a besarnos? Probablemente. ¿Sabía que era casi con toda seguridad un error?

Probablemente no.

Termina la película y Connor va arriba, luego, un rato después, también subo yo. Escucho delante de su puerta al pasar, pero solo oigo el repiqueteo rítmico de sus dedos sobre el teclado. Lleno la bañera y me quedo dentro del agua un buen rato, con los ojos cerrados, sumiéndome de tanto en tanto en un sueño agotado, añadiendo agua caliente alguna vez. Cuando salgo, Hugh ya se ha acostado.

—Ven —dice.

Da unas palmadas en la cama a su lado y yo sonrío.

—Un segundo.

Llevo una toalla enrollada alrededor del pecho y me la ciño un poco mejor, luego me siento frente al tocador y me pongo crema hidratante. Cuando termino, Hugh está roncando y apago la luz. Hace calor, pero corre una ligera brisa y me acerco a la ventana para abrir bien las cortinas. Fuera hay una figura apenas visible entre las sombras, una imagen tenue como el humo. Parece un hombre, y me vuelvo para despertar a Hugh, para preguntarle si lo ve o si cree que son imaginaciones mías. Pero está profundamente dormido, y cuando miro de nuevo el hombre ha desaparecido, y me pregunto si en algún momento ha estado ahí.

9

Llevo a Hugh al aeropuerto y regreso a casa. Es lunes, el tráfico está mal y el aire es denso de tanto calor. Estaba decidida a mantenerme ocupada durante su ausencia —a poner manos a la obra con mis tareas, ordenar la habitación de Connor, revisar los archivos del ordenador, asegurarme de que todo esté cargado y listo para la sesión del miércoles—, pero cuando llego a casa ya es primera hora de la tarde y hace demasiado calor para hacer gran cosa.

Estoy inquieta, impaciente. Me pongo un vestido ligero y decido salir un rato al jardín. Voy al frigorífico a por una limonada, pero al abrir la puerta veo la botella de vino que abrió Hugh anoche. Me sobreviene de nuevo el deseo, tal como ocurrió tras la cena. Cojo la limonada y cierro la puerta, pero no tiene sentido fingir que no lo siento.

Rachel solía decírmelo. «Da un paso atrás y obsérvalo al trasluz —decía—. Sopésalo.»

Hago justo eso. Primero, me gustaría tomar una copa. Además, estoy sola, Hugh se ha ido, Connor está en el instituto. No hay razón lógica para no hacerlo.

Solo que la hay. Hay toda clase de razones.

Esta vez el deseo aumenta. Lo reconozco, lo siento, y aun así no se esfuma. Está creciendo, empieza a ser más poderoso que yo, es un animal, un depredador implacable, algo con dientes, algo que quiere destruir.

No pienso dejarle ganar. Esta vez no. Me digo que soy fuerte, soy más grande que eso que quiere cobrarme como presa. Me sobrepongo, le sostengo la mirada y, al fin, empieza a remitir. Echo hielo a la limonada y busco la novela que estoy leyendo, cojo el portátil y salgo. Me siento a la mesa del patio. El corazón me late con fuerza, como si hubiera sido un enfrentamiento físico, pero una vez más me alegro de no haber bajado la guardia.

Tomo unos sorbos de limonada escuchando los sonidos del verano, el tráfico, los aviones en lo alto, una conversación en un jardín lejano. Tengo el libro delante, pero no le hago ningún caso. Sé que no podré concentrarme; leeré la misma página una y otra vez. Es inútil.

Abro el portátil. Me pregunto si el tipo de ayer —Harenglish— contestó a Anna, o si Eastdude, con el que estuve chateando, me habrá enviado más mensajes.

Voy a la página de los mensajes. Así es. Lo abro.

«¿Qué ocurrió? Espero que estés bien.»

La ansiedad me recorre de la cabeza a los pies. Es eléctrica. Ansiedad, y también excitación; aunque cree que está hablando con Kate, parte de mí se siente halagada por su decepción.

Procuro centrarme en lo importante. Tengo que ser más metódica. Me digo que es poco probable que tuviera algo que ver con la muerte de Kate: suponiendo que lo que me dijo sea cierto, la policía lo interrogó como sospechoso y lo eliminó de la investigación. Además, vive en Nueva York.

No tiene sentido contestar a su mensaje. Pulso eliminar. En parte me siento mal, pero es un desconocido, alguien a quien nunca veré. Me trae sin cuidado lo que piense. Tengo cosas más importantes que hacer.

Voy a la página de «Amigos y favoritos» de Kate y recorro la lista. Esta vez soy minuciosa, los reviso uno por uno buscando dónde viven. Están repartidos por todas partes. Sin contar Eastdude, hay once personas con las que chateaba habitualmente. De esos, solo tres viven en Francia, y solo uno, el tipo de ayer —Harenglish, al que Anna envió un mensaje— está en París.

Vacilo. Abro Skype, pero Anna no está conectada. Le envío una nota preguntándole si obtuvo respuesta, pero al mismo tiempo sé que de ser así me lo habría dicho.

Me recuerdo que su silencio no significa que Harenglish sea el que mató a Kate. En absoluto. Quizá casi no chateaban, apenas se conocían. Quizá rara vez se conecta para ver sus mensajes, o no responde de inmediato. Hay un millón de razones para su silencio. No tiene que ser porque sabe con exactitud dónde acabó Kate.

Pero necesito asegurarme. Permanezco sentada un momento. Tomo un sorbo de limonada. Pienso en mi hermana, y en lo que puedo hacer para ayudarla. Mientras lo hago, la idea que ha estado tomando forma toda la noche aflora por fin.

Llamo a Anna.

—He estado pensando —dice.

—¿Sí?

—En lo que sugeriste. Ya sabes, chatear con ese tipo. Igual no es tan mala idea.

Se lo digo.

—Estoy dándole vueltas a la idea de colgar un perfil propio. Si puedo hablar con gente…, si creen que soy nueva…, es más probable que me cuenten cosas.

Me explica paso a paso cómo hacerlo. Trabajo deprisa y no me lleva mucho rato. Titubeo cuando el programa me pide que escoja un nombre de usuario, pero luego opto por JayneB. Se aproxima bastante a mi propio nombre, pero no demasiado. La foto que escojo es una que Hugh me sacó hace años en unas vacaciones. En ella, el sol radiante detrás de mi cabeza me deja el rostro medio en sombra. No la he escogido al azar; por lo general Kate y yo no nos parecemos demasiado, pero en esta foto sí. Alguien que hubiera conocido a Kate tal vez mencionaría el parecido; podría servirme como vía de entrada. Introduzco los detalles: fecha de nacimiento, estatura, peso. Al final, hago clic en guardar.

—Ya está —digo.

Me advierte que tenga cuidado. Vuelvo a conectarme. Estoy entusiasmada, por fin estoy haciendo algo. Es posible que el tipo de ayer —Harenglish— hable conmigo pensando que soy nueva. Tal vez así pueda averiguar quién es y hasta qué punto conocía a mi hermana.

Le envío un mensaje. «Hola —digo—. ¿Qué tal?» Sé que no responderá de inmediato, si es que responde, así que entro en casa para servirme más limonada. Cojo una manzana del frutero. Me pregunto qué hará ese hombre cuando vea el mensaje. Si recibe muchos, o solo unos pocos. Si contesta a todos, o solo a los que le llaman la atención. Me pregunto qué ocurre normalmente, si es que hay algo que pueda considerarse normalmente.

Vuelvo a salir. Sopla un viento suave, ahora hace más fresco. Tomo otro sorbo de limonada y me siento. Muerdo la manzana; está crujiente pero un poco ácida. La dejo en la mesa y, mientras lo hago, el ordenador emite un tintineo.

Tengo otro mensaje, pero no es de él. Este es de alguien nuevo. Al abrirlo noto una sensación de lo más extraña. Una caída, un descenso. Se ha entreabierto una puerta. Algo se acerca.

SEGUNDA PARTE

10

Ese día pasé horas sentada en el jardín, con el leve zumbido del portátil ante mí. Me dediqué a explorar la web, a clicar en perfiles, abrir fotografías. Fue como si creyera que iba a toparme con el asesino de Kate por casualidad, que de alguna manera me arrastraría hacia él. El hielo del vaso se fundió, los restos de limonada empezaron a atraer moscas. Allí seguía cuando volvió Connor del instituto, aunque para entonces ya se había agotado la batería del portátil y estaba sentada, en silencio, pensando en Kate, y en con quién podría haber estado hablando, y qué podrían haberse dicho.

—Hola, mamá —dijo, y cerré el portátil.

Saludé y di unas palmadas en la silla a mi lado.

—Estaba editando unas cosas —dije cuando se sentaba. La mentira me salió con tanta espontaneidad que apenas me di cuenta.

La noche siguiente, Connor tiene que ir a la fiesta de Dylan. Su mejor amigo, un chico bastante majo, aunque un poco callado. Pasan bastante tiempo juntos, sobre todo aquí, jugando con el ordenador o la Xbox de Connor. Yo procuro mantenerme al margen, aunque escucho qué hacen de vez en cuando. Por lo general se ríen mucho, o desde luego solían reírse mucho, antes de Kate. Dylan aparece de vez en cuando y me pide más zumo o una galleta, sumamente educado. Las Navidades pasadas los llevé a montar en trineo en el Heath con otros dos chicos del instituto que no conocía. Lo pasamos bien; fue agradable ver a Connor con chavales de su edad, atisbar la clase de hombre que llegará a ser. Aun así, no creo que Dylan y él hablen de sentimientos. No lo imagino como alguien a quien Connor acuda en busca de apoyo.

Es el cumpleaños de Dylan y lo celebra en su casa; solo pizzas y refrescos de cola, un poco de música, quizá karaoke. Algunos se quedarán a pasar la noche en una tienda de campaña en el jardín y supongo que verán pelis hasta las tantas y picarán algo antes de que hagan repartición de linternas y sacos de dormir. Saldrán al jardín, se pasarán la noche riendo, charlando, jugando a videojuegos con los móviles, y al día siguiente, cuando los padres vayamos a recogerlos, no nos contarán nada salvo que lo han pasado bien.

Le llevo en coche. Aparcamos delante de la casa y veo los globos atados a los postes de la puerta, las tarjetas en las ventanas del salón. Connor abre la puerta del coche y al mismo tiempo Sally, la madre de Dylan, sale al porche. La conozco bastante bien, hemos ido a tomar algún café después de clase, aunque siempre con otras personas, y hacía tiempo que no la veía. Saludo con la mano y ella hace lo propio. A su espalda veo serpentinas, el destello de unos niños que suben corriendo las escaleras. Alza las cejas y sonrío en ademán solidario.

—Pásalo bien —le digo a Connor.

—Seguro que sí.

Me deja que le dé un beso en la mejilla y luego coge su bolsa y entra en la casa a todo correr.

Cuando vuelvo a casa, me parece cavernosamente vacía. Hugh sigue en Ginebra y me ha enviado un mensaje de texto —el vuelo ha ido bien, el hotel es bonito, tiene que salir pronto a cenar y se pregunta cómo estoy—, así que tecleo una respuesta. «Estoy bien, gracias. Te echo de menos.»

Pulso enviar. Preparo algo de cenar, me siento a ver la tele. Debería llamar a mis amigas, ya lo sé. Pero es difícil, no quiero imponer mi presencia, y percibo que cuando oyen mi voz mengua la energía, pues la muerte de Kate proyecta su sombra sobre todas nosotras.

Me doy cuenta de que ya no soy yo. Ahora llevo algo conmigo. El estigma del dolor. Y no lo quiero.

Pienso en Marcus. Llevábamos menos de un año viéndonos cuando dijo que quería mudarse. «¿Adónde?», le pregunté, y dijo: «A Berlín».

Parecía tan seguro, y tan desesperado… Pensé que intentaba alejarse de mí, a pesar de que hasta ese momento habíamos sido felices. Lo vio en mis ojos. El destello de la decepción, suprimido un instante más tarde de lo debido.

—No —dijo—. No lo entiendes. Quiero que vengas conmigo.

—Pero…

Movió la cabeza. Estaba decidido.

—Tienes que venir. Quiero ir contigo. No quiero ir solo.

Pero irás, pensé, aunque no te acompañe. Ya estás decidido.

—Ven, por favor. ¿Qué te retiene aquí? —Negué con la cabeza—. ¿Es por las reuniones? Llevamos una eternidad sobrios. Ya no necesitamos ir.

—Lo sé, pero…

—¿Es por Kate?

Asentí.

—Solo tiene doce años.

Me acarició el brazo, me besó.

—Ahora está en el colegio. No puedes cuidarla siempre.

Pensé en lo mucho que nos habíamos divertido, Kate y yo, pese a lo difícil que había sido a veces. Hacíamos palomitas y nos quedábamos viendo vídeos, o jugábamos en la hierba crecida al fondo del jardín fingiendo que nos perseguían los dinosaurios. Nos vestíamos con la ropa de nuestra madre, nos poníamos sus zapatos, nos rociábamos con su perfume.

—¿Cuánto tiempo llevas cuidándola?

—Ocho años.

—Exacto. Ya es hora de que tu padre empiece a cumplir con su obligación. Además, ya es casi una adolescente. Tú tienes que vivir tu vida.

Le dije que tenía que pensarlo, pero lo cierto es que ya lo sabía. Kate tenía casi trece años, era mayor que yo cuando empecé a cuidar de ella. Ya le había dedicado bastantes años de mi vida. Kate estaría bien.

Solo que no fue así. Abro los ojos. Busco el portátil.

Anna está conectada. Le envío un mensaje.

—¿Ha habido suerte? —pregunta.

Pienso en las pocas personas que me han enviado mensajes. No ha llegado nada interesante.

—Todavía no —respondo.

Hugh regresa del congreso. Toma el tren desde el aeropuerto, luego un taxi, y llega con un enorme ramo de flores. Me besa y me lo da.

—¿Qué he hecho para merecérmelo? —digo, y se encoge de hombros.

—Nada. Te quiero, eso es todo. Te he echado de menos.

Busco un jarrón.

—Yo también te he echado de menos —digo, un poco demasiado automáticamente.

Saco las tijeras del cajón de la cocina y empiezo a cortar los tallos.

—¿Qué tal está Connor?

—Bien, creo.

—¿Y tú?

Le digo que estoy bien.

—Tuve un encargo —digo, recordando la víspera—. Una amiga de Fatima. Su hija quiere ser modelo y necesitaba unas fotos para su book.

—Eso está bien —responde—. ¿Has visto a Adrienne?

—No. Pero llamó. Está en York, por trabajo. Pero hemos quedado para comer.

Sonríe y dice que cree que me vendrá bien. No le he dicho que Adrienne me ha preguntado si había decidido meterme en la red y le he dicho que no, todavía no.

Otra mentira. Me he conectado varias veces, y ahora es viernes por la noche. Hugh está arriba charlando con la administración del hospital, y Connor está en casa de un amigo haciendo un trabajo para el instituto. Ya he editado las fotografías que saqué el miércoles, y ahora estoy viendo la tele sin mucho interés. Es una película dramática. Polis de incógnito, una serie de asesinatos brutales, cinta aislante, venganza y violación. Todas las víctimas son preciosas, claro, como si de lo contrario no nos hubiera importado; además, se supone que debemos envidiar su vida justo hasta el momento en que la hoja del cuchillo se clava en su carne.

No sirve de nada, no me concentro. La apago. No puedo evitar acordarme de Kate. Era bonita, pero no preciosa, y no la violaron. Kate fue asesinada porque casualmente pasó por la callejuela equivocada en el barrio equivocado en el momento equivocado, o eso me dicen Hugh y todos los demás. Es así de sencillo.

Salvo que no lo es. No puede serlo.

Vuelvo a conectarme a Encountrz. Sé que debería dejarlo correr, hacer alguna otra cosa, pero no puedo. Hace ya una semana que le envié un mensaje a Harenglish y aún no ha respondido.

No está conectado, pero hay algo en la bandeja de entrada, algo nuevo.

Largos86. Hago clic en su perfil y veo que es más joven que yo —asegura tener treinta y un años, aunque no aparenta tantos— y es atractivo, con el pelo rizado y corto. Imagino que podría ser modelo, o actor, aunque me recuerdo que habrá elegido una de las fotos en las que salga más favorecido. En la película que estaba viendo hasta hace un rato interpretaría a un médico amable, o a un amante. Es demasiado atractivo para ser el marido. Abro el mensaje.

«Hola —dice—. Me encantaría hablar contigo. Me recuerdas a alguien.»

Me estremezco; es como si hubiera recibido un puñetazo. «Me recuerdas a alguien.» Por un instante solo hay una cosa, una persona, a la que puede referirse. Al fin y al cabo, elegí a propósito una foto de perfil en la que me pareciese a Kate.

Tengo que saberlo. Debajo de su mensaje hay un vínculo, una invitación a un chat en privado. Largos86 sabe que estoy conectada. Pulso aceptar y tecleo:

«Hola. ¿A quién te recuerdo?»

Su respuesta llega casi al instante.

«A alguien que me gustaba mucho.»

Gustaba, pienso. En pasado. Alguien que ya no está, de una manera u otra.

«Pero no quiero hablar de ella. ¿Qué tal estás?»

¡No! Yo sí que quiero hablar de ella.

«Bien», digo.

Un momento después, responde:

«Soy Lukas. ¿Te apetece chatear?»

Me detengo. Desde que empecé a conectarme he aprendido que no es habitual que alguien revele tan pronto su nombre. Me pregunto si miente.

«Yo soy Jayne.»

Hago una pausa.

«¿Dónde estás?»

«En Milán. ¿Y tú?»

Pienso en su primer mensaje. «Me recuerdas a alguien.»

Quiero averiguar si habló con Kate. Decido contarle una mentira de mi propia cosecha.

«En París.»

«¡Una ciudad preciosa!»

«¿Cómo es que la conoces?»

«Voy por trabajo. De vez en cuando.»

Noto un hormigueo en la piel por efecto del sudor. Procuro respirar, pero no hay oxígeno en la habitación.

¿Es posible que hubiera chateado con mi hermana, incluso que la hubiera conocido? ¿Podría ser él quien la mató? Parece poco probable; se le ve muy inocente, demasiado digno de confianza. Sin embargo, sé que esa impresión no tiene ninguna base, es una sensación, y las sensaciones pueden ser engañosas.

¿Qué debo hacer? Estoy temblando. No consigo tomar aire. Quiero poner fin a la conversación, pero entonces nunca lo sabré.

«¿De veras? —digo—. ¿Con qué frecuencia?»

«Bueno, no muy a menudo. Un par de veces al año.»

Quiero preguntarle si estuvo allí en febrero, pero no puedo arriesgarme. Debo andarme con cuidado. Si conocía a Kate y tiene algo que ocultar, podría deducir que le sigo la pista.

Tengo que mantener un tono liviano, animado. Si pasamos al terreno sexual, no habrá manera de averiguar nada, solo querré zanjar la conversación lo más rápido posible. Quiero buscar pistas, pero sin que el asunto se desmadre.

«¿Dónde te alojas cuando vienes?»

Espero. La pantalla anuncia un mensaje. No soy capaz de decidir si quiero que me diga que tiene un piso en el distrito diecinueve, o que su empresa lo aloja en un hotel cerca de Ourcq Métro, o no. Si es así, entonces es él. Estoy segura. Hugh y yo avisamos a la policía de que lo he encontrado. Yo puedo seguir con mi vida.

Pero ¿y si no? Entonces ¿qué? Seguiré sin saberlo.

Llega su mensaje.

«No voy a menudo. Suelo alojarme en hoteles.»

«¿Dónde?»

«Depende. Por lo general, en el centro. O si no, cerca de la Gare du Nord.»

No me hace falta desplegar un mapa de París para saber que la Gare du Nord no está ni remotamente cerca del área donde encontraron el cadáver de Kate. Me invade una curiosa sensación de alivio.

«¿Por qué lo preguntas?»

«Por nada.»

«¿Crees que igual es cerca de donde tú vives?»

Ha añadido una carita sonriente. Me pregunto si el flirteo ha pasado al siguiente nivel. Una parte de mí quiere ponerle fin, pero otra no. Es posible que esté mintiendo.

Dudo un momento, luego tecleo:

«Estoy en el nordeste. La parada de metro más cercana es Ourcq.»

Es arriesgado. Si es él, sabrá que tengo algo que ver con Kate. No puede ser una coincidencia.

Pero ¿qué hará? ¿Pondrá fin a la conversación sin más, desconectándose? ¿O seguirá chateando para intentar averiguar qué sé exactamente? Se me ocurre que quizá ya haya adivinado quién soy y por qué estoy chateando con él. Es posible que lo haya deducido desde el primer momento.

Pulso enviar y espero. Largos86 está escribiendo. El tiempo se dilata; tengo la impresión de que le lleva una eternidad.

«¿Es una zona bonita?»

«Está bien. ¿No la conoces?»

«No. ¿Debería?»

«No necesariamente.»

«Bueno, ¿estás muy ocupada? ¿Has pasado un buen día?»

Vacilo. La última vez, a estas alturas, me estaban preguntando qué llevaba puesto, o si me apetecía enrollarme en plan fantasía o ir al grano. Es un alivio que esta conversación no resulte amenazadora.

«No ha estado mal», digo.

Me pregunto por qué siento alivio. ¿Es porque durante estos breves instantes me olvido del duelo por mi hermana?

«Dime qué has hecho.»

«No creo que quieras saber de mí.»

«Claro que sí. ¡Cuéntamelo todo!»

«¿Por qué no me cuentas algo tú primero?»

«Vale. Déjame que piense.»

Ha añadido un emoticono, otra cara. Esta parece pensativa. Unos momentos después llega el siguiente mensaje.

«De acuerdo. ¿Preparada?»

«Sí.»

«Me encantan los perros. Y las canciones de amor horteras. Cuanto más horteras, mejor. Y me dan mucho miedo las arañas.»

Sonrío. No lo puedo evitar. Vuelvo a mirar su foto. Intento imaginar qué habría pensado Kate al verlo. Desde luego es atractivo, y más o menos de su edad.

Llega el siguiente mensaje.

«Te toca. Me debes dos datos.»

Reviso una lista de lo que podría contarle. Busco algo que lo haga salir de su escondite, algún dato que le incite a decirme si estuvo en París en febrero, o si tal vez chateó con Kate.

Me inclino hacia delante y empiezo a teclear.

«Vale. Mi estación preferida es el invierno. Me encanta París, sobre todo en febrero.»

Hago clic en enviar y un momento después responde.

«Eso es el primer dato.»

«Y...», empiezo, pero entonces me quedo de piedra. Oigo algo, una llave en la cerradura. El mundo real se entromete, con estruendo. Es Connor, que vuelve a casa. Cuando abre la puerta aún estoy adaptándome, a la sala en la que estoy, a mi propia casa. Enciendo la televisión y los títulos de crédito desfilan en silencio. Entra Connor.

—Ah, no sabía que estabas aquí.

Cierro el portátil y lo dejo a un lado. Me late el corazón con fuerza, como si me hubieran pillado drogándome. Lleva una gorra de béisbol que no le había visto nunca y una sudadera negra; mastica chicle.

—¿Dónde estabas?

—Estudiando.

Fuerzo una sonrisa.

—¿Qué tal va?

—Bien. Y tú, ¿qué haces?

Me siento aturdida. Es como si el ambiente doméstico se derrumbara a mi alrededor en un torrente de banalidad, de preparar comidas, de ir y volver del instituto, de preocuparme por lo que vamos a cenar o por si las encimeras de la cocina están limpias.

Me pongo bien el colgante.

—Estaba leyendo unos emails.

Pide un tentempié. Se lo preparo, luego va arriba y yo vuelvo al ordenador. Largos86 ya no está conectado, así que le envío un mensaje a Anna.

«Dice que se llama Lukas.»

«¿Y?»

¿Qué le digo? Tengo un pálpito, una sospecha. ¿En qué se basa?

«No sé. Hay algo en él. Parece muy interesado. —Vacilo, pero continúo—: Me preguntaba si conocería a Kate.»

«Es poco probable, ¿no crees?»

Estoy de acuerdo.

«Pero, sí, es posible que hablara con ella.»

«¿Tú crees?»

«Bueno, esa web no la utiliza tanta gente.»

«Entonces ¿crees que merece la pena hablar un poco más con él?»

«Bueno, no te hagas muchas ilusiones. Pero quizá sí. Igual podemos averiguar con quién más chateaba Kate. O al menos demostrar de una manera u otra si la conocía.»

Al día siguiente me llevo el portátil al estudio. El mismo tipo está conectado. Largos86.

«Desapareciste —dice—. Me pregunté qué había hecho.»

Es el cuarto o quinto mensaje que envía. Al principio no sabía si responder, pero continúan llegando.

No puedo olvidar lo que dijo. «Me recuerdas a alguien.» «Alguien que me gustaba mucho.»

«Lo siento», digo.

Resisto el impulso de poner una excusa. No puedo decirle que es que Connor llegó a casa. No estaría bien. Llevaría la conversación por otros derroteros. Me pregunto quién vigila a quién. Me pregunto quién es el gato y quién el ratón.

«¿Estás sola?»

Vacilo. Connor está en casa, haciendo los deberes, según ha dicho, y Hugh ha ido a un concierto con un amigo, así que como si lo estuviera. Desde luego me siento sola.

Además, he visto que voy a tener que ofrecer algo si quiero recibir algo a cambio.

«Sí, sí, estoy sola.»

Un momento después aparece su mensaje:

«Me gustó chatear contigo ayer…»

Me pregunto si va a haber un pero…

«Gracias.»

«Pero no llegamos a hablar de ti.»

«¿Qué quieres saber?»

«¡Todo! Pero podrías empezar por decirme a qué te dedicas.»

Decido que no quiero contarle la verdad.

«Estoy en el mundo del arte. Organizo exposiciones.»

«¡Vaya! Qué interesante.»

«A veces. ¿Y tú? Sé que viajas.»

«No hablemos de mí, anda. Es aburrido.»

Tal vez lo sea, pero intento averiguar por qué está tan interesado en chatear conmigo esta noche.

«No, seguro que no. Venga.»

«Trabajo para medios de comunicación. Compro espacios publicitarios para grandes campañas.»

«Entonces ¿qué haces en Milán? ¿De vacaciones?»

«No —dice—. Vivo aquí, provisionalmente. Por trabajo. Me alojo en un hotel. Estoy pensando en salir a cenar, luego quizá a un bar. Pero no tiene gracia ir solo…»

La elipsis sugiere que busca un elogio. Me digo que aún tengo que averiguar si queda con las personas que conoce en el chat, y, de ser así, qué hace con ellas.

Trato de imaginar qué contestaría Jayne. Como mínimo haría una referencia a lo que él acaba de decir.

«Apuesto a que no estarás solo mucho rato», digo.

«Gracias», contesta, y entonces llega otro mensaje.

«¿Puedo preguntarte qué llevas puesto?»

Qué amable, pienso. No es lo que esperaba.

Pero ¿qué esperaba? Así funciona esto, por lo visto. «¿Qué llevas puesto?» «Descríbemelo.» «Quiero quitártelo, dime cómo te sientes.» Pero mucho antes, tras unos pocos mensajes, no en el transcurso de un par de días.

«¿Por qué quieres saberlo?»

Me pregunto si debería añadir una carita lanzando un guiño. ¿Es lo que habría hecho Kate?

«Solo quiero poder imaginarte.»

Me noto tensa. No sé si quiero que me imagine. Me deja un regusto desagradable. Me digo que lo hago por el bien de Kate, y por el de Connor. Por el bien de todos.

«Si lo quieres saber —tecleo—, llevo vaqueros. Y una camisa. Te toca.»

«Bueno, yo estoy tumbado en la cama.»

Vuelvo a mirar su foto y me lo imagino. Veo la habitación del hotel, sosa y con aire corporativo. Me pregunto si se ha qui-

tado la ropa. Imagino que tiene un buen cuerpo, fuerte y mus-
culoso. Seguro que se ha puesto algo de beber; por alguna razón
lo veo con una cerveza, bebiendo directamente de la botella.
Algo en mi interior empieza a abrirse, pero no sé qué es. ¿Es
porque es posible que por fin esté llegando a alguna parte, de-
sentrañando el enigma del asesinato de mi hermana? ¿O porque
un hombre atractivo ha decidido enviarme un mensaje?

«Si estás ocupada, no pasa nada. Te dejo en paz.»

«No. No estoy ocupada.»

«Vale. Así que yo estoy aquí, y tú estás ahí. ¿Qué te apetece?
¿Qué te gusta?»

Procuro imaginar lo que habría dicho Kate.

No puedo.

«No estoy segura.»

«¿Estás bien?»

Decido que es más sencillo decir la verdad.

«No he hecho nunca esto.»

«No pasa nada. Podemos chatear en otro momento, si te
sientes incómoda.»

«No. No me siento incómoda. Es que no quiero decepcio-
narte.»

«Eres preciosa. ¿Cómo ibas a decepcionarme?»

En lo más profundo, pero inequívocamente ahí, noto una
punzada de excitación. Una señal lejana desde la estrella más
remota.

«Gracias.»

Un instante, y luego contesta:

«Es un placer. Eres preciosa. Y lo paso bien hablando contigo.»

«Yo también lo paso bien hablando contigo.»

«¿Por qué no me cuentas qué vas a hacer esta noche?»

Me paro a pensar. Dentro de poco prepararé la cena, luego
es posible que lea un rato. Pero no quiero contarle eso.

«Igual salgo con unos amigos. O igual voy al cine.»

«Qué bien.»

Hablamos un rato más. Me pregunta qué películas he visto últimamente, hablamos de libros y de música. Resulta que a los dos nos encanta Edward Hopper y hemos intentado leer *Finnegans Wake*, pero no hemos podido acabarlo. Es agradable, pero me parece que cada vez estoy más lejos de averiguar si alguna vez chateó con mi hermana, o si estaba en París en febrero, o ni siquiera a quién le recuerdo. Unos minutos después, dice:

«Bueno, más vale que me prepare para salir a cenar.»

«¿Y luego al bar?»

«Es posible. Aunque no sé si ahora me apetece.»

«¿Y eso?»

«A lo mejor vuelvo a la habitación a ver si sigues conectada.»

Noto otra minúscula descarga de placer.

«¿Te gustaría?»

«Puede.»

«A mí me gustaría chatear otra vez.»

No contesto.

«¿Y a ti?»

Me quedo mirando el parpadeo del cursor. Por alguna razón estoy pensando en mi época en Berlín, en la casa ocupada con Marcus, Frosty y los demás; la sensación de desear algo y no desearlo al mismo tiempo.

Vuelvo a recordarme por quién hago todo esto.

«Sí.»

Ponemos fin a la conversación. Me desconecto y llamo a Anna.

—¿Cómo te ha ido?

—No estoy segura.

—¿Habéis pasado al terreno sexual?

—La verdad es que no. No.

—Ya llegará —dice.

—Oye, ¿puedes echar un vistazo a su perfil online? Dime si lo reconoces...

Titubea. La oigo levantarse; se desplaza por el apartamento.

—Claro. Pero su nombre no me suena. No creo que sea uno de esos con los que quedó Kate. Supongo que es posible que chateara con él.

—Tengo que averiguarlo.

—Pero no te hagas demasiadas ilusiones.

Le digo que no me las haré. Hablamos un poco más. Después de despedirnos, vuelvo a conectarme. No lo puedo evitar. Miro el perfil de Lukas, las fotografías que ha subido. Parecen totalmente normales. Lleva una camisa a cuadros, abierta en el cuello, tiene la cara despejada y atractiva, los ojos oscuros. ¿Conoció a mi hermana? ¿Cabe esa posibilidad?

Leo el resto de su perfil. Se describe como un hombre atlético, le gusta divertirse, leer, la música y salir a comer. Al ir desplazando la pantalla hacia abajo veo que hay un vínculo a su página de facebook. Hago clic.

Aquí ha usado la misma foto, pero apenas la miro. Voy directa a su muro y me desplazo hacia el pasado. Llego hasta febrero. Tengo que asegurarme.

Hay una foto suya, en el desierto al lado de otro hombre. Cada cual tiene el brazo sobre los hombros del otro, con aire triunfal. Al fondo se ve Uluru. «¡Lo hemos conseguido!», dice el pie de foto. Estaba en Australia cuando Kate fue asesinada.

Eso no significa que no la conociera, claro. Vuelvo a pensar en lo que dijo. «Me recuerdas a alguien.»

Envío un mensaje a Anna: «He echado un vistazo a su facebook. Estaba en Australia».

Me acuesto. Es más tarde de lo que creía; Hugh ha apagado la luz y ya duerme. Ha dejado abiertas las cortinas para que me desnude con la luz que entra de la calle. Antes compruebo que no haya nadie por ahí, pero esta noche la calle está vacía, salvo por una pareja que caminan cogidos del brazo, parecen borrachos o enamorados, no está claro. Me acuesto desnuda; me pongo de costado y miro a Hugh, perfilado en la penumbra. Mi marido, me digo, como si necesitara recordármelo.

Le beso en la frente con suavidad. Es una noche calurosa y húmeda y noto el sabor del sudor que se le ha formado ahí. Me vuelvo hacia el otro lado, de espaldas a él. Meto la mano debajo de la sábana, entre las piernas. No lo puedo evitar. Es la charla, esta tarde. El chat con ese hombre en la red. Lukas. Ha despertado algo, un deseo que es complicado pero innegable.

Dejo que llegue. Pienso en Lukas. No lo puedo evitar, aunque lo sienta como una traición. «Eres preciosa», ha dicho, y he sentido una excitación instantánea y pura. Lo imagino ahora, lo dice una y otra vez, «Eres hermosa, eres preciosa, te deseo», sin embargo, por algún motivo, cambia y se convierte en Marcus. Me lleva escaleras arriba, estamos en la casa ocupada, vamos a la habitación que compartíamos, al colchón en el suelo, al barullo de ropa de cama sin hacer desde la noche anterior. He pasado el día aquí sola, él ha estado fuera. Pero ahora ha vuelto, solo estamos los dos. Ha discutido con su familia, su madre está alterada, quiere que vuelva a casa. Aunque solo sea unas semanas, le ha dicho, pero él sabe que eso significa para siempre. Le digo que lo apoyaré si vuelve, si decide que quiere hacerlo, pero sé que no lo hará. No ahora que está aquí y es feliz. Me besa. Imagino su olor, su piel suave, el vello de su pecho. Esos detalles —cosas que soy consciente de que son medio recuerdo, medio imaginación, una mezcla de fantasía y memoria— van llegando y me llevan a alguna parte, alguna parte donde soy fuerte y tengo el control, Kate está viva y todo irá bien.

Mi mano, mis dedos, describen círculos. Intento imaginar a Hugh, una versión de Hugh, un Hugh idealizado que no ha existido nunca. Imagino cómo me miraría, como solía mirarme, sus ojos abandonan mi cara, descienden, se detienen primero en mi cuello y luego en los pechos antes de desplazarse hacia abajo un brevísimo instante para luego volver a mi rostro. Le llevaría tres segundos mirarme de arriba abajo, tal vez cuatro. Imagino que mis ojos siguen el mismo camino que ha recorrido él, miro la barbilla sin afeitar, el pelo moreno que asoma debajo de la camisa, el pecho, la hebilla del cinturón. Imagino que se inclina para hablar conmigo, el olor de la loción para después del afeitado, el leve aroma de su aliento, como a cuero desgastado. Imagino que me besa, ese Hugh idealizado, que en realidad es Lukas, que en realidad es Marcus.

Muevo la mano más deprisa, mi cuerpo se arquea y vuelve a caer. Soy libre. Me he convertido en levedad y aire, energía y nada más.

11

Estoy sentada ante un vaso de agua con gas. Adrienne se retrasa.

El restaurante acaba de inaugurarse. Incluso a Bob le ha costado reservar mesa, según Adrienne, y, siendo como es crítico de restaurantes, rara vez tiene problemas. No sabía qué ponerme y al final he optado por un sencillo vestido a cuadros sin mangas, además del collar que me regaló Hugh por Navidad y mi perfume preferido. Hacía tanto que no salía a cenar que me sentía como si fuera a una cita, y ahora empiezo a tener la sensación de que me han dejado plantada.

Por fin la veo entrar. Saluda con la mano y se acerca a la mesa.

—¡Querida! —Me besa en las dos mejillas y nos sentamos. Pone el bolso debajo de su silla—. Bien… —Coge el menú y no deja de hablar mientras lee—. Perdona que llegue tarde. El metro se ha retrasado. Lo llaman «Incidencias motivadas por pasajeros». —Levanta la vista—. Algún capullo egoísta que se ha hartado y ha decidido fastidiarle el día a todo el mundo. —Sonrío. Es un sentido del humor negro que compartimos; sé que no lo dice en serio. ¿Cómo podría, después de lo que le pasó a Kate?—. No te importa si me tomo una copa, ¿verdad?

Niego con la cabeza y pide una copa de chablis, luego me dice que debería probar la langosta. Siempre ha sido un torbellino, pero hoy parece casi demasiado acelerada. Me pregunto si intenta compensar la tardanza, o igual es que está nerviosa por algo.

—Bueno —dice una vez le han traído la copa. Adopta un tono de voz relajado y tranquilizador—. ¿Cómo estás? —Me encojo de hombros, pero ella levanta la mano—. No me vengas con esa chorrada de «Estoy bien». ¿Cómo estás de verdad?

—Estoy bien. En serio. —Me mira con una exagerada expresión de decepción—. Más o menos —añado.

Me acerca el pan que han traído, pero no le hago caso.

—¿Cuánto hace ya? ¿Cuatro meses?

Por primera vez no lo sé de inmediato, tengo que calcularlo. He dejado de contar los días y las semanas; quizá sea la primera señal de mejoría. Me siento curiosamente satisfecha.

—Casi cinco.

Sonríe con tristeza. Sé que entiende cómo me siento, mejor que la mayoría. Hace unos años su padrastro murió de repente de un ataque al corazón mientras conducía. Estaban unidos; la intensidad de su pena la conmocionó.

—¿Han averiguado algo más acerca de lo que ocurrió?

Por un momento parece cambiar de expresión; casi se la ve ansiosa, a menos que sean imaginaciones mías. Me he fijado en otras ocasiones, es la periodista que lleva dentro; no lo puede evitar. Quiere saber detalles.

—¿Te refieres a quién lo hizo? Aún no. La verdad es que no nos cuentan gran cosa…

Dejo que la conversación se evapore. Tengo la sensación de que cada semana que pasa reduce las posibilidades de que los atrapen, pero no quiero expresarlo con palabras.

—¿Qué tal está Hugh?

—Está bien, ya sabes. —Pienso un momento. Con ella puedo sincerarme—. De hecho, a veces creo que casi se alegra.

¿Lo creo? ¿O solo lo digo porque en ocasiones me preocupa alegrarme yo?

Ladea la cabeza.

—¿Se alegra?

—Bueno, no me refiero a que se alegra de que esté muerta. Es solo que… a veces creo que le gusta que se hayan simplificado las cosas, supongo. Con Connor. —Titubeo—. Tal vez tenga razón. Desde luego, últimamente parecen mucho más unidos.

Miro a Adrienne. Sabe cómo me preocupaba que si el caso llegaba alguna vez a juicio confirmasen el derecho a decidir de Connor.

—Conozco a Hugh desde hace una eternidad, Julia. Siempre le ha gustado que las cosas estén claras y ordenadas. Pero no se alegra. No seas tan dura con él.

Me siento vacía, quiero compartirlo todo con Adrienne, descargar la conciencia, dejarlo en sus manos y tener un poco de paz.

—Es que se pasa fuera la mitad del tiempo.

—Cariño, ¿no ha sido siempre así?

Bebe un poco de vino. Me sobreviene una oleada de deseo, la primera vez en varias semanas. Intento librarme de ella. Adrienne sigue hablando, pero tengo que hacer un esfuerzo para concentrarme.

—Todos son así. Nos casamos con ellos porque son triunfadores, ambiciosos, lo que sea. Y luego es precisamente eso lo que los aleja de nosotras. Con Steve pasó lo mismo, y ahora está pasando con Bob. Apenas lo veo, está tan ocupado…

Me centro. Su caso es distinto. Ella tiene una carrera estimulante. Puede alejarse de su marido con la misma facilidad que él de ella. Pero no quiero discutir.

—¿Estás viendo a alguien?

Noto que reculo. Pienso que lo sabe. Lo de Lukas. Aunque no hay nada que saber. Seguimos chateando con frecuencia, y aunque me digo que no hay razón para pensarlo, creo que conocía a Kate. No consigo descodificarlo, así que vuelvo una y otra vez.

—¿Cómo…? —le digo a Adrienne, pero me interrumpe.

—Me refiero a un terapeuta.

Claro. El pánico remite.

—Ah, ya. No, no.

Sigue un momento de silencio. No desvía la mirada; me está calibrando, intenta averiguar por qué he reaccionado así.

—¿Julia? Si no quieres hablar de ello…

Pero sí quiero. Quiero hablar de ello, y es mi amiga más antigua.

—¿Recuerdas que te dije que igual me conectaba? ¿Para obtener la lista de las personas con las que hablaba Kate?

—Sí. Dijiste que habías cambiado de parecer.

Guardo silencio.

—¿Julia?

—Había uno del que no estaba segura.

Deja la copa y alza las cejas.

—Cuenta…

—Va a París de vez en cuando. Me envió un mensaje. Me convencí de que podía ser uno de los que chateaban con Kate. Alguien de quien la policía no tenía noticia.

—O sea que facilitaste sus detalles a las autoridades…

No digo nada.

—¿Julia…?

—Todavía no.

—¿Por qué?

—Tengo que estar segura… Solo estoy hablando con él. Intento averiguar lo que sabe.

—Querida, ¿seguro que es buena idea?

—¿Qué alternativa hay? ¿Dar su nombre a la policía…?

—¡Sí! ¡Eso es justo lo que deberías hacer!

—No quiero asustarlo, y lo más probable es que no hicieran ningún caso.

—¡Claro que harían caso! ¿Por qué no habrían de hacerlo? Tienen el deber de investigarlo. Vive en París, no debería ser muy difícil.

No le digo que vive en Milán.

—Sé lo que me hago. Solo hemos chateado un par de veces.

Es mentira, me estoy quedando corta. Intento replanteár-melo. Las cosas han seguido adelante. Ahora él conecta la cáma-ra y me ha pedido que conecte la mía, aunque no lo he hecho, aún. Me dice que soy preciosa. Me dice que ojalá hubiera algún modo de que estuviera allí con él, y aunque me siento culpable por mentirle, le digo que a mí también me gustaría. Nuestras conversaciones acaban con él diciéndome que le ha encantado hablar conmigo, que se muere de ganas de que hablemos otra vez. Me dice que me cuide, que tenga cuidado. Y puesto que sería de mala educación no hacerlo, puesto que no consigo des-codificarlo, le respondo lo mismo.

A veces me parece una actitud cruel. No lo digo de corazón, y sin embargo, está claro que le gusto, o que le gusta la persona que cree que soy.

—¿Sabe dónde vives?

Niego con la cabeza. El otro día cometí un error y mencio-né el metro de Londres. Tuve que confesar que vivo aquí, no en París, pero no sabe nada más.

—No, claro que no.

Sigue una larga pausa.

—Bueno, ¿de qué habláis?

No contesto, lo que es en sí una respuesta.

—Ahora mismo eres muy vulnerable, Julia. ¿Seguro que sa-bes lo que estás haciendo?

Asiento.

—Claro.

Pero ella no parece muy convencida.

—Te gusta.

Niego otra vez con la cabeza.

—No. No es eso. Es solo… que parece que haya una cone-xión. Y me pregunto si esa conexión tiene algo que ver con Kate.

—¿En qué sentido?

—Ya sabes lo unidas que estábamos. Era casi físico. Y, bueno…

—¿Crees que el que sientas una conexión con ese hombre es un hecho relevante?

No contesto. Eso es exactamente lo que pienso. No alcanza a imaginar lo importante que es esa sensación de que por fin estoy haciendo algo útil, algo que podría llevarnos a Connor y a mí a una solución y a un lugar seguro.

—Julia. —Adopta un aire severo—. Pareces una adolescente enamorada hasta las trancas de un chico un año mayor.

—Qué bobada. —Lo digo en serio, pero ni siquiera a mí me suena convincente. ¿De verdad me siento así? No puedo negar que he esperado con ilusión los mensajes de Lukas.

Igual no tiene nada que ver con la investigación. Igual es que ahora sé cómo debía de sentirse Kate chateando con esos hombres; me siento más cerca de ella. Conozco su mundo.

—Bueno —digo—, aunque no sirva de nada, aunque sea una pérdida de tiempo, ¿qué más da? Solo intento hacer algo para superar la muerte de mi hermana.

—Entonces ¿le has hablado de ella a ese tipo?

Digo que no, pero miento. Hace unos días tuve una mala mañana después de pasar la noche en vela y no podía dejar de pensar en Kate. Él se dio cuenta de que ocurría algo. Me preguntaba una y otra vez si iba todo bien, si podía hacer algo. No pude evitarlo. Se lo conté.

Dijo que lamentaba que mi hermana hubiera muerto, y me preguntó cómo. Estaba a punto de contarle la verdad cuando me di cuenta de que sería un error. Le dije que se suicidó. Hubo un prolongado silencio en que me pregunté qué iba a responder, y luego dijo de nuevo cuánto lo sentía y que ojalá pudiera abrazarme, estar a mi lado.

Aseguró que lo entendía, y eso hizo que me sintiera bien. Por un instante casi me dolió haberme planteado si podía estar relacionado de alguna manera con la muerte de mi hermana. Casi.

—Bueno, eso ya es algo. ¿Habéis llegado al sexo?

—¡Por supuesto que no! —exclamo, pero estoy pensando en cómo me hace sentir cuando conecta la cámara, cuando le veo responder a mis mensajes, sonreírme, despedirse con la mano. ¿Le deseo?

Pienso en la otra noche, en la cama. Hugh y yo hicimos el amor, por primera vez en meses, pero era en Lukas en quien yo pensaba.

Y sin embargo, al mismo tiempo, no era él. El hombre que yo imaginaba, con el que soñaba, era una fantasía. Mi propia elaboración, casi totalmente distinto del Lukas con el que chateo, el que veo en la pantalla.

—¿Sabe de Hugh?

—Claro que no.

—¿Por qué?

—Porque quiero que piense que estoy disponible. De otro modo, ¿cómo voy a averiguar si es o no quien dice ser?

—Ya. —Me mira fijamente a los ojos—. ¿Y qué crees que diría Hugh, si llegara a enterarse?

No es la primera vez que me lo planteo, claro.

—Solo intento averiguar qué ocurrió. Aunque solo sirva para ayudar a Connor.

Ahora parece claramente exasperada. Como si pensara que soy estúpida. Seguramente lo piensa. Seguramente lo soy.

Llega la comida, cosa que agradezco. La tensión se diluye mientras disponemos las servilletas y empezamos a comer.

—Oye —digo—. Esto no va unido a ningún sentimiento. No son más que palabras en una pantalla…

Pincha ensalada con el tenedor.

—Me parece que te pasas de ingenua. Te estás dejando arrastrar.

—¿Podemos cambiar de tema?

Deja el tenedor.

—Sabes que te quiero, y te apoyo. Pero…

Allá vamos, pienso.

—¿Qué?

—Es solo que… es sorprendente lo mucho que revela la gente en la red sin darse cuenta. Con qué facilidad puede parecer real.

—Adrienne. Ya sabes que no soy idiota.

—Solo espero que sepas lo que haces.

Acabamos de comer y nos tomamos un café antes de irnos. Es otra noche cálida; las parejas deambulan por la ciudad, cogidos del brazo. El aire está lleno de risas, de posibilidades. Me siento vacilante, casi como si hubiera tomado una copa. Decido ir a casa en metro.

—Me ha gustado mucho verte.

—A mí también.

Nos besamos, pero estoy decepcionada. Pensaba que ella vería mis charlas con Lukas como lo que son, incluso que me apoyaría. Pero no ha sido así. No me apoya.

—Ándate con cuidado —me dice, y le aseguro que así lo haré.

Llego al andén justo cuando entra el metro. Va bastante lleno, pero me acomodo en uno de los pocos asientos libres que quedan y, un segundo demasiado tarde, me doy cuenta de que está pegajoso de cerveza derramada. Saco el libro del bolso, pero es una defensa. No lo abro.

En Holborn hay cierto alboroto. Sube un grupo de chicos, adolescentes, o con los veinte recién cumplidos; visten pantalones cortos, camisetas, llevan cervezas. Uno dice algo —no alcanzo a oírlo— y los otros se ríen. «¡Joder!», exclama uno; otro grita: «¡Vaya gilipollas!». Arman escándalo, no hacen el menor intento de contenerse; hay niños alrededor, a pesar de la hora.

Cruzo la mirada con un hombre sentado enfrente y me sonríe y alza las cejas. Por un momento nos une nuestra desaprobación. Tiene la cara alargada, el pelo muy corto, lleva gafas. Sostiene sobre el regazo un maletín de cuero suave, pero viste vaqueros y camisa. El metro se pone en marcha. Sonríe, luego vuelve a centrarse en el periódico y yo abro el libro.

No me concentro. Leo el mismo párrafo, una y otra vez. No puedo fingir que no espero tener un mensaje de Lukas cuando llegue a casa. No dejo de pensar en el hombre sentado enfrente.

Suspiro, levanto la vista. Me está mirando de nuevo, y ahora sonríe y me sostiene la mirada un largo instante. Esta vez soy yo la que la desvía primero, al anuncio que hay encima de su cabeza. Finjo que me parece fascinante; es un póster de una universidad. «Sé quien quieres ser», dice. Una mujer luce un birrete, tiene un diploma en la mano y sonríe de oreja a oreja. Al lado hay un anuncio de una agencia de contactos. «¿Y si supieras que todas las personas que te gustan en este vagón están solteras?» ¿Y si lo supiera?, pienso. ¿Qué haría? Nada, supongo. Estoy casada, tengo un hijo. Bajo la mirada fugazmente, la aparto del póster; él está leyendo el periódico de nuevo. Me sorprendo mirándole el cuerpo, el pecho, más ancho de lo que cabría pensar por el rostro estrecho, las piernas, los muslos. Aunque no se parecen en nada, empiezo a verlo como Lukas. Lo imagino, levantando la vista, sonriendo tal como he visto sonreír a Lukas en Skype tantas veces a lo largo de los últimos días. Me imagino besándolo, dejándole que me bese. Me imagino llevándolo hacia una de las escaleras en la estación siguiente para bajarle la bragueta y notar cómo se le pone dura en mi mano.

De pronto me veo como me ven los demás. Me conmociona lo que estoy pensando. No está bien. No es propio de mí. Bajo la vista al libro y finjo leer.

12

Creo que está otra vez ahí. De pie, no del todo bajo la luz. Vigilando mi ventana.

Está y sin embargo no está. Cuando miro directamente las sombras me convenzo de que no es nada, es un efecto visual, una ilusión óptica. No es más que mi cerebro, que busca orden en el caos, intenta dar sentido al azar. Sin embargo, cuando aparto la mirada, la figura parece cobrar nitidez. Se declara real.

Esta vez no me vuelvo. Esta vez me digo que es real. No son imaginaciones mías. Me quedo donde estoy, mirándolo. La última vez se lo dije a Hugh y me aseguró que no era nada, una ilusión óptica, así que esta noche quiero grabar a fuego su imagen en la retina, llevársela de nuevo a mi marido, enseñársela. Mira, quiero decirle. Esta vez no estoy siendo ridícula, no lo estoy imaginando. Estaba ahí.

La figura no se mueve. Está completamente quieta. Miro, y mientras lo hago parece alejarse de algún modo, hacia las sombras. Está y sin embargo no está.

Me vuelvo y despierto a mi marido.

—Hugh. Ven aquí. Mira. Está aquí otra vez.

Se levanta a regañadientes. La calle está vacía.

A lo mejor Hugh tiene razón. A lo mejor estoy paranoica.

—Hugh cree que he perdido el juicio —le digo a Anna.

Estamos en Skype. He acabado de subir unas imágenes a mi página web, de adecentarla un poco. Su cara está en un recuadro en el rincón de la pantalla.

—¿No podría ser alguien paseando el perro?

—No hay perro.

Anna empieza a decir algo, pero la imagen se congela y no oigo qué dice. Un momento después se reanuda la conexión y continúo.

—Está delante de mi casa. Me pone los pelos de punta. Si me aparto de la ventana para ir en busca de Hugh o cualquier cosa, cuando vuelvo siempre ha desaparecido.

—Igual no es más que un bicho raro.

—Es posible, supongo.

—¿Has hablado con Adrienne?

—No —digo. Tenía intención de hacerlo la otra noche, pero me temo que para entonces ya pensaba que me he vuelto loca.

—¿Qué vas a hacer?

Le digo que no lo sé.

—Pero es de lo más real. Te lo juro. No estoy loca.

—Claro que no —contesta—. Eso no lo he pensado ni por un segundo. Además, es una reacción bastante lógica a lo ocurrido.

Qué alivio. Aunque Anna esté siguiéndome la corriente, al menos hace eso en vez de intentar convencerme de que estoy equivocada, o loca perdida.

—¿Cómo te va con ese tipo? Ese con el que hablas en la red. El que crees que igual tuvo algo que ver con Kate.

—¿Lukas?

¿Se lo cuento? ¿O me dirá que facilite la información a la policía y luego desaparezca?

—No lo sé —respondo. Le doy algún detalle. Más que a Adrienne, pero no le cuento todo—. Nos mensajeamos de vez en cuando. Hay algo en él. Algo que no sé exactamente qué es. Probablemente no tiene importancia…

¿Seguro? Sigue pendiente de mí. O yo pendiente de él. No lo sé. Sea como sea, ahora yo también he conectado la cámara. Anoche. Solo un momento, menos de un minuto. Pero le he dejado verme.

Sin embargo, eso no se lo digo.

—Bueno, yo recibí noticias del tipo al que envié un mensaje. El de la lista de Kate. Harenglish.

—¿Ah, sí?

¿Y no me lo dijiste? Supongo que no tuvo nada que ver con el asunto.

—¿Qué dijo?

—No gran cosa. Pero me aseguró que no busca citarse con gente, no en la realidad. Se conecta para divertirse un rato. Charlas picantes, dijo. Pero solo por internet. Quiere demasiado a su mujer para arriesgarse a hacer nada más.

—¿Le crees?

—Sí. Sí, le creo.

Es el día de la fiesta de Carla. Vive a varios kilómetros, a medio camino de Guildford. Hugh conduce y Connor va sentado detrás, escuchando música en el iPod, mucho más alta de lo debido. El año pasado todos disfrutamos del día; preparé una ensalada para llevar —berenjenas a la parrilla, salmón con limones marinados— e incluso me compré un vestido nuevo. Connor hizo amistad con los niños del vecino y a Hugh le sentó bien relajarse con sus colegas. Ahora no quiero ir; ha tenido que convencerme. «Será divertido —dijo Hugh—. Connor verá a sus amigos y tú tendrás oportunidad de demostrarle que lo estás llevando bien.»

Pero ¿lo estoy llevando bien? Pienso en Lukas. Hoy está en una boda, y anoche le di mi número, después de haber hablado, después de haberle contado lo del hombre que me ha parecido ver delante de la ventana, después de que él me hubiera dado el suyo.

Ahora preferiría no haberlo hecho. Bastante mal me siento ya por haberle dado esperanzas.

Me vuelvo para mirar a Hugh. Lukas dijo que le gustaría protegerme, que no dejaría que nadie me hiciera daño. Me sentí segura. Pero ¿y mi marido? Está echado hacia delante, con la mirada fija en la carretera. Así es como lo imagino en el quirófano. Bisturí en mano, inclinado sobre un cuerpo abierto en canal como un pez. ¿Me protegería él? Claro que no. Cree que me lo invento.

Carla nos recibe con una ráfaga de sonrisas y besos y cruzamos la casa hasta el patio. Hugh se acerca al marido de Carla, Connor a la manta de picnic donde están reunidos los demás chicos. Veo a Maria y Paddy charlando con otros y me uno.

Maria me abraza y luego su marido hace lo propio. Están hablando de trabajo; Maria menciona el congreso en Ginebra. Empieza a describir la ponencia que hizo —habla de arterias descendientes anteriores, calcificación, isquemia— y los demás o asienten o parecen confusos. Hay un hombre mayor al lado de Paddy, le recuerdo del año anterior, un abogado, de Dunfermline, y cuando Maria acaba, él dice: «¡Es absolutamente incomprensible!», y todos ríen. Poco después se vuelve hacia mí.

—Y tú ¿cómo lo llevas? ¿También te ganas la vida destripando gente?

Hay un momento de silencio. A Kate no la destriparon, pero aun así la palabra me escuece. Me viene a la cabeza una imagen de mi hermana y no consigo ahuyentarla. Abro la boca para contestar, pero no me salen las palabras.

Paddy intenta rescatarme.

—Julia es fotógrafa. —Sonríe y se vuelve hacia mí—. Tiene mucho talento.

Procuro sonreír, pero no lo consigo. Sigo viendo a Kate, su

carne desgarrada, desprotegida, agonizante. El hombre que me están presentando tiene la mano tendida y sonríe.

—¿Me disculpáis? —digo—. Tengo que ir al baño.

Cierro la puerta a mi espalda y me apoyo en ella. Respiro hondo y doy un paso adelante. La ventana está abierta; llegan risas desde el patio, abajo.

No debería haber venido, tendría que haber puesto alguna excusa. Estoy harta de fingir que todo es normal cuando no lo es. Saco el móvil. Es un gesto automático, instintivo, no sé por qué lo hago, pero me alegro. He recibido un mensaje de Lukas.

«La boda es divertida. Ya estoy borracho. Pienso en ti.»

A pesar de la negrura que siento, me invade la alegría, como desinfectante para una herida. No es porque el mensaje sea suyo, me digo. Es la simple emoción de ser deseada.

A estas alturas sé cómo habría contestado Kate. «Estoy en una fiesta horrible —escribo—. Ojalá estuvieras aquí...»

Pulso enviar. Me lavo las manos con agua fría y luego me refresco la cara y el cuello. El agua me resbala por debajo del vestido hasta la parte inferior de la espalda, encendiéndome la piel. Miro por la ventana.

Connor está fuera, sentado en la hierba con otro chico y una chica. Se ríen de algo; parece especialmente cerca de la chica. Caigo en la cuenta de que no tardará mucho en empezar a salir con chicas, en tener relaciones sexuales, y luego perderé una parte de él para siempre. Es necesario, pero eso me llena de tristeza.

Levanta la mano para saludar a su padre. Me llama la atención lo mucho que se parece a Kate cuando tenía su edad. Poseen la misma cara ligeramente redondeada, la misma media sonrisa que puede desaparecer y reaparecer en un instante.

Se parece a su madre. No debería sorprenderme. Sin embargo, me sorprende, y duele.

Vuelvo a unirme al grupo, pero no consigo sintonizar con la conversación. ¿Por qué me ha excitado tanto recibir el mensaje de Lukas? ¿Por qué le he contestado? Me rondan las preguntas y, tras un par de minutos, me disculpo y voy a ver a Connor. Está con sus amigos, lo interrumpo y siento haberlo hecho. Sigo adelante, hasta el cenador medio oculto en un lateral del jardín, entre la casa y la cancela que da a donde están aparcados los coches. Es octogonal y está pintado de verde hierbabuena y lleno de cojines. Al llegar, veo que las puertas están abiertas y no hay nadie.

Me siento y me recuesto contra la madera. El borboteo de la conversación continúa. Cierro los ojos. Huele a madera recién barnizada; pienso en las únicas vacaciones de verano que alcanzo a recordar de cuando mi madre estaba viva, un chalet que alquilamos en el Bosque de Dean. La veo, delante de la cocina, poniendo a hervir agua para el café de mi padre mientras yo doy de comer a Kate. Canta una canción que ponen en la radio, tararea para sí misma, y Kate se ríe de algo. Estábamos todos vivos, por aquel entonces, y éramos felices las más de las veces. Pero eso fue antes del lento proceso de desmembramiento que culminó cuando la muerte de mi hermana me dejó sola por completo.

Quiero beber. Ahora mismo. Quiero tomar una copa y, lo que es peor, más peligroso, creo que la merezco.

Una sombra se cierne sobre mi rostro. Abro los ojos; hay una figura en el umbral delante de mí, su silueta recortada contra la luz vespertina. Me lleva solo un momento darme cuenta de que es Paddy.

—Hola. —Suena animado, pero su entusiasmo es un tanto forzado—. ¿Puedo hacerte compañía?

—Claro.

Da un paso adelante. Tropieza con el escalón bajo. Está más borracho de lo que pensaba.

—¿Qué tal? —Me tiende una de las dos copas de vino que ha traído de la casa—. He pensado que igual te apetecía.

Me apetece, pienso. Me apetece.

Pero sé que tengo que rechazarla.

Deja la copa en el suelo, a mi alcance. Aguanta, me digo. Aguanta. Se sienta en el banco. Está justo a mi lado, tan cerca que nos tocamos.

—Siguen hablando del trabajo. ¿Paran alguna vez?

Me encojo de hombros. No quiero verme arrastrada a eso de nosotros contra ellos. Los cirujanos y sus cónyuges, que casi siempre son esposas.

—Se dedican a eso.

—¿Por qué lo hacemos?

—Hacemos ¿qué?

—Estas fiestas. ¿Te gustan?

Decido ser sincera.

—No mucho. No me gusta estar con gente borracha. No con mi adicción.

Parece sorprendido, sin embargo tiene que saberlo. Hemos hablado de que no bebo, aunque haya sido de manera indirecta.

—¿Tu adicción?

—Al alcohol.

—No lo sabía.

Permanecemos un rato en silencio, luego se mete la mano en el bolsillo de los vaqueros con movimientos lentos y descoordinados.

—¿Quieres fumar?

Alargo el brazo para aceptar un cigarrillo.

—Gracias.

El aire entre nosotros parece sólido. Cargado. Tiene que ocurrir algo, o algo se hará pedazos. Una decisión, o una defensa. Uno de los dos tiene que hablar.

—Oye… —empiezo, pero en ese preciso instante habla él también. No entiendo lo que dice y le pido que lo repita.

—Es solo que… —comienza. Baja la cabeza, se le entrecorta la voz de nuevo.

—¿Qué? ¿Qué pasa? —Me doy cuenta de que sé lo que está a punto de decir—. Es solo… ¿qué?

Veo a Lukas, salido de la nada. Lo imagino besándome. Pienso en mi fantasía, quiero que sea lujuria, pura lujuria, que amenace con abrirme la cabeza contra la pared a mi espalda. Quiero sus manos sobre mí, con desesperación, levantándome el vestido. Quiero sentir el deseo de ceder, de dejarle hacer lo que quiera.

Quiero sentir un ansia tan intensa que se convierta en necesidad, en una necesidad irrefrenable.

—¿Paddy…? —empiezo, pero me interrumpe.

—Solo quería decirte que me parece que eres preciosa.

Me coge la mano rápidamente y se lo permito. Estoy sorprendida y al mismo tiempo no lo estoy. En cierto modo sabía que me diría eso tarde o temprano.

Vuelvo a pensar en Lukas. Sus palabras, en boca de otra persona. Se me pasa por la cabeza que si Paddy levantara la vista, me cogiera por la nuca y me besara, no se lo impediría. No si lo hace ahora. Este es el momento en que estoy lo bastante vulnerable, pero no va a durar.

Se me ocurre algo absurdo. Eres tú, pienso. Eres tú el que merodea delante de la ventana de mi dormitorio, el que está y sin embargo no está…

Y entonces lo hace. Me besa. No me magrea, no intenta colarse con urgencia bajo mi ropa. Es casi infantil. Dura unos instantes y luego nos separamos. Le miro. El mundo permanece en suspenso, el parloteo de la fiesta, un murmullo lejano. Este es el momento en que o nos besaremos de nuevo —esta vez con urgencia, con pasión— o uno de los dos apartará la mirada y el instante habrá terminado, perdido para siempre.

Entorna los ojos. Ocurre algo. Me estaba mirando, pero ya no me mira. Mira por encima de mi hombro.

Me vuelvo para seguir su mirada. Hay alguien.

Connor.

Me levanto. La copa de vino que Paddy tenía en la mano se derrama y me empapa el vestido, pero apenas me doy cuenta.

—¡Quédate aquí! —digo en un siseo, a la vez que abro la puerta de golpe.

Echo a correr. Paddy me llama, pero a él tampoco le presto atención.

—¡Connor! —grito una vez fuera. Se aleja, camino de su padre—. ¡Connor!

Se detiene y se vuelve para mirarme. Su rostro es inescrutable.

—¡Mamá! ¡Ahí estás! No te encontraba.

Le doy alcance. No sé con seguridad si es sarcasmo o si se trata de imaginaciones mías.

—¿Qué pasa?

—Papá me ha enviado a buscarte. Va a pronunciar un discurso o algo así.

—Ya.

Me siento fatal, peor que si Connor hubiera ido de frente y lo hubiese dicho. «Te he visto besándote con ese tipo. Voy a decirle a papá que le engañas.» Al menos entonces yo lo sabría.

Pero no dice nada. Permanece impasible e impenetrable. Ya está, pienso. La he fastidiado. Una indiscreción, en todo este tiempo, y mi hijo tenía que estar delante para verla. Parece injusto, y sin embargo, al mismo tiempo, me lo merezco.

—Ahora mismo voy —digo.

Una vez se ha ido, vuelvo con Paddy.

—¡Joder!

—¿Nos ha visto?

No contesto. Tengo que pensar.

—¿Ha dicho algo?

—No. Pero eso no significa que no nos haya visto. —Me paso los dedos por el pelo—. ¡Mierda…!

Viene hacia mí. No sé con seguridad qué va a hacer, pero me coge la mano.

—No pasará nada.

Su mano se acerca a mi cara, como para acariciarla.

—¡Paddy, no!

—¿Qué problema hay…?

¿Qué problema hay?, siento deseos de decir. Mi marido. Mi hijo. Mi hermana muerta.

—Tú me gustas. Yo te gusto. Venga…

Procuro recordar que está borracho.

—No.

—Julia…

—No —digo—. Paddy, no pienso acostarme nunca contigo. Nunca.

Se muestra herido, como si lo hubiera abofeteado.

—Paddy… —empiezo, pero me interrumpe.

—Crees que eres especial, ¿verdad?

Intento mantener la calma.

—Paddy, has bebido mucho. Vamos a volver y a olvidarnos de todo esto. ¿De acuerdo?

Me mira. Sus ojos son fríos.

—Vete a la mierda —dice.

13

Son las tres de la mañana. Deben de serlo, quizá más tarde. Hace mucho calor, noto la piel espesa. Oigo el suave repiqueteo de la lluvia estival contra la ventana. Estoy agotada, aunque en ningún momento he tenido la sensación de que el sueño me eludiera.

No dejo de darle vueltas a la cabeza. No puedo dejar de pensar en Paddy. Lo que debería haber hecho y lo que no. Y no puedo dejar de pensar en lo que quizá vio mi hijo. O quizá no.

Hugh creía que había bebido. Me lo preguntó de regreso a casa. Como de pasada, sin mirarme. Con la esperanza de tenderme una emboscada, de liarme para que le dijera la verdad.

Hablaba en voz queda. Connor iba en el asiento de atrás, escuchando el iPod.

—Cariño. ¿Has…?

—¿Qué?

—¿Has bebido?

Me indigné.

—¡No!

Tardó un poco en deducir si debía creerme o no. Hasta dónde estirar las cosas.

—Vale. Es que me ha parecido ver que Paddy te llevaba una copa.

—Me la ha llevado, pero no la he probado.

Contuve la respiración, pero Hugh se limitó a encogerse de

hombros. Volví la vista por encima del hombro; Connor estaba en su mundo, una bomba de relojería.

—Ya te he dicho que no pienso volver a beber —afirmé mirando de nuevo a mi marido—. Lo prometo.

Ahora retiro la sábana. Voy abajo y me pongo un vaso de agua. El portátil está donde lo dejé esta mañana, en la isleta central de la cocina.

Tendría que dejarlo correr. Es plena noche; Lukas no estará conectado. Nadie lo estará. Además, ¿no he cometido ya hoy suficientes errores? Lavo el vaso y lo dejo en el escurridor, luego me acerco a la ventana. Está oscuro. Contemplo el jardín por la ventana. Mi propio reflejo planea sobre el patio.

No se ha puesto en contacto conmigo desde ayer por la tarde; ya estaba borracho. ¿Quién sabe en qué estado se encontraría cuando se acostó? Lo imagino, tumbado boca abajo en la habitación del hotel, a medio desvestir, con un zapato todavía puesto.

O igual no está solo. La gente liga en las bodas; hay ambiente romántico, alcohol para dar y tomar, los hoteles nunca están muy lejos. ¿Y si alguna mujer le ha echado el lazo? ¿O él a ella? ¿Y si...?

Me interrumpo. ¿Por qué me da por pensar algo así? Tampoco es que tenga motivos para estar celosa.

Me siento. No lo puedo evitar.

Está conectado. Al principio pienso que puede que se haya dejado el ordenador encendido, pero entonces me envía un mensaje.

«¡Estás ahí! ¿Tampoco puedes dormir?»

Sonrío. Es como que estamos conectados de alguna manera.

«No. ¿Lo pasaste bien?»

«He vuelto hace una hora. No quería acostarme.»

«¿Por qué?»

«Supongo que tenía la esperanza de poder hablar contigo. Te iba a llamar, pero no quería despertarte.»

Noto una mezcla de emociones. Me siento halagada, y al mismo tiempo aliviada. Hugh habría oído el teléfono, y ¿quién sabe qué habría pensado?

Habría sido un gesto irresponsable, pero entonces me acuerdo de que Lukas cree que no tengo pareja. Estoy soltera. Disponible.

«No dormía.»

«No podía dejar de pensar en ti. Todo el día. Deseaba que hubiera alguna manera de que estuvieses allí. Alguna manera de que pudiera presumir de ti ante los demás.»

Sonrío para mis adentros. No es la primera vez que me pregunto cómo se las arregla para hacer siempre el comentario más adecuado.

Un momento después llega el siguiente mensaje.

«Tengo que confesarte una cosa.»

Procuro mantener un tono despreocupado.

«¡Qué inquietante! ¿Es malo o bueno?»

«No lo sé.»

Me pregunto si ha llegado el momento.

«Entonces, más vale que me lo digas.»

Me pregunto cómo me sentiría si escribiera: «Estuve en París en febrero e hice algo terrible».

Recuerdo su página de facebook. No es eso.

«Me parece que es bueno. No te lo había dicho antes porque no estaba seguro, pero ahora lo estoy.»

Sigue una pausa.

«Pero quiero decírtelo cara a cara. Quiero que quedemos.»

Lo que está brotando en mi interior, sea lo que sea, crece de súbito. Me doy cuenta de que una parte de mí también lo desea, pero otra parte solo quiere mirarle a los ojos. Calibrarlo, sopesarlo. Calcular lo que sabe, o lo que puede haber hecho.

Ahuyento la imagen. Me estoy acercando demasiado al borde del precipicio. Estoy casada. Él está en Milán, yo en Londres. No lo veo posible. Es una fantasía. Nada más. Es ridículo. Solo lo imagino porque sé que es imposible. Lukas tiene que existir en un compartimento; tiene que haber una barrera de protección entre él y mi vida real.

Llega otro mensaje.

«Podemos quedar —dice—. No quería decírtelo por si te asustabas, pero la boda era en Londres.»

Me quedo de una pieza.

«Estoy aquí. Ahora.»

El miedo me recorre el cuerpo, pero está mezclado con algo más. Excitación; noto un nudo en el estómago, me da un vuelco, y alcanzo a paladear el regusto metálico de la adrenalina en la lengua. Mis excusas se han desvanecido. Está aquí, estamos en la misma ciudad. Es como si lo tuviera justo delante. Las cosas que yo había pensado, las cosas que él había descrito que me hacía, podrían ocurrir de veras. Si quiero. Pero, aún más importante, podría quedar con él, según mis condiciones, en mi propio terreno. Podría averiguar lo que sabe. Si conocía a mi hermana.

Procuro calmarme. Tecleo:

«¿Por qué no me lo dijiste?»

Me alegra que no pueda verme, que no pueda ver la ansiedad en mi expresión.

«No lo sé. No estaba seguro de que quisieras quedar conmigo. No estaba seguro de que fuera buena idea. Pero hoy ha ocurrido algo. Te he echado de menos, de una manera extraña. Igual porque tenía tu número. Sea como sea, sé que es lo que quiero. Tú eres lo que quiero.»

Sus palabras permanecen ahí, en la pantalla.

«Tú eres lo que quiero.»

«Dime que tú también quieres quedar conmigo.»

¿Quiero? Creo que sí. Por Kate. Si la conocía, quizá le contó algo sobre otros, sobre personas que había conocido. Igual le contó toda clase de detalles, cosas que no compartió con nadie más. Tal vez podría ayudarme.

Pienso en lo que me han dicho Adrienne y Anna. «Ándate con cuidado.»

Ojalá le hubiera hablado de Hugh. Ojalá supiera que estoy casada, que tengo un hijo. Que las cosas no son tan sencillas como parecen. Entonces podría ser sincera. Podría decirle hasta qué punto me resulta imposible quedar con él, por mucho que quiera. No tendría que inventarme una excusa.

«Quieres quedar conmigo, ¿no?»

Vacilo. Debería decirle que estoy ocupada. Tengo un compromiso ineludible. Una reunión, quizá. Una cita. Podría incluso decir que estoy a punto de tomar un vuelo, que me voy de vacaciones. Ser imprecisa. «Qué pena —le diría—. Quizá la próxima vez.»

Pero él entendería lo que significa en realidad. «La próxima vez», o sea, nunca. Y entonces lo perdería todo, todos los avances que ya he hecho. Y durante el resto de mi vida me preguntaría si tal vez tuve la clave para desentrañar lo que ocurrió aquella fría noche de febrero en París, y dejé que se me escurriera entre los dedos.

Me remonto a las primeras palabras que me dijo. «Me recuerdas a alguien.»

Tomo una decisión.

«¡Claro! ¿Cuánto tiempo vas a estar aquí?»

«Hasta el martes por la noche. Podríamos quedar ese día. Hacia la hora de comer.»

Sé lo que diría Adrienne. Me lo ha dejado claro. Habla con Hugh. Facilita sus datos a la policía y luego esfúmate.

Pero no puedo hacerlo. Se quedarán de brazos cruzados. Mis manos revolotean sobre el teclado. Está empezando a clarear; dentro de poco mi marido se levantará, luego Connor. Empezará otro día, otra semana. Todo será exactamente igual.

Tengo que hacer algo.

14

Es por la mañana. Hugh y Connor se han ido, al trabajo y al instituto. No sé qué hacer conmigo.

Llamo a Anna. No contesta, pero poco después recibo un mensaje de texto.

«¿Todo bien?»

Le digo que es urgente y contesta que va a poner una excusa. Unos minutos después me llama. Su voz suena con eco; supongo que está en uno de los lavabos de la oficina.

—¡Vaya, eso no lo habíamos visto venir! —comenta, una vez le he explicado lo que pasó anoche—. ¿Le has dicho que os veréis?

Pienso en el último mensaje.

—Sí.

—Bueno…

—Crees que es mala idea.

—No —dice—. No. Es que… tienes que ir con mucho cuidado. ¿Estás segura de que es quien dice ser?

Creo que sí. Estoy todo lo segura que se puede estar sobre alguien a quien no he visto nunca.

—Podría ser cualquiera —me advierte.

Sé lo que intenta decirme, pero quiero que alguien me apoye.

—Crees que no debería ir.

—Yo no he dicho eso.

—Tengo que saberlo. Para bien o para mal.

—Pero…

—Por Connor tanto como por mí.

No contesta. Oigo algo al fondo, agua corriente, voces, una puerta que se cierra, luego habla.

Parece ansiosa, y en cierto modo nerviosa también, como si percibiera que nos estamos acercando paso a paso a la verdad.

—¿Os encontraréis en un lugar público?

Hemos quedado en su hotel, en St. Pancras.

—Claro.

—Prométemelo.

—Te lo prometo.

—¿Puedes ir con una amiga? ¿Con Adrienne?

—Él cree que hemos quedado para…, bueno, cree que es una cita.

—Bueno, ella puede sentarse aparte. No tienes que presentársela.

Tiene razón. Pero ya sé lo que dirá Adrienne si se lo pido, y no puedo ir con nadie más.

—Me lo pensaré.

—¡Pídeselo!

—Vale…

Ojalá Anna no estuviera tan lejos.

—No pasará nada.

—Lo sé —responde—. Pero prométeme que tendrás cuidado.

—Lo tendré.

Me preparo. Me ducho, me pongo crema hidratante. Me depilo las piernas con una cuchilla nueva, el mismo número de pasadas en cada pierna. Una absurda necesidad de simetría que no experimentaba desde hace años.

Hablo con Hugh durante el desayuno. Acaricio la idea de contarle la verdad, pero sé lo que pensará, lo que dirá. Hará que me sienta ridícula. Me impedirá seguir adelante. Así que necesito una excusa, una coartada, por si llama y no contesto, o por si vuelve a casa inesperadamente.

—Cariño —digo cuando nos sentamos con el café—. Tengo que decirte una cosa.

—¿Qué pasa? ¿Algo va mal?

Qué preocupado parece. Noto una fuerte punzada de remordimiento.

—Qué va, nada grave. Es que he estado pensando en lo que dijiste. En lo de ir a ver a alguien. Un terapeuta. Y he decidido que tienes razón.

Toma mi mano.

—Julia —dice—. Es estupendo. Estoy convencido de que no lo lamentarás. Puedo preguntarle a algún colega, si quieres, ver si pueden recomendarme a alguien…

—No —contesto, un poco más rápido de lo debido—. No, no hace falta. Ya he encontrado uno. Voy a verlo luego.

Asiente.

—¿Quién? ¿Sabes cómo se llama?

—Sí, claro.

Se hace el silencio. Está esperando.

—¿Quién es?

Titubeo. No se lo quiero decir, pero no me queda otra. Y lo cierto es que no tengo nada que perder. Hugh respetará el juramento hipocrático. Es posible que lo busque, pero no se pondrá en contacto con él.

—Martin Green.

—¿Seguro que es bueno? Conozco a mucha gente que podría recomendarte…

—Hugh, no soy una de tus pacientes. Esto tengo que hacerlo por mí misma, ¿de acuerdo? —Hace ademán de protestar, pero lo atajo—. ¡Hugh! No pasa nada. Adrienne dice que es muy bueno y, de todos modos, no es más que una consulta inicial. Solo para ver cómo nos llevamos. Confía en mí. Por favor.

Le veo relajarse. Sonrío para demostrarle que el enfado ha pasado. Me devuelve la sonrisa y me da un beso.

—Estoy orgulloso de ti —dice. Noto que me invade el remordimiento, pero lo sobrellevo—. Bien hecho.

Ahora voy al armario. Tengo que elegir la ropa con cuidado. He de convencer a Lukas de que soy quien cree que soy, que quiero lo que cree que quiero.

Me pruebo los vaqueros con una blusa blanca, luego un vestido con medias y botas. Me planto ante el espejo. Mejor, creo. Escojo un collar y me maquillo, no demasiado —al fin y al cabo es de día—, pero sí lo suficiente para no sentirme yo misma.

Quizá en realidad es eso lo que estoy haciendo. Escoger las prendas que me transformen de Julia en esa otra persona, la que Lukas ha conocido en internet. En Jayne.

Me siento frente al tocador y me pongo perfume, una rociada detrás de cada oreja, una más en cada muñeca. Huele mantecoso y dulce. Es caro, me lo compró Hugh por Navidad hace un par de años. Fracas. Mi madre solía ponérselo, y siempre fue el preferido de Kate. Su fragancia me hace sentir más cerca de ambas.

Por fin estoy preparada. Me miro en el espejo. Contemplo mi reflejo. Pienso en mi fotografía. *Marcus en el espejo*. Recuerdo la primera vez que nos acostamos. Nunca me ha faltado confianza, pero aquella noche, mientras me besaba, pensé que igual se largaba. Mientras me desnudaba, pensé que era la primera vez y sería también la última. Mientras me penetraba, pensé que era imposible que estuviera a la altura de ese hombre.

Y sin embargo lo estaba. Empezamos a salir. Empezamos a saltarnos reuniones, primero de vez en cuando, luego las más de las veces. Y después nos mudamos a Berlín. Hacía frío; recuerdo que la primera noche dormimos en la calle, y luego nos pusimos en contacto con unos amigos que teníamos allí. Una semana durmiendo en el suelo se convirtió en un mes, y luego buscamos un lugar propio, y...

Y ahora no quiero pensar en ello. En lo felices que fuimos.

Me levanto. Miro si me ha llegado algún mensaje al móvil. En cierto modo, espero que haya anulado la cita. Entonces me quitaría la ropa y el maquillaje, me pondría los vaqueros y la camisa que llevaba cuando me he despedido de Hugh esta mañana. Me prepararía un té y me sentaría a ver la tele, o a leer una novela. Esta tarde trabajaría un poco, haría unas llamadas. Además de alivio, albergaría un resentimiento discreto, juraría que no volvería a enviarle ningún mensaje y luego regresaría con Hugh y pasaría el resto de mi vida preguntándome si Lukas conocía a Kate, si podría haberme llevado hasta el hombre que la mató.

Pero no hay mensajes; no ha cambiado de parecer y no me llevo una decepción. Por primera vez en meses tengo la sensación de que ocurrirá algo, para bien o para mal. Noto una especie de elasticidad; el futuro es una incógnita, pero parece maleable, dúctil. Percibo su blandura, mientras que antes lo notaba duro e inflexible como el cristal.

Cojo un taxi. Está pegajoso por el calor, incluso con la ventanilla abierta. El sudor me resbala por la espalda. El taxi lleva el mismo anuncio que vi cuando volvía de cenar con Adrienne. «Sé quien quieres ser.»

Llegamos a St. Pancras. El coche enfila el sendero empedrado de acceso y me abren la puerta. Noto un airecillo en el cuello al apearme y entrar en el hotel. Las puertas se abren automáticamente y las escaleras de mármol me llevan hacia el alivio del interior con aire acondicionado. El techo es de cristal, con vigas de hierro; parte de la antigua estación, supongo. Aquí todo es elegancia, flores cortadas, olor a limón, cuero y lujo. Echo un vistazo al vestíbulo; dos hombres sentados en un sofá verde; una mujer vestida con traje lee el periódico. Hay rótulos: RESTAURANTE, SPA, SALAS DE REUNIONES. Detrás del mostrador de recepción todo parece ajetreo y eficiencia; miro el reloj y veo que llego temprano.

Saco el móvil. No hay mensajes.

Espero a que mi respiración se normalice, a que el corazón ponga fin a su insistente alarma, sus intentos de advertirme. Me quito la alianza y la guardo en el bolso. Ahora noto la mano desnuda, igual que el resto de mi cuerpo, pero sin el anillo lo que estoy a punto de hacer parece una traición menor, de algún modo.

Pregunto en recepción dónde está el bar. El tipo es joven e increíblemente atractivo. Me da indicaciones y me desea un buen día. Le doy las gracias y me retiro. Sus ojos me abrasan conforme me alejo, como si supiera a qué he venido. Quiero dar media vuelta y decirle que no es lo que cree, no voy a llegar hasta el final.

Solo estoy fingiendo.

Lukas está sentado a la barra, de espaldas a mí. Me había preocupado no reconocerlo, pero es inconfundible. Lleva traje hecho a medida, aunque al acercarme veo que no se ha molestado en ponerse corbata. Se ha esforzado un poco, pero no demasiado. Como yo, supongo. Me sorprende ver una copa de champán delante de él y otra ante el asiento vacío a su lado. Procuro recordar que he venido por Kate.

El rostro de mi hermana se me aparece. Es una niña de unos siete u ocho años. Nuestro padre nos ha dicho que va a enviarnos internas a un colegio, solo durante un par de años, aunque las dos sabemos que será hasta que Kate se vaya de casa. Está aterrada, y una vez más le digo que todo irá bien. «Estaré contigo —le aseguro—, y harás un montón de amigas. ¡Te lo prometo!»

No sabía si las haría o no, por aquel entonces. Tenía genio, estaba desarrollando un lado salvaje. A veces se tomaba las cosas muy a pecho y se metía en líos. Pero hizo amigas, con el tiempo. Una de ellas debió de ser Anna, pero hubo otras. La vida le resultaba difícil, pero no era desdichada, no siempre. Y yo cuidaba de ella. Lo hice lo mejor que pude. Hasta…

No, me digo. No puedo pensar en eso ahora. No puedo meter en esto a Marcus. Así que ahuyento la imagen y me acerco.

Lukas aún no me ha visto, y me alegro. Quiero llegar de repente, estar ahí antes de que haya tenido ocasión de mirarme de arriba abajo desde lejos. Es diez años más joven que yo, y lo aparenta. Bastante nerviosa estoy ya como para arriesgarme a ver un destello de decepción al acercarme.

—¡Hola! —digo al llegar junto a él.

Levanta la mirada. Tiene los ojos de color azul intenso, más llamativos aún en la realidad. Durante un brevísimo instante su rostro permanece inexpresivo, su mirada resulta invasiva, como si estuviera desbrozándome, explorándome por dentro. Parece como si no tuviera ni idea de quién soy, o por qué he venido, pero luego sonríe abiertamente y se levanta.

—¡Jayne!

No lo corrijo. Hay un efímero destello de sorpresa y me doy cuenta de que creía que no iba a venir.

—¡Has venido! —Sonríe aliviado, lo que también me alivia a mí. Noto que estamos los dos nerviosos, lo que supone que ninguno de los dos ejerce pleno control.

—¡Claro que he venido! —digo.

Sigue un momento incómodo. ¿Nos besamos? ¿Nos damos la mano? Empuja la copa hacia mí sobre la barra.

—Bueno, me alegro. —Hay otra pausa—. Te he pedido una copa de champán. No sabía qué querrías.

—Gracias. Creo que prefiero agua con gas.

Me acomodo en el asiento y pide el agua. Lo miro, miro a este hombre sin afeitar de ojos azules y me pregunto otra vez qué hago aquí. Me he dicho una y otra vez que es para averiguar si conocía a mi hermana, pero hay algo más, claro que lo hay.

Me pregunto si peco de ingenua. Si podría ser el hombre con el que Kate quedó esa noche. La idea me toma al asalto. Es brutal. El hombre que tengo delante parece incapaz de ejercer violencia, pero eso no significa nada. No solo aquellos que se han rasurado la cabeza o tatuado el cuerpo son capaces de blandir armas.

Me recuerdo lo que he visto. Dónde estaba en febrero. Empiezo a tranquilizarme cuando me sirven el agua.

—Aquí está. ¿No bebes?

—No. No bebo.

Percibo el conocido reajuste que hace la gente cuando se lo digo. Veo que intentan dilucidar si soy una puritana, posiblemente religiosa, o una adicta.

No digo nada, como siempre. No tengo por qué poner excusas. En vez de eso, paseo la mirada por el bar. Esto era el despacho de billetes; la gente hacía cola aquí antes de subir al tren, y se han conservado muchas de las características antiguas: los paneles de madera, el inmenso reloj de pared encima de nosotros. Está animado; hay gente sentada con el equipaje o la prensa. Almuerzan, o toman el té después de comer. Están de paso, o se alojan arriba, en el hotel. Por un momento me gustaría ser una de ellos. Ojalá fuera tan sencillo el motivo por el que me encuentro aquí.

Como si no lo hubiera pensado antes, caigo en la cuenta de que Lukas tiene una habitación solo unos pisos más arriba. La razón por la que él cree que estoy aquí va cobrando nitidez.

—¿Te encuentras bien? —pregunta.

Hay tensión en el aire; estamos indecisos. Me recuerdo que él cree que los dos estamos solteros y que incluso si su camino se cruzó con el de Kate todavía no hay motivo para que esto me resulte difícil.

—Bien. Gracias. —Cojo el vaso como para demostrarlo—. ¡Salud!

Brindamos. Intento imaginarlo con mi hermana, pero no puedo.

Me pregunto qué ocurriría ahora por lo general. Imagino a Kate, o a Anna: sé que ella también ha pasado por esto. Imagino los besos, lo de arrancarse la ropa mutuamente. Veo gente empujada sobre una cama con lujuria febril. Veo cuerpos desnudos, carne.

Bebo un sorbo de agua. Cuando dejo el vaso, hay pintalabios en el borde y el color me sorprende fugazmente. Parece muy intenso, como si fuera en tecnicolor, y además no es el que me pongo en pleno día. No soy yo. Razón de más para escogerlo, claro.

Me siento perdida. Pensaba que sería fácil. Pensaba que lo conocería y las respuestas llegarían en un torrente, que el camino hacia la verdad de lo que le ocurrió a Kate se me revelaría al instante. Pero nunca me había sentido tan confusa, y no sé qué hacer.

—Estás preciosa —dice.

Sonrío y le doy las gracias. Lo miro. Parece sólido; a mis ojos, más sólido que nada en mucho tiempo. Me cuesta trabajo creer que esté aquí, que casi sin el menor esfuerzo pueda alargar el brazo y tocarlo en carne y hueso.

Sonríe. Le sostengo la mirada, pero aun así, de algún modo, soy yo la que se siente desnuda. Aparto la vista. Pienso en Hugh, trabajando, un cuerpo bajo la sábana delante de él, la carne abierta, húmeda y reluciente. Pienso en Connor en clase, la cabeza inclinada sobre el pupitre a finales de otro curso, las largas vacaciones por delante. Y entonces Lukas sonríe y relego esos sentimientos, los guardo bajo llave. Deja la copa y atino a ver algo que destella en su mano izquierda.

Es casi un alivio. Me provoca una sacudida, pero la incomodidad que había surgido entre nosotros se rompe.

—Estás casado.

—No.

—Pero el anillo…

Se mira la mano, como para comprobar lo que he visto, y luego me mira a mí.

—¿No te lo dije?

Niego con la cabeza. Me recuerdo que no puedo acusarlo de engañarme, con las mentiras que he contado.

—Estuve casado… —Respira hondo, luego deja escapar un largo suspiro—. Cáncer. Hace cuatro años.

—Ah.

Me deja estupefacta. Es brutal. Escudriño sus ojos y no veo más que dolor. Dolor e inocencia. Tiendo la mano como para tomar la suya. Lo hago automáticamente, sin pensar. Un momento después la tiende él y toma la mía. No hay ningún crepitar eléctrico, no salta ninguna chispa de energía del uno al otro. Aun así, soy vagamente consciente de que es la primera vez que nos tocamos y que, pase lo que pase a continuación, el momento tiene importancia.

—Lo siento mucho. —Me parece insuficiente, siempre lo parece.

—Gracias. La quería muchísimo. Pero la vida continúa. Es un cliché, pero es verdad.

Sonríe. Sigue cogiéndome la mano. Nos miramos a los ojos. Parpadeo lentamente, pero no aparto la vista. Siento algo, algo que no sentía desde hace mucho tiempo, tanto tiempo que no consigo descubrir qué es.

¿Deseo? ¿Poder? ¿Una mezcla de ambos? No lo sé.

Una vez más intento imaginarlo con Kate. Me daría cuenta, ¿no? A lo largo de nuestra infancia siempre sabía qué estaba pensando, cuándo tenía problemas. Si este hombre tuvo algo que ver con su muerte, ¿no lo sabría y punto?

—Ya no aguanto más. ¿Subimos?

Esto no está bien. No he venido para eso.

—Lo siento. ¿No podemos hablar un rato?

Sonríe y dice:

—Claro.

Se quita la chaqueta y la cuelga en el respaldo del asiento, y luego vuelve a cogerme la mano. Se lo permito. Hablamos un rato, pero es charla intrascendente, eludimos cosas, aunque lo que eludimos es distinto para cada cual. En mi caso se trata de Kate, pero ¿en el suyo? El hecho de que quiere llevarme arriba, supongo. Y transcurridos unos minutos llega el momento de la decisión. Él se ha terminado la copa, yo ya me he bebido el agua. Podemos pedir otra ronda y seguir hablando, o podemos irnos. Hay cierta indecisión, cierto retraimiento, y entonces dice:

—Lo siento. Me refiero a no haberte dicho que estuve casado. —No contesto—. ¿Puedo hacerte una pregunta?

—Claro.

—¿Por qué dijiste que estabas en París? La primera vez que hablamos.

Ahora estamos tanteándonos, aproximándonos en círculos.

—Estaba. Había ido de vacaciones.

—¿Sola?

Pienso en Anna.

—Con una amiga. —Veo la oportunidad—. ¿Por qué? ¿Cuándo fue la última vez que estuviste tú?

Piensa un momento.

—En septiembre del año pasado, me parece.

—¿No has vuelto desde entonces?

Ladea la cabeza.

—No. ¿Por qué?

—Por nada. —Adopto un enfoque diferente—. ¿Tienes amigos allí?

—La verdad es que no. No.

—¿Ninguno?

Ríe.

—¡No me viene ninguno a la cabeza!

Finjo ponerme melancólica.

—Yo siempre he querido ir en invierno. En febrero. El día de San Valentín en París. —Sonrío con aire soñador—. Debe de ser precioso.

—Muy romántico.

Suspiro.

—Supongo. ¿No has ido nunca en invierno?

Niega con la cabeza.

—Es curioso. Me cuesta imaginar aquello con nieve. Supongo que lo tengo asociado al verano. Pero tienes razón. Debe de ser precioso.

Miro mi vaso. ¿Por qué habría de mentir? No sabe quién soy. ¿Por qué iba a decirme que no ha estado nunca en París en invierno si ha estado?

—Bueno ¿quién es esa amiga tuya?

Me quedo perpleja.

—Esa a la que fuiste a ver…

—Ah, solo una amiga. —Vacilo, pero ya tenía decidido lo que iba a hacer—. Pensaba que igual la conocías.

—¿Yo?

—A veces usa Encountrz.

Sonríe.

—No conozco a mucha gente de esa web, lo creas o no.

Fuerzo una risa.

—¿Ah, no?

—No. Eres la primera persona con la que quedo.

—¿De verdad?

—Te lo juro.

Me doy cuenta de que le creo. No habló nunca con Kate. La decepción empieza a hacerme mella.

—Pero ¿hablas con mujeres en esa web?

—Con alguna que otra. No muchas.

Sé lo que tengo que hacer. Saco el teléfono y desbloqueo la pantalla. Sonrío e intento restarle importancia.

—¿No sería gracioso… semejante coincidencia? —digo—. A ella le encantaría si…

Le tiendo el teléfono. He abierto una fotografía de Kate. Me obligo a hablar.

—Es ella. Mi amiga.

Silencio. Le miro fijamente mientras coge el móvil.

—¿Has chateado con ella?

Su cara permanece inexpresiva. Soy consciente de que la siguiente emoción que aflore a sus ojos me dirá la verdad. Le he mostrado la foto por sorpresa, está desprevenido. Si ha visto alguna vez a Kate, se delatará. Tiene que delatarse.

Transcurre un largo momento, luego una amplia sonrisa se abre paso en su cara. Me mira. Niega con la cabeza, se ríe.

—No la he visto nunca en internet, no. Pero parece simpática.

Sé que dice la verdad. Estoy convencida. Noto que me invade la decepción, pero es muda, y está mezclada con alivio.

—¡Lo es! —digo. Hago de tripas corazón para sonreír y guardo el móvil. Empiezo a balbucear—. A decir verdad, no se conecta muy a menudo. Ya no…, de hecho, no sé si llegó a hacerlo nunca, en realidad…

Lukas se ríe. Me preocupa que se dé cuenta de que algo va mal.

—Habría sido toda una coincidencia. ¿Pedimos otra ronda?

Digo que no.

—Estoy bien, gracias.

Procuro tranquilizarme.

—Bueno ¿y tú qué? ¿Quedas con mucha gente de la que conoces en internet?

—No, la verdad es que no.

—Pero conmigo sí.

—Sí. Contigo sí.

Vuelve a cogerme la mano. Me mira a los ojos.

Apenas puedo respirar. No conocía a mi hermana. Nunca llegó a verla.

—¿Por qué?

Debería levantarme. Lo sé. Debería irme, decirle que voy al servicio y no regresar. Sería muy fácil; no sabe dónde vivo.

Lo voy a hacer, me digo. Enseguida.

—Creo que me caes bien.

—Y tú a mí.

Se inclina hacia mí. Suspira. Noto su aliento en la mejilla.

—Me gustas mucho.

Noto la calidez de su piel, huelo la loción para después del afeitado, mezclada con sudor. Me ha desatascado. Algo que llevaba conteniendo semanas, meses, años, me está inundando.

—Vamos arriba.

—No. No, lo siento…

—Jayne… —Casi susurra—. Jayne, preciosa… Mañana me habré ido. Es nuestra única oportunidad. Lo deseas, ¿no? ¿Me deseas?

Le vuelvo a mirar. Me siento más viva de lo que alcanzo a recordar. No quiero que termine. Aún no. No puede acabarse.

Asiento.

—Sí.

Me está besando, tiene las manos en mi cintura, me acerca a él y al mismo tiempo me empuja hacia atrás, atrás, hacia la cama. Caigo de espaldas en el colchón y se me echa encima y yo le quito la camisa de los pantalones, se lo desabrocho a ciegas y con manos torpes, y él lleva las manos a mi pecho, y luego la boca, y es todo sudor y furia y no opongo resistencia, porque no tiene sentido, esa línea ya la he cruzado, la crucé cuando me acerqué a él en el bar, la crucé cuando salí de casa para venir aquí, la crucé cuando dije: «Sí, sí, me reuniré contigo», y fingir otra cosa no tiene sentido. Mi traición ha sido gradual pero inexorable, el avance de la aguja de un reloj, y me ha traído hasta aquí, hasta esta tarde. Y ahora mismo, con sus manos sobre mi piel desnuda, y las mías sobre la suya, con su polla cada vez más dura entre mis piernas, no lo lamento. No me arrepiento en absoluto. Veo lo estúpida que he sido. Desde el primer momento, esto es lo que debería haber hecho.

Cuando acabamos, nos quedamos boca arriba, uno junto al otro. El momento después del sexo. Pero en cierto modo resulta incómodo; ahora entiendo por qué lo llaman «pequeña muerte», pero aunque eso fuera verdad, al menos quiere decir que antes estaba viva.

Se vuelve hacia mí. Apoya la cabeza en el brazo y vuelvo a ser consciente de los años que nos llevamos, de que tiene la edad de Kate, más o menos. Su piel es tensa y firme, cuando se mueve se le marcan los músculos, visibles y vivos. Mientras hacíamos el amor me ha sorprendido, y ahora me pregunto si alguna vez sentí algo parecido con Hugh. No alcanzo a recordarlo; es como si mis recuerdos de cuando él era más joven hubieran quedado difuminados por todo lo ocurrido desde entonces.

Me digo que, al ser diez años más joven que yo, Lukas tiene veinte años menos que mi marido.

Alarga la mano para acariciarme el brazo.

—Gracias…

Tengo la sensación de que debería ser yo quien le diera las gracias, pero no lo hago. Pasamos un rato en silencio. Miro su cuerpo, ahora que está inmóvil. Le miro el estómago, que es firme, y el pelo del pecho, sin ninguna cana. Examino su boca, los labios, que están húmedos. Le miro los ojos y veo que él me mira del mismo modo.

Me besa.

—¿Tienes hambre? ¿Comemos algo?

—¿En el restaurante?

—Podemos pedir que nos lo traigan.

Pienso que deben de ser casi las tres, es posible que más tarde incluso. Connor no tardará en volver. Y aunque no fuera así, aunque dispusiera de todo el tiempo del mundo, comer con este hombre me parece ir demasiado lejos. Sería compartir algo más que nuestros cuerpos, implicaría llegar a una mayor intimidad de la que hemos alcanzado, que no era más que lujuria y carne.

Sonrío.

—¿Qué te hace gracia?

—Nada.

Me doy cuenta de que una parte de mí quiere irse. Necesito estar sola, buscar la soledad y procesar lo que acabo de hacer, y las razones que me han llevado a ello. No era mi intención cuando he venido, pero aquí estoy.

—Me encantaría comer, pero me parece que tengo que irme. Pronto.

Me acaricia el hombro.

—¿Tienes que irte?

—Sí. —Busco una excusa—. He quedado con alguien. Una amiga.

Asiente. Soy consciente de que me gustaría que me pidiera que me quedara, me gustaría que me rogara que anulara la cita con mi amiga, me gustaría que se llevara una decepción cuando le dijera que no puedo.

Pero sé que no me lo va a pedir. Pasar el resto del día juntos no ha sido en ningún momento parte del trato que cree haber hecho conmigo; va contra las normas de nuestro acuerdo. Conque el silencio entre nosotros se prolonga, se vuelve casi incómodo. La esquizofrenia de la lujuria; cuesta creer que la intimidad que hemos compartido hace apenas unos segundos pueda evaporarse casi en un instante. Cobro conciencia de los detalles de la habitación, el reloj en el televisor en la pared de enfrente, la chimenea, la pila de libros viejos de tapa dura, que sin duda nadie lee, en la repisa de la chimenea. No los había visto antes.

—¿Cuándo sale tu vuelo?

Suspira.

—A última hora de la tarde. A las ocho, me parece. —Me besa. Me pregunto vagamente por qué no ha dejado la habitación del hotel, luego me doy cuenta de que la razón soy yo—. Tengo toda la tarde. —Vuelve a besarme. Esta vez con más fuerza—. Quédate…

Lo imagino tomando su vuelo, regresando a casa. Imagino que no vuelvo a verlo nunca. Recuerdo cuando pensaba lo mismo de Marcus, cuando creía que conocería a otra en Berlín, alguien más interesante, y yo acabaría volviendo a casa, otra vez con Kate y mi padre, a mi antigua vida. Pero no fue así. Nuestro amor se hizo más profundo, más intenso. En invierno abríamos la ventana del apartamento y salíamos a gatas al frío alféizar. Nos envolvíamos en una manta y contemplábamos el Fernsehturm reluciente en el brillante cielo azul, mientras hablábamos de nuestro futuro, de todos los lugares adonde iríamos y las cosas que veríamos. O si no, llevábamos una botella de vino barato o vodka al Tiergarten, o pasábamos el rato en la estación del zoo. Yo llevaba la cámara; hacía fotos de los chaperos, los marginados y los que se habían escapado de casa. Conocimos a gente, nuestra vida se amplió, se abrió. Echaba muchísimo de menos a Kate, pero no me arrepentía de haberla dejado atrás.

Pero aquella era mi antigua personalidad. Ya no puedo comportarme así.

—Lo siento —empiezo. Tengo la clara impresión de que me estoy escurriendo, de que Jayne, esa versión de mí que es capaz de hacer lo que acabo de hacer, está desapareciendo. No tardará en ser sustituida por Julia: madre, esposa y, tiempo atrás, hija. No sé si quiero que se vaya—. De verdad, tengo que…

—No, por favor.

Ahora se muestra intenso, y por un momento parece tan desesperado, tan vivo por efecto del deseo, que noto un súbito arrebato que me coge desprevenida. Es felicidad, me parece. Había olvidado lo que era, esta felicidad pura y sin complicaciones, más poderosa que ninguna droga. No es lo que acabo de hacer, lo que me doy cuenta de que estoy a punto de hacer de nuevo. No es que he engañado a mi marido y he salido impune. Soy yo. Ahora tengo algo, algo que es mío. Algo íntimo, un secreto. Puedo mantenerlo oculto, en una caja, y sacarlo de vez en cuando, como un tesoro. Tengo algo que no pertenece a nadie más.

—Quédate —dice—. Un rato por lo menos.

Y me quedo.

15

Voy a casa. Al abrir la puerta encuentro unas cuantas tarjetas que han echado al buzón. Me inclino para recogerlas y ahogo un grito de asombro al ver que son tarjetas de esas que dejan las prostitutas en las cabinas telefónicas. En todas hay una foto de una mujer, siempre una distinta, con lencería, o sin nada en absoluto, posando junto a un número de teléfono. «Guarrilla joven», dice una, «Diviértete con unos buenos azotes», pone en otra. Recuerdo de inmediato lo último que me dijo Paddy —«Vete a la mierda»— y de inmediato me digo que esto es cosa suya. Las ha echado al buzón en un arrebato de ira infantil y rencorosa.

Procuro tranquilizarme. Me estoy dejando llevar por la paranoia. No pueden ser suyas, claro que no. Es tan ridículo como creer que era él quien merodeaba delante de la ventana. Cuanto más sencilla la explicación, más probable es que sea cierta, y Paddy tendría que haber cruzado media ciudad, un día en que se supone que está trabajando, durante un rato en el que sabía que yo no estaría en casa. Es mucho más probable que hayan sido unos críos. Solo unos críos, haciendo travesuras.

Aun así, noto el sabor del miedo en la boca mientras las rompo en pedacitos y las tiro a la basura. Paso. No pienso dejar que me afecte. No es nada, nada de lo que preocuparse, una broma estúpida. No puedo ponerme paranoica.

Subo y me quito las botas. Me limpio el maquillaje y luego me quito también la ropa. Cuesta imaginar que hace solo unas horas me estaba poniendo todo esto; es como una película hacia atrás, la bobina de una vida discurriendo al revés. Al final es alguien diferente quien está aquí, delante del espejo. Julia. Ni mejor ni peor. Solo diferente.

Me pongo los vaqueros, una camisa y luego voy abajo. Suena mi móvil. Me resulta ajeno, estruendoso. Me fastidia; quería pasar un rato más a solas con mis pensamientos antes de que el mundo real irrumpiera de nuevo, pero cuando contesto veo que es Anna, y me alegra. Con ella puedo hablar, sincerarme.

—¿Qué tal te ha ido? ¿Has averiguado algo?

—No sabe nada. Estoy segura.

Vacila, y luego dice:

—Lo siento.

Su voz es suave. Sabe lo mucho que necesito respuestas.

—No pasa nada.

—De veras pensaba que… —empieza, pero me sobreviene la necesidad de contar la verdad y ella es la única que puede entenderlo.

—Nos hemos acostado.

—¿Qué?

Lo repito. Me planteo decirle que he pensado que igual me servía de algo, pero no lo hago. No es cierto, por mucho que quiera creerlo. Nos hemos acostado porque he querido.

—¿Estás bien?

Me pregunto si se supone que debo sentirme mal. No es así.

—Sí. Bien. He disfrutado.

—¿Es por lo de Kate?

¿Lo es? No lo sé. ¿Quería acostarme con Lukas para ser capaz de ponerme en su lugar?

Sea como sea, ahora la entiendo mejor.

—Es posible.

—¿Volverás a verlo?

La pregunta me sorprende. Busco un deje de censura en ella, pero no lo hay. Sé que lo entiende.

—No. No pienso verlo. En cualquier caso, se va esta noche.

—¿Te parece bien?

—No tengo elección —respondo—. Pero sí, no pasa nada.

Procuro sonar animada, despreocupada. No sé si me cree.

—Si estás segura… —dice, y entonces cambio de tema.

Hablamos un rato más, de ella y su novio, Ryan, y de cómo lo llevan. Dice que tengo que ir a verla otra vez, cuando tenga ocasión, y me adelanta que vendrá por trabajo dentro de unas semanas, aunque aún no sabe la fecha.

—Podríamos ponernos al día entonces —dice—. Tal vez salir a cenar. Divertirnos un poco.

Divertirnos. Me pregunto a qué clase de diversión se refiere. Recuerdo que es más joven que yo, pero no mucho.

—Sería estupendo —digo.

Sé que debo de parecer distraída. Sigo pensando en Lukas, imaginando que quedo de nuevo con él, preguntándome si podría presentárselo a mis amigas algún día, preguntándome si la razón de que nunca lo haré es lo que hace que la idea sea tan atractiva.

Me recuerdo que mi vida real es esta. Anna es mi amiga real. Lukas no.

—Me gustaría mucho —digo.

Llega Connor. Le preparo un sándwich y le pido que eche a lavar la ropa de gimnasia, y un rato después oigo la llave de Hugh en la cerradura. Entra en la cocina mientras estoy preparando la cena. Le doy un beso, como siempre, y le veo ponerse una copa, luego se quita la corbata y cuelga la chaqueta con cuidado en el respaldo de la silla. La sensación de culpa que tengo es predecible pero sorprendentemente efímera. Lo que he hecho esta tarde no tiene nada que ver con el amor que siento por mi marido. Lukas está en un compartimento. Hugh en otro.

—¿Qué tal te ha ido hoy? —digo.

No contesta, lo que significa «no muy bien». Me pregunta qué tal me ha ido con el psicólogo.

—Bien. —Me doy cuenta de que no sueno muy convincente—. Bastante bien, me parece.

Se acerca y posa una mano en mi brazo.

—No te des por vencida. Lleva su tiempo. Sé que estás haciendo lo más adecuado.

Sonrío y sigo preparando la cena. Hugh dice que sube al despacho, y me alegro, pero cuando se da la vuelta no puedo soportarlo más. No parece él. Su tono de voz es neutro, se mueve como si el aire fuera denso. Le ocurre algo.

—¿Cariño?

Se vuelve.

—¿Qué pasa?

—He tenido un mal día —dice—. Nada más.

Dejo el cuchillo con el que estaba cortando la verdura.

—¿Quieres contármelo?

Niega con la cabeza. La decepción me atraviesa y me doy cuenta de hasta qué punto quiero sentirme unida a mi esposo. Ahora mismo, después de lo ocurrido esta tarde —después de lo que he hecho—, necesito que se confíe a mí. Su reticencia es como un rechazo.

—¿Hugh?

—No pasa nada —asegura—. De verdad. Ya hablaremos.

Cenamos los tres, luego nos quedamos sentados a la mesa de la cocina. Connor está enfrente de mí, con el ordenador abierto delante, un cuaderno y un montón de libros de biología al lado. Estudia las válvulas del corazón, la especialidad de su padre; inclinado hacia la pantalla, clica en el panel táctil del ordenador a intervalos regulares. Tiene un aire de intensa concentración. Hugh está a su lado con un documento, va tomando notas, de vez en cuando mira de soslayo el trabajo de Connor, comenta algo cuando le hace una pregunta. Parece otra vez normal; lo que le preocupaba antes, fuera lo que fuese, ha quedado olvidado, o soterrado. Lo más probable es que no fuera nada. Solo imaginaciones mías.

Mi móvil emite un zumbido al llegar otro mensaje.

«Ojalá te hubiera comprado flores esta tarde. Te mereces un poco de romanticismo.»

Dejo el móvil boca abajo. Miro a mi familia. No se han dado cuenta, y es imposible que hayan visto lo que ponía; aun así, me siento culpable. No debería estar haciendo esto, aquí no, ahora no.

Pero no estoy haciendo nada. En realidad no. El móvil vibra de nuevo.

«Eres increíble. Tengo la extraña sensación de que te conozco desde hace una eternidad.»

Esta vez tengo que contestar.

«¿De verdad? ¿Tú crees?»

«Sí.»

Su contestación es instantánea. Lo imagino, ante el teclado, esperando mi siguiente respuesta.

«Tú tampoco estás tan mal.»

Pulso enviar y luego escribo otro mensaje.

«Y me has invitado a champán.»

«Que no has bebido.»

«Pero me has invitado. Eso es lo que cuenta.»

«Es lo mínimo que mereces.»

Hugh tose y levanto la vista. Me está mirando, mira el móvil en mi mano.

—¿Va todo bien?

—Sí, claro. —Procuro adoptar un tono firme—. Es Anna. Está pensando en venir.

—¿Se quedará aquí? —pregunta Connor, que levanta la vista con expectación.

166

Me pregunto si está pensando en Kate, en lo que podría averiguar sobre su madre gracias a su amiga más antigua.

—No. Me parece que no. Viene por trabajo. Supongo que la alojarán en un hotel.

No dice nada. Se me ocurre que tal vez sería bueno para él conocer un poco mejor a Anna. Haré lo posible para que cuando venga se vean.

Vuelvo a mirar el móvil. Otro mensaje.

«¿Qué estás haciendo?»

La pregunta es indudablemente sexual. Sin embargo, cuando me preguntó lo mismo, al empezar a chatear conmigo, esas mismas palabras eran del todo inocentes.

O igual es que yo preferí no verlas como lo que eran.

Hugh se pone en pie.

—Voy a preparar café —dice—. ¿Julia?

Le digo que no quiero. Se acerca a la cafetera y la enciende, luego llena el depósito en el grifo a mi espalda. Me acerco el móvil al pecho. Solo un poco.

—¿Cómo está?

—Bien —digo—. Me parece.

—No sabía que seguíais en contacto.

Me sorprende. Debe de saber que hemos estado hablando. Se me pasa por la cabeza que, de alguna manera, sabe que miento.

—Ah, sí.

No contesta. Cuando se sienta de nuevo, mi móvil vuelve a vibrar.

«¿Sigues ahí?»

Hugh se fija. Parece molesto, o disgustado. No sabría decirlo.

—Lo siento, cariño.

—No pasa nada. —Coge el bolígrafo, como para volver a centrarse en su trabajo. Su fastidio solo ha durado un instante—. Charla con tu amiga. Ya hablaremos luego.

—Lo siento.

Apago el móvil, pero Connor ya ha empezado a preguntarle a su padre algo acerca de las arterias y dentro de un momento Hugh estará enfrascado en una explicación. No hago ningún mal a nadie.

—Voy a trabajar un rato —digo.

Cruzo el jardín y entro en el cobertizo donde está mi estudio. Dejo el móvil y abro el portátil.

«Lo siento —tecleo—. Estaba fuera. Ahora ya estoy en casa.»

«¿Qué haces?»

«Nada.»

«¿Qué llevas?»

«¿Tú qué crees?»

Hay una pausa, y luego:

«Tengo que verte otra vez. Di que tú también quieres verme.»

Sí, pienso, quiero verte. Es curioso lo poco ambiguos que son mis deseos ahora que no pueden cumplirse.

«Claro que quiero.»

«Te imagino. Desnuda. No puedo pensar en nada más…»

Estoy sentada en el taburete. Noto el reposapiés de metal bajo los pies, el acrílico duro del asiento debajo de las nalgas. Cierro los ojos. Lo veo, aquí en la habitación, conmigo. Parece real. Más real que cualquier otra cosa.

Tardo un momento en responder. Veo a mi familia, en la cocina, Connor hecho un lío, Hugh ayudándole entre sorbo y sorbo de café, pero lo suprimo e imagino en cambio lo que describe Lukas. Imagino lo que quiere hacer.

Empiezo a teclear. Lo imagino mientras escribo. Está a mi espalda. Huelo su loción, el tenue aroma de su sudor.

«Quiero estar desnuda para ti.»

«Te deseo tanto…»

Pienso en la urgencia que tenía esta tarde, en su necesidad desesperada. La conmoción de su deseo. Dejo que me recorra el cuerpo. Me siento viva.

«Yo también te deseo.»

«Lo estoy imaginando. Me acerco. Te paso la mano por el pelo.»

Vuelvo a ver en un destello a mi marido, mi hijo. Esto está mal, pienso. No debería estar haciéndolo. Debería protestar. Pero noto sus manos en mi cuero cabelludo, rudas y cariñosas al mismo tiempo. Lukas está rescatándolo de mi interior, poco a poco me hace sentir más segura, me insta al abandono un instante tras otro. Me sonsaca fantasías y se despliegan ante mí.

«Dime qué quieres.»

Me llevo la mano al cuello. Imagino que es él, tocándome.

«Dime qué deseas.»

Me vuelvo. Paso el pestillo que cierra la puerta por dentro. Respiro hondo. ¿Puedo hacerlo? No lo he hecho nunca.

«Cuéntame tus fantasías.»

Hay muchas cosas que no he hecho nunca. Me desabrocho un botón de la camisa.

Empiezo a escribir.

«Estoy sola. En un bar. Hay un desconocido.»

«Adelante…»

Dejo que vayan llegando las imágenes.

«No puedo quitarle ojo de encima.»

«Es peligroso…»

«Alguien a quien no seré capaz de decirle que no.»

«¿No serás capaz de decirle que no? ¿O no aceptará un no por respuesta?»

Titubeo, brevemente. Sé lo que quiere. Y sé también lo que yo quiero.

Me digo que son palabras en una pantalla. Nada más.

«No aceptará un no por respuesta.»

«¿Qué ocurre?»

Tomo una bocanada de aire. Me colmo de posibilidades. Me desabrocho otro botón de la camisa. No hago daño a nadie.

«Cuéntame», dice, y le cuento.

Cuando terminamos, no me siento avergonzada. No del todo. No he descrito una violación —ha sido más complicado que todo eso, con más matices—, y sin embargo me siento incómoda, tengo la sensación de haber traicionado a mi sexo de algún modo.

Ha sido una fantasía, me digo, y además bastante común, por lo que he leído. Pero no se lo deseo a nadie. No en la realidad.

Me envía un mensaje.

«¡Uau! Eres extraordinaria.»

¿Lo soy?, pienso. No me siento así. En este instante, ahora que ha acabado, quiero contárselo todo. Quiero explicarle lo de Hugh, el marido que no sabe que tengo. Quiero hablarle de mi Hugh, tan bueno, cariñoso y atento.

También quiero contarle que a veces no tengo suficiente con Hugh. Mi necesidad es cruda y animal, y sí, sí, muy de vez en cuando solo quiero sentirme usada, como si no valiera nada, solo sexo, solo pura luz y aire.

Quiero explicarle que una persona no puede serlo todo, no todo el tiempo.

Pero ¿cómo hacerlo, cuando ni siquiera está al tanto de la existencia de Hugh?

«Tú también», digo.

Miro la hora. Son casi las nueve; llevo aquí casi tres cuartos de hora.

«Tengo que irme», digo, pero entonces oigo el tenue bramido de un avión que pasa por encima de mi cabeza y caigo en la cuenta de algo.

«¿No deberías estar volando en estos momentos?»

«Debería.»

«¿Has perdido el vuelo?»

«No lo he perdido. Lo he anulado. He preferido pasar otro día en Londres.»

«¿Para qué?», pregunto. Espero saber ya la respuesta.

«Para verte.»

No sé qué sentir. Estoy excitada, sí, pero debajo hay algo más. Por el momento casi puedo convencerme de que no he sido infiel, no he engañado a mi marido. Pero ¿y si lo veo de nuevo?

Me digo que no tengo por qué acostarme con él.

Llega otro mensaje. No es precisamente lo que esperaba.

«La verdad —dice— es que tengo que contarte una cosa.»

16

Al día siguiente quedamos de nuevo en el hotel. Llego temprano; quiero tener tiempo de serenarme, de tranquilizarme. Estoy nerviosa, no alcanzo a imaginar qué quiere decirme. No puede ser nada bueno, porque en ese caso me lo habría dicho ayer, mientras estábamos juntos en la cama, o anoche cuando chateábamos. Es difícil prepararse para lo peor cuando no sabes qué aspecto puede tener lo peor.

Bastante inquieta estoy ya. Esta mañana Hugh me ha contado lo que le rondaba por la cabeza. Había recibido una carta, una reclamación. Habían enviado copias al jefe de la junta quirúrgica y al director general.

—¿Una reclamación? —he preguntado—. ¿Qué ocurrió?

Se ha servido el té que había preparado.

—Nada, en realidad. Hace unas semanas hice un bypass a un paciente. Todo normal. Nada fuera de lo común. Está bien, pero presenta déficit neurocognitivo.

He aguardado, pero no ha proseguido. Lo hace a menudo. Cuenta con que lo sepa.

—¿Y eso qué es?

—Síndrome de posperfusión. Déficit de atención, merma de las habilidades motrices finas, problemas de memoria a corto plazo. Es bastante habitual. Por lo general mejora.

—Entonces ¿a qué viene la reclamación?

Ha dejado la taza.

—La familia asegura que no les advertí de esa posibilidad antes de la operación. Dicen que, de haberlo hecho, quizá hubiera influido en su decisión.

—¿Se lo advertiste?

Me ha mirado. No podría decir si estaba enfadado.

—Claro. Lo hago siempre.

—Entonces ¿qué problema hay?

—Busqué las notas de mi consulta de ayer y las revisé. No tomé nota específicamente de que había advertido a la familia de esa posibilidad. —Ha suspirado—. Y, por lo visto, si no lo anoté, legalmente es como si no hubiera dicho nada. El hecho de que siempre se lo digo a todos los pacientes no cambia nada.

Le he puesto una mano en el hombro.

—¿Seguirá adelante?

—Bueno, la queja es oficial. —Ha movido la cabeza—. Es ridículo. O sea, ¿qué habrían hecho de lo contrario? ¡Nadie se echa atrás y dice que no se va a someter a un bypass porque existe el peligro de que olvide durante unas semanas lo que hay en la puñetera lista de la compra! Vaya...

Le he visto controlarse para contener la ira. No es la primera vez que me plantea sus quejas —sobre lo poco racionales que son algunos pacientes, sobre cómo se empeñan en buscar algo de lo que quejarse, por trivial que sea—, pero esta vez parecía furioso.

—Tendrá que haber una investigación. Supongo que escribiré una carta de disculpa. Pero ya sé por dónde van los tiros. Buscan una indemnización. No hice nada mal, pero lo llevarán hasta donde puedan.

—Ay, cariño...

—Y ahora mismo es lo último que me hace falta, joder.

Me he sentido culpable. He estado tan absorta en la muerte de Kate que he olvidado que tiene un trabajo, una vida con la que seguir. Le he dicho que lo afrontaremos juntos, todo irá bien. Casi me he olvidado de Lukas.

Ahora, en cambio, no puedo pensar en nada más. Cruzo la estación, subo las escaleras y salgo a la explanada junto a los andenes. Pienso en la víspera, y en la vez que estuve aquí de camino a París para ver a Anna. Por entonces, solo podía pensar en Kate.

Lukas me está esperando. Aunque hemos quedado en el vestíbulo del hotel, está en la entrada del bar, debajo de una estatua inmensa ubicada al final de los andenes —un hombre y una mujer abrazados, él con las manos en su cintura, ella con las suyas alzadas hacia la cara y el cuello del hombre— con un ramo de flores. Al acercarme, me doy cuenta de que no me ha visto llegar. Cambia el peso del cuerpo de un pie al otro, nervioso, pero cuando me ve sonríe de oreja a oreja. Nos besamos. Cualquiera que nos vea debe de pensar que intentamos reproducir exactamente la estatua de bronce que descuella a nuestra espalda.

—Se llama *El lugar de cita* —dice una vez nos hemos separado—. He preferido esperarte aquí. Me parecía más apropiado.

Sonrío. Me tiende las flores. Son rosas, de color lila intenso y muy bonitas.

—Para ti.

Las acepto. Se acerca y me besa de nuevo, pero le pongo una mano en el hombro como para apartarlo. Me siento demasiado expuesta; me da la impresión de que el mundo entero está en la estación, mirándonos. Estoy nerviosa, es como si lo quisiera todo al mismo tiempo: que vaya al grano enseguida y se marche, que me invite a comer, que me diga que lo de ayer fue un error, que confiese no lamentarlo en absoluto.

Pero al principio guarda silencio mientras cruzamos el bar tenuemente iluminado hacia la claridad del vestíbulo.

—Eres tú —dice cuando hemos salido a la luz.

Le pregunto a qué se refiere.

—Ese perfume. Lo llevabas ayer…

—¿No te gusta?

Niega con la cabeza. Ríe.

—La verdad es que no.

Noto una fugaz sacudida de decepción. Debe de darse cuenta. Se disculpa.

—Está bien. Solo que es un poco fuerte. Al menos para mi gusto…

Sonrío y aparto la mirada brevemente. El comentario me duele, solo un instante, pero me digo que da igual. Hay cosas más importantes de las que preocuparse.

—Supongo que es demasiado embriagador para llevarlo en pleno día.

—Lo siento —se disculpa—. No tendría que haberlo mencionado.

Abre la puerta y se hace un lado para cederme el paso.

—¿Qué querías decirme?

—Te lo diré enseguida. ¿Vamos a tomar algo?

Nos sentamos y pedimos café. Dejo las flores encima del bolso, a mis pies. Es como si intentara ocultarlas, y espero que no se dé cuenta.

Le pregunto otra vez qué hacemos aquí. Suspira, luego se pasa los dedos por el pelo. Me parece que no es por los nervios. Se le ve perdido. Y asustado.

—No te enfades, pero te mentí.

—Vale. —Pienso que es lo de su esposa. Está viva y cree que él sigue aquí porque ha perdido el vuelo—. Adelante…

—Sé que esto lo empezamos solo como un rollo interesante, pero el caso es que de verdad quiero volver a verte.

Sonrío. No sé qué pensar. Me siento halagada, aliviada, pero no entiendo por qué esto ha ido a más. «Tengo que contarte una cosa.» «No te enfades.» Tiene que haber un pero…

—¿Tú quieres volver a verme? —Suena esperanzado, inseguro.

Vacilo. No sé lo que quiero. Sigo sin poder sacudirme la idea de que podría ayudarme a dar con las respuestas que necesito.

Sin embargo, esa no es la historia completa. Parte de mí quiere volver a verlo por motivos que no tienen nada que ver con Kate.

—Sí —digo—. Sí, quiero. Pero no es tan sencillo. Hoy vuelves a casa, y yo vivo aquí, y...

—No vuelvo a casa hoy. O por lo menos no vuelvo a Italia.

—Ah... —Estamos llegando al meollo del asunto. La mente se me dispara. «Entonces ¿adónde?», quiero preguntarle. ¿Adónde? Sin embargo me limito a asentir. En cierto modo, ya sé lo que va a decir.

—Vivo aquí.

La reacción es instantánea. Se me pone la carne de gallina; alcanzo una sensibilidad extrema. Puedo sentir el sol en mi hombro, la rugosidad del tejido del asiento, el peso del reloj de pulsera en la muñeca. Es como si todo lo que estaba desenfocado hubiera cobrado nitidez.

—¿Aquí?

Asiente.

—¿En Londres?

—No. Pero no muy lejos. Vivo en las afueras de Cambridge. Así que por eso quedamos aquí. En la estación.

—Vale...

Aún estoy procesando lo que me ha dicho. Es demasiado íntimo, demasiado cercano. Sin la menor lógica, la noticia hace que sienta deseos de apartarme de él para sopesarla un momento y ver cómo me siento.

—Pareces muy... callada.

—No es nada. Es por la sorpresa. Me dijiste que vivías en Milán.

—Lo sé, lo siento. No estás enfadada, ¿verdad? —De pronto parece tan joven, tan ingenuo... De alguna manera me recuerda a mí misma cuando tenía dieciocho, diecinueve años, cuando estaba enamorándome de Marcus. Continúa—: Por haberte mentido, quiero decir. No fue más que una de esas cosas que se dicen cuando uno cree que solo está chateando en internet y eso no irá a ninguna parte. Ya sabes cómo es…

—Estoy casada. —Me sale de repente, como si ni yo misma lo esperase, y en cuanto lo he dicho, desvío la mirada por encima de su hombro. No sé cuál va a ser su reacción, pero ya sea enfado, o decepción o cualquier otra cosa, no quiero verla.

Durante un largo momento guarda silencio, pero luego habla.

—¿Casada?

—Sí. Siento no habértelo dicho. Creía que no importaba. Creía que no era más que un rollo en la red. Igual que tú.

Suspira.

—Me lo temía.

—¿Ah, sí?

Indica mi mano con un gesto de la cabeza.

—El anillo. Te deja marca.

Me miro la mano. Es verdad. Tengo una hendidura en torno al dedo, lo inverso al anillo que llevo normalmente, su negativo.

Sonríe, pero salta a la vista que está disgustado.

—¿Cómo se llama?

—Harvey. —La mentira me sale sin dificultad, como si hubiera sabido desde el primer momento que tendría que decirla.

—¿A qué se dedica?

—Trabaja en un hospital.

—¿Es médico?

Titubeo. No quiero decirle la verdad.

—Algo así.

—¿Le quieres?

La pregunta me sorprende, pero la respuesta es inmediata.

—Sí. No puedo imaginar la vida sin él.

—A veces eso no es más que falta de imaginación…

Sonrío. Podría mostrarme ofendida, pero no lo hago. Resulta que los dos hemos contado mentiras.

—Es posible. —Llegan los cafés: un capuchino para mí, un

expreso para él. Espero mientras echa azúcar, y digo—: Pero no en el caso de Harvey y yo. No creo que sea falta de imaginación.

Remuevo el café. Igual tiene razón, y lo es. Igual no alcanzo a imaginar una vida sin Hugh porque hace mucho tiempo que no tengo nada semejante. Igual se ha convertido en una especie de extremidad, algo que doy por supuesto, hasta que me falta. O igual es como una cicatriz. Forma parte de mí, ya ni siquiera me doy cuenta, y aun así, es indeleble.

—Entonces ¿lo dejamos aquí? —Tiene la cara arrebolada; hay en él un aire de desafío infantil.

Desvío la mirada hacia la recepción. Una pareja se está registrando; son mayores y parecen emocionados. Son estadounidenses y hacen muchas preguntas. Supongo que es su primer viaje a Europa.

Me doy cuenta de que, aunque no sé qué hay entre Lukas y yo, no quiero que se termine. Estos últimos días y semanas me he sentido mejor, y ahora sé que no tenía que ver solo con que estuviera intentando dar con la persona que asesinó a Kate.

—No quiero dejarlo aquí. Pero mi marido es... —Me interrumpo. El padre de mi hijo, iba a decir, pero eso, además de ser algo que no quiero contarle, es otra mentira. Me mira con expectación. Tengo que decir algo—. Es la persona que me salvó.

—¿Te salvó? ¿De qué?

Cojo la taza y la vuelvo a dejar. Cómo me apetece una copa. Aguanta. Aguanta.

—En otra ocasión, quizá.

—¿Subimos? —propone. Su voz tiene un deje de urgencia, como si quisiera acabar la frase antes de que yo pueda decir que no—. Todavía tengo habitación.

Niego con la cabeza, aunque quiero. Lo deseo muchísimo, pero sé que no debo hacerlo. Ahora no. Ahora conozco las posibilidades. Aguanta, me digo de nuevo. Aguanta.

—No —contesto—. No puedo.

Pone la mano en la mesa entre nosotros. No lo puedo evitar. Poso la mía encima.

—Lo siento.

Levanta la vista para mirarme a los ojos. Parece nervioso, vacilante.

—Jayne. Ya sé que apenas nos conocemos, pero encontrarte ha sido lo mejor que me ha pasado desde que murió mi mujer. No puedo dejarte ir sin más.

—Me temo que…

—¿Estás diciendo que lo de ayer fue un error?

—No. No, nada de eso. Es solo que…

Siento deseos de decir que es más complicado que todo eso. No se trata solo de mí, y de Hugh. También está Connor, y lo que está ocurriendo en nuestra vida. La muerte de Kate. El caso de Hugh. No es un buen momento. Nada es sencillo.

Me doy cuenta de que quiero contarle la verdad sobre Kate. A lo mejor puede ayudarme. Mostrarse imparcial. Apoyarme. Al fin y al cabo ha perdido a su mujer. Es posible que lo entienda como no lo pueden entender Hugh, Anna, Adrienne y los demás.

—¿Solo qué?

Algo me detiene.

—No quiero poner en peligro mi matrimonio.

—No te pido que abandones a tu marido. Te pido que subas. Solo una vez más.

Cierro los ojos. ¿Cómo sé que será solo una vez más? Recuerdo haberme dicho lo mismo en otra ocasión, cuando me clavaba la aguja por segunda vez, y luego cuando lo hice por tercera vez.

—No. —Y sin embargo, mientras lo digo, estoy pensando en cuando estábamos tumbados en la cama, después, los dos arropados con las sábanas. Atino a ver la habitación, el techo alto, la suave corriente del aire acondicionado. Veo a Lukas, dormido. Su pecho emite un levísimo sonido al subir y luego bajar. Por alguna razón, pese al camino que me ha llevado hasta él, me siento segura.

Pronto volveré a casa —de regreso a mi vida real, de regreso a Hugh y Connor, de regreso a Adrienne y Anna, de regreso a la vida sin mi hermana—, pero quizá si hago esto antes será distinto. El dolor de su muerte no se habrá esfumado, pero se mitigará. No me importará tanto que la persona que acabó con su vida siga libre. Pensaré en este momento en el que todo parece tan vivo y sencillo, en el que todo mi dolor y mi pena han encogido, se han condensado y transformado en esto, esta necesidad, este deseo. Él y yo, yo y él. Si me acuesto otra vez con él, al menos habrá otro breve momento en el que no haya pasado ni futuro y no exista nada en el mundo salvo nosotros, y será un minúsculo momento de paz.

Me coge la mano. Habla con suavidad.

—Venga. Vamos arriba.

TERCERA PARTE

17

Llega mi cámara nueva. Es una Canon réflex de un solo objetivo, no la mejor de la gama, pero sí más pequeña y ligera que la que he venido usando estos últimos años. La busqué en la red y la encargué hace unos días. No la necesito, es una extravagancia, pero quiero salir más, hacer más fotografías en la calle, como antes. Fue Hugh quien sugirió que la comprara para mi cumpleaños y parecía encantado consigo mismo cuando me entregó el paquete el sábado.

La abrí ese mismo día, arriba, y sola, y luego me la llevé a Upper Street, por Chapel Market y el Angel. Hice unas cuantas fotos de prueba, y al acercármela al ojo el acto me resultaba intuitivo, instintivo. Cuando miraba a través del visor casi tenía la sensación de que es así como prefiero ver el mundo. Dentro de un marco.

Ahora vuelvo a salir con ella, colgada al cuello, con un zoom que encargué al mismo tiempo. Es muy distinto hacer fotos sobre la marcha. Tengo que identificar una imagen en potencia entre el caos, y luego esperar el momento perfecto, procurando pasar inadvertida y que nadie se fije en mí. Las fotos que hice el sábado son malas; las hice al tuntún. Me notaba oxidada, como una cantante que ha pasado años en un silencio obligado.

Aun así, procuré no desilusionarme. Me dije que una vez recupere la confianza, encontraré el tema; por ahora solo tengo que hacer fotos y ejercitar la mirada. El placer de las instantáneas estriba en el acto de tomarlas, no tanto en cuál es el resultado.

Pero siempre fue así. Recuerdo las fotografías que hice en Berlín. Las amistades que forjábamos eran intensas, la gente se sentía atraída por nosotros, nuestra casa se convirtió enseguida en un refugio para los desarraigados y los abandonados. Estaba llena de artistas e intérpretes, de drag queens, yonquis y prostitutas; venían a pasar unas horas, unos días, unos meses. Yo quería captarlos a todos. Me fascinaban: para ellos la identidad era fluida, cambiante, algo que escogían por sí mismos, sin sentirse obligados por las expectativas de otros. Al principio algunos me trataban con recelo, pero enseguida se dieron cuenta de que, lejos de intentar atraparlos, lo que quería era comprender y documentar su fluidez. Empezaron a confiar en mí. Pasaron a ser mi familia.

Y siempre, en el centro, estaba Marcus. Lo fotografiaba de manera obsesiva. Le hacía fotos mientras dormía, mientras comía, mientras estaba metido en una bañera de agua templada que acababa adquiriendo un aspecto fangoso, mientras trabajaba en un lienzo o hacía bosquejos en las calles de lo que antes era el Este, marcadas aún por la guerra. Preparábamos comida para todos, enormes cazuelas de pasta, servida con tomates y pan, y yo hacía fotos. Íbamos a la Love Parade y tomábamos éxtasis y bailábamos al ritmo de la música techno con los demás bichos raros, y aun así hacía fotos. Todo el rato. Era como si creyera que la vida no se vivía a menos que quedase documentada.

Hoy he venido al Millennium Bridge. Es media tarde y hace mucho calor —de camino hasta aquí el vapor de la ciudad parecía emanar de las calles—, pero al menos en el puente corre el aire.

Me acuclillo para hacerme lo más pequeña posible y disponer el equipo. Bebo agua del botellín que he comprado por el camino, y luego vuelvo a llevar la mano a la cámara. Estoy escudriñando caras, buscando la instantánea, a la espera.

¿De qué? Me sobreviene una sensación de alteridad, de lo extraordinario que reside en lo mundano. Durante largo rato no veo nada que me interese. La mitad de los que pasan por el puente son turistas con pantalones cortos y camiseta, y los otros llevan traje y sudan. Aun así hago unas cuantas fotografías. Cambio de posición. Y entonces veo a alguien interesante. Un hombre que camina hacia mí. Tiene cerca de cuarenta años, supongo, viste camisa y chaqueta, pero no lleva corbata. Al principio me parece corriente, pero luego percibo algo. Es intangible, pero inconfundible. Noto un hormigueo, se me avivan los sentidos. Ese hombre es distinto de los demás. Es como si poseyera una gravedad que perturba el aire al atravesarlo. Me llevo la cámara al ojo, lo encuadro en el visor, cierro el zoom. Enfoco, espero, vuelvo a enfocar conforme se acerca. Me mira directamente, mira al objetivo mismo, y aunque no cambia de expresión, parece que se establece una conexión. Es como si me viera y al mismo tiempo no me viera. Soy un fantasma, reluciente y translúcido. Pulso el disparador, espero un segundo antes de pulsarlo de nuevo, y luego otra vez.

Ni siquiera se da cuenta. Desvía la mirada, por encima de mi hombro, hacia Tower Bridge, y sigue caminando. Un momento después ha desaparecido.

Me quedo un rato más, pero no necesito mirar las fotos que he tomado para saberlo: tengo la que quiero. Es hora de irse.

Cruzo el vestíbulo y subo a la habitación. Lukas sale a la puerta con una toalla; como siempre, ha sacado algo de beber —una cerveza para él, agua con gas para mí— y después de besarnos me tiende el vaso. Aspiro su aroma, el olor intenso y como a madera de su loción para después del afeitado, el tenue vestigio de su auténtico ser debajo, y sonrío. Dejo la cámara en la mesa. Es la primera vez que la traigo.

—Has seguido mi consejo.

—Sí. Me he hecho un regalo de cumpleaños antes de tiempo —digo.

—¿Es tu cumpleaños?

—La semana próxima. El martes que viene, de hecho.

Vuelve a besarme. El martes. Ha pasado a ser nuestro día.

Aún no nos hemos saltado ninguno, y entretanto, chateamos en internet. Es casi igual de bueno, pero solo casi. Compartimos nuestras vidas. Describimos cosas que nos gustaría hacerle al otro, hacer con el otro. Nos contamos nuestras fantasías más íntimas. Pero el martes es el día que nos vemos.

—Tendría que haberlo sabido. Tendría que haber sabido cuándo es tu cumpleaños.

Sonrío. ¿Cómo iba a saberlo? Es otra cosa que no le he dicho, otra cosa que me he guardado, junto con el nombre auténtico de mi marido, y el hecho de que tengo un hijo.

Pero le he contado la verdad sobre Kate.

No tenía intención, pero la semana pasada me dijo que desde el momento en que empezamos a chatear supo que quería conocerme. Me sentí culpable.

¿Qué podía responder? Solo quedé contigo porque pensé que igual tenías algún vínculo con mi hermana muerta.

—No es tan sencillo —dije, en cambio. Decidí ser sincera, contarle la verdad. Bastantes mentiras había habido—. Tengo que contarte una cosa. Mi hermana, esa de la que te hablé… No se suicidó. La asesinaron.

Esa reacción de sorpresa tan conocida. Alargó el brazo para tocarme, pero vaciló.

—¿Pero…?

Le expliqué lo que había ocurrido, que lo único que se llevaron fue un pendiente. Incluso se lo describí. Una gota dorada, con un diminuto diseño en forma de atrapasueños con plumas de color turquesa. Le conté que fui a ver a Anna, le hablé de la lista de nombres que encontré entre las pertenencias de Kate la primera vez que me conecté a la web. Encountrz.

—¿Y por eso quedaste conmigo?

—Lo siento. Sí.

Me abrazó fuerte.

—Jayne, lo entiendo. Igual puedo ayudarte.

—¿Ayudarme? ¿Cómo?

—Hay otras webs de contactos. Es posible que tu hermana también las utilizara. Podría intentar buscarla.

Era tentador, pero me pareció inútil, y no estaba segura de poder pasar otra vez por todo aquello. Le dije que lo pensaría.

Y ahora está aquí, delante de mí. Diciendo que cómo podía ser que no supiera cuándo es mi cumpleaños.

—Haremos algo especial —dice. Coge la cámara—. ¿Has estado haciendo fotos?

¿Especial? Me pregunto a qué se refiere. ¿Salir a cenar, ir a un espectáculo? Suena ridículo.

—Pensé que ya era hora. Quería ver si aún tengo lo que hace falta.

—¿Y lo tienes?

Me encojo de hombros, aunque estoy siendo modesta. Hoy, en el puente, me he sentido como en otros tiempos, cuando estaba en Berlín y no paraba de hacer fotos. Noto que estoy recuperando el talento. Es como volver a casa.

Levanta la cámara.

—¿Puedo?

Tomo un sorbo de agua.

—Si quieres…

La enciende y mira las fotos; asiente mientras lo hace.

—Son buenas.

—Te he traído unas fotos antiguas, como me pediste.

Deja la cámara y se me acerca.

—¿Quieres verlas ahora?

Me besa.

—Luego —dice, y me besa de nuevo—. Dios, cómo te he echado de menos.

Se quita la toalla que llevaba a la cintura y bajo la vista.

—Yo también te he echado de menos.

Y aunque solo hace una semana desde la última vez que estuve en una habitación así, y aunque hemos hablado por internet a diario, lo digo de corazón.

Nos besamos de nuevo. Noto cómo se empalma entre nuestros cuerpos y sé que dentro de poco estará encima de mí, y luego dentro, y entonces todo volverá a estar bien otra vez.

Después, está de pie ante la ventana. Una ráfaga de viento levanta las cortinas y alcanzo a ver fugazmente la calle. Estamos en el primer piso; veo el cielo, jirones de nube, oigo el murmullo de la calle, el tráfico, las voces. Hace un calor húmedo en la habitación.

Dejo que mis ojos recorran la curva de su cuerpo, el cuello, la espalda, el trasero. Percibo las imperfecciones, los detalles que no veo en la cámara y que olvido cada vez que nos encontramos. El lunar del cuello, la marca de la vacuna en el hombro, como Hugh, el rubor rojizo de una marca de nacimiento en la parte superior del muslo. Hace ya un mes, y estos detalles siguen sorprendiéndome. Cojo la cámara; se vuelve cuando pulso el obturador, y al ver que le he sacado una foto su rostro esboza la misma media sonrisa de Marcus.

—Vuelve a la cama. Vamos a ver esas fotografías.

Nos acostamos, uno al lado del otro. El sobre que he traído está entre los dos, el contenido se ha desparramado. Mi obra, mi pasado. Un montón de instantáneas satinadas en formato veinte por veinticinco.

Coge una foto de Marcus.

—¿Y esta?

Es *Marcus en el espejo*, y le cuento la misma historia que le conté a Anna, más o menos.

—Un ex. La saqué en el cuarto de baño del piso donde vivíamos.

—¿También en Berlín?

—Sí.

Le he hablado de la época que pasé allí. De cómo era, quién era antes de convertirme en la persona que soy ahora.

—¿Fuiste feliz allí?

Me encojo de hombros. No es una respuesta.

—A veces.

—¿Por qué te marchaste?

Suspiro y me acomodo boca arriba. Miro el techo, las florituras del enlucido. Al ver que no respondo, deja la foto y se acerca más. Noto la calidez de su cuerpo. Debe de percibir que me cuesta contestar.

—¿Cuándo te marchaste?

Es una pregunta más fácil, y respondo de inmediato.

—Fui a mediados de los noventa y me quedé tres o cuatro años.

Se echa a reír.

—Yo aún estaba en el colegio…

Yo también río.

—Pues sí.

Me besa. El hombro.

—Menos mal que me encantan las mujeres maduras —comenta.

Y caigo en la cuenta de que no hemos utilizado la palabra «amor». Solo nos hemos aproximado de manera indirecta. «Me encanta cuando te…» «Adoro cómo me…»

No nos hemos desprendido del verbo, el calificativo. No hemos llegado a decir «Te quiero».

—Bueno, me dedicaba a pasar el rato, ya sabes. Bares y clubes. Vivía en un piso ocupado.

—¿En Berlín Este?

Niego con la cabeza.

—Kreuzberg.

Sonríe.

—Bowie… Iggy Pop.

—Sí, pero eso fue años antes. Hacía fotografías. Empecé sin aspiraciones, pero a la gente le gustaba lo que hacía, ¿sabes? Conocí a un tipo que llevaba una galería. El editor gráfico de una revista oyó hablar de mí, me contrató para hacer unas fotos. A partir de ahí fue una locura. Exposiciones, incluso sesiones de moda. —Hago una pausa. Ya me voy acercando, esto es lo que quiero decirle, esto es lo que igual no le gusta—. Eran los noventa. La heroína era chic.

No dice nada.

—Y, bueno, había mucha por ahí.

Una breve pausa.

—¿Heroína?

Quiero que mi silencio sea respuesta suficiente, pero no lo es. Tengo que decírselo.

—Sí.

—¿Te metías heroína? ¿Tú?

Le miro. Su expresión es inescrutable. ¿Tanto cuesta creerlo? Parte de mí quiere crecerse, defenderme. Se pinchaba mucha gente, siento deseos de decir. Aún se pinchan. ¿Qué tiene de raro?

Pero no lo digo. Me obligo a respirar hondo. Quiero contestar, en vez de reaccionar.

—Nos pinchábamos todos. —Me vuelvo hacia él—. Bueno, al principio no. Fui a Berlín con Marcus. Era artista. Pintor. Muy bueno, con mucho talento. Un poco mayor que yo. Lo conocí cuando estudiaba bellas artes. Fue él quien me animó a hacer fotografía. Cuando se mudó a Berlín, me fui con él. —Señalo con la cabeza las fotos desparramadas entre nosotros—. Nos topamos con ese grupo…

O se toparon ellos con nosotros.

—¿Mala gente?

—No. —De nuevo esa necesidad de defensa—. No. No diría eso. Eran amigos míos. Cuidaban de mí. —Pienso en Frosty y los demás. No eran yonquis. Ni siquiera eran adictos en el sentido que él da probablemente a esa palabra—. No eran mala gente. Eran solo…, éramos solo…, distintos, supongo. No encajábamos. Gravitábamos unos hacia otros.

Titubeo. Siento deseos de decir que es más fácil de lo que cree. Meterse heroína los fines de semana se convierte en uno de cada dos días y luego en a diario. Me aterra recordarlo. Aunque no todos los recuerdos son malos, sigue siendo desagradable. Me veo arrastrada hacia el pasado, y hacia las profundidades. No es un lugar donde pueda estar mucho tiempo.

—La droga solo era una parte de aquello.

—Entonces ¿qué pasó?

—¿Cuando me fui?

—Sí. La otra semana dijiste que tu marido «te salvó», ¿no?

—Se me fue de las manos. —Me ando con cuidado. Aunque no quiero contarle todo, sé que no debo mentir—. Tenía que irme. Enseguida. —Vacilo, balbuceo el nombre que he dado a mi marido—. Harvey me apoyó.

Me remonto a aquella época. Yo en la cocina, con Frosty, que estaba preparándome café y bebía vino tinto en una taza. Me parece que no se había acostado, era época de festival; la víspera habíamos estado de marcha con unos amigos de Johan, de bares, y luego habíamos vuelto un grupo a casa. Ahora el piso estaba en silencio; la mayoría se habían ido a seguir con la juerga, o dormían.

Marcus estaba arriba, tocando una guitarra que se había dejado alguien hacía meses.

—Toma —dijo Frosty tendiéndome el café—. No queda leche.

Estaba acostumbrada. Nunca había.

—Gracias.

—¿Qué tal está Marky?

—Bien —dije—. Me parece. Aunque su familia está flipando.

—¿Otra vez?

—Quieren que vuelva a casa.

Frosty hizo una mueca de terror fingido.

—¿Qué? ¿Y dejar todo esto? Pero ¿por qué? —Se echó a reír—. Supongo que no lo entienden.

Negué con la cabeza.

—No. Supongo que no.

—¿Te los ha presentado?

Dejé el café.

—No. Todavía no. Cree que su padre va a venir. Quiere que salgamos los tres. Dice que debemos insistir. Quiere demostrarles que está limpio.

Frosty ladeó la cabeza.

—¿Lo está?

—Sí —dije.

Era una verdad a medias. Lo habíamos dejado juntos, de repente, aguantando el mono. Había sido un infierno de sudores, de vomitonas y diarreas y calambres en el estómago tan intensos que los dos gemíamos de dolor. Nos dolían hasta los huesos y ninguno de los dos hallábamos alivio en el sueño. Tenía la sensación de estar ardiendo, nada ayudaba, y no podíamos quitarnos de la cabeza que bastaría un chute para que el dolor se esfumase. Pero nos mantuvimos firmes, nos ayudamos mutuamente cuando la situación parecía superarnos, y ya llevábamos limpios unas semanas. Ahora el padre de Marcus venía de camino y Marcus me había rogado que nos metiéramos un último chute. Al final, yo había accedido. Uno y luego nada más. Nunca. Íbamos a metérnoslo ese día, o a la mañana siguiente cuando amaneciera. La despedida definitiva.

Pero todo eso no se lo conté a Frosty.

—Los dos estamos limpios —dije.

No contestó nada, y luego sonrió.

—Eso está bien —comentó, y cambió de tema.

Acabamos lo que estábamos tomando hablando de la fiesta que teníamos planeada para el fin de semana.

—¿Me ayudarás a prepararme? —preguntó, y yo le aseguré que lo haría—. Bien —dijo, pero entonces ocurrió. Algo atravesó a Frosty; dio la impresión de que se encontraba en un lugar distinto por completo. Solo duró un instante, y luego me miró—. Cielito, ¿dónde está Marky? —preguntó.

No dije nada. La habitación estaba en silencio, lo estaba desde hacía rato. La guitarra había dejado de sonar.

Ahora en la cama miro la fotografía —*Marcus en el espejo*— y luego levanto la mirada hacia Lukas. Mueve la cabeza. Me pregunto si lo desaprueba, si esta conversación marcará el comienzo de nuestra desconexión, pero aun así se merece que sea sincera, al menos en esto. Me coge la mano.

—¿Qué ocurrió?

No quiero volver allí; no puedo. A veces creo que lo que hice aquella noche fue el catalizador de lo que le pasó a Kate. Si me hubiera comportado de otra manera, seguiría entre nosotros.

—Supongo que fue un aviso. Me marché. Supe que debía irme. Pero no tenía a donde ir. Hasta que Harvey me rescató.

—¿Ya lo conocías?

—Sí. Era hijo del mejor amigo de mi padre. Nos conocimos cuando yo aún era estudiante y nos hicimos amigos. Fue prácticamente la única persona que mantuvo el contacto conmigo mientras estaba en Berlín, y cuando todo se terminó fue a él a quien llamé. Le pregunté si podía hablar con mi padre en mi lugar. Ya sabes, allanar el camino…

—¿Y lo hizo?

—Me pagó el billete de vuelta. Estaba esperándome cuando bajé del avión. Dijo que podía quedarme con él unos días, hasta que me aclarara las ideas…

—Y sigues allí…

Siento una ira pasajera.

—Sí, pero lo dices como si fuera un accidente. Sigo allí porque nos enamoramos.

Asiente y me tranquilizo. Me alegra que no plantee la siguiente pregunta lógica: si sigue siendo así. La respuesta no es sencilla. Antes nuestro amor era profundo y evidente, ahora es más complejo. Hemos compartido momentos buenos y malos. Hemos discutido, me he enfurecido, lo he aborrecido además de quererlo. Nos apoyamos mutuamente, pero la situación no carece de complicaciones. Las cosas se asientan con el paso de los años. Se convierten en algo distinto. No puedo resumirlo con un simple «Sí, aún le quiero» o «No, ya no».

—Y luego me conociste.

Contengo la respiración.

—Sí.

La habitación queda en silencio. En alguna parte, a lo lejos, oigo los sonidos del hotel, los otros clientes, portazos, risas, y del exterior llega el zumbido constante del tráfico. Pero dentro todo está tranquilo.

Me vuelvo de costado.

—Háblame de tu mujer.

Cierra los ojos, respira hondo y luego los abre.

—Se llamaba Kim. Nos conocimos por trabajo. Trabajaba para un cliente. La quería muchísimo.

—¿Cuánto estuvisteis casados?

—El diagnóstico fue justo antes de nuestro primer aniversario. Le dieron entre un año y dieciocho meses. Murió unos siete meses después.

Se hace el silencio. No hay nada que decir. Respondo que lo siento.

Me mira.

—Gracias. —Alarga el brazo para tomarme la mano—. La echo en falta. Hace años, pero la echo en falta. —Sonríe y me besa—. Tú le habrías caído bien.

Sonrío. No sé cómo me hace sentir eso. No tiene sentido, no habríamos llegado a conocernos. Si siguiera con vida, Lukas no estaría aquí conmigo ahora. Guardo silencio un rato y luego le pregunto:

—Dijiste que me ayudarías a rastrear a mi hermana en la red, ¿no?

—Claro. ¿Quieres que lo haga?

Hace una semana que se ofreció, pero no he dejado de darle vueltas. Podría ser doloroso, pero merece la pena intentarlo. Y no estaré sola.

—Sí. Si crees que puedes.

Dice que verá qué puede hacer. Le digo su nombre, el nombre que utilizaba en Encountrz, la fecha de nacimiento, todo lo que quizá le sea de utilidad. Lo teclea en su móvil y asegura que hará lo que esté en su mano.

—Déjalo de mi cuenta.

La habitación me parece claustrofóbica, llena de fantasmas. Él también debe de notarlo; sugiere que salgamos.

—Podemos ir a comer. O a tomar un café.

Nos vestimos y bajamos, salimos del hotel y de la estación. La explanada sigue concurrida, pero encontramos mesa en una cafetería. Está cerca del ventanal y me siento a la vista de todos, aunque ahora mismo no me parece que eso tenga importancia. Las miradas de la gente resbalan sobre mí. Soy invisible. Lukas pide las bebidas.

—Así está mejor. —Se sienta—. ¿Estás bien? Después de que te haya contado lo de Kim, quiero decir.

—Sí. Sí, claro.

Sonríe.

—Me alegra que podamos hablar de cosas reales. Cosas que tienen importancia. No lo había hecho nunca.

—Entonces ¿qué haces normalmente?

—¿Cuando chateo online?

Asiento. Baja la vista y se rasca el hombro distraídamente. Sigue sonriendo. Pienso en las fantasías que hemos compartido.

—¿Lo mismo que hacemos nosotros?

—Sí. Pero nunca ha sido tan fuerte como contigo. —Hace una pausa—. Y tú ¿qué?

Sabe que no he hecho nunca nada parecido. Ya se lo he dicho.

—Mi marido y yo… —empiezo, pero luego la frase se evapora—. Llevamos mucho tiempo casados.

—¿Y eso qué significa?

—Supongo que significa que le quiero. Quiero estar a su lado. Pero…

—Pero no siempre es muy excitante, ¿verdad?

No contesto. ¿Es eso lo que quiero decir?

Miro a Lukas. Es más fácil contigo, pienso. Queremos impresionar, nos guardamos lo mejor el uno para el otro. No compartimos las tensiones de la vida cotidiana, todavía no, aunque hayamos puesto en común grandes pérdidas. No he tenido que estar contigo mientras aireas tu frustración contra la familia que te ha presentado una reclamación, mientras te quejabas de haber tenido que redactar una carta, una «disculpa rastrera», aunque sabes perfectamente que advertiste a la familia sobre los posibles efectos secundarios de una operación. No he tenido que intentar apoyarte, a sabiendas de que no quieres apoyo, que no puedo decir ni hacer nada que tenga importancia.

—No siempre —reconozco.

—Pero ¿siempre le has sido fiel?

Pienso en Paddy, en el cenador.

—Prácticamente.

Sonríe con lascivia.

—Nada demasiado excitante, la verdad.

—Cuéntame.

—Hubo uno. Hace poco…

Cambia de postura en el asiento para inclinarse hacia delante y yo cojo el café.

—Es un amigo de mi marido. —Me remonto a la cena. Quiero ofrecer un relato a Lukas—. Se llama Paddy. Lleva una temporada flirteando conmigo.

—¿Flirteando? ¿Cómo?

—Bueno, ya sabes. Cuando nos vemos siempre ríe mis bromas, me hace cumplidos por la ropa que llevo. Cosas así. —Asiente, y me oigo decir—: Incluso se me pasó por la cabeza que podía estar acechándome.

—¿Acechándote? ¿Cómo?

—Una noche vi a un tipo. Cuando estaba a punto de acostarme.

—Me lo contaste.

Es cierto, pienso. Me dijo que ojalá pudiera protegerme.

—¿De verdad crees que es él?

Aunque sé que no era Paddy quien estaba en la calle —casi con toda seguridad no había nadie, solo mi imaginación desbocada en combinación con la falta de sueño— me oigo decir:

—Sí.

Abre los ojos con un destello. Casi parece alegrarse. Pienso en lo que dijo. «No permitiría que nadie te hiciera daño.»

Me sentí protegida. A salvo.

¿Por eso le he dicho que creo que era Paddy? ¿Porque quiero sentirme así otra vez?

—Además, alguien echó unas tarjetas al buzón.

—¿Qué tarjetas?

Se lo digo:

—De esas que dejan las prostitutas en las cabinas telefónicas.

Me sostiene la mirada. ¿Se está poniendo caliente?

—¿Crees que fue él?

Pienso en Paddy y en su torpeza al intentar besarme. Le horrorizaría enterarse de las mentiras que estoy contando sobre él. Pero no lo sabrá nunca.

—Es posible. Intentó besarme, y…

—¿Cuándo?

—¿Recuerdas la fiesta? ¿Cuando tú estabas en la boda? Intentó besarme. Le dije que no pensaba acostarme con él nunca. Creo que fue su manera de vengarse.

—¿Le devolviste el beso?

Recuerdo todas las veces que hemos chateado en internet hablando de nuestras fantasías. ¿Acaso no es lo mismo?

—No. No quería. Lo hizo por la fuerza.

—Qué cabrón. ¿Por qué no me lo dijiste?

—Me daba vergüenza…

—¿Vergüenza? ¿Por qué?

—Podría haberme negado.

—¿No lo hiciste?

—Sí. Sí, me negué. —Miro el mantel—. No sé. Igual podría haber opuesto más resistencia.

Me toma la mano.

—Dime dónde vive.

—¿Por qué?

—No debería salir impune de semejante putada. Nadie debería. Tendré unas palabras con él.

—¿Y qué le dirías?

—Ya se me ocurrirá algo.

Lo imagino llamando a la puerta de Paddy, pero luego la imagen se transforma, como en un sueño que se vuelve del revés y se convierte en pesadilla. Lo veo de pie ante el cadáver de Kate.

—No —digo.

Intento ahuyentar la imagen, pero persiste.

—Estás asustada.

—No. Qué va, estoy bien.

Se lleva mi mano a los labios y la besa.

—Quiero protegerte. —Me mira a los ojos—. Cuidar de ti. Si estás asustada.

Algo en el espacio encaja con un chasquido. Pienso en las cosas que le he dicho. Las cosas que quería hacer y no he hecho nunca. Las cosas que quería que me hicieran. El aire se torna denso de deseo.

—Lo sé.

—¿Estás asustada?

Le miro. La cuerda que nos une se tensa. La piel de su mano parece emitir un murmullo de energía, su carne se funde con la mía, y me doy cuenta de que lo deseo, y él me desea, y quiere que esté asustada y, si eso es lo que quiere, entonces también es lo que quiero yo.

—Sí —digo. Me sale en un susurro. Se inclina aún más hacia delante—. Estoy muy asustada.

Él también baja el tono de voz, aunque solo hay otra persona en la cafetería. Un viajero solitario, con un maletín, leyendo.

—Ese tipo. Paddy. ¿Qué crees que quiere hacerte? ¿Si pudiera?

Mi propia excitación empieza a latir y crecer. Está en mi interior, es algo físico, algo que puedo tocar, puedo sentir. Algo empieza a abrirse.

Abro la boca para contestar, pero no tengo palabras. Solo queda deseo. Se aparta de mí sin soltarme la mano.

—Vamos.

Me lleva hasta un cubículo de los servicios y cierra la puerta. Sigue un arrebato borroso de actividad, me besa, me empuja, me abraza. Me abandono a su voluntad, a lo que está ocurriendo, sea lo que sea. Me arranca la ropa, nuestras extremidades se agitan, y caigo en la cuenta, como desde lejos, de que yo también le estoy arrancando la ropa. El lugar huele a desinfectante, a jabón y, debajo, a orina.

—Lukas —digo, pero me acalla con la boca, luego me da la vuelta y me empuja contra la pared.

—¿Qué crees que podría hacerte? —pregunta—. ¿Algo así?

Intento asentir. Me rodea el cuello con el brazo; no es brusco, no me aprieta, pero dista mucho de ser cariñoso. Me baja los vaqueros. Le ayudo. Noto su polla contra mí cuando me separa las piernas con la rodilla. Arqueo la espalda para dejarle entrar. En algún momento la decisión está tomada; le dejaré hacer lo que quiera. Todo lo que quiera. Hasta cierto punto.

¿Fue así para Kate?, me pregunto. ¿Es esto lo que sentía mi hermana?

—Dime —susurra—. ¿Quieres que le dé una lección? Dime lo asustada que estás…

18

Al despertar, estoy dolorida. Aún noto sus dedos sobre mí, sus manos.

Sin embargo, es un dolor que hace que me sienta viva. Por lo menos es mejor que ese otro dolor, el dolor que hace que desee estar muerta.

Me levanto para ir al cuarto de baño. Delante de la puerta de Connor, me paro a escuchar. Se oye ligeramente una música, la radio despertador. Estoy a punto de llamar cuando decido no hacerlo. Es temprano. Se encuentra bien. Estamos todos bien.

En el cuarto de baño, pienso en Lukas. Algo especial, dijo. Para mi cumpleaños. Me muero de impaciencia, y sin embargo es la deliciosa expectación del placer postergado. Pienso en él mientras me miro en el espejo. Me examino los brazos, los muslos. Me vuelvo e intento mirarme la espalda. Hay marcas: una tiene forma de mano, la otra parece un pájaro. Son rojas, y tienen un aspecto feroz. La piel de alrededor se está amoratando.

Están empezando a salirme magulladuras.

Pasan seis días. Casi una semana. Me pongo al día con Adrienne, Hugh y yo vamos al teatro, y ya vuelve a ser martes, el día de mi cumpleaños. Treinta y siete. Duermo hasta tarde y por una vez soy la última en levantarme. Bajo y mi familia ya está ahí. Hay un montón de tarjetas encima de la mesa, un regalo envuelto. Son vacaciones escolares; reina una atmósfera pausada. Hugh ha preparado una cafetera y hay un plato de cruasanes que no le he visto comprar.

—¡Cariño! —Me tiende un enorme ramo de flores que había en la encimera, rojas y verdes, crisantemos y rosas. Sigue en albornoz. Es sencillo, de color gris pizarra—. ¡Feliz cumpleaños!

Me siento. Connor me acerca una tarjeta y la abro.

—¡Qué detalle!

Es una fotografía de los tres, impresa de una foto de su ordenador y pegada en una tarjeta. Dentro ha escrito: «Feliz cumpleaños, mamá». Le beso la coronilla. Huele a champú y por un momento lo imagino como un niño pequeño y noto una punzada de remordimiento. Estoy aquí, con mi familia, y sin embargo estoy pensando en luego, en la visita que voy a hacer a mi amante.

Ahora puedo llamarlo así. Le doy vueltas a la palabra. «Amante.» Me vuelvo hacia Hugh.

—¿No vas a llegar tarde al trabajo?

Sonríe —casi parece que le cueste esfuerzo, como si se hubiera obligado a olvidar el caso de su trabajo, que la familia no quedó satisfecha con la carta y se están planteando tomar medidas legales—, pero Connor está al tanto de la sorpresa. Hugh me da su regalo.

—Abre esto primero. Luego hablamos.

Lo cojo; el envoltorio es precioso.

—Feliz cumpleaños, cariño.

Parte de mí sabe lo que es antes incluso de abrirlo.

—¡Mi perfume preferido! ¡Fracas!

Mi voz suena demasiado entusiasta, incluso a mí me lo parece. Hay un deje de insinceridad. Espero que no me tome por desagradecida.

—Me fijé en que se te había acabado.

—Sí. Casi.

Es el perfume que Lukas detesta.

—Y sé que también era el preferido de Kate.

Sonrío.

—Eres muy atento, cariño.

—Ponte un poco, venga.

—No quiero desperdiciarlo.

—Por favor. —Parece decepcionado. Por un instante asoma la preocupación a su semblante, pero luego sonríe de nuevo—. Hueles tan bien cuando lo llevas… —Me besa—. Póntelo hoy…

—Hugh…

—Sigue gustándote, ¿verdad?

—Sí. Me encanta.

Abro la caja y saco el frasco. Si agrado a un hombre, no agrado al otro. Solo un poquito, pienso. Puedo lavarme antes de ver a Lukas. Por un momento noto la presión de sus dedos en torno a mi muñeca. Sonrío para mis adentros mientras me pongo un poquito detrás de cada oreja.

—Pero ese no es el auténtico regalo.

—¿Ah, no?

—¡Papá va a llevarte por ahí! —dice Connor. Se le ilumina la cara de alegría. Salta a la vista que han hecho el plan juntos.

—¿Cuándo?

Es Hugh quien contesta:

—Hoy. Me he tomado el día libre.

Ahora me miran los dos. Expectantes.

—¡Estupendo! —Me concentro en no dejar que el pánico asome a mi rostro—. ¿A qué hora?

—Todo el día —dice Connor—. Y yo he quedado con Dylan.

—¡Genial!

Ahora empiezo a preocuparme de veras. Imagino a Lukas ahí sentado, preguntándose dónde estoy. Pensará que le he dado plantón. Pensará que he perdido interés y ni siquiera me he tomado la molestia de decírselo.

No soy así y no quiero que crea nada semejante.

Pienso rápido.

—¿Te acordabas de que hoy tengo sesión con el psicólogo?

Hace una mueca de contrariedad; lo había olvidado.

—Pues no. —Espera que yo haga una sugerencia, pero guardo silencio—. No es lo ideal, pero ¿puedes anularla? Solo esta vez…

Me noto tensa, cada vez más enfadada.

—No quiero saltarme ninguna. Martin cree que estamos haciendo auténticos progresos.

Martin. ¿Ese es el nombre que había dicho antes? Por un instante no lo recuerdo.

Hugh mira a Connor y luego vuelve a mirarme a mí. Me pregunto si busca apoyo o si cree que no deberíamos tener esta conversación delante de nuestro hijo.

—Ya sé que… —empieza.

—Bueno, es que por fin empiezo a sentirme mejor, ¿sabes?

—Sí. Y me alegro mucho. Claro que sí. Pero ¿no puedes cambiar la fecha?

Connor deja la cuchara. Está esperando mi respuesta.

—¿A otro día de esta semana?

No, pienso. No, no puedo.

—Está muy ocupado… —Pienso deprisa—. Me cobra la tarifa completa si anulo la cita.

Hugh baja el mentón. Es evidente que se está disgustando.

—Creo que podemos permitírnoslo, querida. Y, de todos modos, tenemos una reserva. Eso también tiene una tarifa si anulamos.

—¿Qué has reservado? —pregunto.

—Es una sorpresa. Una cosa para todo el día. He calculado que llegaríamos allí en torno a las once.

—Déjame pensar.

Me levanto. Me siento desgarrada. Mi marido; mi amante. No puedo tenerlos a ambos, del mismo modo que nunca pude beber y no beber o usar la jeringuilla y renunciar a ella. Tengo que escoger lo uno o lo otro.

A menos que…

Cojo el móvil.

—Voy a ver si puedo adelantar la sesión —le digo a Hugh—. Así podré reunirme contigo a las once y media, ¿vale?

Empieza a protestar, pero lo acallo.

—No me gusta parecer poco formal —digo—. Y para mí es importante ir. —Intento no cambiar el tono de voz, mostrarme razonable, pero lo he elevado un poco. Sonrío—. Seguro que no pasa nada por media hora, ¿verdad? —Salgo al pasillo y cierro la puerta a mi espalda. Pulso llamar. Unos instantes después contesta Lukas.

—Hola —digo, y sin pensar añado—: Soy yo. Julia Plummer.

—¿Julia? —dice. Está confundido; es la primera vez que uso mi nombre auténtico—. Jayne —dice en voz queda—. ¿Eres tú?

De pronto tengo miedo. Soy consciente de que Hugh está a pocos pasos de mí, al otro lado de la puerta. Procuro mantener la calma. Bajo el volumen del móvil con el pulgar hasta que estoy segura de que soy la única que alcanza a oír sus respuestas.

—Sí, estoy bien —digo con voz firme. Espero un momento y continúo—. No, no… —Me echo a reír—. ¡Nada de eso!

—No puedes hablar.

—Así es. En fin, me preguntaba si podemos quedar una hora antes. ¡Es mi cumpleaños y mi marido va a llevarme por ahí!

Procuro sonar entusiasta, por Hugh y Connor, pero no puedo. Lukas pensará que lo digo en serio, que me emociona de veras salir con mi marido en vez de con él. Eso no me convendría.

Guarda silencio un momento. No sé si me sigue el juego o si de verdad no ha deducido lo que está pasando.

Al cabo, dice:

—¿En el lugar de siempre, una hora antes?

—Sí, si no hay inconveniente.

—Me parece de maravilla. —Ríe—. Por un momento he tenido la terrible sensación de que llamabas para anularlo.

—Nada de eso —digo—. Nos vemos luego.

Cuelgo y vuelvo con Hugh.

—Ya está. Arreglado.

—Era mi regalo —digo—. De parte de Harvey.

No le gusta. Salta a la vista.

—¿Te ha obligado a ponértelo?

—No exactamente.

—¿Te obliga a hacer muchas cosas?

—No de la misma manera que tú.

No sonríe. No se ha relajado desde mi llegada hace unos minutos. Hay algo distinto.

—No es tan grave, ¿verdad?

—Supongo que no.

Sonrío. Intento mantener un tono distendido, restarle importancia. No la tiene, al menos por lo que a mí respecta. Vuelvo a besarle.

—Lo siento —digo. Intento retirarme de sus brazos, pero entonces me besa y me empuja mientras lo hace. Es urgente, casi violento. Lleva la mano a mi cuello y por un momento me pregunto si va a cogerme por la garganta, pero entonces me rodea la nuca con suavidad. Empieza a empujarme hacia la cama—. Perdóname, por favor —digo. Aunque no es real, mi miedo es en cierto modo adictivo.

Me suelta con un ligero empellón, y luego levanta la mano como si fuera a pegarme.

—No me castigues —digo—. Por favor…

Por un instante parece furioso de veras, y me encojo y retrocedo un paso. Me viene a la cabeza en un destello la cara de Kate, aterrada y con los ojos muy abiertos. Intento centrarme en lo que sé: que él no tuvo nada que ver con mi hermana.

—No… —digo, pero me interrumpe.

—¿Por qué no? —Se echa a reír. Tiene todavía el puño en alto—. Dame una buena razón para que no lo haga. Te dije que no te pusieras ese puto perfume —me espeta, y por un brevísimo instante me siento en la piel de mi hermana. Me sobreviene un terror puro, genuino, y entonces su rostro se distiende. Baja la mano, pero me agarra.

—Bromeas, ¿verdad? —pregunto.

—¿Tú crees?

—¿No?

Sonríe y me besa con fuerza.

—Eso depende.

Después, estamos tumbados juntos en el suelo. Yo sigo a medio desvestir. Temo que me he desgarrado la camisa —he oído un desgarrón cuando él me la desabrochaba con furia, y al instante me he preguntado cómo se lo explicaría a Hugh— y me he golpeado la cabeza con la esquina de la cama.

Se vuelve hacia mí.

—Tienes moretones.

—Lo sé.

—¿Fui yo?

Sonrío.

—Sí. —Casi estoy orgullosa.

—Sabes que nunca te haría daño en serio, ¿verdad?

—Sí. Sí, ya lo sé.

Me pregunto si lo sé. Me pregunto en qué me estoy metiendo, y hasta dónde.

Aun así, no puedo negar que en esto tanto tengo que ver yo como él. Todo es correspondido, todas las fantasías que comparto con él se alientan, se llevan más allá. No puedo fingir que no lo disfruto.

—Sí. Confío en ti.

—Bien. —Me besa, y es muy tierno, muy lento, sin asomo de la urgencia de hace solo unos momentos, ni del aire rutinario, práctico, mecánico, de Hugh.

—Bueno, ¿adónde va a llevarte?

—¿Quién? —No atino a saber si lo que oigo son celos—. ¿Mi marido? No sé.

—¿Adónde esperas que te lleve?

Me incorporo. Esto de meter a Hugh en la habitación me resulta incómodo. Hasta el momento me las he arreglado porque he sido capaz de mantenerlo al margen, igual que he podido mantener al margen a Connor.

Se me aparece ante los ojos una imagen suya. Debe de estar con Dylan. Jugando con el ordenador, o igual en el parque.

Me pregunto por qué sigo prefiriendo que Lukas no sepa que tengo un hijo.

—No lo sé. Probablemente a comer, o al teatro. Hace un par de años compró entradas para la ópera, pero luego no pudo acompañarme. Fui con Adrienne.

—¿Quién es Adrienne?

—Una amiga. Hace años que la conozco. Desde que me mudé a Londres, prácticamente.

—¿Tú y tu marido os acostaréis?

Le miro.

—Eso no es justo.

Sabe que tengo razón.

—El caso es que parece que no te importa mucho adónde va a llevarte tu marido o qué vais a hacer.

Me levanto y empiezo a recoger la ropa. No es verdad, no del todo, pero estamos jugando, y sé lo que tengo que decir.

—Lo cierto es que no. Preferiría pasar el día aquí, contigo.

—Eso quiero yo también.

Respiro hondo. He estado demorándolo, pero tengo que preguntárselo antes de irme.

—¿Has averiguado algo? Sobre Kate...

Se levanta y empieza a vestirse.

—Todavía no. Estoy en ello.

¿Ah, sí?, pienso. Por alguna razón no sé si creerle.

—Estuve pensando en el pendiente. El que dijiste que faltaba.

—¿Sí?

—¿Seguro que la policía lo está investigando? Me parece que puede ser una pista más fructífera que indagar sobre sus amistades en internet, ¿no?

—Bueno, dicen que sí, pero yo no estoy convencida.

Me da un beso.

—Déjamelo a mí. Seguro que saldrá algo. Solo hay que seguir buscando.

—Gracias.

—No hay de qué. —Me da un beso de despedida—. Por cierto, aún no te he dado mi regalo.

Sonrío.

—Lo recibirás luego. Es una sorpresa.

Salgo de un hotel para ir directa a otro. Tengo la cabeza a punto de estallar y llevo un desgarrón en la camisa que intento disimular abrochándome la chaqueta. Cuando llego, veo a Hugh en el otro extremo del vestíbulo. Está sentado en un sillón; enfrente de él hay un piano, una enorme lámpara de araña cuelga del techo. Voy hacia mi marido y él se levanta mientras me acerco. Parece cansado, y me siento culpable.

—¡Cariño! —dice—. ¿Qué tal ha ido?

Le digo que ha ido bien. Veo que tiene una bolsa de playa, una de las mías. Debe de ser la primera que ha encontrado. Nos sentamos y me sirve té.

—Toma.

Acepto la taza. Miro a los demás huéspedes en el vestíbulo; una pareja mayor que come bollos, dos mujeres que almuerzan y hablan de algo en tono quedo, un hombre con el periódico. Me pregunto qué clase de persona se aloja en ese hotel, si es uno de esos lugares a los que podría invitarme Lukas algún día.

—Va bien —dice Hugh de repente—. La terapia, quiero decir. Pareces mucho…

—¿Mejor?

—No. ¿Más relajada? ¿Tranquila? Pareces tener mucho más claro lo de la muerte de Kate.

Se queda a la espera, como si fuera a contarle algo más. Al ver que no lo hago, dice:

—Puedes hablar conmigo, ya lo sabes.

—Lo sé.

—Hicimos todo lo que pudimos, ¿sabes? Para ayudarla. Para apoyarla.

Aparto la mirada. Quiero cambiar de conversación.

—Es solo que…, bueno…, es complicado.

—¿Te refieres a Connor?

—Sí.

—No habría sido mejor para él, ya lo sabes. Si se hubiera quedado con ella. Habría sido exactamente igual, o peor. Teníamos que sacarlo de allí. No era buen sitio para él.

Me encojo de hombros y digo:

—Es posible. ¿Crees que está bien?

—Creo que sí. Bueno, tiene dificultades. Con lo de Kate. Debe de resultarle muy confuso.

—Supongo —digo—. La semana que viene me lo llevaré por ahí. Pasaremos el día juntos. Iremos al cine o algo. Hablaré con él entonces.

Asiente. Me siento culpable. Ya tenía que haber hablado de este asunto con él. Tendríamos que estar unidos en lo que a Connor respecta, como siempre lo hemos estado.

—Buena idea —dice—. Le irá bien, ya lo sabes. Es un buen chico. Tiene la cabeza en su sitio.

—Eso espero.

—El caso es que me parece que tiene novia.

Sonríe. Una grata complicidad entre padre e hijo.

—¿De verdad? —Me sorprende, aunque no debería, y noto el calor de los celos. Siempre pensé que sería a mí a quien acudiría para hacerme confidencias.

—¿No te has dado cuenta? Menciona una y otra vez a una chica, Evie.

Sonrío. No sé por qué siento tanto alivio.

—Creo que la conozco.

—¿En serio?

Pienso en la fiesta de Carla. La chica con la que vi a Connor; estoy segura de que se llamaba así.

—Sí. Parece maja.

—Me alegro. —Toma un sorbo de té—. También ve mucho a Dylan. Tiene muchos amigos. Le irá bien. —Hace una pausa—. Y esta noche tenemos la casa para nosotros. He pensado que podríamos salir a cenar y luego…

La frase queda en suspenso. Pienso en las marcas que tengo en la espalda, en los muslos. Desde hace una semana me acuesto temprano, me desvisto en la oscuridad, cojo el albornoz en cuanto me despierto. No puedo dejarle ver los moretones.

No me comprometo a nada.

—Sería estupendo.

Sonríe.

—Bueno, ¿qué hacemos aquí?

Hace una mueca sonriente y deja la taza. Se adelanta en la silla como si estuviera a punto de levantarse, o de entregarme algo, o de anunciar algo.

—Bueno, he pensado que nos conviene relajarnos…

Me ofrece una sonrisa radiante. Me tiende la bolsa; dentro veo el azul oscuro de mi traje de baño, el champú y el acondicionador.

—Aquí hay un spa. —Señala el rótulo a la salida del vestíbulo—. Tienes una sesión de pedicura y los dos vamos a darnos un masaje. Lo había reservado para mediodía, pero no pasa nada, lo he cambiado a después de comer.

—¿Un spa?

—Sí. Podemos pasar el día aquí. Tienen baños de vapor y sauna, y una piscina…

—Estupendo —digo.

La ansiedad empieza a revolverme el estómago, a convertirse en pánico. El traje de baño deja al aire buena parte de la espalda.

—¿Vamos? A menos que quieras almorzar aquí antes.

Niego con la cabeza. No sé qué voy a hacer.

—Me parece bien.

—Hoy es tu día…

—Lo sé.

Intento desesperadamente buscar una excusa, una manera de salir del aprieto. Pero no la hay; ya estamos cruzando el vestíbulo, camino del spa. Pienso en cuando me he vestido, hace solo una hora o así, en la habitación con Lukas. He mirado por encima del hombro mi reflejo en el espejo de cuerpo entero. Las magulladuras eran oscuras y cada vez más amoratadas, inconfundibles.

Está sentado al borde de la piscina, donde ha dicho que estaría. Ha pedido zumo para los dos —es verde, y tiene aspecto de ser orgánico— y bebe del suyo. Lleva bermudas, el bañador que le compré antes de nuestras últimas vacaciones, en Turquía. Vagamente, bajo las diversas capas de preocupación, soy consciente de que está guapo. Ha adelgazado.

Me siento a su lado. Me he ceñido la toalla al pecho.

—¿Te apetece nadar?

Me tiendo en la tumbona.

—Dentro de un rato.

Deja el periódico.

—Venga. —Se levanta—. Hay un jacuzzi. Yo voy ya.

Me tiende la mano y no me queda otra que aceptarla. Me siento aterrorizada, a merced de algo inexorable, y muy culpable; hace solo dos horas era otro hombre el que me tendía la mano.

Vamos al jacuzzi y nos sentamos dentro. El agua está caliente y clara. Hugh activa el dispositivo y empieza a burbujear. Me recuesto, miro la luz que bailotea en el techo, reflejada en el agua borbollante.

Los moretones de la espalda me escuecen como si me hubieran marcado a fuego.

Por un momento siento deseos de contarle todo. Sobre Lukas y lo que he estado haciendo. No fue culpa mía, quiero decirle. Kate murió y se me fue la pinza, y...

¿Y qué? ¿Y no significa nada? ¿De veras pensaba que estaba intentando encontrar al que la asesinó, por mí, por su hijo? ¿Pensaba que hacía lo indicado?

Pero ¿a quién quiero engañar?

—Hugh... —digo, pero me ataja.

—Quiero hablar contigo.

Le miro. Allá vamos, pienso.

Caigo en la cuenta de repente. Connor lo vio todo, en el cenador durante la fiesta de Carla. Por fin se lo ha contado a su padre.

O alguien me ha visto, por la calle, en el vestíbulo de un hotel, besándome con uno que no era mi marido.

—¿Qué pasa?

Alarga la mano por debajo del agua y coge la mía.

—Es sobre la bebida.

El alivio se mezcla con la confusión.

—¿Cómo? ¿La bebida?

—Julia, estoy preocupado.

Parece incómodo, pero no tanto como debería. Me doy cuenta de que estoy deseando que le resulte difícil, un asunto espinoso, pero no es el caso. La verdad es que no. Ha adoptado su modo profesional.

—Hugh, no tienes de qué preocuparte. No he probado ni gota.

—Julia, haz el favor de no insultar mi inteligencia. Me lo contaste. Cuando volviste de París.

—Lo sé, pero entonces estaba soltando presión. No fue un viaje fácil.

—Ya. Pero creo que deberías empezar a ir de nuevo a esas reuniones. Hace unos cuantos meses...

Pienso en las visitas a la clínica cuando volví de Berlín, las sillas en círculo, volver al programa de doce pasos. Pienso en los días y las semanas de retorcijones y vómitos y de sentirme como si tuviera la peor resaca, las peores náuseas, y nada, nada fuera a hacerme sentir mejor nunca. Pienso en los meses que estuve suplicándole ayuda a Hugh, cuando en realidad ya me estaba ayudando.

—Mira, si alguno de los dos es experto en adicciones, creo que soy yo.

Guarda silencio.

—Mi hermana murió, por si lo habías olvidado.

—Claro que no lo he olvidado —salta. Esto no va tan bien como él había previsto—. Me preguntas constantemente cómo va la investigación. ¿Cómo iba a olvidarlo?

—Sacar el tema ahora es un golpe bajo, Hugh. Me importa, eso es todo.

Vacila. Siento deseos de decirle que vaya él a alguna reunión. A Alcohólicos Anónimos. Que solucione sus problemas antes de empezar con los míos.

—Lo siento —dice al cabo—. Es solo que no creo que sea bueno para tu salud. Ojalá confiaras en mí y me dejaras ocuparme del asunto.

—Confío en ti —digo—. Lo haré. —Me planteo decirle que no soy la única que no puede vivir en paz, que no descansará hasta que atrapen a la persona que mató a Kate. También está Connor.

—Me preocupa, eso es todo.

—No he bebido nada desde entonces. Ni una gota.

Me aprieta la mano. Había olvidado que me la tenía agarrada.

—En la fiesta de Carla…

—¡Fue Paddy! Me llevó una copa, pero no la toqué. Y luego, cuando estábamos hablando, me derramó la suya encima.

Le miro. ¿Me cree?

Su voz se atenúa.

—No quiero que vuelvas a pasar por todo aquello. No puedo. No pienso permitirlo.

—No voy a volver a pasar por nada.

—Entonces, haz el favor de decirme la verdad.

—¿Qué?

—¿Te caíste?

—¿Cómo? ¿Si me caí dónde?

—¿Te caíste? ¿Bebiste con Adrienne?

—Hugh, ¿de qué demonios…?

—Esos moretones. Me fijé el otro día. También he visto cómo intentabas cubrírtelos hoy. Así que, ¿qué ocurrió?

El alivio es casi abrumador. Cree que lo único que debe preocuparle son unas copas de más.

—¿Te emborrachaste?

—Hugh —digo—. Me caí. No estaba borracha.

Veo una escapatoria. Se ha fijado en las magulladuras, no puedo negar su existencia, pero puedo explicar por qué las he estado ocultando.

Suspiro.

—Había tomado una copa de vino. Nada más. Supongo que no me hace falta mucho. —Titubeo, y luego digo—: Tropecé en las escaleras mecánicas en la estación de metro.

—No me lo contaste.

Procuro sonreír.

—No. Fue bochornoso, coño, si quieres que te diga la verdad. —Otra pausa—. Pregúntale a Adrienne, si no me crees…

Ya mientras lo digo sé que es un error. Cabe la posibilidad de que se lo pregunte. Me estoy pasando de la raya, añadiendo detalles de más.

—Lo siento —digo—. Estoy avergonzada. Cometí un error.

—Otro error.

La furia se desata en mi interior.

—Sí. Otro error. Mira, bastante mal me siento ya. He dicho que lo siento. ¿No podemos olvidarlo?

—No es a mí a quien tienes que pedir disculpas.

—Entonces ¿a quién?

—Como he dicho, creo que deberías empezar a ir otra vez a las reuniones.

No, pienso. No, nada de eso. No estoy preparada.

Niego con la cabeza.

—Prométeme que al menos lo pensarás.

No. No soporto la idea. Tendría que confesarlo todo, desde el principio. Tendría que reconocer que estoy otra vez donde empecé.

—No puedo.

—¿Por qué?

—Sencillamente…

—Solo dime que lo pensarás…

Suspiro.

—De acuerdo. Lo pensaré.

—O que al menos hablarás de ello con el psicólogo…

—Lo haré…

El enfado se esfuma de su rostro. Me suelta la mano y me palmea el muslo.

—Cariño, es que no quiero que vuelvas a pasar por todo aquello…

—No pasaré por eso. Y, de todos modos, fue hace mucho tiempo. Ahora tengo las cosas más claras. Y además —digo a la ligera—, te tengo a ti, que me mantienes a salvo.

Le miro a los ojos. Le sostengo la mirada; es más fácil de lo que creía, pero aun así me detesto por hacerlo. Me recuerda a los años que pasé convenciendo a la gente de que no tenía un problema, la diferencia es que esta vez no lo tengo. Solo finjo tenerlo.

—Lo sé —dice. Aún tiene la mano en mi muslo—. Lo sé.

Guarda silencio y empiezo a tranquilizarme. Sé que voy a tener que hacer algo. Es posible que la próxima vez no tenga tanta suerte, y sea lo que sea lo que está ocurriendo entre Lukas y yo no puedo permitir que destruya lo que tengo con Hugh.

Echo atrás la cabeza y cierro los ojos. ¿Soy ingenua al pensar que puedo mantener a Lukas al margen de mi familia? ¿Los secretos acaban siempre saliendo a la luz?

Los dos permanecemos en silencio un rato, y luego, sin previo aviso, Hugh dice:

—Ay, Dios. No te he contado lo de Paddy.

Abro los ojos de golpe. El nombre es inesperado y me provoca una sacudida. Espero que no se haya notado.

—Maria me llamó ayer. Se me olvidó por completo decírtelo. Lo asaltaron.

Me oigo repetir sus palabras. Suena igual que mi voz, pero como si viniera de muy lejos.

—¿Lo asaltaron?

De repente hace mucho calor. Estoy sudando. El agua es aceitosa, viscosa.

—Sí. El fin de semana. Creo que Maria dijo que fue el viernes.

—¿Dónde? ¿Quién? ¿Está bien?

Una idea horrible está tomando forma. La semana pasada le conté a Lukas lo que había hecho Paddy. Le dejé pensar que era peor de lo que era. Mucho peor.

Dijo que quería protegerme.

—Está magullado y dolorido, y le rompieron la nariz, pero se pondrá bien. Ocurrió cerca de donde viven, por lo visto. Volvía a casa tarde. No recuerda gran cosa…

Pienso en Lukas. Ha dicho que recibiría mi regalo más tarde. ¿Se refería a esto?

Me viene Kate a la cabeza. La veo, tendida sobre su propia sangre, con la nariz rota, los ojos hinchados a golpes.

Vuelvo la vista hacia mi esposo. Sé lo que está a punto de decir.

—Lo curioso es que no le robaron nada.

Algo en mi interior empieza a derrumbarse. Me sorprendo poniéndome en pie, aunque no sé por qué, ni adónde voy. El agua me resbala piel abajo y por un momento creo que es sangre.

—Como a Kate —digo—. Igual que a Kate.

Hugh también se pone en pie.

—¿Julia? Julia, lo siento. No debería habértelo dicho. En qué estaba pensando. Julia, siéntate. Por favor…

No puede ser, me digo. No puede ser él.

«¿Quieres que le dé una lección?», dijo cuando estábamos en mitad del asunto. Y creo que dije que sí. ¿Dije que sí?

Pero no me lo decía de verdad, ¿no? No me tomó en serio, ¿no? Es solo una coincidencia, tiene que serlo. Tiene que serlo, tiene que serlo.

Pienso en sus manos sobre mi cuerpo, los moretones, las cosas que me ha hecho. Las cosas que dijo que le gustaría hacerme.

—Soy idiota —dice Hugh—. Julia, lo siento.

Me doy la vuelta. Tiemblo, estoy helada y, sin embargo, sudo a raudales. Salgo corriendo hacia el vestuario. Consigo llegar al servicio por los pelos.

19

Connor llega a casa a la mañana siguiente. Le acompaña Dylan y los dos irrumpen sin dejar de hablar ni un instante. Estoy esperando a que silbe el hervidor cuando entran en la cocina.

Mi hijo. Lo he echado en falta; es todo lo que quería cuando llegué a casa anoche, lo único en mi vida con lo que aún tengo esperanzas de acertar.

—¡Hola, mamá! —saluda.

Parece sorprendido de encontrarme aquí, y por un momento creo que va a preguntarme si estoy bien. No sé con seguridad qué diré si lo hace. Dylan está detrás de él, y cuando le sonrío, dice:

—Hola, señora Wilding.

—¿Podemos subir? —pregunta Connor.

Me obligo a sonreír.

—Vale. ¿Lo pasasteis bien?

—Sí. —No da detalles.

—¿Quieres comer algo?

—No, gracias.

—¿Dylan?

El otro chico mueve la cabeza y masculla algo. Está más flacucho de lo que recordaba.

—Hemos comido algo antes —dice Connor—. ¿Podemos ver una peli?

—Claro. Si queréis algo, ya diréis —les advierto antes de que desaparezcan escaleras arriba. Me vuelvo hacia la tetera y me preparo la infusión.

Sé lo que tengo que hacer. He estado posponiéndolo toda la mañana. Me siento a la mesa y llamo a Lukas.

—Buenos días, preciosa. Yo también estaba pensando en ti.

Normalmente ese comentario me emocionaría, pero hoy apenas le presto atención. Estoy demasiado tensa, demasiado ansiosa. Se me ha agotado la energía. He pasado toda la noche pensando en él y en Paddy, en lo que puede que haya hecho. Lo que puede que yo haya hecho. Estoy agotada.

—Lukas, tenemos que hablar.

Noto que cambia de velocidad. Lo imagino tumbado en la cama, luego incorporándose de repente. Intento ver la escena, pero no lo consigo. No he visto nunca su dormitorio, no he visto nunca su casa. Es bonita, según me ha dicho, una casa pareada con tres dormitorios. «Moderna pero con cierto carácter.» Siempre me ha parecido que está orgulloso de ella, así que ¿cómo es que no me ha llevado?

Me pregunto si la tiene ordenada. Un hombre, viviendo solo; me pregunto si se hace la cama siquiera. Connor no se la haría, si no insistiera yo.

—¿Qué pasa? ¿Va todo bien?

De repente me siento muy nerviosa. Quiero chillar, gritar. Quiero decirle que no, no va todo bien.

Respiro hondo y procuro calmarme.

—Paddy sufrió una agresión.

Incluso decir las palabras es doloroso. Me recuerda demasiado a Kate.

—¿Quién?

—Paddy. —Me fastidia, y al mismo tiempo me asusta. ¿Lo ha olvidado? ¿O forma todo parte del juego?—. La persona de la que te hablé. El amigo que te conté que me había besado. —Titubeo. Me tiembla la voz—. Le han dado una paliza.

—Dios… —Parece preocupado. Es de verdad, pienso, pero ¿cómo lo sé? No sé nada—. ¿Estás bien, Julia?

No quiero hacer la pregunta, pero es una carga que me atenaza, y no tengo opción. Después de todo, por eso he llamado.

—¿Tuviste algo que ver?

Hay silencio. Decirlo en voz alta le ha dado visos de realidad. La sospecha se ha convertido en certeza.

Lo imagino moviendo la cabeza con gesto de incredulidad. Tengo tenso hasta el último músculo del cuerpo, y entonces contesta:

—¿Yo? ¿Qué demonios…?

Le interrumpo. No quiero, pero no lo puedo evitar. Lo digo de nuevo, esta vez más alto.

—¿Tuviste algo que ver?

Su respuesta es más rápida esta vez. Se apresura a defenderse.

—No, claro que no. —No estoy segura de si suena enfadado o simplemente enfático—. ¿Se pondrá bien?

Las palabras me salen a borbotones, tropezando unas con otras.

—Es que parece una coincidencia, la verdad. O sea, te lo dije la semana pasada, y esta semana…

—Oye. Cálmate…

—… esta semana —continúo—, esta semana, ocurre eso.

Dejo de hablar. De pronto noto el cuerpo vivo. Siento sus manos en mí, la piel me chisporrotea por efecto de la urgencia del sexo en un cubículo de los servicios, noto un dolor sordo en las muñecas donde me las agarró. Recuerdo lo que dijo.

—Me preguntaste si quería que le dieras una lección.

—Lo sé —responde—. Y, si lo recuerdas, dijiste que sí.

Me derrumbo hacia dentro. Casi no puedo respirar, por el pánico y la ira.

—Pero ¡no lo decía en serio! Estábamos haciendo el idiota. ¡Era teatro!

—¿Ah, sí? —Hay un cambio de tono en su voz; suena distinto. No parece él en absoluto—. El caso, Julia, es que deberías tener cuidado con lo que deseas. Mucho cuidado…

Me invade el miedo; el terror. Es real, físico. Estoy en llamas, mi móvil está vivo, es peligroso. Siento deseos de lanzarlo al otro extremo de la habitación. Ojalá no lo hubiera conocido. No sé quién es este hombre, esta persona a quien he dejado entrar en mi vida. Quiero que todo vuelva a ser como antes.

—¡Lukas! —Mi voz implora, casi grito, apenas soy consciente de que Connor está arriba. Ahora sacrificaría cualquier cosa por tener la seguridad de que Lukas no tuvo nada que ver con lo que le pasó a Paddy. Prácticamente cualquier cosa—. Por favor…

Me callo. Está haciendo un ruido; al principio no sé qué es, pero luego caigo en la cuenta. Está riendo, casi para sus adentros. Me inunda la luz, el aire.

—¿Lukas?

—Tranquila. Estoy bromeando…

—¿Bromeando? ¿Qué te parece tan gracioso?

—Julia, me parece que tienes que calmarte. Piénsalo. ¿No estás siendo un tanto paranoica? Bueno, me hablaste de ese tipo la semana pasada. ¿Crees que fui directo para allá y le di una paliza? ¿Cómo podría haberlo hecho? No me dijiste dónde vive. Ni siquiera me dijiste su nombre completo. Por el amor de Dios, si hasta ayer no me enteré de tu nombre auténtico.

Tiene razón. No pudo ser él. Pero ¿de veras puede tratarse de una coincidencia?

—No lo sé. Lo siento.

—Yo también siento haberme reído; no haberte tomado en serio. —Hay una pausa. Parece arrepentido—. ¿Cuándo ocurrió?

—El viernes por la noche, me parece.

—El viernes estaba en Cambridge. Salí con unos colegas. —Titubea—. Puedes comprobarlo en facebook, si quieres. Ade ha subido un montón de fotos que te cagas.

Tengo el ordenador delante. Lo abro.

—Julia, ese hombre, ¿seguro que se va a poner bien?

—Sí —contesto—. Creo que sí.

Abro facebook y navego hasta su muro. El viernes por la noche. Es verdad. Hay fotos suyas.

Me siento fatal. Culpable. Llena de un deseo arrollador de arreglar la situación.

—He sido una estúpida de cuidado. Lo siento.

—Confías en mí, ¿verdad?

Ahora su voz suena serena. Cariñosa. Tranquilizadora. Es la voz a la que estoy acostumbrada. Y sin embargo me viene a la cabeza una imagen salida de la nada: él diciendo exactamente eso mismo pero a Kate.

—¿Julia? ¿Estás ahí?

Caigo en la cuenta de que no he contestado.

—Sí. Perdona. Me ha entrado el pánico, eso es todo. —El alivio me corre por las venas al darme cuenta de que lo que digo es verdad. El mundo recobra una luminosidad que no sabía que hubiera desaparecido. Continúo—: Lo siento. Con tanta charla fantasiosa, supongo que estaba preocupada…

—No pasa nada.

—No debería haberte acusado. —El placer surca mis venas; el placer de la tensión liberada—. No sé qué me ha ocurrido.

—No pasa nada. Tranquilízate, Julia. Todo va a ir bien.

¿Sí? Quiero que vaya bien. Pienso en los buenos momentos que hemos pasado, en cuánto me ha apoyado con lo de Kate. Tengo la sensación de que si alguien puede arreglar la situación es él.

Es su voz. Surte ese efecto. Hace que me sienta mejor, más tranquila.

—Oye —dice—. Igual he averiguado algo. Sobre Kate.

El corazón me da un brinco.

—¿Qué? ¿Qué es?

Su respuesta tarda una eternidad.

—No estoy seguro.

—¿Qué? ¿Qué es?

—Probablemente nada.

—¿Qué has averiguado?

Vuelvo a oírle titubear. No quiere que me haga ilusiones.

—Hay una web…

—¿Qué web?

—No lo recuerdo. Pero allí encontré a alguien. Usa el nombre de Julia.

—¿Julia?

—Sí. Por eso me fijé. No hay foto, pero tiene unos veintiocho, veintinueve años. Vive en París. Y…

—¿Y?

—Bueno, el caso es que no se ha conectado desde finales de enero.

—¿Cómo se llama la web?

—¿Por qué?

—Porque quiero probar con los datos de conexión que funcionaron en Encountrz. Quiero saber si es ella.

—¿Por qué no lo dejas en mis manos?

Porque quiero saberlo.

—Por favor, Lukas. Dime cómo se llama. Echaré un vistazo…

Suspira con fuerza. Casi lo oigo intentar decidir qué es lo mejor.

—No sé si es buena idea —empieza—. Te llevarás un mal rato y…

—¡Lukas!

—Escúchame. Creo que deberíamos hacer lo siguiente. Enviaré un mensaje a esa persona. Si contesta, sabremos que no se trata de Kate.

—Pero si ni siquiera se ha conectado desde enero…

—Vale. Bueno, ¿por qué no me das los datos de conexión de Kate? Yo me encargo.

Así que ha llegado el momento, pienso. Tengo que decidirme ahora. ¿Confío en él o no?

En realidad, ¿tengo alternativa? Le doy la contraseña. Jasper1234.

—Es el nombre del perro que teníamos de pequeñas. Prométeme que lo intentarás.

Me llama una hora después. No he conseguido tranquilizarme. He estado caminando arriba y abajo, sentada ante el ordenador, intentando trabajar sin conseguirlo. Cuando suena el teléfono, lo cojo de un zarpazo.

—¿Sí?

—Lo siento.

—No has conseguido conectarte.

—No...

—Igual utilizaba una contraseña distinta.

—Julia, espera. Esta mujer ha respondido a mi mensaje. Le he pedido una fotografía y me la ha enviado. No es Kate.

—¿Puedo ver la foto? Igual es alguien que se hace pasar por ella...

—No lo es —dice—. Esta mujer es negra.

Me siento hundida por completo. No vale la pena; todo esto de hacerme falsas esperanzas solo me lleva a una decepción aplastante. Cualquier otra cosa es mejor. Incluso el vacío.

—Seguiré indagando. Si quieres.

—Estoy decepcionada —le digo.

—Intenta no estarlo. ¿Nos vemos la semana que viene? ¿El martes?

Titubeo. Todo es demasiado luminoso, demasiado intenso. Quiero normalidad, estabilidad. Vuelvo a pensar en el amor visceral que siento por mi hijo, en cómo lo eché en falta anoche después de enterarme de la agresión que había sufrido Paddy. Por primera vez me doy cuenta de que ese amor no es compatible con lo que estoy haciendo.

Me recuerdo por qué empecé a chatear con Lukas, por qué

quedé con él. Para encontrar al asesino de mi hermana, por el bien de Connor, por la familia.

Pero no me ha llevado a ninguna parte, y ahora Connor necesita de mí otra cosa. Ir al cine. Una hamburguesa. Madre e hijo. Tomo la decisión.

—No puedo. El martes no. Estoy ocupada.

Es como si, de pronto, algo que me tenía agarrada me soltara. Qué alivio. Es una sensación agradable. Estoy siendo egoísta; estoy haciendo lo correcto.

—¿Ocupada?

—Sí. Lo siento.

Me doy cuenta de que estoy aguantando la respiración. Parte de mí desea que él discuta, que proteste, el resto espera que se limite a sugerir otro día. Quiero estar segura de que puedo pasar una semana sin verlo.

Silencio. Necesito una excusa.

—Es que he quedado con una amiga. Anna. Quiere que le ayude a elegir un vestido de novia.

—¿No puede ser otro día?

—No. Lo siento…

—De acuerdo.

Quiero que discuta más. Quiero que intente convencerme, que me pregunte quién es más importante, Anna o él.

Pero no lo hace. Se despide y un instante después la llamada ha terminado.

20

Llega el martes. Es el día de Connor y decido que haremos lo que él quiera. Se lo debo; se lo merece. Parece más animado, ahora habla más, se parece más al de antes.

El fin de semana fuimos a ver a Paddy. Fue idea de Hugh. No tenía tan mal aspecto como había imaginado. Tenía los ojos hinchados y magullados, un rasguño en el cuello. No sabía cuántos lo habían asaltado, ni siquiera si habían sido más de uno. No se llevaron nada, se limitaron a golpearlo. No me miró ni una sola vez mientras estuvimos allí.

Me levanto temprano. No he dormido bien; anoche vi otra vez esa figura delante de la ventana. Esta vez parecía más real, tenía más sustancia. Incluso me pareció ver el relumbre de un cigarrillo, pero, de nuevo, cuando aparté la vista para hablar con Hugh y luego volví a mirar, ya no estaba ahí. Si es que alguna vez lo estuvo.

Noto la visión borrosa cuando bajo. Cojo el teléfono y tengo otra llamada perdida de Adrienne anoche. Me siento culpable. Está de viaje; quiere saber si recibí su regalo, un collar de plata que elogié hace unos meses mientras estábamos de compras. «Ya me dirás —comenta en su último mensaje—. Y a ver si quedamos. Ando liada, como siempre, pero me muero de ganas de verte. Llámame.»

No la he llamado, y no estoy segura de por qué. Igual porque me conoce demasiado bien; se daría cuenta inmediatamente de que intento ocultarle algo. Además, está la mentira que le conté a Hugh, lo de que me caí en las escaleras mecánicas. Tengo que poner un poco de distancia entre nosotras. Es más sencillo eludirla, solo una temporadita.

Connor y yo desayunamos viendo la tele. Al terminar le pregunto qué quiere hacer hoy, y dice que podríamos ir a ver una peli. «¡Claro! —accedo. Le digo que escoja una—. La que te apetezca.» Elige la nueva de *El planeta de los simios*. Me llevo un chasco, pero pongo cuidado en que no se me note.

Vamos al cine paseando por Islington Green. Caigo en la cuenta de que hacía mucho tiempo que no estábamos así, los dos solos. Lo echaba de menos, y me pregunto si él también. Inesperadamente noto que me invade una profunda sensación de amor y de culpabilidad. Se me pasa por la cabeza que, ahora que Kate ya no está, Connor es el único pariente consanguíneo que tengo, la única persona con la que comparto el ADN. Me doy cuenta de que Kate era el vínculo entre todos nosotros. Nuestros padres, yo, ella, y ahora Connor. Kate estaba en el centro de todo.

Tengo que decir algo. La necesidad es abrumadora.

—Sabes que te quiero —digo—. ¿Verdad?

Me mira; su expresión es inescrutable, como si estuviera un tanto avergonzado. Por un momento veo al niño vulnerable que lleva dentro, el que intenta enfrentarse al mundo adulto en el que va enredándose más cada día que pasa. Pero luego eso se borra y otra cosa asoma brevemente a su cara. Es dolor, me parece, seguido un instante después por la decisión de sobreponerse.

—¿Connor? ¿Va todo bien?

Asiente y al hacerlo arquea las cejas. Es un gesto familiar, pretende ser tranquilizador, pero ahora resulta demasiado automático para que tenga el menor sentido.

—Estoy bien. —Cruzamos la carretera y una vez al otro lado nos detenemos, los dos al mismo tiempo, como si lo hubiéramos ensayado—. De verdad.

Le paso los brazos por los hombros; a veces no le gusta que le abracen, y supongo que ahora, ahí plantado en mitad de Upper Street, debe de ser una de esas veces.

—Puedes hablar conmigo, Con. —Hacía mucho que no lo llamaba así. ¿Me pidió que dejara de hacerlo o sencillamente quedó en el pasado? Igual eso es lo que ocurre siempre entre madres e hijos—. No lo olvides, por favor. Estoy a tu lado. Siempre.

Me remuerde la conciencia al decirlo. ¿Estoy a su lado? Últimamente no lo he estado.

—Lo sé.

—Estas últimas semanas…, o meses… —empiezo, pero no sé adónde quiero llegar. Intento reconstruir el vínculo entre nosotros, el que nunca debería haber puesto en peligro—, no han sido fáciles. Ya lo sé. Para ninguno. —Me mira. Quiero que me perdone, que me diga que le he apoyado, que está bien—. Sé que han sido una mierda para ti también, Connor. Quiero que lo sepas. Lo entiendo.

Se encoge de hombros, como sabía que haría. Guarda silencio, pero me mira con expresión de gratitud, y algo se transmite entre nosotros. Algo bueno.

En el cine, Connor va al servicio mientras yo saco las entradas en el cajero y hago cola para comprar las palomitas que le he prometido. A su regreso entramos en la sala. Creía que estaría concurrida, pero no están ocupadas ni la mitad de las butacas. Hay gente dispersa, sobre todo parejas, y sugiero que vayamos a una fila casi vacía más bien hacia atrás. Connor accede y nos acomodamos. La película no ha empezado todavía, y en la sala resuena la sinfonía de botellas al abrirse, de bebidas sorbidas con pajita, de bolsas de dulces o patatas fritas rasgadas. Le paso las palomitas a Connor.

—¿Tienes todo lo que quieres? —susurro, y dice que sí.

Revisa el móvil y levanta la mirada con gesto culpable. Un mensaje de su novia, supongo. Evie. La menciona de vez en cuando, pero es esquivo, sigue en esa edad en la que hablar de una novia con los padres es incómodo. Sin pensar, y para darle a entender que no pasa nada, cojo el bolso y echo un vistazo a mi móvil.

Tengo un mensaje, de Lukas. Me siento aliviada; nuestras últimas conversaciones han sido glaciales, y desde la última vez que lo vi le he lanzado una acusación y le he dicho que no quería verlo hoy. Pensaba que igual había tomado la decisión de ponerle fin antes que yo, y de hacerlo por medio del silencio.

«¿Qué tal las compras?»

Escribo la respuesta deprisa.

«Aburridas. Pero gracias por preguntar...»

Pulso enviar. En cierto modo espero que no conteste, pero sigo con el teléfono en la mano por si lo hace. En efecto, un momento después llega la respuesta.

«Cómo me gustaría estar ahí contigo.»

Sonrío para mis adentros. Ya no está enfadado conmigo, si es que alguna vez lo estuvo. Eran figuraciones mías.

«A mí también.» Pulso enviar de nuevo y apago el teléfono.

Empieza la película. No es en absoluto de las que me gustan, pero me digo que he venido por Connor, y cuando lo miro no me cabe duda de que está disfrutando. Procuro tomármelo con calma. Procuro dejar de pensar en Lukas, procuro pasar por alto la tentación de hurgar en el bolso para sacar el móvil y ver si ha contestado. Me concentro en la película.

Un minuto o así después Connor recoge las piernas. Alguien se abre paso delante de él al tiempo que murmura: «Perdón». Me parece extraño. El recién llegado viene solo y hay butacas de sobra. ¿Por qué escoge nuestra fila? Me aparto yo también y se disculpa, aunque mira la pantalla mientras lo hace.

Mi sorpresa es aún mayor cuando se sienta justo a mi lado. Estoy a punto de decirle que hay muchos sitios libres más allá, pero luego pienso: ¿qué tiene de malo, en realidad? Vuelvo a centrarme en la película.

Unos instantes después empiezo a notar una presión en la pierna. Al principio no estoy segura, pero luego no hay duda. El recién llegado aprieta la pierna contra la mía; parece deliberado, aunque no puedo estar segura. Bajo la mirada —lleva la pierna al aire; viste bermudas— y aparto la pierna, solo un par de centímetros o así. Puede haber sido accidental; no quiero montar ninguna clase de alboroto. Finjo estar absorta en la pantalla, pero entonces la pierna del hombre se desplaza hasta entrar en contacto otra vez con la mía, esta vez de manera más urgente, demasiado deliberada para que sea una coincidencia.

Vuelvo la mirada. La acción en la pantalla es oscura y no veo gran cosa. Distingo unas gafas de montura gruesa y una gorra de béisbol, una de esas de visera rígida que queda alta sobre la frente. El hombre mira fijamente la pantalla, se pasa la mano derecha por la mitad inferior de la cara, como sumido en la contemplación.

Vuelvo a mover la pierna y respiro hondo, me preparo para decir algo, advertirle que deje de hacerlo o se largue; no sé bien cuál de las dos cosas. En ese momento el desconocido retira la mano de la cara y se vuelve hacia mí, y al hacerlo la acción de la pantalla pasa al exterior, a una escena de intensa luminosidad que baña la sala. Es entonces cuando veo que el hombre que está sentado a mi lado no es ningún desconocido. Es Lukas. Sonríe.

Ahogo un grito y al mismo tiempo el estómago me da un vuelco de deseo. Se abre un abismo de miedo ante mí y empiezo a precipitarme en espiral. ¿Qué hace aquí, en este cine? ¿Qué coño pasa aquí? No puede ser una coincidencia; sería ridículo. Y sin embargo, ¿cómo puede ser otra cosa? No sabe dónde vivo: no se lo he dicho nunca, de eso estoy segura. He tenido cuidado desde el primer momento.

No obstante, aquí está. Ahora vuelve a mirar la pantalla. Ha apartado la pierna, como si ahora evitara entrar en contacto conmigo. Dirijo la vista hacia la película, y un instante después miro de soslayo a Connor, sentado al otro lado. No se ha dado cuenta de nada.

El corazón me late desbocado; no sé qué hacer. Siento deseos de decirle que esto es ir demasiado lejos. Te has pasado de la raya. Sin embargo...

Sin embargo, pega su pierna a la mía de nuevo, y esta vez no me aparto. Noto su peso, su piel contra la mía, alcanzo a sentir cada uno de sus pelillos, la calidez de sus músculos. Pese a que mi hijo está a solo unos centímetros, me doy cuenta de que me gusta.

Cierro los ojos. Mi mente gira desconcertada. Hace unos minutos me ha enviado un mensaje preguntándome por las compras que le dije que iba a hacer. Debía de saber que era mentira, pero ¿cómo puede haber averiguado que estaba aquí?

Miro otra vez a Connor. Está enfrascado en la película y de vez en cuando mete la mano en el cubo de palomitas que tiene en el regazo. Un momento después me vuelvo para mirar a Lukas, que también parece absorto. Debe de notar mi mirada. Se vuelve despacio hacia mí y me mira descaradamente, como si quisiera asegurarse de que sé que es él. Le miro a los ojos y planteo la pregunta sin articular palabra, y él empieza a sonreír. No hay el menor cariño, y la desilusión me revuelve el estómago. Vuelvo a mirar la pantalla, y poco después de nuevo a él. Esta vez me guiña un ojo, sin cariño también, luego vuelve a mirar al frente, y unos instantes después se levanta para irse. Al hacerlo dice: «Perdón», y se abre paso por delante de mi hijo con un: «Eh, tronco...».

Y luego, como si no hubiera estado nunca aquí, desaparece.

Permanezco sentada. No puedo dejar de darle vueltas a la cabeza, no me concentro en la película. Estoy pensando en Lukas, no consigo imaginar qué quería, por qué se ha presentado aquí.

Ni cómo sabía dónde estaba.

Se me va la mano a la butaca donde ha estado sentado, como si pudiera palparlo allí. Sigue caliente, no lo he imaginado. Me echo a temblar. Tengo la boca seca y bebo un trago de agua del botellín que he comprado con las palomitas para Connor. Me entran náuseas. Tengo que tranquilizarme. Respiro hondo, pero el aire está espeso por el olor de los perritos calientes a medio comer y el ketchup eructado. Me dan ganas de vomitar. Cierro los ojos. Veo a Lukas.

Tengo que salir. Necesito que me dé el aire.

—Vamos.

—¿Qué?

—Nos vamos.

—Pero, ¡mamá!

—Esto es una porquería —digo.

—Bueno, a mí me gusta.

Sé que estamos haciendo mucho ruido; a nuestra espalda, alguien chasquea la lengua.

Me levanto. Tengo que seguir en movimiento.

—Vale, pues quédate. Vuelvo enseguida.

Voy al servicio. Estoy nerviosa cuando abro la puerta; igual está aquí, pienso, y de inmediato se me va la cabeza a aquella vez que nos lo montamos en un cubículo de los servicios cerca de su hotel. Pero no está. Solo hay unas chicas, de la edad de Connor o un poco mayores, retocándose el maquillaje mientras chismorrean. Alguien estuvo «increíble que te cagas»; a algún otro por lo visto «iba a hacérselo pagar». Paso de ellas y me meto en uno de los retretes. Cierro la puerta y saco el móvil. Nada, solo un mensaje de Hugh. Nos hemos quedado sin leche. ¿Puedo comprar de camino?

Me quedo un rato sentada, deseando que suene el teléfono,

o que llegue un mensaje. Una carita sonriente, un guiño. Cualquier cosa que me dé a entender que Lukas solo quería divertirse un poco. Pero no hay nada. No sé qué pensar.

Le llamo. Directo al buzón de voz. Lo intento otra vez, y otra y otra. Y luego, puesto que no puedo hacer nada más, me doy por vencida. Meto el móvil en el bolso y me reúno con mi hijo.

21

Volvemos a casa. Estoy bloqueada, no puedo pensar. Esperaba que Connor no se hubiera fijado en Lukas, pero cuando volvíamos a casa ha dicho:

—¿No te ha parecido raro el tipo ese?

Yo estaba mirando a derecha e izquierda, para cruzar la calzada, pero también por si aparecía Lukas. No estaba por ninguna parte.

—¿Cómo?

—Ese tipo. El que ha entrado y se ha sentado a nuestro lado estando la sala medio vacía…

—Ah, ¿ese? —He intentado sonar natural, pero ni idea de si lo he logrado—. Hay gente rara…

—Y va y se marcha antes de que termine la película. ¡Vaya bicho raro!

Me preguntaba si eso formaba parte del juego. Me preguntaba si se suponía que debía ponerle una excusa a mi hijo, seguir a Lukas y dejar que me follara en los servicios. Me preguntaba si, en el fondo, eso era lo que en realidad me habría encantado hacer.

Ahora la cabeza me da vueltas. No entiendo cómo lo ha hecho, y mucho menos por qué. Cada vez que surge una posibilidad, una solución, me veo obligada a descartarla. Si era una coincidencia, ¿por qué no ha saludado? Si era un juego, ¿por qué no ha sonreído al menos y me ha dado a entender que estábamos jugando?

Vuelvo una y otra vez a lo mismo. Esto no debería haber sido posible. No sabe dónde vivo. Creía que estaba de compras con Anna.

—¿Estás bien, mamá? —dice Connor.

Me doy cuenta de que sigo plantada en mitad de la cocina. Fuerzo una sonrisa.

—Creo que me está entrando migraña.

Me sobreviene otra oleada de pánico. Miro a mi hijo. Ahora sabe lo tuyo, pienso. Ya no estás a salvo. Noto que empiezo a sofocarme.

—¿Quieres un poco de agua? —me pregunta.

Se acerca al fregadero y coge dos vasos del escurreplatos.

—Sí —contesto—, gracias.

Cojo el vaso que me ofrece y bebo un sorbo; está templada.

—Creo que voy a acostarme un rato.

Voy arriba. Lukas sigue sin contestar al teléfono y no llega ningún mensaje al mío. Enciendo el portátil y veo que está conectado. Mi furia se redobla.

«¿Qué ha sido todo eso?», tecleo. Vacilo antes de darle a enviar. Debería dejarlo correr, quiero dejarlo correr. Pero no puedo. Ahora no hay salida. Allí donde voy, me lo encuentro.

Su respuesta llega al instante.

«¿Te ha gustado?»

Ahogo un grito. No tiene ni idea de lo que siento, de lo que ha hecho.

«¿Cómo sabías que estaba allí?»

No hay respuesta. Durante largo rato, nada. Maldito seas, pienso. Maldito seas. Y luego, por fin:

«Creía que sería una sorpresa agradable.»

¿Una sorpresa agradable? Me echaría a reír si no tuviera el cuerpo hirviendo de miedo.

«¿Cómo lo sabías?»

«He tenido que recurrir a la creatividad.»

«¿Y eso qué significa?»

Sigue una pausa aún más larga.

«Cálmate. Estaba en Islington. Hay una tienda de antigüedades a la que voy de vez en cuando. Te he visto en la acera de enfrente. Te he seguido.»

Antigüedades, pienso. ¿Desde cuándo le interesan las antigüedades? No sé nada de este hombre.

«Me ha parecido que sería divertido.»

«¿Divertido? ¡Me has asustado!»

Releo sus mensajes. Quiero creerlo, pero no puedo. ¿Resulta que estaba de compras en Islington? Vaya coincidencia. Y si fuera cierto, ¿no se habría limitado a enviarme un mensaje de texto?

En cambio lo que ha hecho es seguirme, sentarse a mi lado, guiñarme un ojo en la penumbra. Le ha dirigido la palabra solo a mi hijo, no a mí, y su expresión no era la de quien da una sorpresa agradable a alguien. Era la expresión de quien cree que ha descubierto algo.

«¿Te he asustado? ¿Por qué? ¿Qué creías que iba a hacer?»

«No lo sé.»

De pronto me doy cuenta. Es un momento de claridad absoluta, cuando todo lo que parecía confuso y gris resulta claro y transparente como el agua helada. Me puse en contacto con él por el bien de mi hijo, pero ahora era mi hijo quien estaba en peligro. No tengo elección. Voy a tener que ponerle fin.

Intento concentrarme en esa idea, pero mientras lo hago otra parte de mí más fuerte intenta desecharla. Lukas me envía un nuevo mensaje.

«¿Qué querías que hiciera?»

«¿Cómo?»

«En el cine. Dímelo.»

Me dan ganas de ponerme a gritar. ¿Cómo puedo hacerle ver que esto no es un juego? Aquí hay mucho invertido, cosas que podrían perderse para siempre.

«Ahora no, Lukas. ¿Vale?»

Pulso enviar. Me retrepo en la silla. Quiero que entienda lo que ha hecho, cuánto me ha asustado. Quiero que sepa que hay límites que no se pueden cruzar.

Su respuesta llega unos segundos después.

«Dime cómo querías que te tocara —insiste—. Dime que lo estabas imaginando, allí delante de toda esa gente.»

«No», respondo.

«¿Qué ocurre?»

No contesto. No hay manera de eludirlo, y además no quiero tener esta conversación online. No puedo hacerle entender lo que ha hecho, aquí no, ahora no. No quiero volver a verlo, pero no me queda otra opción.

«Quiero verte. Es importante.»

«Como prefieras.»

Transcurre un largo momento y luego me envía otro mensaje.

«Por cierto, ¿quién es el chico?»

—Es mi hijo.

Lo tengo sentado enfrente, estamos almorzando. He elegido yo el sitio, aunque ahora que estamos aquí pienso que ojalá hubiera sugerido un lugar más retirado. Él quería quedar en un hotel, pero yo sabía que no sería buena idea. Hemos venido a un restaurante cerca del río. Estamos sentados en la terraza, bajo una sombrilla. Los que vuelven del trabajo pasan en tropel camino de la estación.

Ni siquiera le he preguntado por su búsqueda de perfiles de Kate en internet. Sospecho que se ha dado por vencido. Dudo que se esforzara mucho.

—¿Tu hijo? —dice. Por un momento me parece que no me cree—. No me lo contaste.

—No. —Suspiro. Tengo que ser sincera. Ya es hora de eso, por lo menos—. Quería mantenerlo al margen.

Y no lo conseguí. Ahora Lukas lo sabe todo, y es demasiado. Lo que me había parecido manejable está fuera de control, lo que estaba en una caja se ha desbordado.

Miro a ese hombre. Es casi como si le perteneciera; tengo que reafirmarme.

—¿Cómo se llama?

Me estremezco. Es un instinto de protección; estoy más enfadada de lo que pensaba.

Aparto la mirada. En la acera de enfrente un tipo vestido de licra discute con un conductor que debe de haberlo tirado de la bici.

—No. —Me vuelvo—. Como he dicho, quiero mantenerlo al margen.

—No confías en mí.

—Lukas. No es tan sencillo. Quería mantener lo que teníamos separado de mi vida real. Quería mantenerlo apartado. No quería tener que pensar en mi marido, y mucho menos en mi hijo.

—Lo que teníamos.

Es una afirmación, no una pregunta.

—¿Cómo dices?

—Has dicho «lo que teníamos». En pasado. Así que supongo que se ha terminado, ¿no?

No contesto; la elección de las palabras no ha sido premeditada, he cometido un desliz freudiano. Pero está hecho, y ahora bastaría con una sola palabra. Podría decir que sí y levantarme. Podría irme, cambiar de número de teléfono, no volver a visitar esas webs, y todo esto quedaría en el pasado. Un error, pero un error que tiene fácil solución. No ha estado nunca en mi casa, ni siquiera la ha visto; ni yo la suya. Estamos enredados, pero no tanto como para que una acción tajante no nos separe limpiamente y para siempre.

Pero ¿es eso lo que quiero? De camino aquí pensaba que sí, pero ahora no estoy segura. Aquí sentada, estoy dividida. ¿De verdad Lukas sería capaz de hacer daño a alguien? Parece tan amable, tan cariñoso. Pienso en las largas noches de soledad. Pienso en volver a los días en que los mensaje más excitantes que recibiría en el móvil serían los de Hugh advirtiéndome que llegará tarde otra vez o Connor preguntándome si se puede quedar un poco más donde esté.

—Mira. —Cambia el peso del cuerpo, abre los brazos para encogerse de hombros. Me vuelve a impresionar su presencia, su carne, delante de mí. Resplandece; tiene tres dimensiones, mientras que todo lo demás parece tener dos—. La jodí. En el cine. Lo siento. De veras que pensé que te gustaría.

—No me gustó. —Miro fugazmente por encima de su hombro la discusión que solo ahora empieza a perder impulso, y luego vuelvo a mirarle a él.

—Fue una coincidencia, nada más. Estaba en Islington. Ni siquiera sabía que vivías por allí.

—Lukas…

—¿No me crees?

—¿Qué hacías en Islington?

Titubea. No es más que una fracción de segundo, pero lo bastante larga para que suene a embuste.

—Ya te lo dije. De compras. Voy a menudo cuando vengo a la ciudad.

—¿Y por qué estabas en la ciudad?

—Vengo todos los martes, por si no te habías dado cuenta. Por lo general vengo para verte. Fue la fuerza de la costumbre, supongo. —Suspira—. Te echaba de menos. Sin ti, me daba la sensación de que desperdiciaba el día, así que decidí venir a la ciudad de todos modos.

—¿Esperas que me crea eso?

—Supongo que estaba disgustado. Quería verte. Era nuestro día. Lo anulaste.

—¿Así que estabas por pura casualidad justo donde llevaba a mi hijo al cine en Islington?

—A veces se dan coincidencias, ya lo sabes.

Empiezo a desear creerle.

—¿Piensas que te he estado siguiendo? Estás paranoica.

—Qué comentario tan desagradable.

—Lo siento. Oye, te vi. De verdad. Cruzando la calle. Y me había pasado toda la semana pensando en ti, o sea que te seguí. Igual fue un error…

—Lo fue.

—Pero me estoy volviendo loco. No hago más que pensar en ti.

—Lukas…

—Dime que has pensado en mí.

—Claro que sí. Pero…

—Entonces ¿qué problema hay?

—No lo sé. Es que… me dejaste helada. Fue… arriesgado.

—Creía que te gustaba el riesgo. Creía que te gustaba el peligro, ¿no?

—No de esa manera…

—Es lo que has estado diciéndome.

Levanto la voz:

—No de esa manera. No cuando implica a Connor.

Mierda, pienso. Le he dicho el nombre de mi hijo. Ya es demasiado tarde.

No dice nada. Ambos guardamos silencio un momento. Ninguno de los dos ha probado la comida que tiene delante. Un sándwich para él, ensalada para mí. Se me pasa por la cabeza que nunca hemos comido juntos, no como es debido. Nunca lo haremos.

—¿Cómo sabías qué película íbamos a ver? ¿O estabas mirando por encima de mi hombro mientras compraba las entradas?

Sigue sin contestar.

—Quiero confiar en ti, Lukas.

—Entonces confía en mí. No te he mentido nunca. Cometí un error, nada más. No te estoy acechando. No agredí a tu amigo. O sea, ¿después de todo lo que has pasado?

Parece enfadado, pero también profundamente dolido. Eso podría persuadirme. Sin embargo, sigo sin estar convencida. No del todo.

He venido dispuesta a poner fin a lo que hay entre nosotros, a dejarlo, pero ahora no estoy segura de que pueda. Todavía no.

—Lo siento.

—Tienes que confiar en mí, Julia —dice.

Miro el plato.

—Me cuesta confiar en nadie, supongo.

Alarga el brazo para tomar mi mano.

—Connor —dice, como si probara a ver si el nombre le gusta, qué sensación le produce, qué tal le suena—. ¿Por qué no me dijiste que tienes un hijo?

Miro la alianza que lleva. Tú no me dijiste que estás casado, siento deseos de contestarle. Las cosas empiezan a encajar. La alianza, primero, además de que nunca —ni una sola vez— ha sugerido que vayamos a Cambridge, aunque no queda muy lejos.

—Estás casado, ¿verdad? —Lo digo con voz suave, queda, como si en realidad no quisiera que lo oyera.

—Lo estuve. Ya lo sabes.

—Me refiero a que sigues casado. Reconócelo.

—¡No! —Parece enfadado. Sorprendido. ¿Cómo puedo sugerir tal cosa?—. Te conté la verdad. No mentiría sobre algo así. Nunca.

Veo que su furia se transforma en dolor. Es visceral, inconfundible. El dolor de la pérdida, algo que conozco muy bien, y por un momento me siento culpable, y lo siento muchísimo por él. No puedo evitarlo. Ojalá le hubiera abierto la puerta. Ojalá le hubiera contado que tengo un hijo desde el primer momento.

—Prométemelo.

Toma mi mano entre las suyas.

—Te lo prometo.

Me doy cuenta de que le creo.

—Mira, mi hijo, Connor, ha sufrido mucho. Quería protegerlo...

—¿Crees que puedo hacerle daño?

—No. Pero más que de la gente quiero protegerlo de las situaciones. Necesita estabilidad. —Respiro hondo—. Es complicado. Connor es adoptado. Él..., su madre era mi hermana.

Espero mientras asimila lo que le he dicho.

—¿La hermana que fue asesinada?

—Sí.

Un largo momento.

—¿Cuándo lo adoptaste?

—Cuando era muy pequeño. Mi hermana no salía adelante, así que nos ocupamos de él.

—¿Lo sabe?

Asiento. Guarda silencio un momento, y luego dice:

—Lo siento.

Me mira. No tengo nada más que decir. Estoy agotada, vacía. Empiezo a picotear de la ensalada. Un par de minutos después, añade:

—Entonces ¿ya está?

—¿El qué?

—Antes has hablado en pasado. Esta conversación. No has querido ir a un hotel. Quieres que te deje en paz.

La respuesta debería ser que sí, pero dudo. No sé por qué. Echaré en falta sentir deseo; echaré en falta que sea correspondido. Echaré en falta poder hablar con él de cosas que no le cuento a nadie más.

Quiero retener todo eso, aunque solo sea unos minutos más.

—No lo sé.

—No pasa nada. Tenía el presentimiento de que iba a ser una de esas conversaciones en plan «Lo siento, pero...». Ya sabes, «No puedo seguir con esto». Algo por el estilo.

¿Has tenido muchas de esas?, pienso de pasada. Y en ese caso, ¿hace cuánto, y en qué lado estabas? ¿Dejabas o te dejaban?

Desvío la mirada. Pienso en todo lo que ha ocurrido. Reparo en el lugar tan oscuro al que me ha llevado la pena. Me he vuelto frágil. Paranoica. Veo peligro por todas partes. Hay un hombre que merodea delante de mi ventana, mi amante ha agredido a alguien cuando ni siquiera sabe su nombre completo, y mucho menos dónde vive. Si no tengo cuidado me apartaré de todo lo bueno que hay en mi vida.

Tomo una decisión.

—No quiero que esto acabe. Pero lo que hiciste el otro día... No vuelvas a hacerlo. ¿De acuerdo? No pienso meter a Connor en esto.

—Vale.

—Lo digo en serio. Simplemente lo dejaré correr.

—Vale.

Parece ansioso, y cuando lo veo empiezo a relajarme. El equilibrio de poder ha cambiado, y sin embargo es más que eso.

Me doy cuenta de que esto es lo que quería desde el primer momento. Quería verlo preocupado, quería saber que entiende lo que hay en juego, quería verlo aterrado ante la posibilidad de perderme. Quería ver mis propias inseguridades reflejadas en él.

Suavizo la voz.

—Se acabaron los juegos, ¿vale? Todo eso de lo que hemos estado hablando —bajo el tono—, lo de hacer teatro, el sexo violento. Tiene que acabar.

—Vale.

—No puedes presentarte sin avisar. No puedo volver a casa llena de cardenales...

—Lo que tú quieras, siempre y cuando no se termine.

Alargo el brazo y le cojo la mano.

—¿Cómo iba a acabarse?

—Y ahora ¿qué?

—¿Ahora? Me voy a casa.

—¿Te veré el martes?

—Sí. Sí, claro.

Parece aliviado.

—Lo siento. Lo de los juegos y demás. Supongo que el romance no se me da muy bien. —Hace una pausa—. Haremos algo. La próxima vez. Algo bonito. Déjalo de mi cuenta.

22

Transcurre una semana. Connor vuelve a clase, está un año más cerca de terminar la secundaria, de la madurez y lo que la acompaña, un año más cerca de alejarse de mí. Llevé su chaqueta a la tintorería y fuimos a que se comprara camisas y un par de zapatos nuevos. No le entusiasma volver al instituto, pero sé que eso solo le durará un par de días. Se reencontrará con sus amigos, con su rutina. Recordará lo mucho que le gustan los estudios. Hugh está en lo cierto al decir que es un buen chico.

El primer día me acerco a la ventana y lo veo irse calle abajo; para cuando se ha alejado unos pasos, poco más allá del final del sendero de acceso, ya se ha aflojado la corbata, y aguarda un momento en la esquina. Llega un amigo, se saludan con una palmada en el hombro y se marchan juntos. Se está haciendo un hombre.

Me aparto de la ventana. Mañana tengo un encargo —la mujer a cuya familia fotografié la semana pasada me ha recomendado a una amiga— y la semana que viene otro. Se está cerrando el agujero que tengo en el alma, y sin embargo sigo teniendo la sensación de que parte de mí continúa vacía. La muerte de Kate sigue impregnando todo lo que hago. Cuando se vaya Connor, no sé cómo me las voy a apañar.

Procuro no darle vueltas. Hoy es martes. Tengo una cita con Lukas. Dispongo de toda la mañana, horas enteras para prepararme. Es como la primera vez que quedamos, hace tantas semanas, tantos meses, cuando pensaba que sería cosa de una vez, una oportunidad de averiguar lo que le ocurrió a mi hermana.

Cómo ha cambiado la situación.

Aun así, sé que tiene que acabar. En ocasiones pienso en ese momento, cuando nos separemos de una vez por todas, y me pregunto si seré capaz de sobrevivir. Así y todo, debemos separarnos; mi relación con Lukas no puede tener un final feliz. Estoy casada. Soy madre. Quiero a mi marido, y a mi hijo, y no puedo tenerlo todo.

Cuando salgo de casa, Adrienne llega en coche. Me sorprende, no es propio de ella. Saludo con la mano y ella abre su puerta. Está seria, tensa, y me pongo nerviosa.

—¿Coche nuevo?

—Sí, ya. ¿Puedo pasar, cielo?

—¿Qué pasa? Me estás asustando.

—Iba a hacerte la misma pregunta. —Señala la dirección por donde he venido—. ¿Vamos?

Me quedo donde estoy.

—Adrienne… ¿Qué ocurre?

—Estás pasando de mí. ¿Por qué?

—Cielo, yo…

—Julia. Llevo días intentando localizarte.

—Lo siento. No me encontraba bien.

Otra mentira. Me siento fatal.

—¿Pasa algo? Dee dice que a ella tampoco le devuelves las llamadas. Y Ali dijo que te invitó a una fiesta y ni le contestaste.

¿Me invitó? Ni siquiera lo recuerdo. Noto que algo cede, como si en el interior de mi cabeza algo se hubiera deslizado, una especie de defensa. Mi mente empieza a inundarse. Sí, siento deseos de decir. Está pasando una cosa. Quiero contárselo todo. Quiero que salga todo a la luz.

Pero ya sé lo que ella diría.

—¿Que si pasa algo? ¿Como qué?

Mueve la cabeza.

—Ay, cielo…

—¿Qué?

— Bob te ha visto.

Me estremezco. No es la bruma envolvente del remordimiento o la vergüenza. Esto es otra cosa, algo afilado, un bisturí sobre la piel.

—¿Qué ha visto?

—A ti con un hombre. Dijo que estabais almorzando.

Niego con la cabeza.

—¿A orillas del río?

Me pongo tensa. Me recorre un torrente de adrenalina. No puedo permitir que lo vea.

—¿La semana pasada? —pregunto—. Sí, quedé a almorzar con un amigo. ¿Por qué no se acercó a saludar?

—Iba en taxi. ¿Un amigo? Dijo que no lo conocía.

Intento reír.

—Bob no conoce a todas mis amistades, ¡ya lo sabes!

Veo que se empieza a ablandar.

—Un amigo, en masculino. Dijo que parecíais bastante íntimos. ¿Quién era?

—Alguien que conocí, nada más. Les hice unas fotos a él y a su mujer. —Me arriesgo—. Ella estaba con nosotros.

—Bob dijo que solo estabais los dos.

—Debía de haber ido al servicio. ¿A qué viene esto? ¿Crees que tengo una aventura?

Me mira a los ojos.

—¿La tienes?

—¡No!

Le sostengo la mirada.

—Adrienne, te estoy diciendo la verdad.

—Eso espero.

No desvío la vista. Que sí, siento deseos de insistir. Quiero declarar mi inocencia.

Pero ¿porque quiero que sea verdad o porque quiero salir del apuro?

—Lo siento mucho, pero tengo que irme. Tengo una sesión de fotos.

No llevo el equipo. Veo que se da cuenta.

—Luego, quiero decir. Antes tengo que recoger unas cosas. Ir a comprar.

Suspira.

—Vale. Pero llámame. Tenemos que hablar como Dios manda.

Le digo que lo haré.

—¿Adónde vas? ¿Quieres que te acerque?

—No, no hace falta.

—Prométeme que me llamarás —dice, y se marcha.

Ahora voy en taxi. Estoy inquieta, ansiosa. Bob me ha visto con Lukas. Me he librado por los pelos, pienso, pero ¿y la próxima vez? La próxima vez podría ser la propia Adrienne, o incluso Hugh.

He sido descuidada con él. Lo sé. Tengo que renunciar a Lukas.

O eso o empiezo a tener más cuidado. No sé cuál de las dos cosas deseo más.

Me apeo delante del hotel St. Pancras y entro en el vestíbulo. Me acuerdo de la primera vez que vine. La misma sensación de peligro, y la misma excitación. El mismo presentimiento de que todo puede estar a punto de cambiar.

Voy a recepción y doy mi nombre. La mujer detrás del mostrador asiente.

—¿Pregunta por el señor Lukas? —dice.

—Sí, eso es.

Sonríe.

—Hay algo para usted.

Mete la mano debajo del mostrador y me entrega un paquete. Es un poco más grande que una caja de zapatos, está envuelto en papel marrón y sellado con cinta de embalaje. Mi nombre está garabateado en la parte de arriba con rotulador negro.

—Y el señor Lukas me ha pedido que le dé un mensaje —añade.

Me tiende un papel. «Voy con retraso. Hay champán en hielo detrás de la barra. Espero que te guste el regalo», leo.

Le doy las gracias. Me pregunto por qué ha comprado champán si sabe que no bebo. Empiezo a dar media vuelta.

—Ah —digo volviéndome de nuevo—, ¿tiene unas tijeras?

—Claro.

Me las alcanza. Me apoyo en el mostrador y rasgo la cinta adhesiva. Pienso en Hugh mientras lo hago; me imagino rozando con un bisturí la carne manchada de amarillo, viendo cómo la piel cede y se rinde con una ola roja. Le devuelvo las tijeras y me llevo la caja a una de las butacas cercanas. Quiero estar sola cuando abra el regalo.

Respiro hondo y retiro las solapas. Me llega un olor: no es desagradable, aire estancado, una tenue nota floral de perfume. En el interior hay papel de seda y un sobre cerrado. Abro primero el sobre.

Dentro hay una tarjeta. Es toda de un tono blanco cremoso. Pienso en las tarjetas que echaron en el buzón, las que le dije que igual eran cosa de Paddy, pero en esta no hay ninguna mujer en ropa interior, no hay pechos, no hay ninguna chica poniendo morritos que no parece lo bastante mayor para estar en esa pose y para poner esa cara.

Le doy la vuelta a la tarjeta. Por un lado hay un mensaje.

«Un regalito. Nos vemos enseguida. Póntelo. Lukas.»

Dejo la nota aparte. Si ha metido ropa en la caja, no puede ocupar mucho. Levanto el bulto y rasgo el papel de seda en el que está envuelto.

Es un vestido. Rojo intenso. Un minivestido, corto, de manga larga y muy escotado en la espalda. Ya veo lo ceñido que me quedará, cómo se aferrará a mi cuerpo, no esconderá nada, solo acentuará las curvas de mi carne. Miro y compruebo que ha acertado con la talla, pero no es la clase de prenda que me pondría, por eso mismo debe de haberla elegido. Debajo hay un par de zapatos. Son negros, de tacón alto, casi diez centímetros me parece, mucho más altos de lo que me resulta cómodo, con un diminuto lazo en la punta. Los saco; son bonitos. Parecen caros.

En el fondo de la caja hay algo más. Un joyero acolchado, forrado de suave cuero rojo. El corazón me palpita con emoción infantil al abrirlo. Dentro hay un par de pendientes. Gotas de oro con el diseño de un trébol de cuatro hojas que, a diferencia de los zapatos, no parecen caros.

Reacciono por instinto. El corazón me da un vuelco y cierro el joyero de golpe. Son parecidos a los que llevaba Kate. Es una coincidencia, pienso. Tiene que serlo. Lo ha olvidado. Es como cuando Hugh mencionó con aire despreocupado que habían asaltado a Paddy pero no se habían llevado nada. Estoy hipersensible. Tengo que serenarme.

Voy al servicio. Estoy nerviosa, como a la deriva. Algo no acaba de darme buena espina. Es el vestido, los zapatos. Los pendientes. Son preciosos, pero no son los regalos que alguien compraría a un ser querido. Son un atuendo. Un disfraz. Esta vez está haciendo explícito lo que hasta ahora era implícito: esto es irreal, una fantasía. Tengo que convertirme en otra. Tengo que quitarme la alianza, aunque sabe que estoy casada. Tengo que fingir ser alguien que no soy. Esto es un juego, una mascarada. Es justo lo que le dije que no quería.

Entonces ¿por qué me dispongo a cambiarme? ¿Por qué voy a ponerme el vestido? No sabría decirlo; es casi como si no tuviera alternativa. Lo que está ocurriendo ejerce su propio impulso, tiene una atracción demasiado intensa para resistirme.

Me dirijo hacia lo ignoto, lo extraño. Me siento liviana, arrastrada hacia la oscuridad.

Voy al cubículo más alejado de la puerta y cierro a mi espalda. Me quito la ropa que llevo y levanto el vestido delante de mí. Se despliega, una cortina roja, me lo pongo por la cabeza y me contoneo un poco para cerrar la cremallera. Dejo los zapatos en el suelo y me los calzo. Los tacones me aúpan a otro espacio, un lugar donde soy fuerte. Me quito los pendientes y los sustituyo por los que me ha dado. La transformación es absoluta. Soy otra. Julia ya no está.

Salgo y me acerco al espejo. Ha cambiado la perspectiva; todo es distinto. Ya no sé quién soy, y me alegro.

Sonrío a mi reflejo y una desconocida me devuelve la mirada. Es preciosa, y tiene una confianza plena en sí misma. Se parece un poco a Kate, aunque es más delgada y mayor que ella. La puerta del servicio se cierra a mi espalda con un suspiro.

En el bar empiezo a relajarme. El corazón vuelve a latirme a un ritmo normal, mi respiración se torna más profunda. Antes de que se lo pueda impedir, el camarero me ha servido una copa del champán que ha dejado Lukas, pero también pido agua. Miro en torno. El bar no está concurrido, solo hay unas cuantas personas dispersas. Dejo la copa. Quiero que se me vea cómoda cuando llegue Lukas. Serena. Como en una situación inventada, creada. Algo que es ficción.

Bebo el agua poco a poco, y aun así termino el primer vaso y Lukas no ha llegado. Me sirvo otro y vuelvo a mirar la hora en el móvil. Ya lleva mucho retraso, y sigo sin recibir mensajes. Tomo un sorbo de agua y me arreglo el vestido. Me pregunto por qué se demora. Ojalá llevara puesta mi ropa.

Un momento después caigo en la cuenta de que hay alguien detrás de mí, apoyado en la barra. No lo veo, pero sé que es un hombre, desprende fortaleza, ocupa su espacio con aplomo. Creo que es Lukas. Empiezo a sonreír a la vez que me vuelvo, pero me llevo un chasco. No es él. Este hombre es más corpulento que Lukas; viste un traje gris, tiene un vaso de cerveza en la mano. Está solo, o eso parece. Se vuelve y me sonríe. Es descarado, muy poco sutil, y no estoy acostumbrada. Aun así, es halagador. Es joven, atractivo, con barba, mandíbula fuerte, la nariz partida. Le devuelvo la sonrisa, porque sería grosero no hacerlo, y desvío la mirada.

Debe de haber tomado mi sonrisa por una invitación. Vuelve el cuerpo hacia mí y dice:

—¿Qué tal estás?

—Bien. —Pienso en Lukas y resisto la tentación de decirle que espero a una persona—. Gracias.

Se le despeja el rostro. Sonríe de oreja a oreja y dice:

—¿Te importa?

Indica con un gesto el asiento vacío entre nosotros, pero antes de que pueda decirle que se lo estoy guardando a otra persona ya se ha sentado. Me irrito, pero solo ligeramente.

—Soy David.

Me estrecha la mano. La aspereza de su palma no casa con su ropa. Veo que sus ojos me recorren el cuerpo, van del cuello a los brazos y al dedo sin anillo. Solo cuando vuelven a posarse en mi cara caigo en la cuenta de que aún me tiene cogida la mano.

Estoy impaciente. Es a Lukas a quien quiero abrazar. Su carne, no la de este hombre.

Pero no está, y me fastidia, aunque no quiera reconocerlo.

—Soy Jayne —me presento.

—¿Estás sola?

Un airecillo me acaricia la nuca. Pienso primero en Hugh, y luego en Lukas.

—De momento —digo.

—Bueno, me alegro mucho de conocerte, Jayne —dice.

Me sostiene la mirada. Está accediendo a mi interior. Es un ofrecimiento, una proposición. No me hago ilusiones, sé que es por la ropa que llevo. Hace unos meses seguramente ni siquiera me habría dado cuenta; Lukas ha aguzado mi sensibilidad.

Pero no siento la misma emoción que cuando conocí a Lukas: la emoción de ser deseada y de sentir deseo. Esta vez resulta un tanto incómodo. Pienso de nuevo en decirle que espero a alguien, o que estoy casada, pero por algún motivo no lo hago. Eso sería esconderme detrás de un hombre. No puedes tenerme porque estoy prometida a otro. Me haría débil. Cambia el peso del cuerpo en el taburete de modo que su rodilla derecha queda lo bastante cerca como para rozarme la izquierda y me sobreviene una súbita emoción, tan intensa que me sorprende.

—Lo mismo digo —contesto.

Me pregunta si me alojo en el hotel, si estoy aquí por trabajo. Digo que no. No quiero darle esperanzas.

—¿Y tú? —pregunto.

—Ah, yo me dedico a asuntos financieros —responde—. Es muy aburrido.

—¿De viaje?

—Sí. Vivo en Washington DC.

—¿De verdad?

Asiente.

—¿Qué tomas?

—Ya tengo una copa —digo.

Un gesto de decepción fingida asoma a su rostro. Sonrío y miro la hora en el móvil. Lukas llega tarde y no me ha enviado ningún otro mensaje.

—Entonces tomaré lo mismo.

Se oye el crescendo efervescente de la bebida al servirla. Brindamos, pero no bebo. Me doy cuenta vagamente de lo que parecerá cuando llegue Lukas, que sin duda ya no puede tardar. Me alegra. Prefiero esto a que me vea sola, desesperada, aguardando su llegada.

Sin embargo, al mismo tiempo me pregunto si será fácil desembarazarse de este tipo, David.

—Bueno —dice—, háblame de ti. ¿De dónde eres?

—¿Yo? De ninguna parte en concreto.

Parece confuso, y sonrío. No pienso decirle la verdad, pero tampoco quiero inventarme nada.

—De pequeña me mudé muchas veces.

—¿Tienes hermanos?

—No —digo. No quiero a Kate por aquí—. Soy hija única.

Le miro a los ojos. Son anchos; la expresión de sinceridad de su rostro es tan perfecta que solo puede ser falsa. Caigo en la cuenta de que estamos sentados muy cerca. Tiene la mano apoyada en el muslo, su rodilla todavía pegada a la mía. Resulta intensamente sexual. Tengo la impresión de que la sala se ladea, se desequilibra. Algo va muy mal.

—Perdona —digo—. Creo que tengo que ir al servicio.

Me levanto. Me noto insegura. Es como si hubiera bebido de verdad en vez de haberme llevado la copa a los labios para luego posarla de nuevo. En el servicio, me miro en el espejo, intento recuperar la confianza que sentía antes, pero no lo consigo. Julia está volviendo, solo que lleva la ropa de otra.

Saco el teléfono, marco el número de Lukas; no hay respuesta, así que le dejo un mensaje. Me refresco la cara, respiro hondo varias veces y me sereno.

A mi vuelta, David sigue en el taburete, apoyado todavía en la barra. Me mira acercarme. Sonríe. Tiene las piernas separadas, para mantener el equilibrio, supongo, aunque me pregunto si también se me ofrece de alguna manera primitiva, animal. Tomo asiento.

Sonríe, baja el tono de voz, se inclina hacia delante. Por un momento creo que va a besarme, pero dice:

—He pensado que podríamos seguir con esto arriba. ¿En algún sitio más íntimo?

No puedo evitarlo. Noto un cosquilleo, excitación. Me doy cuenta de que me gusta la idea de que Lukas se enfade porque desee a otro. Sin embargo, no lo sabe, y también percibo que me inunda el miedo. No había venido a esto. Esto no es lo que se supone que debe ocurrir. Este hombre parece fuerte. No podría pararle los pies, por mucho que me viera obligada. Además, estamos en público y no quiero montar una escena. Intento ganar tiempo.

—¿Aquí? —preguntó—. ¿En el hotel?

Asiente. Procuro concentrarme.

—Lo siento —empiezo—, pero...

Me encojo de hombros, pero él no deja de sonreír. Pienso en las chicas del instituto, y en cómo las llamaban los chicos cuando no llegaban tan lejos como habían prometido sin darse cuenta. «Calientapollas», decían.

No parece captar el mensaje. Me pone la mano en la rodilla, la desplaza un poquito hacia arriba, hacia el muslo. Se inclina hacia delante. Alcanzo a olerlo, pimienta y madera, curtido, como a libros antiguos. Empieza a acariciarme la cara interna de la muñeca. Sé que va a intentar besarme, que en un instante cerrará los ojos y abrirá la boca, muy levemente, y esperará que yo haga lo propio.

Carraspeo y miro hacia la barra. Me toca el brazo. Hay otro minúsculo crepitar de electricidad estática.

Susurra.

—Sé quién eres —dice, como si me leyera el pensamiento.

Sonríe, enseña los dientes, como si gruñera. Sigue acariciándome la piel.

Le miro los labios, su piel atezada, la tenue sombra de barba incipiente que probablemente nunca se quita.

—¿Qué...? —digo mientras el pánico empieza a tomar forma en mi interior.

—Bésame.

Empiezo a negar con la cabeza. Intento sonreír, mostrarme segura, pero no puedo, no lo estoy. No alcanzo a creer lo que está pasando. Alargo la mano sin pensarlo hacia la copa de champán.

Aguanta, aguanta, aguanta.

—Yo... —empiezo, pero me interrumpe de nuevo.

—Bésame.

Vuelvo la cabeza y retiro mi mano de la suya. Comienzo a hablar, a protestar. Estamos en público, quiero decirle. Déjame en paz; pero las palabras trastabillan y caen. Su boca está a centímetros de la mía; huele a alcohol, y debajo hay algo rancio. Ajo, tal vez. ¿Dónde está Lukas?, pienso. Lo necesito. Lo deseo.

Miro por encima del hombro. La concurrencia es aún más escasa; los pocos clientes que quedan están absortos en sus conversaciones. Nadie se ha dado cuenta de lo que ocurre, o han preferido no hacer caso.

—¿Cuánto? —dice.

Ahogo un grito, un pequeño gruñido de horror, pero él se limita a encogerse de hombros. Es como si la respuesta a la pregunta le preocupara tan poco como mis protestas.

—¿Cuánto? —repite—. Es lo único que pregunto. Dime el precio.

¿El precio? Se me dispara la cabeza. Este hombre cree que me vendo, que basta con que negociemos un precio.

—Te equivocas. —Ahora mi voz suena vacilante, borrosa, pero no por efecto del alcohol sino por el miedo.

—¿Sí?

Sube la mano por mi muslo; el pulgar, los demás dedos están debajo del dobladillo de la falda. Distante, como desde una gran altura, me pregunto por qué no me he apartado. Imagino que el bar entero nos mira; de algún modo todo el mundo sabe lo que está haciendo, ve que no lo detengo. Miro hacia la mesa más cercana: la pareja sentada al lado ha interrumpido la conversación para beber de sus copas; el hombre sentado detrás de ellos habla por teléfono. Nadie se ha fijado en nosotros. Nadie nos mira.

—Para —susurro.

—Pararé. Si me besas. Si me prometes que subirás y dejarás

que te folle. —Se lame los labios como si tuviera hambre. El gesto es deliberado, envía un mensaje; si fuera Lukas me sentiría halagada, excitada, pero viniendo de él se parece más a una amenaza—. Sé que quieres que te folle. Putilla…

Me vuelco sobre mí misma. Hay un arrebato, un torrente de ira. Se supone que debería estar aquí Lukas, no este hombre. Me siento equilibrada, dueña de una perfecta serenidad que no puede durar, y durante un largo momento no sé qué voy a hacer, hacia dónde me voy a inclinar.

Cobro fuerzas.

—Mira. —He alzado ligeramente la voz. Quiero llamar la atención, pero sin levantar revuelo. Hablo con firmeza, confiando en que mi voz emane una autoridad que no siento—. Voy a pedírtelo, con amabilidad, solo una vez. Quítame las manos de encima, ahora mismo, o te parto el puto brazo.

Ni siquiera mientras lo digo sé con seguridad cómo va a reaccionar. Dolido quizá, pero seguro que capta el mensaje, ¿no? Espero que se dé la vuelta, que mascullе algo entre dientes, pero eso no cambiará nada. Me levantaré y me iré. Me marcharé con la cabeza bien alta y no volveré la vista.

Pero no se mueve. Se queda quieto, y luego me agarra por la muñeca sin previo aviso. Reculo, intento zafarme, pero me coge con fuerza. Me clava los dedos y me la retuerce mientras lo hace.

—¿Quieres irte a casa? ¿Es eso? ¿A casa con el maricón de tu marido? ¿Que no te folla desde hace semanas? ¿Es eso lo que quieres, Julia?

Me quedo de piedra. Debería gritar, pero no grito. No puedo. Estoy paralizada.

Me ha llamado por mi nombre real.

—¿Qué…? —empiezo, pero entonces vuelve a hablar.

—¿Cómo se llama? ¿Tu marido? ¿Hugh?

El miedo me inunda. No he mencionado que estuviera casada, y menos aún le he dicho el nombre de mi marido. ¿Cómo lo sabe? Aquí hay algo que falla. El salón empieza a darme vueltas; por un momento tengo la sensación de que voy a desmayarme, pero entonces se oye una voz.

—¿Va todo bien por aquí?

Me vuelvo y es él. Lukas. El alivio corre por mis venas en tromba, como si hubieran aflojado un torniquete. El ruido del bar vuelve a mis oídos cual glóbulos taponando una herida. Estoy a salvo.

Este otro hombre, David, me suelta. Levanta las manos con las palmas hacia fuera, un gesto de sumisión que no va dirigido a mí sino a Lukas. Es como si pidiera perdón a este otro hombre, como si dijera que lamenta haber tocado su propiedad, y me enfurece. ¿Qué?, parece decir. Solo estaba divirtiéndome un poco. No he hecho ningún daño. Al mismo tiempo Lukas interviene, se pone entre David y yo. Veo su espalda ancha, el pelo, rizado y despeinado. Por fin lo entiendo; el arrebato de excitación y miedo que siento es tan vertiginoso que por un momento creo que voy a soltar un grito ahogado. Se lo pedí. «Un desconocido —dije una vez, chateando—. En un bar. Alguien que no acepte un no por respuesta.»

Lo ha planeado él. Después de todo lo que le advertí, él ha planeado esto.

Vamos arriba. La puerta se cierra de golpe a mi espalda. Soy vagamente consciente de que el portazo lo he dado yo. Lukas se vuelve. Tengo la sensación de que no debería sentirme a salvo con él, y sin embargo me siento así y caigo en la cuenta de que la sensación me resulta familiar. Es justo la misma que tenía con la heroína; ¿cómo puede algo que me gusta tanto hacerme daño?

—¿Qué mierda has hecho? ¿Qué mierda…?

—No te… —empieza, pero le interrumpo de nuevo.

—¿Dónde demonios estabas? ¿Qué…?

—Me he retrasado… —empieza, y le interrumpo, furiosa.

—¡Te has retrasado! Como si aquí lo importante fuera que no hayas llegado puntual. ¿Quién era ese tipo? ¿Y cómo demonios sabes el nombre de mi marido?

—¿Qué?

—Ese tipo le ha llamado Hugh. No te había dicho que mi marido se llamara Hugh. Harvey. Siempre le he llamado Harvey…

—Sí, ¿por qué?

—Estoy en mi derecho. Pero ¡esa no es la cuestión! ¿Cómo sabías…?

—Tranquila. Te fuiste de la lengua. Solo una vez. Le llamaste Hugh. Hace semanas. Estabas disgustada, supongo. Le llamaste Hugh, y se me quedó.

Intento remontarme a ese momento, recordarlo, pero es imposible. Aun así, quiero creerle. Tengo que creerle. No creerle en esto supondría que no debo creerle en otras cosas. Y entonces todo se vendría abajo.

—Julia… —Avanza otro paso.

—¡No te acerques! —Para mi sorpresa, se queda donde está. Un momento después se vuelve y va al minibar.

—¿Más champán?

Lanzo un bufido desdeñoso.

—No bebo.

—Conmigo no. Pero con un desconocido sí.

Estoy furiosa.

—¡Has pedido tú la botella!

—Y tú has bebido.

Desvío la mirada. No merece la pena discutir, no tiene sentido. He sido estúpida. No lo conozco en absoluto. He desoído todas las advertencias, he pasado por alto lo que me he ido encontrando a cada paso. Ha cogido mis deseos más profundos, las cosas que yo no debería haber contado a nadie, y los ha vuelto en mi contra.

Abre una botella en miniatura —vodka, me parece— y la vierte en un vaso.

—Me contaste que tu fantasía era ser rescatada. O al menos una de ellas.

—¿Crees que era eso lo que quería?

—¿No te ha gustado?

—¿O sea que le dijiste a ese hombre que fuera agresivo? ¿Que… que me hiciera creer…? ¿Que se comportara así? ¿Le contaste todo lo que te dije?

—No todo. Solo lo necesario. Me guardé algunas cosas.

—¡Te dije que los juegos se habían acabado, Lukas! Se acabaron. ¿Recuerdas?

Me siento en la butaca. Él toma asiento en la cama. Me doy cuenta de que se interpone en mi trayectoria con la puerta; Hugh diría que es un error fundamental, aunque no creo que haya tenido que preocuparse nunca por algo así; sus pacientes no suelen ser agresivos. Me pongo en pie de nuevo.

—Pensé que sería divertido. —Suspira, se pasa los dedos por el pelo—. Oye, me lo dijiste tú. Era tu fantasía. Estar en peligro. Que te rescataran. Lo dijiste, ¿no?

—Dije muchas cosas. Eso no significa que desee que ocurran. No en la realidad. Por eso se llaman fantasías, Lukas.

Me vence el pavor. Recuerdo otras cosas con las que le dije que fantaseaba. Que me tomaran por la fuerza, no del todo en contra de mi voluntad, pero casi. Que me ataran a la cama, esposas, soga. ¿También tiene eso planeado?

Intento dar marcha atrás.

—La mitad de las cosas que dije que quería eran solo para seguirte el rollo.

—¿De verdad? ¿Como lo de que Paddy se propasó contigo?

Habla con desprecio. Parece que le traigo sin cuidado. No le importo en absoluto.

—Pobre Paddy. Acusado de todas esas cosas que no hizo. Y fíjate cómo acabó.

Retrocedo. Hasta la última partícula de mi ser se niega a creer que lo que me dice es verdad.

—¡Fuiste tú!

—Era lo que querías…

—¡Fuiste tú! —El corazón me late con fuerza. Me tenso como para emprender la huida—. ¡Fuiste tú, desde el principio!

—Y la misteriosa figura delante de tu ventana…

—¿Qué?

—Es lo que deseas, ¿verdad? ¿Estar asustada?

Intento buscarle sentido. La primera vez que me pareció ver a alguien espiándome fue antes de conocer a Lukas. Pero ¿hace unas noches? Entonces me pareció más real. ¿Es posible que fuera él?

No. No, no sabe dónde vivo. Está utilizando mi paranoia en mi contra.

—Estás loco.

Me mira y le sostengo la mirada. Algo se desplaza en mi interior, como si hubieran movido una palanca. De algún modo me veo a través de él, reflejada en sus ojos. Veo la ropa que llevo, los zapatos, incluso me huelo. Caigo en la cuenta, como si fuera por vez primera, de dónde estoy y hasta dónde me he metido.

Ya he estado aquí, esclavizada por algo que me está destruyendo. Incapaz de escapar. Pienso en Marcus, y en Frosty.

Me obligo a decirlo:

—Me voy ahora mismo. Esto se ha acabado.

La habitación está en silencio. Las palabras han salido de mi boca. Ahora no puedo retractarme, aunque quisiera. Cierra los ojos y luego los vuelve a abrir. Su expresión cambia, sonríe. No me cree.

—Nada de eso. —Su voz es grave y densa; suena como si fuera la voz de otra persona. Toda su simulación se ha esfumado, una intensa malevolencia ha ocupado su lugar.

Miro de reojo la puerta. Si quiere detenerme, es imposible que yo me imponga a él.

Tomo aliento y hago acopio de todas mis fuerzas.

—Fuera de mi camino.

—Creía que nos estábamos divirtiendo, ¿no?

—Lo estábamos. Pero ahora no. Ya no.

Se le queda la boca medio abierta, y entonces dice:

—Pero yo te quiero.

Es lo último que esperaba que dijese. Me quedo de una pieza. Estoy desarmada, totalmente conmocionada. Abro la boca, pero no tengo palabras.

—Te quiero —vuelve a decir.

Quiero que pare, y aun así, al mismo tiempo, no quiero. Deseo creerle, y sin embargo no puedo.

—¿Qué?

—Ya me has oído. Creía que te estaba haciendo feliz. Todo esto —señala con un gesto la habitación alrededor— era para ti. Pensaba que era lo que querías.

Niego con la cabeza. Es otro juego. Sé que lo es.

—No —digo—. Lukas, no…

—Dime que tú también me quieres…

Le miro. Tiene los ojos muy abiertos, implorantes. Quiero creerle. Solo esta vez, quiero saber que me está diciendo la verdad.

—Lukas…

Tiende las manos hacia mí.

—Julia. Dímelo, por favor.

—Vale —accedo—. Sí. Sí…

Me quedo inmóvil. Ha dejado caer las manos. Sonríe y luego se echa a reír.

—No es más que otra fantasía de las tuyas, ¿verdad? ¿Que yo te quiera?

De pronto me siento vacía. Derrotada. Es como si todo lo que llevaba en mi interior me hubiera abandonado y, ahora mismo, lo detesto.

—Vete a la mierda.

—Anda, Julia, venga. ¿Cuál es el problema? ¿Lo de hoy? ¿David? Quieres que te rescaten, yo quiero rescatarte. Quería que creyeras que estabas en peligro de verdad. —Me mira. Intenta ver si me ablando, si la ira está remitiendo. Pues no remite. La verdad es que no—. Mira —dice—. Lo único que le dije fue que intentara ligar contigo. Que igual te apetecía, o igual no. En cualquier caso, no debía aceptar una negativa por respuesta. Como tú querías.

Retrocedo un paso.

—Estás loco. —Lo susurro, para mis adentros tanto como para que lo oiga él, pero no me hace caso.

—¿Quieres que te diga lo que creo? Creo que te está entrando canguelo justo cuando esto empieza a ponerse interesante. —Finge replanteárselo—. O igual es lo contrario. Igual estás disfrutando un poco más de la cuenta. —Empiezo a hablar, pero él continúa—: Te preocupa no estar a la altura. —Apura la copa, se sirve otra—. Mira. Es un juego. Lo sabes. Y sin embargo, no consigues verlo como tal. Sigues pensando que los juegos son algo a lo que se dedican los niños. Algo que has dejado atrás.

—No —digo. Mi voz suena rota. Tomo aliento y lo digo de nuevo—: No. Te equivocas. No es ningún juego.

Ríe.

—Entonces ¿qué?

Quiero irme. No puedo pensar en otra cosa que en huir.

—Tu problema —dice— es que sigues demasiado apegada a quien eras antes. Puedes escabullirte a hoteles, puedes vestirte como te venga en gana, pero sigues siendo la amita de casa casada con Hugh. Sigues siendo la persona que le hace la compra, cocina para él y le ríe los chistes, aunque los hayas oído un millón de veces. Antes despreciabas a esas mujeres cuya única ambición en la vida era un marido rico y simpático, un hijo adorable y una casa en Islington con patio y jardín. Sin embargo, te has convertido justo en eso. Sigues pensando que solo hay una manera de estar casada, una manera de tener una aventura.

Ahora estoy furiosa, desgarrada. Siento deseos de gritarle. Quiero hacerle daño. Es como si hubiera visto mi interior y luego me hubiese vaciado por completo.

—¿Qué tal sienta eso de odiarte a ti misma?

—¡Quita de en medio!

Se aparta. Está entre la puerta y yo.

—El caso es que he estado mirando todo el rato —dice—. Hoy, en el bar. —Titubea y baja la voz—. Y te ha encantado. ¿Verdad? Tanta atención…

Tiene razón. En lo más hondo de mí lo sé. Tiene razón, y me avergüenzo. Lo detesto.

—Por favor, déjame salir.

—¿O si no…?

—Lukas —digo.

Intento abrirme paso por su lado, pero me lo impide.

Retrocedo de nuevo. Le miro, miro a ese hombre que es casi un desconocido. Baja el tono de voz más aún. Ahora es amenazante. Manda él; quiere que yo lo sepa.

—Lo has disfrutado, ¿verdad? Te ha gustado saber que te deseaba. Un desconocido. —Da otro paso; esta vez me quedo donde estoy—. Sin compromisos…, sin preocupaciones…

Pruebo otro enfoque.

—Y si me ha gustado, ¿qué? ¿Qué pasa si he decidido que me gustaba? ¿Que iba a acostarme con él? ¿Con ese tal David? Entonces ¿qué?

—Entonces todo podría haber sido distinto —dice—. ¿Te has sentido tentada?

No titubeo. Quiero verlo dolido. Más que cualquier otra cosa, quiero ver que siente una fracción del dolor que me está infligiendo.

—Tal vez.

No se mueve. No sé qué va a hacer.

—¿Antes de que empezara a amenazarte? ¿O después?

—Es difícil precisarlo. —No me muevo.

—El miedo añadía algo. Reconócelo. Eso es lo que te ha puesto caliente. —Ahora susurra, murmura. Al guardar yo silencio, avanza hacia mí. Su boca está a escasos centímetros de mi oreja. Me pone la mano en la cintura, la noto sobre mi cuerpo. Me aparto, pero es fuerte. Su carne toca la mía—. ¿Habrías subido con él? —Tira de mí, noto el calor de su cuerpo, sus manos sobre mí, buscan mi piel, se mueven con firmeza, agarran, magrean, lo que desencadena algo, una especie de memoria muscular, y sin que medie mi deseo mi cuerpo empieza a responder—. ¿Solo? ¿O conmigo?

No contesto. En algún lugar, en lo más íntimo, sé que debería estar chillando. Debería dar puñetazos, patadas. Debería pedir ayuda a gritos.

Pero no lo hago. No hago nada de eso. Es como si mi cuerpo se hubiera amotinado. Ya no reacciona a nada que no sea su tacto.

—Por favor —digo—. Lukas…

Intenta besarme. Empiezo a responder, es la traición definitiva de mi cuerpo. Hago de tripas corazón y hablo.

—¡Para! Lukas, esto tiene que acabar.

No hace nada. Sigue arrimándoseme. Ahora con más intensidad.

—Detenme, si quieres. Si de verdad quieres.

Noto sus manos. Las tengo por todas partes. En la nuca, en el pelo, en la entrepierna. Me empuja y me agarra, cada vez con más urgencia. Intenta hacerme retroceder, o darme la vuelta. Me viene a la cabeza la vez que nos lo montamos en un cubículo de los servicios, sus manos en torno a mi cuello; entonces era un juego, pero ahora no lo es. Tengo que escapar de él.

Lanzo un golpe, dirigido a su cara, sus ojos. No es más que un zarpazo, pero le hago sangre con las uñas. Se pasa la mano por la cara, con los ojos muy abiertos, furioso. Me mira como a punto de golpearme e intento apartarme.

Nos ponemos en guardia uno frente al otro. Abro la boca

para hablar, pero justo entonces oigo que se abre la puerta. Me inunda una sensación de alivio. Igual es una camarera, alguien del servicio de habitaciones. Verán lo que está pasando, Lukas tendrá que parar. Yo podré recomponerme, aducir una excusa, marcharme. No me seguirá. No se lo permitiré.

Los dos volvemos la vista hacia la puerta. Cuando ya es demasiado tarde, veo que Lukas sonríe.

—Ah —dice—. Pensaba que te habías perdido.

El miedo me golpea en la boca del estómago. Es David.

Cojo el bolso. Echó a correr. Choco con David al pasar y salgo al pasillo. Se me saltan las lágrimas, cierro los ojos, me golpeo contra las paredes mientras corro hacia las escaleras, pero sigo a toda prisa. Me veo como desde una gran altura. Se parece a mí, pero no soy yo. No lleva la ropa que llevo yo. No hace las cosas que hago yo.

Corro y corro y corro, y de repente me encuentro otra vez en Berlín. Estoy tiritando, en un aeropuerto, sin saber cómo regresar a casa. Llamo a Hugh desde una cabina de teléfonos en la sala de embarque, y luego espero. Espero a que me rescate el hombre con el que pronto me casaré mientras el que había pensado que era mi vida entera yace muerto en una casa ocupada en la otra punta de la ciudad.

CUARTA PARTE

23

Logré salir del hotel. Me temblaban las piernas, sudaba, el corazón me latía tan fuerte que creía que el pecho me iba a estallar, sin embargo me las arreglé para fingir que estaba tranquila mientras cruzaba el vestíbulo hacia la calle. Una vez fuera anduve sin parar, y hasta que no tuve la seguridad de que ya nadie podía verme desde el hotel no me paré a pensar qué dirección había tomado. Detuve un taxi y entré. «¿Adónde?», preguntó el taxista, y le dije: «A cualquier parte», y luego: «Al río», y después: «A South Bank». Nos pusimos en marcha y me preguntó si me encontraba bien. «Sí», contesté, pese a que no era así, y cuando llegamos a South Bank busqué un banco con vistas al Támesis y, puesto que estaba segura de que Adrienne diría, «Ya te lo advertí», y no sabía a quién más llamar, quién quedaba que yo no hubiera apartado de mí, telefoneé a Anna.

—¿Cómo estás?

Le conté todo, lo solté en un barullo de incongruencias que debieron de resultar prácticamente incomprensibles, y ella primero escuchó y luego me tranquilizó y me pidió que lo intentase de nuevo. Cuando terminé, dijo:

—Tienes que ir a la policía.

Sonó inflexible, decidida. Segura por completo.

—¿A la policía? —Fue como si hasta entonces no hubiera considerado esa posibilidad.

—¡Sí! Te han agredido, Julia.

Me vinieron a la cabeza sus manos sobre mi cuerpo, por todas partes, agarrándome, intentando arrancarme la ropa.

—Pero… —dije.

—Julia. Tienes que hacerlo.

—No —dije—. No, ellos no…, él no…, y Hugh…

Me imaginé contándoselo a Hugh, llamando a la policía. ¿Qué les diría?

He oído historias de esas. Aunque me hubieran violado, casi seguro que no me tomarían en serio, y en caso contrario sería yo la que acabaría sometida a juicio, ni David ni Lukas. «¿Y acudió usted allí en busca de sexo?», preguntarían, y tendría que decir que sí. «¿Vestida con la ropa que él le había dado?» Sí. «¿Después de haberle contado, más o menos, que una de sus fantasías era que la violaran?»

Sí.

¿Y cuál sería mi defensa? «Pero no quería que ocurriera. ¡No de esa manera!»

Sentí que me desmoronaba. Me eché a llorar al imaginar lo que podría haber ocurrido, lo que Lukas podría haber hecho con total impunidad.

Pensé en Hugh, y en Connor. Los imaginé enterándose de dónde había estado, cómo había acabado. Tendría que contárselo, me sería del todo imposible mentir; bastante había mentido ya.

—Ni siquiera sé dónde vive.

Siguió un momento en silencio.

—¿Hay algo, lo que sea, que pueda hacer para ayudarte?

No hay nada que pueda hacer nadie, pensé. Sencillamente tengo que dejarle, marcharme, forzar la ruptura que, unas horas antes, tanto había temido.

—No.

Me fui a casa. Sabía lo que tenía que hacer. Dejar que Lukas pasara a formar parte del pasado, esforzarme todo lo posible por olvidarlo. No conectarme. No revisar los mensajes. No hacerme ilusiones de que habría flores, disculpas, explicaciones. Seguir adelante.

En buena medida, lo he logrado. He seguido trabajando. Le dije a Hugh que había decidido dejar de ir al psicólogo pero, en cambio, acudir a reuniones. Lo he hecho, y también he estado ocupada con otras cosas. He llamado a Ali, a Dee y al resto de mis amigas, y he hablado con Anna a diario. He pasado más tiempo con Connor, incluso he intentado charlar con él de Evie, asegurarle que puede hablar conmigo de su novia, si le apetece. «Me gustaría conocerla algún día», dije. Se encogió de hombros, como era de prever, pero al menos hice el esfuerzo.

También he quedado con Adrienne. Por fin. Me invitó a un concierto y luego fuimos a cenar. Charlamos; la discusión que habíamos tenido delante de casa estaba prácticamente olvidada. Antes de despedirnos, se volvió.

—Julia —dijo—. Ya sabes que te quiero. Sin reservas. —Asentí, a la espera—. Así que no voy a preguntarte qué ocurre. Pero tengo que saberlo. ¿Estás bien? ¿Tengo que preocuparme por algo?

Negué con la cabeza.

—No. Ya no.

Sonrió. Era lo más cerca que había estado de una confesión, y supo que se lo contaría, algún día.

Solo he flaqueado una vez, un domingo por la tarde hace unas semanas. Había discutido con Hugh, Connor estaba imposible. No pude evitarlo. Me conecté a Encountrz, pasé por alto dos mensajes nuevos que tenía acumulados y busqué su nombre de usuario.

Nada. «Nombre de usuario no encontrado.» Se había desvanecido.

No pude evitarlo. Le llamé.

Su número estaba fuera de servicio. Ni siquiera saltó el buzón de voz. Lo intenté de nuevo —por si había habido algún problema, o estaba en el extranjero, o había algún fallo de conexión— y luego otra vez, y otra y otra. Y cada vez, nada.

Y entonces me di cuenta de dónde estaba, qué estaba haciendo. Me dije que era ridículo. Me había prometido cortar por lo sano; me había dicho que así sería más sencillo, la mejor manera.

Y allí la tenía. La ruptura que ansiaba. Tendría que estar agradecida.

Vuelvo tarde. He estado por ahí, tomando fotografías, primero retratos a una familia que se había puesto en contacto conmigo a través de la página web, luego de camino a casa me he parado a hacer fotos a la gente que estaba fuera de los bares de Soho —un intento de volver a los temas que de verdad me interesan, supongo—, pero ahora Hugh ya está en casa. Me pide que le acompañe, tiene que decirme una cosa.

Eso no augura nada bueno. Pienso en aquella vez que volví de la galería, la policía en la cocina, la noticia de que Kate había muerto. Sé que Connor está bien, la luz de su cuarto está encendida arriba, es siempre lo primero que pregunto cuando llego a casa y hoy ya lo he hecho, pero aun así estoy nerviosa. Me dan ganas de decirle que lo suelte ya, sea lo que sea, pero no lo hago. Le sigo a la sala. Dejo el bolso en el suelo, la cámara en la mesa.

—¿Qué ocurre? —Parece serio—. ¿De qué se trata? ¿Qué pasa?

Respira hondo.

—Ha llamado Roger. De Asuntos Exteriores. Creen que ya saben lo que le ocurrió a Kate.

Noto que me derrumbo. Las preguntas salen en tromba —¿Qué? ¿Quién?— y él me lo explica.

—Hay un hombre, un tipo al que detuvieron por algo que no tenía nada que ver. Roger no puede decirnos qué exactamente, pero dio a entender que estaba relacionado con la droga. Un camello, supongo. Sea como sea, por lo visto es conocido en la zona; incluso le interrogaron acerca de Kate, pero dijo que no había visto nada. —Respira hondo—. Cuando registraron su piso, encontraron el pendiente de Kate.

Cierro los ojos. Me lo imagino arrancándoselo, o a ella viéndose obligada a dárselo, pensando que cooperando podría salvar la vida cuando en realidad no ocurrió tal cosa.

Un camello. ¿Así que tuvo que ver con la droga? ¿No con el sexo?

De pronto estoy otra vez allí. Marcus y yo. Íbamos juntos, pero yo le esperaba. Al final de la calle, en la esquina, delante de la estación. Se encontraba con nuestro camello, le daba la pasta. Volvía con lo que los dos queríamos. Sonriente.

Pero Kate no vio nada de aquello. Tuve mucho cuidado, incluso la vez que nos visitó durante las vacaciones. No quería ir a casa y estar sola con papá, me suplicó que la dejara ir a vernos. «Solo unos días», dijo, y accedí. Reuní algo de dinero para pagarle el billete, y nuestro padre puso el resto. Vino a pasar un fin de semana largo, durmió en la cama de nuestra habitación y nosotros dormimos en el sofá, pero estoy segura de que no vio nada. Eso fue unas semanas antes de la muerte de Marcus, y entonces ninguno de los dos nos pinchábamos. La llevé de galerías, recorrimos de punta a punta Unter den Linden, tomamos chocolate caliente en lo alto del Fernsehturm. La fotografié en las calles de Mitte —fotografías que se han perdido— y paseamos por Tiergarten. Solo la dejé con Marcus una vez, cuando salí a comprar comida, pero él sabía lo mucho que deseaba mantenerla al margen de la droga y confiaba en él por completo. Cuando volví a casa jugaban a cartas con Frosty, de fondo dibujos animados en la televisión. Kate no vio nada.

Aun así, ¿debería haberle dado mejor ejemplo?

Empiezo a sollozar, un sonido que se convierte en un aullido de dolor. Hugh sostiene mis manos entre las suyas. Pensaba que algo así haría que me sintiera mejor. Saber quién mató a mi hermana. Saber que lo habían detenido, que sería castigado. Suponía que eso trazaría una línea final. Abriría un futuro ante mí, me permitiría seguir adelante.

Pero no es así. Tengo la sensación de que carece de sentido. Es banal. Por no decir que es peor.

—Julia. Julia. No pasa nada.

Le miro.

—No lo puedo soportar.

—Lo sé.

—¿Seguro que es él?

—Eso creen.

Me echo a llorar de verdad, las lágrimas se deslizan a raudales. Mi hermana está muerta, su hijo destrozado, ¿por un asunto de drogas?

—¿Por qué? —digo una y otra vez.

Hugh me abraza hasta que me tranquilizo.

Quiero estar con mi hijo.

—¿Se lo has contado a Connor?

Niega con la cabeza.

—Se lo tenemos que decir.

Asiente y se levanta. Va hacia las escaleras y le llama, y yo entro en la cocina. Cojo papel de cocina y me seco las lágrimas de la cara, y luego me pongo un vaso de agua. Cuando vuelvo a la sala, Connor está sentado enfrente de su padre. Levanta la mirada.

—¿Mamá?

Me siento en el sofá y le cojo la mano.

—Cariño... —empiezo. No estoy segura de qué voy a decir. Miro a Hugh, luego vuelvo a mirar a nuestro hijo. Hurgo tan hondo como puedo en busca de mis últimas fuerzas—. Cariño, han atrapado al hombre que mató a tía Kate.

Permanece sentado. La sala está en absoluto silencio.

—¿Cariño?

—¿Quién?

¿Qué decir? Esto no es una película, no hay una gran trama,

ni un desenlace satisfactorio del argumento adornado con un lazo al final. Solo una vida desperdiciada sin sentido.

—Un hombre, nada más —digo.

—¿Quién?

Vuelvo a mirar a Hugh. Abre la boca para hablar. No lo digas, pienso. No le digas que era un tipo que vendía droga. No le metas esa idea en la cabeza.

—Tía Kate estaba en el sitio equivocado en el momento menos indicado —dice—. Eso es todo. Se topó con un tipo malvado. No sabemos por qué, ni qué ocurrió. Pero ahora lo han detenido, irá a la cárcel y pagará por lo que hizo.

Connor asiente. Intenta entenderlo, asumir que no hay una explicación.

Un momento después me suelta la mano.

—¿Puedo volver a mi cuarto?

Digo que sí. Siento la necesidad de seguirlo, pero sé que no debo. Le dejo diez minutos, un cuarto de hora. Llamo a Adrienne, luego a Anna. Está estupefacta.

—¿Droga? —dice.

—Sí. ¿Solía…?

—¡No! No. Bueno, salía de marcha, ya sabes. A todos nos iba la marcha. Pero no nos pasábamos.

Hasta donde tú sabes, pienso. Sé muy bien lo fácil que es disimular cosas así.

—Igual simplemente no estabas al tanto.

—No creo —responde—. De verdad, no lo creo.

Hablamos un rato más, pero quiero ver a mi hijo. Le digo a Anna que me hace ilusión pensar que voy a verla dentro de un par de semanas y me dice que ella tiene muchas ganas. Nos despedimos y luego le digo a Hugh que subo a ver a Connor.

Llamo a la puerta y me dice que pase. Está con la música puesta, tumbado en la cama, mirando al techo. Tiene los ojos rojos.

No digo nada. Entro. Lo abrazo y lloramos juntos.

24

Anna llega hoy. Luego iré a recogerla, nos tomaremos un café o lo que sea, pero de momento estoy sola. Tengo el periódico delante. Cojo el suplemento, leo en diagonal algo acerca de una diseñadora de moda, lo que le hubiera gustado saber cuando era joven, y paso de página. Un reportaje de la vida real, alguien cuya hija se volvió adicta a la heroína; esa página también la paso. Pienso en cómo escapé yo por los pelos —si es que fue eso lo que ocurrió, si de verdad puede decirse que escapé— y por un momento me pregunto si podrían publicar un artículo sobre Lukas y yo. Me estremezco con solo pensarlo, pero mi historia no es insólita. Me lié con un hombre que no era quien yo pensaba, y las cosas fueron demasiado lejos. Ocurre constantemente.

Cierro la revista y vacío el lavavajillas, como una autómata. Cojo el trapo, la botella de lejía. Limpio las superficies. Me pregunto si la generación de mi madre se sentía así; valium en el armario del baño, una botella de ginebra debajo del fregadero. Una aventura con el lechero, las más intrépidas. Pues vaya con el progreso. Siento vergüenza.

Cuando acabo los quehaceres subo a ver a Hugh. Está en su despacho, aunque lleva casi una semana viéndoselas con un resfriado. Está redactando una declaración; la demanda que le pusieron ha seguido adelante, el paciente ha recaído y los abogados han recibido instrucciones. El equipo jurídico del hospital quiere evitar que llegue ante los tribunales. «Dicen que en ese caso estoy jodido —me contó—. El caso es que no anoté lo que les dije, así que es como si no hubiera dicho nada.»

—El hecho de que de todos modos habrían seguido adelante con la operación ¿no tiene importancia?

—No. Lo único que quieren es pasta.

Ahora es Maria quien trata con la familia. Según Hugh, si estuvieran tan afectados habrían ido a pedir una segunda opinión en otro hospital.

Le pregunté si perderá el empleo. Dijo que no, no ha muerto nadie, no ha cometido una negligencia criminal, pero salta a la vista el estrés que le está provocando. Llamo a la puerta y entro. Está sentado a la mesa. Tiene la ventana abierta pese a la corriente, el aire fresco de principios de octubre. Se le ve pálido.

—¿Cómo te encuentras? —pregunto.

—Bien. —El sudor le brilla en la frente.

—¿Seguro? —insisto. Me gusta cuidarlo; hace mucho tiempo que no sentía que me necesita—. ¿Quieres algo?

Niega con la cabeza.

—No, gracias. Y tú, ¿qué tal? ¿Qué vas a hacer hoy?

Le recuerdo que viene Anna.

—Voy a recogerla a la estación.

—No se queda con nosotros, ¿verdad?

—No. Tiene reserva en un hotel. Vendrá a cenar el lunes.

—¿Dónde está Connor?

—Ha salido. Con Dylan, me parece.

—¿No ha ido con su novia?

—No lo sé.

Vuelvo a tener esa sensación de pérdida. Me vuelvo hacia las estanterías de Hugh y me pongo a enderezar cosas. Estoy empezando a preocuparme. Connor sigue disgustado después de nuestra discusión la otra noche, pero no quiere hablar conmigo. ¿Cómo voy a protegerlo, a asesorarlo de cara a su entrada en el mundo adulto, si no me cuenta nada?

Y ese es mi deber, ¿no? Estas últimas semanas la necesidad de protegerlo, de mantenerlo a salvo, no ha hecho sino aumentar. Aun así, sé que debo confiar en mi hijo. En que sea lo bastante adulto, lo bastante maduro. Que no se meta en líos, o al menos no en muchos, y en ninguno con auténticas repercusiones. No tiene mucho sentido que le exija llevar una vida impecable, sin tacha, después de lo que yo he hecho. Tiene que cometer sus propios errores, tal como yo cometí los míos.

Y los cometerá; solo espero que no sean tan catastróficos. Fumar en un callejón, sí. Una botella de vodka o de sidra barata, comprada por el chico de su grupo de amigos que más cerca esté de empezar a tener barba. Incluso hierba; ocurrirá tarde o temprano, tanto si me hace gracia como si no. Pero nada más grave. Nada de accidentes ni embarazos. Nada de huir de casa. Nada de mezclarse con gentuza cuando debería saber lo que se hace.

—¿Sigue saliendo con ella? —pregunto.

—No estoy seguro.

Noto un alivio momentáneo. Soy consciente de que es una contradicción; quiero que Connor esté unido a Hugh, pero no me agrada la idea de que le cuente cosas que a mí no me cuenta.

—¿A ti qué te parece todo ese asunto? —pregunta.

—¿El qué? —Me vuelvo hacia él—. ¿Lo de su novia?

Asiente.

—Se conocieron en internet, ¿sabes?

Me estremezco. Me vuelvo hacia las estanterías.

—¿En facebook?

—Eso creo. ¿Es una de sus amigas?

—No lo sé. Debe de serlo, supongo.

—Bueno, pero ¿sigue viéndola?

—Hugh, ¿por qué no se lo preguntas a él? Habla más de estas cosas contigo que conmigo.

Señala la pantalla.

—Porque bastantes cosas tengo ya en la cabeza.

Llego a St. Pancras, pido un agua mineral y me siento. Desde mi silla alcanzo a ver la estatua al final de los andenes donde quedé con Lukas, hace ya tantas semanas.

La tengo enfrente. Vuelven los recuerdos; hay dolor, pero es sordo, soportable. Me lo planteo como una prueba. Bastante ha ganado él. Tengo que superarlo, de una vez por todas, y aquí es donde puedo empezar. Bebo un sorbo de agua mientras entra el tren.

Veo a Anna a través del panel de vidrio que separa los trenes de donde estoy sentada. Viene caminando por el andén, con el móvil pegado a la oreja y una maleta sorprendentemente grande para la semana que según me dijo va a pasar en Londres. Veo que pone fin a la llamada y luego desciende por las escaleras mecánicas hasta desaparecer. Se la ve seria, como si algo fuera mal, pero unos minutos después la tengo delante, su sonrisa enorme e instantánea. Parece encantada, aliviada. Me levanto y me envuelve en su abrazo.

—¡Julia! ¡Cómo me alegro de verte!

—Yo también. —Mis palabras se pierden entre los pliegues del fular de seda que lleva. Me aprieta y luego me suelta—. ¿Va todo bien?

Se queda perpleja. Señalo con la cabeza el andén por el que acaba de venir.

—Cuando has bajado del tren. Parecías preocupada.

Ríe.

—¡Ah! No, todo va bien. Era del trabajo. Una confusión. Nada importante. —Me mira—. Tienes buen aspecto. ¡La verdad es que estás guapísima!

Le doy las gracias.

—Tú también.

—Bueno… —responde, y algo en su manera de sonreír me dice que no está contenta solo por volver a verme. Tiene algo que decirme, algo que ha estado guardándose pero ya no puede contener más.

—¿Qué ocurre? —Yo también estoy emocionada, e intrigada, aunque me pregunto si ya lo he adivinado. He visto antes esa expresión; incluso en mí.

Ríe.

—¡Cuéntame!

Sonríe y levanta la mano izquierda. Un segundo después lo veo: un anillo en su dedo que capta la luz de los ventanales de arriba.

—Me lo ha pedido…

Sonrío, pero por un brevísimo instante lo único que siento es envidia. Veo su vida, y está llena de emoción, de exploración, de pasión.

La vuelvo a abrazar.

—Es maravilloso. ¡Maravilloso de veras!

Lo digo de corazón, mi reacción inicial ha sido cruel pero efímera, y miro el anillo. Un diamante redondo engarzado en oro; parece caro. Empieza a hablar. Se lo pidió la semana pasada.

—Tenía el anillo, no llegó a hincar la rodilla, pero… —Vacila, recordándolo a todas luces—. Quería que fueras la primera en enterarte…

Me obligo a sonreír. Estoy celosa en nombre de Kate. Es como si de alguna manera su muerte hubiera liberado a Anna. Sin embargo, ella no parece darse cuenta. Me aprieta el brazo.

—Me siento muy unida a ti, Julia. Por Kate, supongo. Por lo que ocurrió.

Le cojo la mano.

—Sí. Sí, así es. Supongo que a veces no importa tanto desde cuándo conoces a alguien como lo que habéis pasado juntos.

Parece aliviada: somos amigas de verdad. Le suelto la mano, recojo su bolso y la tomo por el brazo.

—Bueno —digo al tiempo que echamos a andar hacia el coche—. ¡Dime qué ocurrió! ¿Cómo se declaró?

Parece volver a prestar atención, empezaba a estar absorta, supongo que en sus recuerdos.

—Fuimos al Sacré-Coeur —dice—. Pensaba que solo íbamos a dar una vuelta, a disfrutar de la vista, ya sabes, o igual a almorzar.

Las palabras le salen a borbotones, todo exclamaciones y medias frases. Conforme sigue hablando me dejo llevar por su entusiasmo y me siento mal por haber reaccionado como lo he hecho en un primer momento. Me pregunto si en vez de envidia no habrá sido simple tristeza. Tristeza de que esta alegría le haya sido otorgada a ella, y no a Kate.

Mientras habla me remonto a cuando Hugh se me declaró: estábamos en un restaurante —nuestro preferido, en Piccadilly— y me lo pidió entre el segundo plato y el postre. «Julia», dijo, y recuerdo que pensé que estaba muy serio, muy nervioso. Ya está, pensé durante un brevísimo instante. Me ha traído aquí para poner fin a lo nuestro, para decirme que ha conocido a otra, o que, como ya estoy mejor, como ya estoy curada, es hora de que siga mi camino. Pero al mismo tiempo pensé que no podía ser eso; habíamos sido tan felices los meses anteriores, estábamos tan enamorados…

—¿Qué? —dije—. ¿Qué pasa?

—Sabes que te quiero, ¿verdad?

—Y yo te quiero a ti…

Sonrió, pero no se mostró especialmente aliviado. Creo que fue entonces cuando caí en la cuenta de lo que estaba a punto de decir.

—Cariño —empezó. Tomó mi mano por encima de la mesa—. Julia, yo…

—¿Qué, Hugh? ¿Qué pasa?

—¿Quieres casarte conmigo?

La felicidad fue instantánea, abrumadora. No hubo ningún gesto romántico, no se puso de rodillas ni se levantó para anunciar sus intenciones a los demás comensales, pero me alegré de que así fuera; no era su estilo, ni tampoco el mío. Era un buen hombre, le quería, ¿por qué iba a decir que no? Además, me conocía, me había visto en mis peores momentos, lo sabía todo de mí.

Casi todo, al menos. Y lo que no sabía era aquello que nunca le contaría a nadie.

—¡Claro! —dije entonces, y aun así una parte de mí vaciló, la parte que estaba convencida de que no merecía lo que Hugh me ofrecía, lo que ya me había dado: otra vida. Pero el alivio que se adueñó de su semblante me dio a entender que tomaba la decisión adecuada, la única decisión.

Me doy cuenta de que Anna ha dejado de hablar. Hago el esfuerzo de volver al presente.

—¡Parece el hombre perfecto!

—Sí. ¡El caso es que creo que lo es!

—¿Y es de París?

—No. Vive aquí. Su familia es de la zona de Devon. —Sonríe—. Esta visita es un poco precipitada. Los conoceré dentro de unas semanas.

Meto su equipaje en el maletero y entramos en el coche. Una vez nos hemos abrochado el cinturón y hemos arrancado, me cuenta de nuevo cómo se conocieron.

—Bueno —dice—, ¿te conté lo de la cena? —Suspira, como si su encuentro fuera algo inevitable, una cita del destino.

Digo que sí, aunque no estoy segura de que lo hiciera. Me lo cuenta de todos modos, cómo congeniaron de inmediato, cómo al instante tuvo la sensación de que aquello era perfecto.

—¿Sabes cuando algo no parece lo más sensato sino sencillamente que está bien? —pregunta.

—Sí, lo sé —digo a la vez que giro el volante. Suspiro—. Lo sé.

Anna cree que me refiero a Hugh, pero no es así. Estoy pensando en Lukas, he estado intentando fingir ante mí misma que no lo echo de menos, pero lo echo de menos. O más bien echo en falta lo que pensaba que podíamos haber tenido.

Creía que él me conocía; tenía la sensación de que me había abierto por la mitad y había visto quién soy en realidad. Había llegado a estar convencida de que era la única persona que aún podía hacerlo.

—… conque parece que seguiremos viviendo en París una temporada —continúa Anna— y después igual nos mudamos aquí.

—Buena idea. Bueno, recuérdame cuándo os conocisteis.

—¿Cuándo? Ah, fue justo después de Navidad. Unas semanas antes de que Kate… —Tartamudea, se corrige, pero el daño ya está hecho—. Justo antes de conocerte. —Sonrío, pero ve que me he disgustado. Ahora ya puedo hablar de Kate, pero una referencia tan explícita a su muerte, por sorpresa, sigue afectándome—. Lo siento —dice—. Qué bocazas soy…

—No pasa nada. —No quiero darle más vueltas, y tampoco quiero que se sienta culpable. Anna es la última persona de quien debo esperar que eluda el tema de mi hermana. Aun así, cambio de conversación—. Pero por lo visto todo ha ido muy deprisa —digo. Pienso de nuevo en Lukas, en lo rápido que me enamoré—. Espero que no te moleste que diga esto. O sea, ¿estás segura?

—¡Sí, sí, tienes razón! Pero no, estoy totalmente segura. Los dos lo estamos —añade—. Él dice lo mismo. Ninguno de los dos pensó que tuviera sentido demorarlo cuando estamos tan convencidos.

Guarda silencio un momento. Noto que me mira mientras conduzco, sin duda sopesa qué decir, se pregunta cuánta felicidad puedo soportar.

—El caso es que, de un modo extraño, creo que todo está relacionado con Kate. Con lo que ocurrió. Sencillamente me recordó que la vida es para vivirla, ¿sabes? No es un ensayo.

—No —digo. Es un tópico, pero lo es porque es verdad—. No, no lo es.

—Creo que la muerte de Kate me enseñó eso.

—¿De verdad? Yo tengo la sensación de que no me enseñó nada.

Me sale sin aviso previo. Ojalá pudiera retractarme, pero es imposible.

—No digas eso.

—Es verdad. Lo único que he hecho es intentar eludirlo.

Y fíjate adónde me llevó. Pasé el verano obsesionada con Lukas, un hombre diez años más joven que yo, presa de un amor que fui tan estúpida como para creer que podría ser recíproco.

Acabé huyendo de un dolor que debía padecer porque se lo debía a mi hermana, y eso nunca podré compensárselo. Lo siento como una traición definitiva.

—Simplemente me compadezco de mí misma. Ryan parece estupendo. Qué ganas tengo de conocerlo.

—¡Lo conocerás! Igual viene esta semana. No lo sabe con seguridad. Es posible que lo conozcas este mismo lunes.

—No sabía que estaba aquí. Tiene que venir a cenar.

—Ah, no. Aún no está aquí. Tenía que quedarse a acabar un trabajo. No sé cuándo llegará, y…, bueno, ya le preguntaré, pero solo si seguro que no te importa, ¿eh?

Niego con la cabeza.

—Claro que no.

—¿Qué tal os lleváis ahora Connor y tú?

—Mucho mejor. —Asiente—. Me parece que tiene novia.

—¿Novia?

Noto un destello de orgullo.

—Ajá. —Me detengo en un semáforo. Por el retrovisor lateral veo a un ciclista que sortea el tráfico y se acerca demasiado—. Aunque no quiere hablar conmigo de eso, claro —añado—. Apenas reconoce su existencia ante mí, aunque por lo visto con Hugh sí habla.

—¿Eso es lo habitual? —Parece interesada de veras—. En su caso, quiero decir.

Pienso en lo que me dijo Adrienne.

—Entre los adolescentes probablemente sí.

Suspiro. El semáforo cambia y arrancamos. Estamos cerca de Great Portland Street. Casi hemos llegado. Me alegra que Connor esté madurando, pero me entristece que eso conlleve, inevitablemente, que se aleje de mí. Recuerdo haber hablado de ello con Adrienne hace unas semanas. «Todos pasan por eso —afirmó, luego titubeó y se corrigió—. Bueno, no es que pasen por eso —dijo—. En realidad no es algo que dejen atrás. Me temo que es la primera etapa en el proceso de dejaros...»

Miro de soslayo a Anna.

—Ya no quiere venir con nosotros cuando salimos. Se queda en su cuarto...

Sonríe.

—Bueno, ¿estás segura de que se trata de una novia?

—Ah, sí. Creo que sí, aunque me dice que me ocupe de mis asuntos, claro. —No le cuento que esta mañana, después de mucho discutirlo con Hugh, he insistido en que me enseñara una fotografía. Parece un poco mayor que él. Sigo convencida de que es la chica de la fiesta de Carla, aunque él está seguro de que no estuvo allí—. Es amiga de un amigo suyo. Se conocieron en facebook. —Me mira con una sonrisa cargada de intención—. Hugh ha hablado de ella con Connor. Chatean en internet, por lo visto, aunque no vive muy lejos.

Sigue una larga pausa, y luego dice:

—¿Volviste a tener noticias de ese hombre? ¿Lukas?

—Ah, no. No he sabido nada más de él.

Me alegro de estar conduciendo; puedo tomarme un tiempo para responder, decidir qué decir. Puedo fingir que mis silencios se deben a que necesito concentrarme, en vez de a que la conversación me está resultando difícil. Puedo fijar la vista en la calzada, disimular la expresión de mi rostro. Puedo esquivar la verdad al contarle lo que ha venido ocurriendo. Pese a que estoy convencida de que puedo confiar en Anna, también siento vergüenza.

—Entonces, Hugh...

—No sabe nada —me apresuro a decir. La miro de reojo. Me observa; su rostro, impasible. Procuro adoptar un tono despreocupado para asegurarle que sé que cometí una estupidez pero se acabó—. Él nunca…, no lo entendería.

—¡Ay, Dios, sería incapaz de decirle nada a Hugh! No…, sencillamente no lo haría.

—Fue divertido. ¿Sabes? Una distracción. Estuvo bien mientras duró.

—Ah, sí. Desde luego. Claro…

Hasta que dejó de ser divertido, pienso.

—De todos modos, se ha esfumado.

—Pareces decepcionada.

—Nada de eso.

Entonces hay una pausa más dilatada. Estoy tensa, incómoda, porque las dos sabemos cómo acabó mi aventura con Lukas. El silencio se prolonga; cada una espera que la otra lo rompa. Al cabo, lo rompe ella. Me pregunta qué planes tengo esta semana y se lo cuento. Un poco de trabajo, igual voy a ver una peli. Por fin llegamos al hotel.

—Bueno, ya estamos.

Aparcamos. Es un sitio sorprendentemente agradable, aunque en absoluto tan imponente como los hoteles a los que me llevaba Lukas.

—¿Quieres que te acompañe?

Niega con la cabeza.

—No hace falta. Seguro que tienes cosas que hacer.

Es una excusa, y sonrío. Me gustaría que siguiéramos poniéndonos al día, pero parece cansada; he olvidado que ha venido por trabajo, lo más probable es que quiera descansar antes de prepararse para el congreso que empieza mañana. Tendremos tiempo de sobra para ponernos al corriente cuando venga a cenar.

Salimos y saco el equipaje del maletero.

—Entonces nos vemos el lunes.

Me pregunta a qué hora debe ir.

—¿Y qué quieres que lleve?

—Nada, nada en absoluto. Solo a ti. Más vale que te indique cómo llegar —digo.

Saca el móvil del bolso.

—Usaré esto. —Pasa varias pantallas—. Es mucho más fácil. Ya está. Ya te he añadido…

No sé a qué se refiere.

—No… —empiezo, pero me interrumpe.

—Find Friends. Es una aplicación que indica dónde están tus amigos en relación contigo. En un mapa. Es estándar. Mira tu email.

Lo hago. Tengo un mensaje nuevo.

—Acepta la invitación —dice Anna— y nuestros perfiles quedarán vinculados. Puedo ver dónde estás en el mapa, y tú puedes verme a mí. En casa lo uso constantemente. Después de morir Kate, me tranquilizaba saber dónde estaban mis amigos.

Coge mi móvil y me lo enseña. Se abre un mapa que señala dónde estamos con el parpadeo de dos puntos solapados.

—Uno para mí, otro para ti —dice.

Miro la pantalla. Debajo del mapa hay una lista de gente que me sigue. El nombre de Anna figura ahí, pero debajo hay otro. Lukas.

Es como si me hubieran dado una bofetada.

—Joder.

Anna se queda sorprendida.

—¿Qué pasa?

—Él. Lukas. —Procuro mantener la voz firme. No quiero que perciba miedo en ella—. Ha estado siguiéndome en esta aplicación…

—¿Qué?

Le muestro el móvil.

—Mira. Cómo… —empiezo, pero ella ya me lo está explicando.

—Debe de haber vinculado vuestros perfiles. ¿No lo sabías?

Niego con la cabeza. No puedo creer lo que está pasando.

—Debe de haber buscado la manera de enviarte una petición y luego aceptarla en tu nombre. Si lo dejaste a solas con tu teléfono, es bastante fácil.

Todas las veces que yo estaba en el cuarto de baño y el móvil en el bolso o en la mesilla de noche. Tiene razón. Debió de ser sencillo.

—¿Podemos evitar que me siga?

—Es fácil. —Desliza algo por la pantalla y me devuelve el móvil—. Toma —dice, tajante—. Borrado.

Miro. Ahora solo figura el nombre de Anna.

—¿Ya no puede ver dónde estoy?

—No. —Me pone la mano en el brazo—. ¿Estás bien?

Asiento, y me doy cuenta de que sí, estoy bien. Noto una extraña sensación de alivio. O sea que así sabía dónde estaba. Todo el tiempo. Al menos ahora lo sé. Al menos ahora me he librado de él por fin.

—¿Seguro?

—Me he llevado un susto, pero estoy bien. De verdad.

—Pues nos vemos el lunes, ¿vale? —Asiento—. Te diré qué planes tiene Ryan en cuanto él lo sepa.

—Estupendo. Puede venir cuando quiera. Tengo muchas ganas de conocerlo.

Me da un beso y se vuelve para marcharse.

—Se muere de ganas de conocerte.

Una vez en casa voy directa al portátil. Ver su nombre ha despertado algo. La última vez, me digo. Abro Encountrz, busco su nombre y vuelve a aparecer el mismo mensaje, tan severo e inequívoco como mi decepción.

«Nombre de usuario no encontrado.»

Es como si no hubiera existido nunca. Ha desaparecido por completo, como los moretones que me hizo.

Tecleo su nombre en Google. Nada. Ninguna alusión a él,

ni a nadie que pueda ser él. Pruebo en facebook y veo que su perfil no aparece por ninguna parte, luego vuelvo a llamar a su número, aunque sé exactamente el sonido de desconexión que voy a oír. Por lo general ahora volvería al principio y lo haría todo de nuevo. Y luego una vez más. Pero esta vez es distinto. Esta vez sé que tiene que acabarse. Me conecto a mi propio perfil, el de Encountrz, el que creé aquella tarde en el jardín. Voy pasando de un menú al siguiente hasta que lo encuentro. Eliminar perfil.

Dudo, respiro hondo, una vez, dos veces, luego hago clic.

«¿Estás segura?»

Escojo «sí».

La pantalla cambia: «Perfil eliminado».

Jayne ya no existe.

Me retrepo en la silla. Ahora, pienso. Ahora, por fin, se ha acabado.

25

Estoy en el salón cuando llega Anna. Viena sola. Ryan tenía planes, me dijo, pero pasará luego a recogerla. Aviso a Hugh, que está arriba, y voy a la puerta. Nuestra invitada está fuera, con una botella de vino y un ramo de flores.

—¡Llego temprano! —dice cuando la hago pasar—. ¡Lo siento!

Le digo que no pasa nada y le cojo el abrigo, un impermeable rojo ligeramente húmedo.

—¿Llueve?

—Un poco. Llovizna. ¡Qué casa tan bonita!

Pasamos a la sala de estar. El congreso está yendo bien, dice, aunque hay mucho en lo que pensar, y sí, la habitación del hotel está bien. Mientras habla se acerca a la foto de Kate en la repisa de la chimenea, la coge, la contempla un momento y la vuelve a dejar. Da la impresión de que está a punto de decir algo —hemos hablado de que dieron con el hombre que la asesinó, igual quiere comentar algo más—, pero entonces baja Hugh a saludar. Se abrazan con efusión, como si se conocieran desde hace años.

—¡Ah, te he traído esto! —dice ella, que le alcanza una bolsa.

Hugh la abre: una caja de macarons primorosamente envuelta.

—¡Qué bien! —dice él, y se sientan.

Me disculpo para ir a echar un vistazo a la cena, contenta de que charlen. Por un momento tengo la impresión de estar sometiendo a Anna a un casting para ser mi nueva mejor amiga y primero me siento inquieta por Adrienne y luego culpable. Nuestra amistad ha pasado por una mala racha y justo ahora empezamos a encauzarla de nuevo.

Sin embargo, es natural que Anna y yo también seamos amigas. Las dos perdimos a Kate; el vínculo es reciente pero enormemente intenso.

—¿Dónde está Connor? —pregunta a mi regreso—. ¡Tengo muchísimas ganas de volver a verlo!

—Ha salido con unos amigos. —Me siento en el sofá enfrente de Hugh, junto a Anna—. Con su amigo Dylan, me parece. Llegará enseguida.

Le he advertido que tiene que volver temprano. Quizá Hugh tenga razón. Debo ser firme.

Me encojo de hombros. Ya sabes cómo son, le doy a entender, y ella sonríe, aunque supongo que no lo sabe.

—¿Quieres tener hijos? —pregunta Hugh, y ella se echa a reír.

—¡No! Aún no, al menos. ¡Acabo de prometerme!

—¿Tienes hermanos? ¿Hermanas?

—Solo un hermanastro —dice—. Seth. Vive en Leeds. Se dedica a algo relacionado con la informática. La verdad es que nunca lo he sabido muy bien.

—¿Viven allí tus padres?

Suspira.

—No, mis padres murieron.

Recuerdo que Anna me habló de sus padres, en París, mientras tomábamos algo sentadas en el sofá. Su madre sufría depresión. Intentó quitarse la vida. Sobrevivió, pero requirió cuidados a tiempo completo el resto de su vida. Su padre empezó a beber más, y en menos de una década los dos fallecieron con seis meses de diferencia y su hermano y ella se quedaron solos.

Hugh carraspea.

—Lo lamento. Pero te llevas bien con tu hermanastro, ¿no?

—De maravilla. Siempre nos hemos llevado bien. Lo es todo para mí. No sé qué haría si le pasara algo.

Procuro no reaccionar, pero seguro que ve cómo me cambia la cara.

—Ay, Dios, Julia, no era…, no quería…, lo siento…

—No pasa nada —digo.

Es la segunda vez en unos pocos días que se refiere torpemente, aunque de manera indirecta, a la muerte de Kate. Me pregunto si ya la ha superado, si casi la ha olvidado. No creo ni por un instante que lo haya hecho aposta.

—Bueno, ¿comemos?

La cena está bien. He preparado pastel de pollo y ha salido rico. Connor llega poco después de que haya servido la sopa y se sienta con nosotros. Parece congeniar especialmente bien con Anna. Ella le pregunta por el instituto, por el fútbol; en un momento dado incluso saca el móvil y él le ayuda con algo que se le resistía. Después de terminar el plato principal, Anna me ayuda a llevar cosas a la cocina y, cuando no pueden oírnos, dice:

—Qué chico tan majo.

—¿Tú crees?

—¡Sí! —Deja los platos—. Deberías estar muy orgullosa. ¡Los dos deberíais estarlo!

Sonrío.

—Gracias.

Por algún motivo, su aprobación es importante. Tiene peso. Dice que va a subir al cuarto de baño. Le indico dónde está y le pido a Hugh que me eche una mano con el café.

Viene a la cocina.

—¿Cómo va todo?

—Bien.

He preparado un pudin, una crema de limón, pero ahora me

pregunto si debería sacar también los macarons. Se lo pregunto a Hugh.

—Las dos cosas, creo yo. ¿Tiene que conducir Anna de vuelta al hotel?

Sé que está pensando en el vino para los postres que hay en el frigorífico. El alcohol le incomoda desde que tuve que mentir y decirle que tomé una copa con Adrienne; no lo menciona, aunque tenemos bebidas en casa. Pero me conoce lo bastante bien como para no condicionar mi comportamiento fingiendo que el alcohol no existe.

—No. Vendrá su novio a recogerla.

Noto un cosquilleo de resentimiento. Hugh está pensando en sacar más vino, pero yo no puedo ni probarlo. Lo acepto y lo dejo correr. Saca del armario el paquete de café en grano y coge unas cucharadas.

—¿Cómo dijiste que se conocieron ella y Kate?

Se lo cuento.

—Estudiaron juntas. Perdieron el contacto durante una temporada, pero luego lo retomaron.

Me doy cuenta vagamente de que estoy pensando en Kate, hablo de ella, y no me duele. Me parece que es porque Anna está aquí. Me está resultando más fácil, siempre y cuando piense en la vida de Kate, no en su muerte.

Saco la crema de la nevera. Hugh acaba de preparar el café y llamo a Connor para pedirle que coja tazas y platillos de postre. Acude casi al instante y entre los tres llevamos todo al comedor y lo disponemos sobre la mesa. La unidad familiar me agrada; en cierto modo me decepciona que Anna no esté presente para verlo. Le pego un grito y le pregunto si por arriba va todo bien. Contesta que sí, que baja enseguida, y cuando aparece deja el móvil en la mesa con una sonrisa avergonzada.

—Lo siento. Ha llamado Ryan. —De pronto la embarga una felicidad radiante—. Viene de camino.

—Tendría que venir a cenar —dice Hugh—. ¿Cuánto tiempo va a quedarse?

—No estoy segura. Hasta la semana que viene o así.

—¿Y tú cuándo regresas? —pregunta Hugh.

—El sábado. —Se vuelve hacia mí—. Por cierto, ¿te apetece quedar para comer el sábado? ¿Antes de que coja el tren?

Le digo que sería estupendo.

—De acuerdo, si estás segura.

Le digo que sí.

—Tienes que decirle a Ryan que entre a tomar a algo —le advierto.

—Ah, no —empieza—. No se me ocurriría…

—Bobadas —dice Hugh—. ¡Invítale a pasar!

Se vuelve hacia mí, y convengo:

—¡Claro!

Anna parece aliviada. Le pongo un café. Connor pide permiso y sube a su cuarto. Hablamos un poco más, tomamos nuestras bebidas, pero la velada está tocando a su fin. Tras quince minutos más de charla, oímos aparcar un coche delante de la casa. Suena un portazo, se oye el bip-bip de la alarma, y un momento después pasos por el sendero de acceso y el timbre. Miro a Anna, que dice: «¡Llega temprano!». Parece electrizada, como una niña a la espera de que el cartero le traiga las tarjetas de cumpleaños, y yo también siento una emoción curiosa; tengo ganas de conocer a esa persona, ese hombre que ha despertado en Anna una felicidad tan sencilla y transparente. Que la ha ayudado a llorar a Kate y pasar página.

Me levanto.

—Voy a decirle que pase.

Salgo al recibidor. Me arreglo un poco el pelo, me aliso la blusa por delante, abro la puerta.

Es Lukas.

Retrocedo un paso. Es como si me hubieran dado un puñetazo; la sensación es física e intensa, me arde la piel por efecto de la adrenalina, una acometida tan intensa como si alguien me hubiera clavado una aguja. No puedo apartar los ojos de él. Mi cuerpo reacciona, se me tensan los músculos para pelear o huir. Es el recuerdo de su agresión, marcado a fuego en mi cuerpo. Veo que ladea la cabeza, muy levemente, y sonríe.

—Debes de ser Julia. —Habla con claridad, su voz suena alta, lo bastante alta para que se oiga en la otra habitación.

Se me dispara la cabeza. El pánico y el dolor están volviendo, una oleada tras otra. Aguanta, me digo. Aguanta. Pero no puedo. Por un momento creo que es un juego, otro juego enfermizo. Es como si supiera que acabo de eliminar mi perfil, de decidir que no volveré a llamarle nunca. Es como si me estuviera demostrando que no depende de mí cuándo dejarlo correr.

Tengo la sensación de estar cayendo, la habitación a mi espalda se inclina y da vueltas.

—¿Qué haces aquí? —digo entre dientes, pero no contesta. Me doy cuenta de que estoy aferrada a la jamba de la puerta. Tiemblo.

La sonrisa no ha desaparecido de su rostro.

—Bueno, ¿no vas a dejarme entrar?

Desvío la mirada, la bajo al suelo. Pienso en Hugh, en la habitación de al lado. Anna, que espera a Ryan.

Connor, arriba.

Vuelvo a levantar la vista, de modo que nos miramos a los ojos.

—¿Qué coño haces aquí? —susurro.

No contesta, sencillamente se queda ahí plantado, sonriendo. Abro la boca para hablar, para preguntárselo de nuevo, por tercera vez, pero entonces mira por encima de mi hombro y todo cambia. Es como si hubieran pulsado un interruptor; su rostro se transforma en una sonrisa radiante y empieza a charlar. Toma mi mano en la suya, la estrecha, como si acabara de conocerme.

—¿Qué…? —empiezo, pero un instante después me doy cuenta de que tengo a Anna justo detrás.

—¡Cariño! —dice, y pienso que me lo dice a mí, pero entonces llega al umbral, junto a Lukas, y él se vuelve hacia ella, la rodea con los brazos y la besa.

Solo es un momento, pero me parece eterno, y cuando han acabado Anna se vuelve hacia mí.

—Julia —sonríe—. Te presento a Ryan.

Me sepulta otra oleada. Se me sonrojan las mejillas; tengo mucho calor. El pasillo se aleja; de algún modo la música que Connor escucha arriba parece asordinada y ensordecedora al mismo tiempo, como si la oyera a todo volumen pero me llegara a través de un ambiente viciado. Siento que me voy a desmayar. Alargo la mano —al pomo de la puerta, a lo que sea—, pero no acierto.

—¿Cielo? —dice Anna—. ¿Te encuentras bien?

Procuro serenarme.

—Sí. Es solo que…, no sé. Me noto un poco indispuesta…

—Estás un poco colorada… —señala Lukas, pero lo interrumpo.

—No es nada. De verdad.

Y un instante después vuelve a cambiar la dinámica de la habitación. Hugh ha aparecido y veo que se acerca a saludar. Sonríe, estrecha la mano de Lukas y dice:

—Ryan, ¿verdad? —Se alegra de verle, de darle la bienvenida a nuestra casa—. Encantado de conocerte —dice, y—: ¿Qué tal estás?

Parecen dos colegas, dos viejos amigos. Se me cierra el estómago. Mi marido y mi amante. Juntos.

—Bien —contesta Lukas—. Bien. Aunque me preocupa un poco Julia.

Hugh se vuelve hacia mí.

—¿Estás bien, cariño?

—Sí —contesto, aunque no lo estoy.

La habitación ha dejado de darme vueltas, pero sigo temblando, presa de una ansiedad tan intensa que temo no poder controlarla.

—No sé qué me ha ocurrido.

—Bueno —dice Hugh—, por lo menos pasa, Ryan. Pasa.

Lukas le da las gracias. Entramos en la sala formando una extraña comitiva. Hugh invita a Lukas a sentarse en el sofá, Anna se sienta a su lado, le coge la mano. Hugh le ofrece una copa, pero él niega con la cabeza y dice que tiene que conducir. Lo veo todo a través de una vaporosa pantalla de miedo, como si esta escena de amable normalidad que ya no tiene nada que ver conmigo ocurriera en otra parte, a otra gente. Muda, acepto la bebida que me alcanza Hugh: un vaso de agua.

—Toma. Te sentirás mejor.

—¿Seguro que estás bien? —dice Anna.

Tomo un sorbo, asiento y digo que sí, y entonces Lukas se vuelve hacia mí.

—Cómo me alegro de conocerte. Me han hablado mucho de ti.

Sonrío tímidamente.

—Y a mí de ti.

Lo miro mientras me lo agradece y luego le coge la mano a Anna y se la aprieta.

—¿Te ha contado Anna lo nuestro?

Le acaricia la mano mirándola a los ojos con una expresión que reconozco, una expresión de amor, de pura adoración.

—Sí. Sí, ¡es maravilloso!

—¡Lo es! —dice Hugh. Ha adoptado su faceta encantadora, se está esforzando por impresionar—. ¿Seguro que no quieres una copa? ¿Solo una?

Lukas guarda silencio un momento y luego asiente.

—Venga, va. ¿Por qué no? Con una no rebasaré el límite. Solo un trago. ¿Seguro que no os importa que me haya dejado caer por aquí así?

—Qué va —dice Hugh. Se acerca al mueble bar y saca las botellas de whisky, vodka y ginebra—. ¿Qué quieres?

Lukas escoge el whisky de malta, algo que no le he visto beber nunca.

Hugh le prepara la copa. Lukas se vuelve hacia mí.

—Anna me ha dicho que eres fotógrafa…

Tiene el semblante despejado, ladea la cabeza como si le interesase de veras.

Desvío la mirada hacia Anna y la fijo de nuevo en él. No alcanzo a entender qué hace, si debería decir algo, decírselo a Anna ahora mismo. Supongo que me encuentro en estado de shock, aunque noto una suerte de distanciamiento extraño. Tengo que encontrar una explicación. Todo este tiempo, mientras creía que estaba teniendo una aventura, él ya estaba saliendo con la mejor amiga de mi hermana. He sido traicionada por completo. La aventura era yo.

Pero se conocieron antes de que Kate fuera asesinada, pienso, así que ¿por qué me escogió a mí? No puede ser una coincidencia. De serlo, se habría llevado un susto cuando le he abierto la puerta. «¡Julia! —habría dicho—. ¿Qué haces aquí? ¿Dónde está Anna?» Y entonces supongo que yo le habría dicho de qué conocía a su prometida y habríamos acordado ser discretos, no decir nada. Estaría intentando largarse de aquí lo antes posible, en vez de aceptar la copa que Hugh le ha ofrecido, en vez de disponerse a charlar largo y tendido, en vez de hacer preguntas cuya respuesta ya sabe.

Me doy cuenta de que todos me miran con expectación. La sala está en silencio, el aire es denso y demasiado cálido. Me han hecho una pregunta y tengo que contestar.

—Sí. Sí. Así es.

Desvío la mirada hacia Hugh. Una palabra, no haría falta más. ¿Es lo que quiere? ¿Que Hugh y yo rompamos, detonar la bomba que he colocado debajo de mi familia?

—Parece muy interesante.

Se adelante un poco. Parece fascinado de veras. Absorto. Me pregunta qué clase de fotos hago, y aunque el dolor y la ansiedad son casi físicos, aunque ya ha visto mis fotografías, aunque hemos yacido juntos en una cama mirando mis trabajos, se lo cuento.

Asiente, y poco después dice:

—Por cierto, lamento mucho lo de tu hermana.

Qué cabrón, pienso. Cómo lo estás disfrutando, joder.

Asiento. Sonrío, pero tengo los ojos entornados.

—Gracias —digo.

Tengo que recordarme que él no mató a Kate, aunque ahora mismo no lo aborrecería más si la hubiera matado.

Me mira de hito en hito.

—No llegué a conocerla. Lamento mucho qué… pasara a mejor vida.

Entonces me sobreviene la ira. No lo puedo evitar, aunque lo último que quiero es que vea cómo me afecta.

—No pasó a mejor vida. La asesinaron.

Ya lo sabes, pienso. Lo escudriño en busca de algún indicio de remordimiento, de tristeza, incluso de maldad, pero no lo hay. Se me pasa por la cabeza que me gustaría que se riera, así podría detestarlo sin tenerle miedo, pero no hace nada. Nada en absoluto. Ni siquiera sus ojos revelan el menor indicio de que nos conocemos; ahora mismo parece su hermano gemelo.

En la sala se respira un aire muy tenso. Soy consciente de que he levantado la voz. Me muestro desafiante. Le estoy retando a que diga algo. Hugh columpia la mirada entre él y yo. El momento se estira; el único sonido viene del cuarto de Connor, arriba.

La tensión se hace más intensa y luego se disipa de golpe. Lukas mueve la cabeza.

—Ay, Dios, te he ofendido. Lo siento muchísimo. Nunca sé qué decir en estas situaciones…

No le hago caso. Soy consciente de que Hugh está incómodo y quiere que diga algo, pero no lo hago. Le sostengo la mirada a Lukas. Anna desvía la vista de él a mí. Está a la expectativa, y un momento después cedo.

—No pasa nada. Nadie sabe qué decir. No hay nada que decir.

Se encoge de hombros. Me mira fijamente. Hugh y Anna están ahí, observando. Creo que lo pueden ver. Claro que sí. ¿Está loco? ¿Quiere que vean lo que está pasando?

O quizá le trae sin cuidado. Estamos enzarzados, saltan chispas furiosas entre nosotros. Los dos somos ajenos a nuestras parejas, no tienen importancia, están relegados a la condición de espectadores. Somos potasio en el agua, ácido sobre la piel. Podríamos abrasarnos mutuamente, destrozarlo todo casi sin darnos cuenta, sin darle apenas importancia.

Abro la boca para decir algo —aún no sé qué—, pero entonces Hugh habla.

—Recuérdame a qué te dedicas, Ryan. —Es un intento de aliviar la tensión, y por un momento Lukas se queda inmóvil.

—Ryan está en el mundo del arte —dice Anna, y Lukas se vuelve para cogerle la mano.

—Tengo una empresa de producción digital.

No es lo que me dijo a mí.

Hugh asiente.

—¿Con base en París?

—Sí. Llevo casi cinco años allí. Aunque viajo bastante.

Me miro las manos, recogidas sobre el regazo. A cada respuesta vuelvo a entenderlo; era a mí a quien mentía desde el principio, no a Anna. No a su prometida, la mujer a la que ha estado viendo varias veces a la semana. Levanto la vista. No puedo evitar acordarme de la última noche, en la habitación del hotel, cuando llegó David. Aún siento sus manos sobre mí.

Y ahora ha venido a por más. No lo soporto. Me he puesto en pie sin ni siquiera darme cuenta. Pero ¿qué puedo hacer? ¿Qué puedo decir? Anna está a punto de casarse con este hombre, y a todas luces no tiene ni idea de lo que ha estado pasando. Abro la boca, la cierro de nuevo. La cabeza me da vueltas.

Y entonces, de repente, noto que me derrumbo hacia dentro. Es como si desapareciera y quedara reducida a nada.

—¡Julia! —exclama Hugh—. ¿Estás bien?

—Sí. Disculpadme —consigo decir, y luego subo escaleras arriba al cuarto de baño.

A mi regreso, Anna me pregunta si estoy bien.

—Sí. Bien.

Lukas apura la copa y luego la deja en la mesita de centro.

—Deberíamos irnos —dice. Se vuelve hacia mí—. Pensábamos ir a Soho. Igual a un bar de jazz que se llama Ronnie Scott's. ¿Lo conocéis? —Los dos se vuelven hacia mí—. Tendríais que venir.

Digo que no. Estoy aturdida. Lo único que quiero es que esto acabe.

—Id vosotros si queréis —dice Hugh—. Yo estoy muy cansado…

Noto una oleada de remordimiento al imaginar a los dos allí. ¿Qué le he hecho a mi amiga? ¿Qué puede ocurrir todavía?

—No. Es tarde. Mejor me acuesto.

—Anda, venga —insiste Anna—. ¡Será divertido!

—De verdad que no me importa, cariño —dice Hugh.

—¡No! —Me sale un poco más áspero de lo que era mi intención, luego me vuelvo hacia Anna y adopto un tono de voz más suave—. De verdad. Id vosotros.

Se levantan y salimos todos al pasillo. Anna se vuelve y me sonríe.

—Bueno… —Tiende las manos, y avanzo para que me abrace mientras Hugh y Lukas se dan un apretón—. ¡Ha sido todo tan rápido! —dice Anna. Se ha dado cuenta de que algo va mal—. Prométeme que irás a verme pronto. ¡Lleva a Connor!

¡Prométemelo! Y tengo que ponerte al tanto de la boda, en cuanto empecemos a hacer planes. Vendréis, ¿verdad?

Miro a Lukas. Sonríe, espera mi respuesta.

—Claro que sí. Te veré el sábado, de todos modos. Pero ya te llamaré antes. Pronto. Luego. ¿De acuerdo?

Me suelta. Siento deseos de aferrarme a ella, decirle que tenga cuidado, advertirla, pero no quiero asustarla. En cualquier caso, Lukas se acerca.

—Bueno. Ha sido estupendo conocerte. Perdona lo de antes. No tenía intención de molestarte.

Por un brevísimo instante creo que está hablando de la agresión, pero luego me doy cuenta de que se refiere a Kate.

—No estoy molesta. —Tiendo la mano. Lo último que quiero es que me toque, pero no estaría bien eludirlo de una manera tan evidente—. Lo mismo digo.

Toma mi mano y me acerca a él; me doy cuenta de que tiene intención de abrazarme, como si hubiéramos congeniado, como si ahora fuéramos amigos íntimos. No quiero sentirlo, notar su cuerpo, y me resisto. Pero es fuerte. Me abraza con firmeza y me besa. Primero en una mejilla y luego en la otra. Noto los músculos de su pecho; pese a todo, no puedo evitar un levísimo aleteo de deseo. Me abraza un momento y me quedo de piedra. Me siento vacía, ahuecada. Soy consciente de que Anna y Hugh se están despidiendo por su lado, se ríen de algo, ajenos a lo que ocurre.

Me susurra al oído:

—Si se lo dices, te mataré.

Me quedo fría, paralizada, pero un instante después me suelta. Me sonríe de nuevo y luego coge a Anna de la mano y me aprieta el brazo.

—¡Ha sido estupendo conoceros! —dice, y luego los dos dan media vuelta y, con otra ráfaga de sonrisas y adioses con la mano, Hugh y yo nos quedamos solos.

26

Cierro la puerta. Oigo los pasos de Lukas y Anna al alejarse por el sendero hacia la calle, y luego los oigo reír. Parecen tan felices, tan a gusto con una vida que viven en común… Casi podría creer que Ryan es en realidad quien dice ser, que la última media hora me la he imaginado. Casi podría convencerme de que mi aventura con Lukas es cosa del pasado, que el compromiso de Anna es muy reciente y no hay ninguna relación entre lo uno y lo otro.

Pero sí la hay. Sus últimas palabras siguen resonando en mis oídos.

Me vuelvo hacia Hugh. Está a mi espalda, donde se ha despedido de los invitados. No se ha movido.

—¿Qué demonios te ha pasado? —Habla en voz queda, para que solo lo oiga yo, pero su tono es de estar furioso.

No puedo contárselo. No puedo permitirme que sospeche.

—No sé a qué te refieres.

Voy al salón y me sigue.

—¿A qué ha venido todo eso?

Cojo una bandeja, un vaso.

—¿Qué?

—Sé que molesta que la gente diga que «pasó a mejor vida», pero los eufemismos son bastante habituales, ya lo sabes. Los oímos constantemente. No tenía mala intención.

Ni siquiera estoy en posición de empezar a contarle la verdad.

—Es que…, es que estoy harta. ¿Sabes? No ha pasado a mejor vida, no ha ido a un lugar mejor. La asesinaron. Ese tipo le golpeó la cabeza, con Dios sabe qué, hasta que le abrió el cráneo y se desangró hasta morir en el suelo de una callejuela en…, en… la puta ciudad de París.

Da un paso hacia mí. Veo que intenta calmarse, mostrarse conciliador.

—Querida, sé que estás enfadada, pero esa no era razón para desquitarte con nuestro invitado. Y piensa en Connor…

—Hugh. ¡Por el amor de Dios!

Estoy temblando, se da cuenta de lo afectada que estoy; no quiero que sospeche siquiera de qué se trata. No quiero que lo relacione con mi comportamiento en el recibidor al llegar Lukas.

Respiro hondo, cierro los ojos. Procuro distanciarme de mi ira.

—Mira, lo siento.

Sonríe, pero es una sonrisa triste.

—No estás bien, Julia.

Ya sé por dónde va.

—¡No empieces, Hugh! —Me encaro con él, temblorosa de ira, con el corazón latiéndome como si estuviera a punto de explotar.

—Yo solo… —empieza, pero me doy la vuelta, salgo de la sala con un portazo y subo las escaleras a paso furioso. Sé que Connor lo oirá, pero ahora mismo me da igual; ya ni siquiera soy capaz de tener en cuenta a mi hijo.

Entro en el dormitorio y cierro la puerta. Me quedo quieta, paralizada. No sé qué hacer. Oigo que me sigue y se queda en lo alto de las escaleras.

Tengo que avisar a Anna. Aunque acabe eso con nuestra amistad. No me queda alternativa.

—¿Julia?

—¡Estoy bien! —grito—. Déjame un momento. Por favor.

Vuelvo a pensar en lo que ha dicho. «Te mataré.» Noto las magulladuras en la espalda, los brazos, los muslos; empiezan a dolerme de nuevo, como si fueran recientes. Recuerdo lo que me hizo en el hotel, cómo me sentí. Me siento utilizada; utilizada y desechada.

Pero ¿matarme? No puede haberlo dicho en serio.

Oigo que Hugh se retira. Procuro tranquilizarme. Me digo que el asesino de Kate está detenido, pero aun así la idea sigue rondándome la cabeza. Fue él. Han cometido un error. Tienen al hombre equivocado.

Mi cabeza se niega a calmarse, se niega a ser racional. Esto es lo que me ha hecho Lukas. Hasta aquí me ha hecho caer. Rehúso hasta el último ápice de sentido común.

El corazón me aporrea el pecho. Recuerdo que me conecté a facebook y busqué su página. Fui hasta unas fotos suyas en Australia, en Sidney, delante del Uluru. Las fechas coincidían. Entré en los perfiles de sus amigos, los que le acompañaban, y vi que habían colgado más fotos de esas vacaciones. Una de él en una playa, otra en la que hacía surf, otra más en la que se zambullía desde un barco para bucear con tubo. Las pruebas estaban allí.

Si tuvo algo que ver con la muerte de Kate, entonces la mitad de sus amigos están implicados.

Noto que vuelvo a respirar con normalidad. No es un asesino, solo es un tipo despreciable. Me mete miedo porque sabe que mi hermana fue asesinada. Igual es su venganza por haber acabado con lo nuestro, por haberlo plantado. Cómo debe de odiarme.

Tiene que haber una manera de poner a mi amiga sobre aviso. Cojo el móvil de la mesilla de noche y desplazo la pantalla rápidamente hasta el nombre de Anna. Pulso llamar sin darle más vueltas; no pienso mientras suena, pero pasa directo al buzón de voz. Es como si lo hubiera silenciado, y me pregunto qué estarán haciendo. Igual han pasado del Ronnie Scott's, o el sitio al que pensaban ir, y van de regreso al hotel.

Me los imagino. Anna estará debajo de él, besándole mientras la penetra, pasándole los dedos por los músculos de la espalda.

O igual está encogida de miedo, aterrada, con un moretón que ya empieza a asomar.

Siento náuseas y trago saliva para contenerlas. He de creer que la quiere. He de creerlo. Su relación es auténtica; no es más que un tipo que vio una foto mía —quizá la que me hizo Anna cuando fui a París— y decidió que me deseaba.

Imagino la conversación. Anna le cuenta que me conoció y le enseña la foto. «Es muy simpática», comenta, y él coincide. Y luego vino a por mí, y yo estaba más que dispuesta a dejarle que se acostara conmigo.

Tiene que ser eso. No le hará daño.

Pero entonces vuelven a aflorar mis recuerdos. La alfombra bajo mi cuerpo en la habitación del hotel, las quemaduras en mis muñecas. Sé de lo que es capaz. Tengo que avisarle. Tiene que saber antes de casarse que Lukas está dispuesto a hacer algo semejante.

Cojo el móvil de nuevo. Esta vez dejo un mensaje. «Llámame.» Procuro controlar la voz, fingir que no estoy nerviosa, no estoy asustada. «Es urgente —añado—. Tengo que hablar contigo de una cosa. —Bajo la voz, aunque Hugh sigue abajo y seguramente no me oye—. Es sobre el hombre con el que me veía. Sobre Lukas. —Me estremezco al decir su nombre—. Llámame, por favor.»

Vuelvo a dejar el teléfono. Saco el ordenador del bolso y voy a la papelera con mano trémula. El archivo que eliminé el otro día sigue ahí, los mensajes que había guardado. Abro varios, como para cerciorarme de que estoy en lo cierto. Dijo que vivía en Cambridge. No mencionó que tuviera novia, y mucho menos prometida.

Decido imprimir uno, solo por si tengo que convencer a Anna, pero la impresora está en el despacho de Hugh. Cojo el portátil y voy allí, enciendo la luz y apenas reparo en el papeleo que empieza a haber por el suelo desde que Hugh está pendiente de la amenaza que supone esa demanda. Escojo un mensaje y lo imprimo. Sobre el papel, resulta sólido, irrefutable. «Solo te deseo a ti, a nadie más —pone—. Estamos hechos el uno para el otro.»

Aun así, eso lo único que demuestra es que he estado cruzando mensajes con alguien llamado Lukas, y eso Anna ya lo sabe. Ojalá tuviera una foto, una de los dos, pero no. He borrado alguna que hice, por miedo a que Hugh las encontrara.

Doblo la hoja y la guardo en el bolso, y luego miro el móvil. No ha llamado, y sé lo que tengo que hacer. Vuelvo a bajar. Hugh está en la cocina, cargando el lavavajillas.

—Voy a salir.

—¿Qué? ¿Adónde?

Procuro sonar tranquila, despreocupada, aunque siento todo lo contrario.

—Al final me voy con Anna y Ryan. Al bar de jazz.

—¿Estás segura?

—Sí. Me siento fatal por haber reaccionado de esa manera tan exagerada. Quiero disculparme. Además, igual me lo paso bien. Y Anna tiene razón. No la veo muy a menudo.

Parece perplejo, aturdido. Durante un momento terrible temo que sugiera acompañarme, pero luego me acuerdo de Connor.

—No volveré tarde. ¿Te ocuparás de que Connor se vaya a la cama?

—Claro.

Coge otro plato.

—Mañana tiene clase.

—Lo sé. Vete. Pásalo bien. ¿Te llevas el coche?

Sé por qué lo pregunta. Quiere tener la seguridad de que no cometeré un desliz y beberé. No tiene por qué preocuparse; no pienso ir al Ronnie Scott's. No puedo correr el riesgo de una confrontación en un bar ruidoso, lleno de desconocidos. Lo que haré es esperar delante del hotel de Anna.

—Sí —digo—. Y deja eso, ¿quieres? Ya recogeré el resto de la cena por la mañana.

Asiente.

—De acuerdo.

Voy directa al hotel. Al llegar aparco el coche y vuelvo a llamar a Anna: sigo sin obtener respuesta; vuelve a salir el buzón de voz. Golpeo el volante. Voy a tener que entrar.

El vestíbulo es grande, impresionante, pero apenas me fijo. Voy al bar y me siento en un mullido sofá de cuero, cerca de la puerta. A través del tabique de vidrio se ve la entrada principal. No pueden acceder sin que los vea.

Se acerca un camarero y me pregunta si quiero tomar algo. «Agua mineral», digo, y asiente, como si lo hubiera sabido desde el primer momento. Vuelve a la barra y repite lo que he pedido en un susurro al tiempo que mira por encima del hombro hacia donde estoy sentada.

Me traen el agua con un cuenco de galletas saladas. El camarero titubea un momento, tapándome la vista de la entrada, y se inclina hacia mí.

—¿Espera a alguien? —dice mientras limpia la mesa antes de dejar la bebida y colocar el tentempié y las servilletas. Intenta mostrarse despreocupado, pero hay un matiz de desaprobación en la pregunta.

—Sí —contesto. La voz se me quiebra por los nervios—. Sí, espero a alguien —digo, firme.

—Muy bien. —Tengo la impresión de que no me cree—. ¿Un huésped?

—Sí. Se aloja aquí. —El camarero no se mueve—. Acaba de prometerse. De hecho, ¿puede traer una botella de champán? Una sorpresa, para cuando llegue. ¿Con dos copas?

Asiente y se yergue.

—Muy bien.

Se da media vuelta para irse. Cuando miro de nuevo hacia el vestíbulo veo a Anna. Debe de haber llegado mientras yo hablaba con el camarero. En cierto modo parece diferente, más triste y seria que cuando se fue de casa hace una hora o así, y tardo un instante en reconocerla. Empiezo a levantarme, pero ya va camino del ascensor. Podría gritarle, pero la puerta que nos separa está cerrada y no me oiría. Aun así, me animo un poco —por un momento la suerte me sonríe: está sola—, pero luego se me cae el alma a los pies. Lukas va unos pasos por detrás de ella. Me quedo paralizada y observo cómo se detiene y cede el paso a una pareja. Cuando me pongo otra vez en movimiento, me doy cuenta de que voy a llegar tarde.

—Mierda.

Las puertas del ascensor están a punto de cerrarse, pero entonces Anna me ve, por encima del hombro de su prometido. Se me queda mirando, parece desconcertada, pero antes de que pueda sonreírle siquiera las puertas del ascensor se cierran y la pierdo de vista.

Salgo del bar hacia el vestíbulo. Voy a paso ligero hasta el ascensor, pero ya está subiendo. Mientras maldigo en silencio, veo que se detiene en la tercera planta, la quinta y la sexta; no tengo manera de saber cuál es la suya, y mucho menos en qué habitación están. Cuando empieza a bajar de nuevo, doy media vuelta y regreso a donde estaba sentada buscando el móvil, imaginando su conversación.

«He visto a Julia en el vestíbulo, estoy segura», habrá dicho ella. «¿Qué estará haciendo aquí?»

«No», responderá él. «No era ella.»

Llegarán a la habitación.

«Ven aquí…», dirá él, y la besará, la desnudará, tal como hacía conmigo. Ella notará que su cuerpo se rinde a él. Sus manos, sus bocas, se buscarán mutuamente. La polla ya se le habrá puesto dura cuando ella empiece a desabrocharle la braqueta.

Aparto la imagen. Tengo que centrarme. El móvil ya suena cuando lo encuentro, y contesto de inmediato. Es Anna.

—¿Eras tú? ¿Abajo?

Suena contenta, relajada, aunque sorprendida. Alcanzo a oír a Lukas al fondo. Parece que está preparando algo de beber.

—Sí.

—Me ha parecido verte al entrar. ¿Va todo bien?

—Sí. —Me doy cuenta de que no tiene sentido fingir—. En realidad, no. Oye, tengo que verte. He intentado llamarte. He dejado un mensaje. Ya te lo explicaré. ¿Puedes bajar?

Suena vacilante, intrigada.

—¿Por qué no subes tú?

—No. No, baja, por favor.

Pienso en el correo impreso que he traído. No quiero enseñárselo, pero es posible que tenga que hacerlo. ¿Me creerá? Sin duda tendrá que creerme, pero aun así preferiría no tener que hacerle eso.

—¿Está Hugh contigo? —pregunta.

—Se ha quedado en casa. Por favor, baja. Déjame que te lo explique, por favor.

Oigo que cubre el micrófono del móvil y habla con Lukas. Es evidente lo que dirá él.

—¡Anna! —insisto—. Anna…

Unos instantes después contesta.

—Bajamos en un par de minutos.

—¡No! —procuro controlar la voz, pero aun así debo de sonar desesperada, presa del pánico—. No. Es mejor…, ¿puedes bajar sola? Por favor…

Titubea.

—Dame unos minutos.

Aunque es tarde, se ha puesto unos pantalones, jersey y zapatillas de deporte. Ahora el bar está menos concurrido; los pocos clientes que quedan están terminando la última antes de subir a sus habitaciones. La botella de champán en la mesita parece fuera de lugar.

—¡Julia! —dice una vez nos hemos besado—. ¿Va todo bien? ¡Qué preocupada pareces! —Baja el tono de voz—. ¿Va todo bien con Hugh?

—Sí. —Miro por encima de su hombro; no hay nadie aparte del camarero, que recoge vasos mientras da un repaso a la recién llegada. Nos sentamos.

—Bien. Me preocupaba que hubiera pasado algo. O, ya sabes, que Hugh se hubiera enterado de lo de ese hombre.

Dice las dos últimas palabras moviendo mudamente los labios, como si creyera que hay espías por todas partes, dispuestos a informar.

—No, no es eso —digo—. No tiene nada que ver.

—¡Bien!

Levanta la copa. Asiento. La mía sigue vacía.

—¿Qué ocurre?

—¿Has oído el mensaje que te he dejado en el móvil?

Niega con la cabeza.

No puedo hablar. No quiero decírselo. No quiero destrozar su felicidad, aunque se base en mentiras. Pero entonces pienso en todo lo que me hizo Lukas, las cosas que le pedí, y las que no. No puedo fallarle del mismo modo que, como sé en lo más hondo, fallé a mi hermana. No puedo dejarla en la estacada solo para ahorrarme una conversación difícil.

—Se trata de Ryan.

—¿Ryan?

—Escucha. —Le cojo la mano. Me digo que es lo que habría hecho Kate—. No quiero que creas que estoy…, ya sabes, celosa…

—¿Celosa? ¡Eso no tiene ningún sentido!

—De Ryan y de ti, quiero decir.

—¿Por qué ibas a estar celosa? ¿De qué va todo esto, Julia?

Titubeo. Busco las palabras adecuadas, pero parecen fuera de mi alcance.

—Es que…

—¿Qué?

—¿Sabes si puedes confiar en él?

—¡Claro! ¿Por qué?

—Es que no hace mucho que lo conoces, y…

Suena mezquino, flojo, y sé que he dicho lo menos indicado. Veo que la expresión de Anna pasa a ser de enfado.

—Lo conozco desde hace lo suficiente —asegura—. ¿De qué va esto, Julia? ¡No me esperaba esto de ti, precisamente!

Respiro hondo. Empiezo a hablar.

—Me parece que no es quien dice ser —comienzo. Cierro los ojos—. Lo siento…

—¿Qué? —Parece conmocionada—. ¿Qué demonios estás diciendo? ¿A qué te refieres?

Voy con cuidado. Tiene que dilucidarlo por sí misma. Tiene que darse cuenta de que el hombre a quien llama Ryan miente acerca del lugar adonde va todas las semanas.

—¿Qué hace? ¿Los martes?

—Va a trabajar…

—¿En París?

—Depende. Viaja mucho.

—¿Londres?

—A veces… ¿De qué va esto, Julia?

—El caso es… —digo, pero me interrumpo.

La atmósfera del salón ha cambiado, la puerta del bar al abrirse ha dejado entrar una corriente de aire fresco. Por encima del hombro de Anna veo a Lukas, que escudriña la sala buscándonos. Parece la mar de tranquilo.

—¡Mierda!

—¿Qué? —Mira por encima del hombro—. ¡Ah, hola! —le llama por entre las pocas mesas que los separan, y cuando él la ve ella saluda con un gesto.

Le cojo la mano.

—Escucha. —Hablo deprisa, tengo que soltarlo antes de que se acerque—. No puedes confiar en él, no es quien dice ser. Está viendo a otra. Tienes que creerme...

—¡Julia! —Mueve la cabeza.

Noto una urgencia cada vez más intensa que en cualquier momento puede desembocar en pánico.

—¡Déjalo!

Lo he dicho demasiado alto. El camarero lo ha oído y sin duda Lukas también.

Anna retira la mano y se pone en pie. Me mira con incredulidad. Incredulidad e ira.

—Lo siento... —empiezo, pero un instante después llega Lukas.

—¿Qué pasa?

El rostro de Anna se relaja. Se vuelve para darle un beso y luego me mira.

—Julia estaba a punto de irse. —Sonríe—. ¿Verdad?

—No. Escúchame...

Lukas se adelanta y se sitúa entre Anna y yo. Es como si yo fuera la peligrosa. Parece enfadado, se muestra protector con su futura esposa.

—¿Qué ocurre aquí?

Anna se encara a mí.

—Ya sé de qué va esto. —Suena molesta pero decidida—. Tienes celos. Solo porque tú y Hugh os estáis distanciando y nosotros estamos cada vez más unidos. ¿O tiene que ver con el dinero?

—¿El dinero?

No tengo la menor idea de qué habla.

—Ya sabes que vamos a arreglar lo de la herencia el viernes...

—¿Qué? —Oigo un zumbido en mi mente. No sé nada de eso. Hago memoria, procuro recordar nuestra última conversación—. Anna, no. No tiene nada que ver con eso. El dinero es tuyo. Kate te lo dejó a ti. Quiero que te lo quedes.

—Oye —dice Lukas. Me pone la mano en el brazo y me estremezco—. No sé qué está pasando aquí, pero tenéis que tranquilizaros las dos.

Ahora Anna está furiosa. El personal del bar se ha dado cuenta; un hombre se acerca.

—Oiga —me dice, y luego—: ¿Va todo bien por aquí?

—Sí —contesta Lukas—. Bien. Nada que no podamos solucionar.

Empieza a llevar hacia la puerta a Anna, que me mira con expresión de incredulidad y niega con la cabeza como si fuera incapaz de creer que me haya convertido en semejante persona. Me pregunto qué más está pensando, quizá que Kate tenía razón, que soy la zorra envidiosa que la traicionó, le arrebató a su hijo y no quiso devolvérselo.

—Más vale que te vayas —dice Lukas con firmeza.

Se vuelve hacia mí y al mismo tiempo noto una mano en el brazo. Es el camarero, que me da la vuelta y me acompaña en dirección contraria.

—¡Es Lukas! —grito cuando ya llegan a la puerta, pero Anna mira en otra dirección y el bar cavernoso engulle mi voz.

Los demás clientes me miran —creen que estoy borracha, quiero armar jaleo, soy una ex celosa—, pero no sé si Anna me ha oído. Solo cuando me zafo del camarero que me tiene agarrada y me doy la vuelta para gritar de nuevo veo que ya es demasiado tarde.

Se ha ido.

Pago la cuenta y me marcho. No hay nada más que hacer, y no puedo quedarme después del barullo que he montado. Al llegar al coche abro la ventanilla y enciendo un cigarrillo del paquete que de un tiempo a esta parte guardo en la guantera. Me acuerdo de Hugh —no le gusta que fume en el coche— y pienso que ojalá estuviera con él ahora mismo.

He metido la pata. No sé qué otra cosa podría haber hecho, pero he metido la pata.

Expulso el humo y me retrepo en el asiento de cuero. He aparcado en una bocacalle que sale de Portland Place y veo la entrada del hotel enmarcada en el retrovisor lateral. Aunque ya debe de ser medianoche, sigue entrando y saliendo gente.

Me pregunto si Anna estaba en lo cierto. Igual todo tiene que ver con el dinero de mi hermana, pero no como ella imagina. Quizá Lukas se enteró de la muerte de Kate y empezó a rondarme, pero luego se enteró de que mi hermana le había dejado toda la pasta a su mejor amiga.

Pero no, eso no tiene sentido; no cabe duda de que ya estaba saliendo con Anna antes de que Kate muriera. Estoy de nuevo en la casilla de salida.

Vuelve a tomar forma el mismo pensamiento, el que me ha estado obsesionando. Aumenta, no consigo ahuyentarlo, no lo puedo apartar. Es porque ahora sé que vive en París. Sube a la superficie, inexorable, imparable.

Fue él.

Pero no puede ser. Está lo del pendiente de Kate; han detenido a un hombre. Además, sabemos que la policía investigó a todo el mundo, a todos los contactos de Kate online. Están convencidos. No pudo haber sido él.

Entonces ¿por qué me convirtió en su blanco? ¿O no soy un blanco y… todo fue pura casualidad?

Termino el cigarrillo y lo tiro a la acera por la ventanilla entreabierta. De inmediato siento la necesidad de fumar otro; lucho contra ella, pero parece inútil, vano. Tengo que tranquilizarme. Tengo que aclararme las ideas. Cojo el bolso del asiento del acompañante y empiezo a hurgar dentro.

Ocurre deprisa. No lo veo salir del hotel, no lo oigo acercarse, apenas me doy cuenta de que abre la puerta del coche.

Levanto la vista y ahí está, a mi lado; he pasado de estar sola a no estarlo en un instante. El corazón, de repente aterrorizado, me da un vuelco.

—¿Qué co…? —empiezo, pero se inclina hacia mí.

—¡Sorpresa!

Su exclamación es áspera y no tiene ninguna gracia. Acerca la cara a escasos centímetros de la mía, huele a loción para después del afeitado, la misma a la que estoy acostumbrada. La fragancia a madera —sándalo, creo—, mezclada con otra cosa, algo medicinal. Parece más pálido de como lo recuerdo, sus rasgos más finos. Intento decirme que si lo conociera ahora no me fijaría en él, pero es mentira.

—Lukas —digo con un grito ahogado.

Mi memoria muscular vuelve a entrar en acción; por instinto, me hundo tanto como puedo en el asiento, me alejo de él todo lo posible sin abrir la puerta y echar a correr. Me pregunto si es eso lo que debería hacer. Huir.

—¿Qué quieres?

—Ay, cariño. No seas así… —Su voz suena densa, en absoluto propia de él.

—¿Dónde está Anna? —La imagino arriba, caminando de aquí para allá. Me pregunto si sabe que está conmigo; es posible que le haya dicho que salía un rato a pasear, a airearse.

Sonríe. Es una mueca amarga, resentida.

—Tranquila. No sé qué crees que ocurre, pero te aseguro que estás equivocada en todo. —Hace una pausa—. Anna está arriba —dice—. La he dejado en la ducha. —Sonríe.

Me pregunto si se supone que ese comentario debe parecerme sugerente, sensual. Excitante. ¿Es a eso a lo que juega? Los tres, arriba, desnudos.

—Sabe que estoy aquí. Me ha enviado ella. Lamenta haber perdido los nervios. Quiere que subas y tomes algo con nosotros. Quiere arreglarlo. —Se encoge de hombros—. Bueno, ¿qué te parece?

Quiero creerlo, pero no. ¿Cómo iba a creerlo? Anna piensa que lo he conocido esta noche.

—¿Quién eres? Dime qué quieres.

No me hace el menor caso.

—¿No? Ya me parecía. —Se vuelve—. Mira. Anna ya es mayorcita. Sabe cuidarse sola. No sé por qué quieres interferir.

—¿Interferir?

—Advertirle. Decirle que no soy quien ella cree que soy. Igual soy exactamente quien ella cree, pero no quien tú creías que era. —Se queda pensativo—. Igual eres tú la que no sabe nada de mí. Y no ella. —Se me acerca—. Anna confía en mí, ¿sabes? Me lo cuenta todo…

Pienso en el email impreso que llevo en el bolso. Debería habérselo dado cuando he tenido oportunidad.

—Quizá, de momento… —empiezo, pero se mueve bruscamente. Me coge el brazo y me lo retuerce. Es súbito y brutal. Grito, lanzo un chillido de estupefacción y dolor, y luego me quedo en silencio.

—El caso —susurra sujetándome aún el brazo, clavándome aún los dedos— es que no me gustan las putillas como tú que me fastidian la diversión. Conque voy a decirte lo que va a pasar…

Me retuerce más todavía el brazo. Forcejeo, pero me sujeta. Está usando solo una mano y aun así le resulta fácil. Es como si pudiera romperme el brazo sin apenas esfuerzo, como si fuera eso exactamente lo que quiere hacer. Ahogo otro grito; recuerdo de nuevo sus manos sobre mí, cómo una vez acariciaron la misma piel que ahora grita de dolor.

—Vas a alejarte de mi vida de una puta vez —dice—. Vas a dejar a Anna en paz y no vas a interferir. ¿Lo entiendes?

Reúno todas mis fuerzas. Me vuelvo hacia él; por fin consigo soltar el brazo.

—¿O qué? Te he visto, ya lo sabes. Antes. Al entrar en el ascensor. No me has parecido muy enamorado. No sé qué estás haciendo, pero no se lo merece. No te ha hecho nada. Está convencida de que la quieres.

Noto que su determinación flaquea, solo un poco. Le he tocado la fibra. Pero entonces habla:

—Me da exactamente igual lo que creas haber visto. —Su sonrisa es enfermiza, tenue—. Vas a dejarnos en paz.

Parece tan convencido que me inunda el miedo.

—¿O qué?

—O igual hago mi archivo privado un poquito más público...

No entiendo a qué se refiere, sin embargo me pongo tensa. Es como si mi cuerpo lo hubiera deducido mientras mi mente iba rezagada.

—¿Tu qué...?

—Sí —dice—. Tengo fotos muy interesantes en mi colección. Y vídeos. ¿Quieres verlos?

Tengo la sensación de estar cayendo. Parece totalmente confiado. No soy nadie, nada. Puede destruirme sin tener que esforzarse siquiera.

Niego con la cabeza. Saca el móvil del bolsillo y desplaza varias pantallas.

—Ah. Esta es buena.

Escoge una foto y el resplandor de la pantalla ilumina brevemente el interior del coche en penumbra, luego ladea el móvil para que alcance a ver la imagen. Es una mujer, de cintura para arriba. Está desnuda.

Me lleva un momento darme cuenta de que soy yo.

Dejo escapar un grito ahogado.

—Esto es... —empiezo, pero las palabras se me traban en la boca y no puedo expulsarlas.

—La primera vez... —señala—. La primera vez que conectaste la cámara. ¿Te acuerdas?

Me acuerdo. Estaba en mi estudio, con la puerta cerrada. Orienté la cámara y me puse en pie. Al principio me sentí estúpida, pero luego me metí en la situación hasta el punto de que solo estábamos él y yo; el resto del mundo se había desvanecido.

Me parece una traición absoluta. Ya no puedo seguir mirándola, pero quiero mirarlo a él.

—Lo hiciste…, ¿lo guardaste?

—Me gusta tener un archivo. —Se encoge de hombros, como si nada—. Para cuando me aburro, ya sabes.

—¡Cómo te atreves! —La furia me crece en el pecho, pero va acompañada de algo más. Un nuevo miedo, frío, duro y penetrante. Si tiene esta, pienso, debe de tener más.

Empieza a manipular la pantalla del móvil.

—Tengo muchas más —dice—. Esta, por ejemplo. ¿O esta?

Me enseña una imagen tras otra. Una reposición de los meses pasados, un montaje de los momentos más destacados. Prácticamente todas las veces que me desnudé para él, porque estaba aburrido, o cachondo, y yo lo echaba de menos y quería complacerle. Con cada foto me hundo un poco más, hasta que siento que me ahogo. El agua se cierra sobre mi cabeza, me invade, no puedo respirar.

—Ah, y esta.

Esta es distinta, la tomó en el hotel después del sexo. En la imagen estoy de pie, sonriendo a la cámara; me captó mientras me vestía. Recuerdo ese día. En aquel momento me sentí halagada; quería un recuerdo, algo que dejara memoria de ese día.

Me alegró, sin embargo recuerdo que le pedí que la borrase. «Es que me siento incómoda», dije. Me contestó que era hermosa, que quería una fotografía. «Por favor, Lukas —insistí—. Bórrala, ¿vale?»

Está claro que no la borró. Ahora, al mirarla, estoy horrorizada. Es como una versión mía mirando a la otra. Julia, mirando a Jayne. Creía que podría mantenerlas separadas, en compartimentos, encerradas, pero me equivocaba. Las cosas tienden a escapar.

Me sobreviene otra oleada de desesperación. Nada era real. Se basaba desde el principio en una mentira, un espejismo de amor.

—Bueno, ya te puedes hacer una idea general.

—Qué cabrón... —susurro. Incluso esa palabra me parece del todo insuficiente después de lo que me ha arrebatado.

—Anda, venga. ¡Son unas fotos estupendas! Tú precisamente deberías saberlo. Sería muy egoísta por mi parte no compartirlas... —Vuelve a meter la mano en el bolsillo. Cuando la saca, sostiene un lápiz de memoria. Lo levanta—. Aquí tienes tu copia, por ejemplo. —Me quedo mirándolo, pero no lo cojo—. ¿No? Más vale que te lo quedes. Hay muchas más...

Sonríe y lo deja entre nosotros, en el salpicadero.

—Pero tú sales en la mitad de esas fotos. ¿Por qué ibas a compartirlas?

—Estoy en algunas, sí. Pero no en todas. Y en cualquier caso no tengo un hijo. No estoy casado con un cirujano. Y creo que podría salir bien parado. —Sonríe—. Piénsalo... —Mueve la cabeza al tiempo que chasquea la lengua en señal de desaprobación—. Imagina lo que diría la prensa. ¿El *Mail*? «La esposa de un cirujano de renombre, implicada en un escándalo sexual.» Incluso podría ser un fenómeno viral. ¿Tú que crees?

No contesto. Tiene razón. El futuro se derrumba a cámara lenta. Junto con la demanda contra Hugh, sería demasiado. Veo el escándalo, a nuestros amigos dándonos la espalda. Maria, Carla..., todos sus colegas. Me imagino caminando por la calle, notando la quemazón de las miradas de la gente, sin saber qué habrán visto, qué chismorreos habrán creído.

Ha ganado, pienso, no puedo hacer nada. Tiene a Anna en sus manos, se apoderará del dinero de mi hermana y luego abusará de Anna y la maltratará tal como hizo conmigo.

Pero él no ha terminado.

—También hay que tener en cuenta al jefe de Hugh en el hospital. A sus colegas. No sería bueno para el negocio. Para su reputación. Y el instituto de Connor, los padres. No creo que sea muy difícil conseguir sus direcciones de correo electrónico. Ah —dice como si se le acabara de ocurrir—, ahora que me acuerdo. También hay un montón de páginas porno a las que podría subir estas fotos. «Aficionada calentorra. —Me mira, atento a mi reacción—. Mujer madura se folla a un joven semental.»

Ocurre de repente, inesperadamente. Le doy una bofetada con todas mis fuerzas. Es como si toda la energía que he estado conteniendo hubiera estallado. Quiero patalear, gritar y pelear.

Sin embargo, su única respuesta es reír a media voz, casi entre dientes, y me doy cuenta de que le gusta.

Me mira. Sus ojos carecen de expresión. Me pregunto si es capaz de sentir dolor.

—Bueno, como decía, vas a tener que mantenerte alejada de Anna y de mí.

Noto que empiezo a llorar. Me digo que no voy a dejar que broten las lágrimas, no le voy a dar esa satisfacción, pero me arden detrás de los ojos.

Aun así, al mismo tiempo, casi siento alivio. Cuando se esfuma todo, ya no hay dolor, ya no queda nada que perder.

Mantenerme alejada de Anna y él puede ser difícil, pero es factible.

—Además —dice—, ¿por qué no piensas en el valor que pueden tener para ti estas fotos? Me refiero a que sé que tu hermana le dejó algo de dinero a Anna, pero tengo entendido que tu hijo va a recibir mucho más…

—Qué cabrón —repito.

Se vuelve para abrir la puerta. Da la impresión de que cuando se aleja de mí la temperatura del coche baja y el resto del mundo entra en tromba.

—Más vale que me vaya —dice—. Anna estará preguntándose dónde estamos. Además, supongo que tienes muchas cosas en que pensar. Le diré que seguías disgustada, que querías volver a casa con Connor, o algo por el estilo.

Siento deseos de darme por vencida, de dejarlo ir, pero entonces vuelvo a pensar en Kate y sé lo que tengo que hacer. Soy lo bastante fuerte; si algo he aprendido este año es eso. Soy más fuerte de lo que creo.

—Espera.

Tira de la manilla, pero no se apea. Al contrario, se vuelve.

—¿Qué?

—Anna confía en mí. —Ahora que he tomado la decisión, mi voz suena firme, desafiante—. No te creerá. No si le digo lo que estás haciendo.

Cierra la puerta del coche.

—Dile lo que quieras. La verdad es que Anna empieza a pensar que estás un poco pirada. Enferma. Cree que la muerte de tu hermana te trastocó. Con la vida perfecta que tenías… y ahora… —Se lleva la mano al bolsillo—. Cree que eres un tanto impredecible, que estás un poquito celosa, tal vez. Y eso es verdad, por supuesto, aunque no sabe por qué.

Me remonto a los días que pasé con Anna en París, a todas las conversaciones que hemos mantenido en el transcurso de los meses. Se equivoca.

—Mientes. ¿Qué le…?

—¿Qué le hace pensarlo? Supongo que esto no ayuda…

Levanta la mano entre los dos. Sostiene algo; debía de llevarlo en el bolsillo. Tardo un momento en darme cuenta de que es un cuchillo.

El pánico se apodera de mí. Intento retroceder, pero apenas hay espacio en el coche y no tengo adónde ir. Ocurre en un instante. Me agarra la mano con las suyas, de tal modo que me sujeta con fuerza. El cuchillo queda a la vista, sobresale hacia mí de su mano, aunque parece que es la mía. Forcejeo para liberarme, convencida de que intenta acuchillarme, y entonces empieza a agitar mi mano, a la izquierda, a la derecha, otra vez. Es como si forcejeáramos, como si intentara arrebatarme el cuchillo, aunque es él quien lo blande. Oigo una voz que grita, y al principio creo que viene de fuera del vehículo, pero luego me doy cuenta de que soy yo y que lo veo todo. Es como si estuviera mirando dentro del coche desde la calle. Parece que trato de acuchillarlo mientras él intenta defenderse con las dos manos. Se relaja un momento, y justo cuando creo que está a punto de dejar el cuchillo, lo hace. Con súbita ferocidad se lleva las dos manos a la cara y el cuchillo que sujeta le alcanza la piel de la mejilla.

—¡Joder! —grita, y un instante después mana un borbotón de sangre mate—. Zorra idiota. —Sonríe. Me aparta las manos como si le diera asco y deja caer el cuchillo. Me cae en el regazo y veo que no es más que un cuchillo de cocina, el que utilizo para cortar verdura, no podía hacerle demasiado daño. Pero está afilado, le ha hecho un corte, la sangre empieza a resbalarle por la mejilla—. ¡Me lo has intentado clavar! —Se revuelve, como si quisiera alejarse de mí, y luego sale del coche dando tumbos.

Me he quedado sin habla, atontada. Hay una pareja delante del vehículo, un hombre y una mujer. Miran dentro, intentan ver qué ocurre. La boca se me abre y se me cierra; patético. Veo que la herida que tiene en la mejilla es más que nada un arañazo, pero aun así mana sangre. Ahora le corre por la boca, le resbala barbilla abajo y gotea en la camisa blanca.

Pienso en la reacción de Anna cuando llegue arriba. Para entonces tendrá sangre por todas partes, parecerá una agresión delirante. Parecerá que ha escapado por los pelos y Anna se creerá cualquiera cosa que le diga. Que estoy celosa, loca. Que intento que rompan por rencor, porque no tengo a nadie.

—¿Sigues pensando que va a confiar en ti? —dice, y un instante después se ha ido y estoy sola, aunque hay coches y gente, estoy sola, y lo único que atino a oír es el latir de mi corazón y un perro, muy lejos, que aúlla en la oscuridad.

27

No tengo alternativa. Vuelvo a casa.

Es tarde; la casa está en silencio, en penumbra. Debería ser un lugar seguro, un refugio, pero no me lo parece. Hugh y Connor están arriba, dormidos. Ignoran por completo lo que está ocurriendo, dónde he estado. Estoy separada de mi familia. Separada y sola.

Voy al salón, enciendo una lámpara de mesa y me siento bajo la cálida luz. Doy vueltas y más vueltas entre los dedos al lápiz de memoria. Es tan pequeño, tan frágil... Podría destruirlo fácilmente, aplastarlo de un pisotón, fundirlo con la llama del mechero. Por un momento pienso que lo voy a hacer, pero sé que es inútil. Lo dejo, lo vuelvo a coger.

Voy a por el portátil, lo enciendo, conecto el lápiz. Sé que no debería mirarlo, pero no puedo evitarlo. Tiempo atrás, quizá hace solo unas semanas, aún habría albergado la esperanza de que todo fuera una broma, de que hubiera cargado en el dispositivo una de esas tarjetas virtuales que antes detestaba pero ahora envío por rutina cuando he olvidado el cumpleaños de alguien. Casi habría esperado encontrar el archivo de una viñeta animada. Monos danzantes con mi cara superpuesta cantando una canción. «¡Te lo has tragado!»

Pero ya no. Ya no puedo engañarme a mí misma.

Hay una docena de archivos, más o menos; unos son fotos; otros, vídeos. Me aseguro de que el ordenador está sin sonido y escojo uno al azar.

Es un vídeo. De nosotros dos. En la cama, desnudos. Estoy debajo de él, pero mi cara está encuadrada. Se me reconoce.

Tengo los ojos cerrados, la boca abierta. Me veo ligeramente ridícula. Solo puedo soportarlo un par de segundos. Siento una especie de horror distanciado; distanciado porque podría creer fácilmente que la mujer de la pantalla no tiene nada que ver conmigo, horror porque este acto tan sumamente íntimo está ahí, grabado sin mi conocimiento, conservado para siempre.

El agotamiento me anula. ¿Cómo lo grabó? ¿Utilizó un portátil, con la cámara enfocada hacia la cama? De ser así, me habría dado cuenta, ¿no?

Tal vez fue algo más sofisticado. Una cámara oculta… en una lata de refresco, en el capuchón de un bolígrafo. Sé que se pueden comprar, las he visto incluso en grandes almacenes —John Lewis, Selfridges— mientras curioseaba cámaras de fotos. En aquel momento me pregunté para qué iba a querer nadie un dispositivo semejante. Eran para profesionales, sin duda, detectives privados. Propias del ámbito de James Bond. Supongo que ahora ya lo sé.

Me da un escalofrío. Estos vídeos y fotografías se remontan al comienzo de nuestra aventura; debía de tenerlo todo planeado desde el principio. Me sobreviene una oleada de náuseas. Respiro tan hondo como puedo, respiraciones lentas que no me sirven de nada, y luego cierro de golpe el portátil, arranco el lápiz y lo tiro al otro lado de la sala. Rebota en la pared y cae al suelo, a mis pies, con un repiqueteo.

Me levanto. No puedo dejarlo ahí. Imagino que Connor lo recoge y echa un vistazo. ¿Qué diría? ¿Qué pensaría? Lo cojo y voy arriba. Lo guardo en mi cajón; mañana lo sacaré, lo tiraré al canal o bajo las ruedas de un autobús. Quiero beber algo, y sin embargo es lo último que debería hacer. Una vez empiece ya no podré parar. Lo que hago es darme una ducha, tan caliente como soy capaz de soportar. Aun así, nunca he notado la piel menos viva. Solo cuando el agua casi me escalda empiezo a sentir algo.

Durante los dos días siguientes no consigo dormir. Llamo a Anna una y otra vez, pero no contesta. Tengo los nervios de punta. Cualquier ruido me sobresalta, me pregunto si será Lukas. Me atemoriza cualquier llamada o mensaje, cualquier paquete que llega por correo. No sé qué hacer. Llamo a Adrienne, pero no puedo contarle lo que pasa. Solo le digo que no me encuentro muy bien, que tengo algún virus, hablaré con ella la semana que viene. Dice que estará fuera unos días. Bob la lleva a Florencia.

Decido que acudiré a la cita que tenía para comer con Anna, en su hotel, como acordamos. Igual está él, claro, o igual ella no quiere hablar conmigo, pero no tengo opción. Sea como sea, decido que cortar por lo sano puede ser lo mejor; entonces podría retomar mi vida, concentrarme en Connor y Hugh.

Aun así, no consigo calmarme. Quiero salir de casa, pero no se me ocurre adónde ir. Quiero apagar el móvil, pero no me atrevo por si se me pasa una llamada de Anna. Para el jueves Hugh se ha dado cuenta; me dice que tengo que salir, tengo que hacer algo que me distraiga de lo de Kate. «Has dado un paso atrás», dice. Cree que ha vuelto el dolor, y en cierto modo tiene razón. Está el dolor que conoce, y el dolor que no.

Salgo a cenar con Connor. Pido una hamburguesa en plato y una ensalada, aunque cuando miro la comida de Connor, todo queso medio fundido y patatas refritas, me pregunto por qué me tomo la molestia. Mi vida se está derrumbando, mi aventura está a punto de salir a la luz de la peor manera posible. ¿Por qué me importa el aspecto que tengo, lo que como?

Igual Kate estaba en lo cierto. Come, bebe, fóllate a quien quieras y no te preocupes por las consecuencias.

Y luego muere.

Alargo la mano y le cojo un par de patatas fritas a Connor,

que levanta la mirada del móvil con el ceño fruncido, su rostro una imagen de indignación fingida.

—¡Mamá! —dice, pero se está riendo.

Verlo feliz me proporciona un minúsculo momento de alegría. Me pregunto si es la primera vez desde que le dijimos que habían detenido al asesino de Kate.

Señalo su móvil con un gesto de la cabeza.

—¿Qué haces? —pregunto.

Deja el teléfono en la mesa. Al alcance, boca abajo. Vibra casi de inmediato.

—No es más que facebook. Y tengo una partida de ajedrez en marcha.

—¿Con papá?

—No. A Hugh solo le gusta jugar de verdad.

—¿Hugh? —Por un momento me quedo perpleja.

—Dijo que puedo llamarle así, si quiero. Dijo que no le importa.

A mí sí me importa. Está madurando, pero también se está alejando de nosotros. Lo primero es inevitable, pero, como cualquier padre, me gustaría evitar lo segundo, al menos durante una temporada.

Pero en cierto modo es bueno que me afecte algo así. Después de los horrores de estos últimos días, la preocupación por Anna y las fotos que tiene Lukas en el ordenador, esto es algo trivial que tiene fácil solución. Me parece normal. Cosas de familia.

—A mí no me pidas que te deje llamarme Julia. —Soy mamá, siento deseos de añadir.

—Vale.

Sonrío. Quiero que sepa que lo entiendo, que recuerdo cuando era adolescente; esa ansia desesperada de madurez y responsabilidad. Quiero que sepa que formo parte de su mundo, que le quiero. Le da un buen bocado a la hamburguesa; le chorrea salsa por la barbilla. Se la limpia con el dorso de la mano y le paso una servilleta. No lo puedo evitar. La acepta, pero no la usa. Picoteo la ensalada buscando algo de que hablar.

—¿Qué tal va el fútbol?

—Han vuelto a escogerme para el equipo. Juego el sábado que viene. —Hace una pausa y dice—: ¡Ah! ¿Te lo dije?

Dejo el tenedor. El ruido del restaurante parece de pronto más intenso. Me mira a la expectativa, con las cejas arqueadas, y niego con la cabeza.

Come otro bocado de hamburguesa, unas patatas fritas.

—Bueno… —empieza. Estoy a punto de decirle que por favor acabe de masticar antes de ponerse a hablar, pero algo, una suerte de premonición, me detiene—. ¿Recuerdas cuando fuimos a ver *El planeta de los simios*?

Noto que me pongo tensa.

—Ajá…

Coge la mahonesa.

—Bueno, ¿te acuerdas de aquel tipo raro? ¿El que vino y se sentó justo al lado y luego se largó sin más?

Procuro dar la impresión de que hago el esfuerzo de recordarlo.

—Ah, sí —me oigo decir. No reconozco mi propia voz; suena filtrada, distorsionada, como si viniera de lejos—. Lo había olvidado por completo —añado. Hay algo en mi voz que hace que me suene falsa incluso a mí. Sin embargo, él no parece darse cuenta. Lo miro en silencio, noto que la bilis me sube a la garganta, aguardo a que continúe y él se pone un chorro de mahonesa en el plato y luego coge el ketchup. Mientras habla mezcla las dos salsas en una pasta con vetas de color rosa. Quiero que suelte ya lo que sea que quiere decirme.

—Anoche volví a verlo —dice—. ¿Sabes que fui a la bolera? ¿Con Dylan, Molly y los demás? Bueno, pues allí estaba. En la pista de al lado. —Coge un puñado de patatas y las unta en la salsa rosa—. Al principio me llamó la atención porque estaba solo. Ya sabes, sin hijos ni nada. Pensamos que esperaba a alguien, pero no apareció nadie. Estaba ahí jugando a los bolos él solo. Luego se largó. Qué raro, ¿eh? O sea, ¿quién hace algo así? Molly dijo que tenía pinta de pedófilo.

Empieza a darme vueltas la cabeza. Me sonrojo, como si toda la sangre del cuerpo afluyera a la cabeza y el cuello, y un instante después todo —Connor, el resto del restaurante— comienza a alejarse, a desaparecer en el interior de un túnel.

—¿Mamá? —dice Connor—. ¿Estás bien?

Alargo la mano hacia el vaso de agua que tengo delante. Está fresco al tacto; me lo llevo a la boca. El movimiento es mecánico, lo hago sin pensar. Tomo un sorbo y se derrama un poco de agua del vaso demasiado lleno. Apenas me doy cuenta; es como si estuviera viéndome desde el otro extremo del local.

—¿Mamá? —repite Connor, en tono más urgente. Parece preocupado, pero no puedo hacer nada por calmar sus temores.

Se me arremolinan en la cabeza imágenes de Lukas. Debería haberlo imaginado. Tendría que haber protegido a mi hijo. Le he dejado en la estacada, igual que a Kate y a Anna. Me obligo a volver al presente.

—¿Sí? —Caigo en la cuenta de que me resbala agua por la barbilla. Me la enjugo—. Estoy bien. Perdona. Sigue…

—Bueno, eso es todo. Sencillamente apareció y jugó a los bolos y…

Me golpea otro arrebato de pánico.

—¿Cómo supiste que era él?

—Oh, bueno…

Coge otro par de patatas. Le agarro el brazo.

—Connor. ¿Cómo supiste…? ¿Estás seguro?

Mira mi mano sobre su brazo, luego me mira a la cara.

—Sí, mamá. Lo reconocí. Llevaba la misma gorra. ¿Recuerdas? ¿La de camionero de la marca Vans? Llevaba un parche clásico…

No sé de qué habla. Debo de parecer perpleja; tengo la impresión de que está a punto de describírmelo cuando cambia de opinión.

—Sea como sea, llevaba la misma gorra.

—¿Estás seguro?

—¡Sí!

—¿Te dijo algo?

—En realidad no…

El pánico empieza a ceder ante la ira. Ira conmigo misma, con Lukas, con Connor.

—¿En realidad no? ¿Eso es un sí o un no? ¿Cuál de las dos cosas, Connor?

Mi voz ha subido tanto de timbre como de volumen. Me esfuerzo por controlarla.

—Solo dijo que lo sentía. —Parece ofendido, enfurruñado. Me mira como si me hubiera vuelto loca. Sé que piensa que ojalá no lo hubiera mencionado—. Me tiró un poco de cerveza encima. Nada más. Fue un accidente. En fin…

Está claro que quiere cambiar de conversación, pero no le hago caso.

—Bueno, ¿qué te dijo ese tipo?

Suspira.

—Dijo: «Eh, tronco, lo siento». Nada más. También por eso supe que era el mismo tipo, porque en el cine me llamó así. Tronco. Eso ya no se dice. —Toma un sorbo de batido—. ¿Me sueltas el brazo?

No me había dado cuenta de que seguía agarrándoselo.

Lo suelto y me echo hacia atrás en la silla. En mi interior arde la ira, la furia. Pero no tiene adónde ir, nada que quemar, así que permanece ahí, honda y venenosa. Procuro mantener una expresión neutra, los rasgos en calma. No lo consigo. Estoy tensa, me muerdo el labio inferior.

Me viene a la cabeza una pregunta que me provoca una sacudida horrible, espeluznante: sé que Lukas estuvo siguiéndome gracias a la aplicación del iPhone, pero ¿cómo sabía dónde estaría mi hijo? ¿Cómo llegó hasta Connor?

Me inclino hacia delante.

—¿Quién sabía que ibas a la bolera? —pregunto procurando disimular el pánico en la voz—. ¿A quién se lo dijiste?

—A nadie. ¿Por qué? ¿Mamá?

—¡No me vengas con tonterías! —Casi estoy gritando—. ¡Tienes que habérselo dicho a alguien!

—¿Mamá…?

—¿Molly? ¿Y Dylan? ¡Ellos bien que lo sabían! ¿Quién más estaba allí contigo?

Me mira. Tiene una expresión extraña; casi atemorizada.

—Nos llevó el padre de Dylan.

—¿Cuándo? —Las preguntas llegan cargadas y rápidas—. ¿Cuándo quedasteis en ir? ¿A quién se lo dijiste, Connor? ¿Quién sabía adónde ibais a ir?

—¡Dios, mamá! Algún que otro amigo, ya sabes. Se lo propusimos a Sahil, y a Rory, pero no podían venir. Ah, y supongo que igual Molly también se lo dijo a varias personas. E imagino que el padre de Dylan se lo comentó a la madre de Dylan. Solo quizá…

En su voz hay un matiz que antes no estaba. Sarcasmo.

—No hace falta que adoptes esa actitud…

Pasa de mí.

—… y probablemente se lo dije a Evie, y a lo mejor lo colgué en facebook, así que está toda la gente que me sigue, y…

Lo interrumpo:

—¿Quién te sigue en facebook?

—No sé. Amigos. Amigos de mis amigos. Gente así.

Algo empieza a tomar forma en mi mente. Desde el primer momento Lukas sabía más de lo que yo creía que le había permitido saber. Ahora tengo claro cómo rastreaba mi paradero paso a paso, pero no entendía cómo conocía otros detalles. El que estuviéramos pensando en ir al cine, qué película íbamos a ver. El nombre de Hugh, cuando yo siempre le había llamado Harvey.

Y ahora creo que lo sé. Si seguía lo que Connor colgaba en su muro de facebook, y Connor lo comentaba todo…

Se me ocurre una idea horrible. ¿Es posible que también averiguara así el apellido de Paddy? ¿Y su dirección? Veo cómo pudo ser. Tal vez Connor mencionó a nuestros invitados por su nombre, y a partir de ahí una búsqueda rápida —Maria, Hugh, cirujano— lo habría llevado a un apellido. Después bien podría haber mirado la página de Paddy en facebook, o en LinkedIn, o en lo que quiera que use.

—Dame tu móvil.

—¡Mamá…! —empieza, pero lo atajo.

—Dame el teléfono, Connor. Ahora mismo.

Me lo pasa y le digo que desbloquee la pantalla para abrir su perfil de facebook. Veo que quiere oponerse, protestar, pero sabe que no es lo bastante mayor para plantarme cara, aún no. Tiendo la mano para que me dé el móvil, pero lo tira encima de la mesa.

Lo cojo. Echo un vistazo a sus actualizaciones de estado; hay demasiadas para revisarlas, y muchas ni siquiera las entiendo. Mensajes a sus amigos, bromas privadas, cotilleos, charlas sobre fútbol o cosas que ha visto en la tele. Reviso el año marcha atrás hasta el verano y veo lo que estoy buscando. «A Islington Vue. Con mi MADRE», pone. Sigo bajando hacia mensajes más antiguos y mientras lo hago caigo en la cuenta de hasta qué punto estoy acostumbrada a leer cosas en sentido cronológico inverso. Unos mensajes después veo: «Excursión familiar al cine mañana. ¡*El planeta de los simios*!».

—¿Quiénes son tus amigos? —Le devuelvo el móvil—. Enséñamelos.

Empieza a renegar, pero le interrumpo.

—¡Connor! ¡Enséñamelos ahora mismo!

Me devuelve el móvil. Hay cientos de personas que siguen sus actualizaciones; algunos nombres me suenan, pero la mayoría no. Les echo un vistazo en diagonal y un momento después lo veo. David Largos. Sin previo aviso me remonto a mi primera conversación con Lukas, cuando la situación parecía sencilla, manejable. El apellido es el mismo que utilizaba como nombre de usuario entonces. Las pocas esperanzas que albergaba —de que anduviera errada, de que me hubiera equivocado— se esfuman.

Le tiendo el teléfono.

—¿Quién es este? —grito—. ¿Quién es David Largos?

—No lo sé, mamá. —Levanta la voz—. Es uno, ¿vale? Así funciona esto. No conozco a todos los que me siguen. ¿Vale?

Escojo el nombre de usuario y aparece una foto. Un perro que lleva una gorra de béisbol con la palabra «Vans». No hay más información, pero es él.

Ya está, pienso. Así es como lo sabía. Así lo sabía todo.

Primero Anna, luego yo. Y ahora lo sé. Connor también está implicado.

—Elimínalo. —Le devuelvo el móvil—. Borra tu perfil. —Estoy temblando, pero él no se mueve.

—¡No!

Parece aterrado, como si lo que le he pedido fuera un auténtico disparate. Ojalá pudiera explicarle por qué es tan importante, pero no puedo. Ojalá pudiera decirle hasta qué punto me saca de quicio esa actitud ridícula y casi constante de que se le trata injustamente, pero no lo hago.

—No lo digo en broma, Connor. Elimina tu perfil.

Empieza a discutir, me lanza una andanada de peros y no puedo y ni pensarlo.

No le hago caso.

—¡Connor!

He gritado. Por un momento en el restaurante se hace el silencio, la quietud, y sé que si mirara en torno vería que la gente nos observa. En la mesa de al lado hay una pareja de jóvenes, él lleva pantalones de chándal y sudadera con capucha, ella un minivestido, y al otro lado, una mujer con una chica que imagino es su hija y un cochecito de niño aparcado entre las dos. No quiero ser su espectáculo de la velada, pero tampoco quiero que sepan que estoy abochornada. Bajo el tono de voz, pero mantengo la mirada fija en mi hijo.

—Esto no es un juego. Haz lo que te digo. Elimina el perfil. Ahora. O si no te quito el teléfono y usas el antiguo...

—¡No serías capaz!

—Ya verás.

Se queda boquiabierto. No puede creerlo, es algo monstruoso, le parece increíble que me plantee siquiera algo así. Me mira fijamente y le sostengo la mirada.

Tiendo la mano.

—El móvil, Connor. Dámelo. Ahora.

Aparta de mí el teléfono de un zarpazo y se levanta. Al principio creo que va a pedir disculpas, o a apelar de alguna manera a mi buen corazón, pero está furioso y, como era de esperar, no hace nada parecido. Al contrario, me suelta:

—Vete a la mierda.

Un instante después se ha dado la vuelta y se dirige hacia la salida dejándome boquiabierta por la impresión.

Yo también me levanto; la servilleta se me cae al suelo.

—¡Connor! —digo con toda la firmeza de la que soy capaz, pero no me hace caso—. ¡Vuelve aquí!

La gente mira fijamente, reina el silencio. Estoy perdiendo el control, todo se aleja. Es como si me precipitara hacia el interior de un túnel, intentando volver a una realidad que se me escapa tan deprisa como me alejo yo de ella. Trato de seguir a Connor, que se abre paso con el hombro entre la gente que está en la puerta y sale a la calle. Tengo que alcanzarlo, y me obligo a regresar a la realidad.

—Ahora vuelvo —le digo al camarero, que parece que ya ha visto situaciones como esta antes.

Me escurro entre las mesas, la gente aparta la silla de mi camino y al hacerlo vuelven la cara, como si más valiera evitarme, pero para cuando salgo Connor se ha ido. Alcanzo a verlo a lo lejos, corriendo por Upper Street en dirección contraria a nuestra casa, y sin pensármelo dos veces empiezo a perseguirlo.

Hugh está esperándome cuando llego. Viene a la puerta en cuanto la abro. Estoy aturdida, manipulo las llaves con torpeza. Se me caen cuando las saco de la cerradura. Él se agacha para recogerlas y me las da.

—¿Qué pasa?

Me encojo de hombros para quitarme el abrigo.

—¿Está aquí?

—Sí.

Debe de haber dado media vuelta, o haber venido por calles secundarias.

—¿Dónde está? —pregunto.

—Arriba. ¿Qué ocurre, Julia? —Ha levantado la voz, pero parece bastante tranquilo.

Le obligo a apartarse y me abro paso. Estoy furiosa. He tenido que volver al restaurante; la gente me miraba mientras pedía la cuenta y la pagaba. Una mujer ha ladeado la cabeza con una media sonrisa, un gesto que supongo quería transmitir simpatía y comprensión pero que ha conseguido que me dieran ganas de abofetearla. Luego me he marchado a toda prisa, he olvidado el bolso debajo de la silla y he tenido que volver a entrar.

—Me ha hecho quedar como una puñetera idiota.

Intenta interrumpirme, pero no se lo permito. Voy arriba, a la habitación de Connor. No puedo dejarle ver que además de furiosa estoy asustada. Lukas ha llegado hasta mi hijo, además de hasta mi amiga y hasta mí. Ahora lo acecha a él, y no sé por qué. Solo me cabe esperar que sea para intimidarme, para hacerme saber que puede hacerlo. Solo me cabe esperar que, ahora que ya me lo ha dejado claro, la cosa quede ahí.

Pero a lo mejor le ha cogido el gusto. A asustarme, a demostrar hasta qué punto se ha infiltrado en mi vida. Me doy cuenta de que voy a tener que volver a verlo, a enfrentarme a él de algún modo. No puedo permitirlo.

Estoy en lo alto de las escaleras cuando Hugh me llama.

—¡Julia! ¿Qué demonios ocurre?

Me vuelvo.

—¿Qué te ha dicho?

—No sé qué de una discusión por su móvil. ¿Internet? Ha dicho que te estabas comportando de una manera totalmente irracional.

Se lo podría contar a Hugh, pienso. Podría contárselo todo. Entonces Lukas no tendría ningún poder sobre mí.

Pero acabaría con nuestro matrimonio. Y eso Connor no podría encajarlo, no además de la muerte de su madre. Si todo saliera a la luz, también podría perderlo a él.

Tengo que protegerlo. Le prometí a Kate que siempre lo pondría por delante. Cuando empezó a vivir con nosotros le dije que para mí era lo más importante del mundo, y luego se lo repetí una y otra vez cuando intentaba recuperarlo. Fallarle sería la traición final, el fracaso definitivo.

—No va a pisar la calle. —Es un castigo por dejarme plantada en el restaurante, por usar facebook para contarle al mundo entero mi vida, pero entonces caigo en la cuenta de que eso además serviría como protección. Si él no puede salir, Lukas no puede llegar hasta él—. Lo digo en serio.

Hugh se queda donde está. Se encoge de hombros, como para dar a entender que es cosa mía, pero luego dice:

—¿De verdad es tan importante?

Eso me enfurece aún más. Cree que protege a Connor, pero no lo entiende. Doy media vuelta rumbo al cuarto de Connor; a estas alturas siento una furia candente, palpitante. Me doy cuenta vagamente de que más me valdría dirigir esa ira contra Lukas, pero eso no es posible, y tengo que descargarla en alguna parte. Conque aquí estamos.

—Y voy a quitarle el móvil —digo, para luego añadir—: No hay más que hablar. —Como si Hugh estuviera a punto de llevarme la contraria.

Connor ha cerrado la puerta, claro. Llamo, pero solo por cumplir; antes de acabar de decirle que voy a entrar ya estoy abriéndola. No sé qué espero ver —él tumbado boca abajo en la cama deshecha, con los auriculares puestos, o tendido boca arriba mirando el techo con expresión de enfado—, pero lo que veo me sorprende. La habitación está más desordenada de lo habitual, y Connor, de pie delante de la cama, está metiendo furiosamente el contenido de la cómoda en la bolsa de deporte que tiene abierta ante sí.

—¡Connor!

Levanta la mirada con gesto adusto, pero no dice nada.

Le pregunto qué se ha creído que hace.

—¿A ti qué cojones te parece que hago?

—¡A mí no me hables así!

Soy consciente de que Hugh ha llegado, pero se queda un poco más atrás; soy yo la que está discutiendo, y él no tomará partido hasta que sepa a quién debe apoyar. El cuarto queda en silencio un momento, impregnado de toxicidad y hostilidad.

Connor masculla algo. Vuelve a sonarme a algo como «Vete a la mierda», aunque es posible que sea mi imaginación, que por fin se niega a concederle el beneficio de la duda.

—¿Qué has dicho?

Ahora estoy gritando. Noto el corazón en el pecho, demasiado rápido. Preparándose para la pelea.

—Julia… —empieza Hugh en el umbral, pero le hago callar.

—¡Connor Wilding! ¡Deja lo que estás haciendo ahora mismo!

Pasa de mí. Me acerco, cojo de un zarpazo la bolsa de encima de la cama y la tiro al suelo detrás de mí. Levanta la mano, como si fuera a pegarme, y al mirarle a los ojos veo que le gustaría. Le agarro la muñeca. Por un momento pienso en Lukas agarrando la mía, y querría retorcérsela a mi hijo de la misma manera, hacerle daño del mismo modo. Me avergüenzo de inmediato. Vagamente, me da la impresión de que nunca se me ocurriría hacer algo así con un hijo propio, un hijo al que hubiera dado a luz; la idea de hacerle daño ni siquiera se me pasaría por la cabeza. Sin embargo, nunca lo sabré, y en cualquier

337

caso no se me presenta la oportunidad. Aparta el brazo para soltarse; me sorprende su fuerza.

—¡Criajo estúpido! —No lo puedo evitar. Noto que Hugh se enfurece a mi espalda; da un paso, está a punto de hablar. Me adelanto—: ¿Adónde te crees que vas a ir? ¿Vas a escapar de casa? ¿A tu edad? No seas ridículo.

Parece dolido.

—¿Crees que durarías más de cinco minutos?

—¡Voy a ver a Evie! —grita, su cara a escasos centímetros de la mía. Su saliva me rocía los labios.

—¿Evie? —Me echo a reír. Lo lamento al instante, pero de algún modo no puedo dejar de hablar—. ¿Tu novia?

—Sí.

—¿Esa novia con la que solo hablas por internet?

Se le desencaja el rostro. Veo que estoy en lo cierto.

Se le quiebra la voz.

—¿Y qué?

Acaricio la victoria un momento y luego me siento fatal.

—¿Estás seguro de que es quien dice ser?

Lo pregunto de verdad, sin embargo suena como una acusación desdeñosa.

—Julia… —Hugh ha dado otro paso adelante, ahora está a mi lado. Noto su calor, el leve aroma de su cuerpo tras una jornada de trabajo—. Ya está bien —dice. Me pone la mano en el brazo y me encojo de hombros para apartársela.

Sigue un largo silencio. Connor me lanza una mirada de odio absoluto y luego dice:

—¡No me jodas, claro que es quien dice ser!

—Ya vale de tacos —dice Hugh. Ha tomado partido—. Tenéis que tranquilizaros, los dos.

No le hago caso.

—¿Has hablado con ella? ¿Eh? ¿O solo sois amigos en facebook?

Adopto un tono de superioridad absoluta, como si me pareciera patético. No me lo parece. En realidad hablo conmigo misma. Yo hice justo eso, me enamoré de alguien en internet. Estoy furiosa conmigo, no con él.

Procuro calmarme, pero no puedo. Mi ira es incontenible.

—Claro que he hablado con ella. Es mi novia. —Me mira de hito en hito—. Tanto si te gusta como si no, mamá. —Se interrumpe, y sé lo que va a decir a continuación—. Me quiere.

—¿Te quiere? —Siento deseos de echarme a reír a carcajadas, pero me refreno—. Como si tuvieras…

—¡Julia! —dice Hugh. En voz bien alta. Un intento de que me quede estupefacta y me calle, pero no van a callarme.

—Como si tuvieras la más mínima idea de lo que es el amor. Tienes catorce años, Connor. Catorce. ¿Qué edad tiene ella?

No contesta.

—¿Qué edad tiene, Connor?

—¿Qué importa eso?

Hugh vuelve a hablar:

—¡Connor! Tu madre te ha hecho una pregunta.

Se vuelve hacia su padre. Venga, pienso. A ver si te atreves. Mándalo a él a la mierda.

Sería incapaz, claro.

—Dieciocho —dice.

Miente, lo sé.

Dejo escapar un bufido. Es los nervios, el miedo, pero no lo puedo evitar.

—¿Dieciocho? —digo—. No, Connor. No vas a ir a verla. Ni pensarlo…

—No me lo puedes impedir.

Tiene razón. Si se empeñara, no podría hacer nada.

—¿Dónde vive?

No dice nada.

—Connor —repito—. ¿Dónde vive?

Guarda silencio. Veo que no piensa decírmelo.

—Deduzco por la bolsa que no vive aquí mismo —digo—. Entonces ¿cómo piensas ir? ¿Eh?

Connor sabe que ha sido derrotado. No puede sobrevivir sin mí, todavía no.

—¡Quiero ir a verla! —Levanta la voz, que adopta un tono suplicante y me recuerda a cuando era niño, cuando quería un helado u otra bolsita de golosinas, quedarse a ver algo en la tele—. ¡Este año todo lo demás ha sido una mierda! —dice—. ¡Menos ella! ¡Y tú ya sabes por qué, mamá!

Es una acusación; me duele porque es verdad, y lo sabe.

Se me pasa por la cabeza que sí vio el beso con Paddy; se lo ha estado guardando, ahora se lo va a contar a su padre. Muevo la cabeza. Quiero que llore, quiero que vuelva a ser el niño al que sé consolar, pero sigue en sus trece. Está decidido.

—Te odio. Ojalá no me hubieras traído a vivir aquí. ¡Ojalá me hubieras dejado con mi madre de verdad!

Estalla. Aquello que había estado conteniendo, sea lo que sea, estalla. Le cruzo la cara con un bofetón.

—Desagradecido de mierda. —Me aborrezco en cuanto sale de mis labios, pero ya es tarde.

Le escuecen los ojos, pero sonríe. Sabe que ha ganado. He perdido los nervios. Él ha pasado a ser el adulto y yo soy la niña.

Tiendo la mano.

—Dame el móvil.

—No.

—Connor. —Sigue sin moverse—. El móvil.

—¡No!

Vuelvo la mirada hacia Hugh. Ladeo la cabeza, imploro. Detesto tener que pedirle que intervenga, pero es una batalla que no puedo permitirme perder. Titubea; sigue un largo momento en el que no estoy segura de lo que va a decir o hacer, luego habla:

—Dale el móvil a tu madre, Connor. Estás castigado una semana sin salir.

Hugh y yo estamos sentados en el sofá. Juntos pero separados. No nos tocamos. Connor está arriba. Enfurruñado. Nos dio el teléfono y sacó de un cajón su móvil antiguo, le habíamos dado permiso. No tiene conexión a internet; puede hacer llamadas, recibir mensajes de texto, sacar fotos. Pero nada más. Ni facebook. Ni twitter. Le dejamos el ordenador de su habitación, pero le he advertido que tiene que eliminar a todas las amistades que no conozca en persona. Se ha quejado, pero le he dicho que o eso o se queda sin ordenador. Se está comportando como si le hubiéramos amputado una extremidad.

—Bueno… —empiezo.

Hugh me mira con algo parecido a lástima. En el salón reina la calma pese a la música que Connor, arriba, insiste en poner bien alta. Resulta extrañamente alentador que Hugh y yo estemos unidos en algo.

—Pasará. Te lo prometo.

¿Debería decírselo?, pienso. Podría, pero acabaría con todo. Mi matrimonio, la vida que tenemos, mi relación con Connor. Todo se iría al traste.

Aun así, me lo imagino. Le cogería la mano, le miraría a los ojos. «Hugh —diría—. Tengo que contarte una cosa.» Se daría cuenta de que pasaba algo, claro, de que algo iba mal. Me pregunto qué pensaría: ¿que estoy enferma, que voy a abandonarlo, que quiero ir a vivir fuera de Londres? Me pregunto cuáles son sus miedos más profundos, en qué dirección se le dispararía la cabeza. «Cariño —diría—, ¿qué ocurre?» Y luego supongo que yo diría algo acerca de cuánto le quiero y que siempre le he querido y que eso no ha cambiado. Él asentiría, esperando el golpe, y después, al final, después de haber preparado el terreno, se lo contaría. «Conocí a un hombre. Conocí a un hombre y hemos estado acostándonos, pero se ha acabado. Y resulta que ya estaba prometido, con Anna precisamente, y tiene fotografías y ahora intenta hacerme chantaje.»

¿Qué haría? Nos pelearíamos. Claro que sí. Igual nos tirabamos cosas. Me echaría en cara que volví a tomar una copa, supongo. Y yo tendría el deber de dejarle explotar, dejarle estar furioso y acusarme de lo que quisiera, esquivar la vajilla y guardar silencio mientras él daría rienda suelta a la ira y Connor lo oiría todo.

Y luego, con suerte, igual lograríamos averiguar qué hacer, cómo seguir juntos. O —igual de probable, si no más— todo tocaría a su fin. Le he traicionado. Sé lo que diría. Me diría que podría haberle dejado ayudarme a sobrellevar la muerte de Kate, pero en cambio huí. Primero, en París, me refugié en el alcohol, de regreso aquí me refugié en internet, y luego me acosté con un desconocido. No tengo la menor duda de que me ayudaría a resolver el lío en el que estoy metida, ayudaría a Anna, pero nada más. Nuestra relación se habría terminado.

Y querría llevarse a Connor, y Connor querría irse con él, y yo no podría hacer nada por impedírselo. Mi vida se iría al traste. Lo perdería todo. La idea me resulta insoportable.

—Esa tal Evie… —digo.

—¿La novia?

—¿Sabes que nunca la ha visto en persona, Hugh? ¿No te inquieta?

—Es lo que hacen, ¿no?

—¿Sabemos siquiera si es quien dice ser?

—¿Qué?

—Hoy en día se oyen cosas. —Procuro ir con cautela. No puede saber que yo formo parte de esta historia—. Toda clase de cosas —digo—. Hay historias terroríficas. Adrienne me lo contó. Chicos a los que engañan…

—Bueno, a veces Adrienne se pone un poco melodramática. Connor es un chico sensato.

—Pero ocurre.

Imagino a Lukas, sentado ante un ordenador, hablando con mi hijo.

—Ni siquiera sabemos si es una chica.

—¡Eres la última persona a la que pensaba que podría importarle eso!

Veo a qué se refiere.

—No, no hablo de que sea gay. —Con eso no tendría problema, pienso. Al menos eso sería fácil en comparación con esto—. Lo que quiero decir es que ni siquiera sabemos si esa tal Evie es la persona que cree Connor. Podría ser mayor, un tipo, cualquier cosa.

Me doy cuenta de que estoy más cerca de contárselo de lo que pensaba. Ahora sería fácil. Podría sencillamente decirlo. Me parece que sé quién es. Creo que es un tipo que conozco. Lo siento, Hugh, pero…

—Bueno… —Toma aliento—. He hablado con ella…

Me sobreviene una mezcla de emociones al mismo tiempo. Alivio, primero, de saber que Connor está a salvo, pero también fastidio. Hugh ha accedido a una parte de la vida de nuestro hijo en la que a mí se me ha prohibido el paso.

—¿Qué? ¿Cuándo?

—No lo recuerdo. Llamó. La noche que tú saliste con Adrienne, me parece. Quería hablar con Connor.

—¿Y…?

—Y si lo que preguntas es si es una chica, pues sí, lo es.

—¿De qué edad?

—¡No lo sé! No se lo pregunté. Por la voz aparentaba, no lo sé, ¿diecisiete?

—¿Qué dijo?

Se ríe. Procura mostrarse desenfadado. Intenta tranquilizarme.

—Dijo que había probado a llamarle al móvil, pero que no había respuesta, debía de haberlo silenciado o algo. Preguntó si estaba en casa. Le dije que sí, que estábamos en mitad de una partida de ajedrez…

—Seguro que a Connor le encantó.

—¿Qué quieres decir?

Me encojo de hombros. No quiero que Hugh se entere de

que ninguno de los amigos de Connor sabe que juega al ajedrez con su padre.

—Continúa. ¿Qué ocurrió?

—Nada. Le pasé el teléfono y se lo llevó a su cuarto.

Estoy furiosa, y aun así, aliviada.

—Deberías habérmelo contado.

—Has estado muy distraída —responde—. Nunca parece buen momento para hablar. Sea como sea, se está haciendo mayor. Es muy importante que le dejemos intimidad. Ha pasado una temporada muy mala. Deberíamos estar orgullosos de él, y se lo tenemos que decir.

No digo nada. El silencio permanece suspendido entre nosotros, pegajoso, viscoso, y al mismo tiempo familiar y no del todo incómodo.

—Julia, ¿qué ocurre?

Ojalá se lo pudiera decir. Mi vida está cayendo en espiral. Veo peligros por todas partes, estoy paranoica, histérica.

No hablo. Aflora una lágrima.

—¿Julia?

—Nada —digo—. Nada. Es que…

Dejo que la frase desaparezca. Pienso otra vez que ojalá se lo pudiera contar, pero ¿cómo? Todo esto ha ocurrido porque quise abarcar más de lo que me correspondía. Más de lo que merecía. Tuve una segunda oportunidad, otra vida, y no fue suficiente. Quería más.

Y ahora, si se lo cuento a mi marido, perderé a mi hijo.

Voy arriba. Hay un mensaje en mi móvil, un mensaje que supongo estaba esperando.

Es de Lukas. El corazón me da un vuelco, aunque ahora es una respuesta pavloviana sin sentido, y nada más tomar forma desaparece y se convierte en terror.

Has ganado, pienso. Vale, has ganado.

Quiero borrarlo sin leerlo, pero no puedo. Me siento obligada, empujada. Me maravilla el don de la oportunidad de Lukas, casi como si supiera con exactitud cuándo soy más vulnerable. Me pregunto si de alguna manera Connor vuelve a estar en facebook proclamando su vida a los cuatro vientos.

Hago clic en el mensaje.

Hay un mapa.

«Reúnete conmigo aquí.» Es como en los viejos tiempos, solo que esta vez el mensaje continúa. «A mediodía. Mañana.»

Le odio, y aun así miro el mapa. Es Vauxhall, un lugar que no conozco muy bien.

Me apresuro a escribir:

«No —digo—. Allí no. Olvídalo.»

Espero y aparece otro mensaje.

«Sí.»

Siento odio y nada más que odio. Es la primera vez que siento por él algo total e inequívocamente negativo. Lejos de infundirme fuerzas, por un brevísimo instante me entristece.

Un momento después aparece una imagen. Yo, a cuatro patas, delante de él.

Cabrón, pienso. La borro.

«¿Qué quieres de mí?»

«Ven mañana y lo averiguarás», responde.

Hay una pausa, y luego:

«Ah, supongo que no hace falta que te diga que vengas sola.»

28

No duermo. Llega la mañana y mi familia desayuna. Digo que me duele la cabeza y más o menos dejo que Hugh se asegure de que Connor se prepara para ir al instituto. No siento nada. Estoy aturdida por el miedo. Soy incapaz de pensar en nada que no sea lo que tengo que hacer hoy.

Cojo el metro. Estoy pensando en el último mensaje de Lukas. ¿Con quién iba a ir, de todos modos? ¿Cree que conozco a alguien a quien confiaría todo esto? Anna sigue sin responder a mis llamadas, y aunque creyera que puedo confiar en Adrienne, no volverá hasta la semana que viene. Me doy cuenta de hasta qué punto me ha abrumado el dolor, se lo ha llevado todo, y en su lugar no hay más que un vacío. Así pues, aquí estoy, enfrentándome a Lukas, sola.

Salgo de la estación de metro a la luz clara de un día soleado. Hay gente por todas partes, de camino a almorzar, empujando cochecitos de niño, fumando en las escaleras de edificios de oficinas y a la salida de la estación. Delante de mí se levantan bloques de pisos, plateados y relucientes tras la llovizna, y más allá está el río. Sigo el mapa de mi móvil y atravieso un túnel, iluminado con luces de neón, mientras los trenes pasan por arriba, y emerjo al tráfico y a más ruido. Hay callejuelas, grafitis, cubos de basura por todas partes, pero la zona tiene una belleza extraña. Es áspera, tiene aristas. Es real. En otras circunstancias habría pensado que ojalá me hubiera acordado de llevar la cámara; tal como están las cosas, me importa una mierda.

Vuelvo a mirar el móvil. Estoy aquí, más o menos, en la esquina de Kennington Lane y Goding Street. La Royal Vauxhall Tavern descuella sobre todo lo demás; más allá hay un parque. Me pregunto si es allí donde quiere ir Lukas. Me digo que de ser así me negaré. Es demasiado peligroso.

Enciendo un pitillo, el tercero de hoy. Supongo que eso significa que he empezado a fumar otra vez. Inhalo. Exhalo. Son los ritmos lo que me calma, incluso en circunstancias tan desesperadas; no puedo creer cuánto lo he echado en falta. Miro el reloj.

Llego tarde. Él llega más tarde aún, creo, pero entonces noto la quemazón de su mirada y lo sé. Está aquí, escondido, mirándome.

De repente lo veo acercarse. Está delante de mí, vestido con un anorak azul. Camina a paso lento, con la cabeza alta. Soy consciente de que me tiemblan las manos. Por instinto, meto la mano en el bolsillo, palpo el móvil, tal como he estado ensayando. Para cuando llega a mi altura, estoy preparada, serena. Nos miramos fijamente un largo momento y luego habla.

—Hola, Julia.

Mira cómo voy vestida: vaqueros, un jersey, mis zapatillas Converse. Me digo que no debo reaccionar. No debo permitirle que me enfurezca. Estoy aquí para averiguar qué quiere exactamente, para conseguir que pare.

Me fijo en la marca roja que tiene en la mejilla. Abro la boca para hablar cuando se me abalanza. Me agarra el brazo y chillo.

—¿Qué co…? —empiezo, pero me hace callar.

Me coge con fuerza, y luego me besa en la mejilla. Es brusco, desagradable, pero también breve. Aun así, todas las partes de mi cuerpo responden con una intensa reacción refleja. Me aparto.

347

—Por los viejos tiempos. Venga.

Intenta llevarme por Goding Street, hacia las arcadas bajo las vías del tren. Es una calle de tiendas de bicicletas y almacenes, las entradas traseras con las contraventanas cerradas de los bares y clubes de la zona de Albert Embankment. Me resisto.

—¿Qué hay allí? —pregunto con voz aflautada y ansiosa—. ¿Adónde me llevas?

—A algún lugar tranquilo —dice.

Me vienen a la cabeza imágenes de que me encuentran con el cuello roto, sangrando, destripada como uno de los pacientes de Hugh. Tengo que recordarme una y otra vez que él no mató a Kate, que no debo dejar que vea el miedo que tengo. Al margen de todo lo demás que haya hecho, aquello no fue obra suya. Me lo repito como un mantra.

Sacudo el brazo y me suelto. Podría echar a correr, pienso. Entrar en el pub, aunque las contraventanas cerradas sugieren que igual no está abierto.

—Tranquila. No voy a hacerte daño.

—No te acerques a mí. —Estoy temblando de miedo, la voz me suena temblorosa—. Podemos hablar aquí.

—¿Quieres que me mantenga alejado de ti? —Parece incrédulo—. Soy yo quien quiere que tú te mantengas alejada de mí, y de Anna. —Empiezo a protestar, pero continúa—: Eres tú la que me envía mensajes sin parar, la que me llama día y noche, joder, una y otra vez. He tenido que cambiar el puto número solo para librarme de ti.

Le miro fijamente. Los dos nos quedamos inmóviles, como en punto muerto, y luego hablo:

—No —digo—. No.

—Eres tú la que no me deja en paz. —Se señala la mejilla—. Mira, fíjate. Loca. Estás loca.

La herida ha cicatrizado, más o menos. Es superficial. Dentro de poco no se verá en absoluto.

—Eso te lo hiciste tú.

Se echa a reír.

—¿Estás chiflada? Llevé el cuchillo para protegerme, no para acuchillarme yo mismo. No sabía que se te iba a ir la pinza e ibas a intentar arrebatármelo…

—No. No, no… —Retrocedo un paso. Me recuerdo por qué estoy aquí. Para proteger a Connor—. ¡Estás acechando a mi hijo!

—¿Qué?

—En la bolera. Me lo contó.

Ríe.

—Estás más loca de lo que pensaba. Así que no te acerques a mí, ¿vale? O si no…

—O si no ¿qué?

—¿Aún no te has dado cuenta? Puedo hacer cualquier cosa. Lo que me dé la gana… ¿Hugh? ¿Anna? Puedo destrozarlos a los dos. A menos que me compenses de alguna manera por no hacerlo…

—Te equivocas. —Procuro mantener la voz firme. Quiero que refleje una fuerza que no siento. Quiero que crea que digo la verdad—. Crees que me importa, pero me da igual. Hugh y yo solo seguimos juntos por Connor. Ya le he contado todo sobre ti. Lo entiende. Así que… —me encojo de hombros—, lo que planeas no dará resultado. Enséñale esas fotos a quien te dé la gana…

—¿A cualquiera?

Asiento.

—¿De verdad?

—Sí.

—¿A Connor también?

Procuro no echarme atrás, pero no puedo evitarlo. Lo ve.

—Connor está castigado. No volverás a acercarte a él. Ni siquiera por casualidad.

—Ah, no te preocupes. ¿Connor y yo? Ahora nos entendemos. Somos amigos virtuales.

Noto un escalofrío. ¿A qué se refiere? ¿Hay algo más, algo de lo que no estoy al tanto? Vuelvo a temer que tenga algo que ver con Evie. Pero Hugh ha hablado con ella, en la vida real. Ha oído su voz. No puede ser Lukas. Tengo que tenerlo presente.

—No me asustas.

—¿No lo entiendes? ¿Lo nuestro? Fue divertido mientras duró. Pero ahora quiero lo que se me debe. Tienes que retirarte. Lo estoy pasando bien con otra. Tienes que meterte en esa cabeza de chorlito que se ha terminado.

Estoy conmocionada.

—¿Anna? ¿Anna? ¡Lo dices como si no fuera más que un objeto, pero le has pedido que se case contigo!

—Hay muchos tipos de juegos, ya sabes…

Está a unos pasos de mí, casi al alcance de la mano. Tal vez no sea lo bastante cerca. Doy un paso hacia él. Levanto la voz.

—¿Qué estás haciendo con Anna? En serio. Sé que la estás utilizando. No la quieres, como no me querías a mí.

Sonríe. Es una respuesta en sí misma, pero quiero oírselo decir.

—¿Qué estás haciendo con ella? Sé que tiene que ver con el dinero, el dinero de mi hermana, pero ¿por qué implicarla a ella?

Se inclina hacia mí.

—¿Cómo si no iba a acercarme a ti?

Recuerdo por qué he venido.

—¿No la quieres? ¿No la has querido nunca?

Tengo buen cuidado de plantearlo como una pregunta. Solo le lleva un instante contestar.

—¿Yo? ¿Querer a Anna? Mira, tenemos un arreglito estupendo, pero no la quiero. El sexo es magnífico, eso es todo. ¿Y sabes qué? Me gusta pensar en ti mientras lo hacemos.

Respiro hondo. Ya está, pienso. Lo tengo. Casi sonrío. Ahora me toca a mí mostrarme engreída.

—Ah, por cierto, no se te ocurra volver a ponerte en contacto con Anna.

No puedo por menos que responder:

—No me lo puedes impedir.

—¿Y eso? —Titubea, lo está disfrutando—. Ah —dice—. ¿Crees que vas a comer con ella mañana? —Su sonrisa es escalofriante—. Supongo que no te lo ha dicho, ¿eh? Ha cambiado el billete. Por una emergencia familiar, me parece. O por un asunto de trabajo, tal vez. No lo recuerdo. Quizá es que cree que estás loca de atar y quiere alejarse tanto como pueda. Lo que sea, pero mañana no la verás. De hecho, calculo que saldrá del hotel —mira el reloj— más o menos… ahora.

Entorno los ojos. Tengo que conseguir que piense que me ha derrotado.

—¿Qué?

—Ya me has oído. Anna cree que estás loca. Regresa a casa, y dentro de unos días me reuniré con ella. Así que ¿por qué no te largas a casita? Vuelve con tu marido y pórtate con él como una buena mujercita, ¿eh?

No reacciono. No puedo. No quiero que vea lo asustada que estoy. No he ganado, aún no. No hasta que pueda hablar con Anna. Tengo que lograr que crea que voy a hacer exactamente lo que dice. Volver a casa.

Muevo la cabeza.

—Que te den —digo, y me alejo de él.

Su mirada me quema mientras desando mis pasos. No corro, debo aparentar despreocupación. No me atrevo a darme la vuelta, no quiero que sepa hasta qué punto espero que no me siga. Todo depende de que me deje en paz, solo un par de horas. Todo depende de que me reúna con Anna antes de que suba al tren. Vuelvo la esquina y me pierde de vista. Entonces echo a correr.

Cruzo la estación de autobuses hasta la calle principal. Vuelvo la mirada, pero no está por ninguna parte. ¿Para qué iba a seguirme? Ha ganado. Un taxi se detiene en el semáforo. Está libre y lo tomo.

—A St. Pancras —indico, y me monto.

—Muy bien, cielo —dice la taxista. Debe de notar que llevo prisa—. Hoy el tráfico está mal. ¿A qué hora sale el tren?

Le digo que no lo sé, que he quedado con una persona.

—Date deprisa, por favor —insisto.

El semáforo cambia y ella arranca. Dice que hará lo que esté en su mano. Saco el teléfono del bolsillo, donde lo había tenido todo el rato con la función de grabación en marcha, y pulso detener. La activé en cuanto nos encontramos. Con un poco de suerte habré grabado toda la conversación.

Miro por encima del hombro. No veo a Lukas por ninguna parte.

Estamos de suerte. La ruta por Lambeth está bastante despejada, los semáforos se alían con nosotras. Escucho lo que he conseguido captar. Grabado desde el bolsillo de la chaqueta mientras los dos nos movíamos, suena apagado. Aunque algunas partes están regular —hay momentos en que mi voz se oye bien, pero lo que necesito es la respuesta de Lukas, y apenas ha quedado registrada en la grabación—, en buena medida es utilizable. Se le oye decir: «Por los viejos tiempos» después de besarme, y también levanta la voz cuando me espeta: «Estás más loca de lo que pensaba». Pero con eso no basta. No es lo que buscaba. Avanzo rápido la grabación, desesperada por dar con una sección que sea prueba indiscutible de lo que necesito que sepa Anna; que no es quien dice ser, que corre peligro y que tenemos que ayudarnos mutuamente.

Ahí está. La parte en la que tenía puestas mis esperanzas. Por fortuna, me he acercado a él, estaba cerca; además, mi plan de levantar la voz con la intención de que él hiciera lo propio ha funcionado.

Rebobino. Vuelvo a ponerlo. El principio está incompleto: «… utilizándola…, la quieres…», pero luego hay un silencio y la siguiente frase está clara.

«Sé que tiene que ver con el dinero, el dinero de mi hermana, pero ¿por qué implicarla a ella?»

La respuesta de Lukas también se oye con claridad.

«¿Cómo si no iba a acercarme a ti?»

Luego soy yo. Debo de haber cambiado el peso del cuerpo de un pie al otro mientras hablaba; la primera parte de la frase se pierde al rozar algo el micrófono de grabación del móvil. Reconozco mi propia voz, pero lo que digo prácticamente se pierde. Solo se oye una palabra: «quieres».

Pero no debería importar. Sé que lo que necesito es su siguiente respuesta; recuerdo lo que ha dicho, pero la grabación entera carece de sentido a menos que sea inteligible.

Por suerte, su respuesta es perfectamente clara. La pongo dos veces, solo para asegurarme.

«¿Yo?... —dice—. Mira, tenemos un arreglito estupendo, pero no la quiero.»

Cierro los ojos como en actitud triunfal, luego rebobino y lo escucho por tercera vez. Debería bastar para convencer a mi amiga, pienso. Ahora solo tengo que llegar a tiempo.

Me quedo paralizada. Se me pasa por la cabeza como por primera vez. No tengo que hacerlo. Podría dejarlo correr, irme, volver a casa. Lukas ha exigido que los deje en paz, y ¿por qué no?

Pienso en sus manos sobre mí. Pienso en los lugares a los que me ha llevado. ¿Puedo abandonar a la mejor amiga de mi hermana a algo así? ¿Qué clase de persona sería entonces?

De repente me viene a la cabeza lo que recitó Anna en el funeral. «Para los furiosos, me embaucaron, pero para los dichosos, estoy en paz.»

Ella cree que es feliz, pero no durará. No puedo abandonarla ahora y seguir con mi vida sabiendo que la he traicionado. No puedo.

Miro la hora y me inclino hacia delante en el asiento. Es poco más de la una. El tráfico está mal, pero avanzamos; ya hemos cruzado el río y estamos circunvalando la ciudad. Ojalá supiera a qué hora sale su tren, pienso, así podría calcular si me queda tiempo o no tengo la menor oportunidad.

Miro el móvil, busco la página web de Eurostar, los horarios. Es tremendamente lenta —tengo que pulsar la opción de actualizar tres veces—, pero por lo menos me da la sensación de que estoy haciendo algo. Al final, aparece la página. Hay un tren poco después de las dos, y ella facturará el equipaje al menos media hora antes.

Levanto la vista. Hemos llegado a Lambeth North. Nos quedan veinte minutos de trayecto, me parece, y luego habrá que buscar un sitio donde parar. Tendré que pagar la carrera y después buscar a mi amiga. Estoy desesperada, sin embargo no puedo hacer nada. Deseo con todas mis fuerzas que el tráfico avance, que cambien los semáforos. Maldigo cuando nos quedamos atascados detrás de un ciclista, cuando alguien cruza un paso de peatones y tenemos que frenar.

No sé si vamos a llegar, y además Lukas podría llamarla y decirle que voy en camino. Es inútil.

Es casi la una y media cuando paramos delante de la terminal. Estoy aturdida, convencida de que ya se ha ido. Le doy el dinero a la taxista —mucho más de la cuenta, pero le digo que se quede el cambio— y luego echo a correr. Grita: «¡Buena suerte, cielo!», pero no contesto, ni siquiera me vuelvo. Ya estoy buscando a Anna frenéticamente. Corro hacia las puertas de acceso a la terminal, paso delante de las cafeterías y las ventanillas de venta de billetes y recuerdo de pasada las veces que quedé allí con Lukas. Las imágenes me asaltan, en technicolor. Pienso en la segunda vez que nos vimos, justo después de que me mintiera y me dijera que en realidad vivía cerca de Londres. Cuando apenas sentía nada por él, al menos en comparación con lo que vino después. Cuando habría sido relativamente fácil dejarlo. Cuando me preocupaba que estuviera casado y la verdad era que estaba a punto de pedirle a otra que se casara con él.

No a otra cualquiera, pienso. A Anna. Y ahora, me doy cuenta con un pánico cada vez mayor, aquí estoy, corriendo para intentar salvarla.

La estación está abarrotada; no la veo. Dejo de correr. Find Friends, me parece que dijo que se llamaba así. Vinculamos nuestros perfiles. Busco torpemente el móvil, se me cae, lo recojo. Abro el mapa, pero solo aparece un punto. El mío.

Ha desvinculado su perfil del mío. Me detesta. Estoy a punto de darme por vencida. Volverá a casa; todo está perdido. Podría intentar llamarla, sí, pero probablemente no contestase, y aunque lo hiciera, ¿cómo iba a conseguir que me creyera? Tengo que estar cara a cara con ella. Tengo que hacerle entender.

Atisbo un destello rojo entre el gentío y de algún modo sé que es su abrigo. Cuando se despeja la muchedumbre veo que estoy en lo cierto. Está en la puerta, arrastra la maleta tras de sí con una mano y con la otra ya pasa el billete por el escáner automático. «¡Anna!», grito, pero no puede oírme y no contesta. Echo a correr otra vez. Mis palabras se pierden entre los jadeos, atrapadas en el estrepitoso caos de la estación, y ascienden para resonar en la bóveda del techo. Vuelvo a gritar, esta vez más fuerte —«¡Anna! ¡Espera!»—, pero cuando levanta la vista y me ve es demasiado tarde; la barrera automática ha registrado el billete, se ha abierto y ella ha cruzado.

—¡Julia! —dice volviéndose hacia mí—. ¿Qué estás…?

Dejo de correr. Estamos a un lado y otro de la barrera, a pocos pasos. Hay una garita de seguridad justo detrás de ella, y más allá las salas de espera y los restaurantes de la terminal internacional.

—He estado con Lukas. —Parece momentáneamente confusa, y entonces lo recuerdo—: Quiero decir con Ryan. He visto a Ryan.

Me mira con la cabeza ladeada y con cara triste. Es pena. Se compadece de mí. De nuevo pienso que Lukas ha ganado.

—Lo sé. Me ha llamado.

—Son la misma persona, Anna. Te lo juro. Ryan es Lukas. Ha estado mintiéndote.

Es como si se desbordara. Lo que ha estado conteniendo hasta el momento entra en erupción.

—Creía que eras mi amiga.

—Lo soy.

Pero entonces me viene a la cabeza la herida en la mejilla de Lukas, empezando a cicatrizar. Puedo imaginar lo que le habrá contado a Anna.

—Sea lo que sea lo que te ha dicho Ryan, miente. —La miro a los ojos—. Créeme…

Mueve la cabeza.

—Adiós, Julia. —Da media vuelta para marcharse.

Agarro con fuerza la barrera. Por un instante pienso que podría saltarla, o abrirme paso por la fuerza, pero ya estamos llamando la atención. Un miembro del personal nos mira, se nos acerca, como si esperase problemas.

Así que la llamo:

—¡Anna! Vuelve. Solo un momento. ¡Déjame que te explique!

Vuelve la vista por encima del hombro.

—Adiós, Julia. —Empieza a alejarse.

—¡No! —insisto—. ¡Espera!

El tipo de uniforme se planta a nuestro lado, mira a una y luego a la otra. Anna no se vuelve.

Busco una manera de convencerla. Estoy desesperada. Necesito algo que demuestre que lo conozco como Lukas, que me he acostado con él. Entonces lo recuerdo.

—Tiene una marca de nacimiento. En la pierna. El muslo. La parte superior del muslo.

Al principio me parece que no me ha oído, pero luego se

detiene. Se vuelve y regresa lentamente a la barrera que nos separa.

—Una marca de nacimiento. —Señalo mi propio cuerpo—. Justo aquí.

Al principio no dice nada. Mueve la cabeza. Parece dolida, destrozada.

—Qué… zorra.

La última palabra es un susurro. Me odia, claro, y yo me odio por tener que hacerle esto.

—¡Anna!… Lo siento…

Ahora está justo del otro lado de la barrera. Si una de las dos alargara el brazo nos tocaríamos, y aun así es totalmente inalcanzable, como si la barrera que nos separa fuese impenetrable.

Nos quedamos quietas, mirándonos. Un instante después una voz se entremete y nos sobresalta.

—¿Hay algún problema por aquí?

Vuelvo la mirada. Es el vigilante. Está justo detrás de Anna. Las dos negamos con la cabeza.

—No. No pasa nada.

Me doy cuenta vagamente de que bloqueo la barrera y se está formando una cola a mi espalda.

—¿Puede apartarse, por favor? —Parece del todo tranquilo; su amabilidad choca con lo que está ocurriendo.

Tiendo la mano con la palma hacia arriba, como si ofreciera algo.

—Anna, por favor. —La mira como si fuese un objeto desconocido, peligroso, extraño—. ¿Anna?

—¿Por qué haces esto? —Ahora está llorando, las lágrimas resbalan por sus mejillas—. Creía que éramos amigas…

—Lo éramos. —Insisto, desesperada—. Seguimos siéndolo. —Ojalá pudiera hacerle entender, dejarle claro que estoy haciendo esto porque la quiero, no porque no la quiero. Saco el móvil—. No es la persona que crees. Me refiero a Ryan. Créeme.

—Tú lo tienes todo. Cuando te dije que nos habíamos prometido, ni siquiera fuiste capaz de fingir que te alegrabas por mí. Me das pena. ¿Lo sabías?

—No… —empiezo, pero me interrumpe.

—Ya me he hartado.

Se da la vuelta para irse, e intento agarrarla por el brazo. El vigilante que nos mira da un paso adelante; vuelve a pedirnos que nos apartemos.

—Solo un segundo. Por favor…

Tengo que conseguir que Anna lo entienda antes de que suba a ese tren y desaparezca de regreso a París y todo esté perdido. De lo contrario, se casará con ese hombre y destrozará su vida. De pronto me doy cuenta de que, aunque lo logre, Lukas cumplirá su amenaza: enviará las fotos a Hugh. Pase lo que pase, es posible que lo pierda todo.

Noto que vuelvo a sumirme en la negrura, pero sé que no puedo permitirlo. Es mi última oportunidad de hacer lo correcto.

—Espera un momento. Tienes que oír una cosa. —El resto de la estación desaparece; no puedo pensar en nada más. Solo estamos ella y yo. Las palabras me salen en torrente—. Es…, lo conozco como Lukas…, es el que conocí en la web de la que me hablaste…, él… es…, ha llegado hasta Connor. Ha estado siguiéndolo…, siguiéndome…, se le ha ido la cabeza, te lo juro…

—Mentirosa. —Lo dice una y otra vez—. Eres una mentirosa. Una mentirosa.

—Lo puedo demostrar. —Levanto el móvil delante de mí—. Escúchalo. Por favor. Y luego…

—Señora. Voy a tener que pedirle que deje paso. Ahora mismo.

Se interpone entre nosotras. Mi desesperación se convierte en ira; el mundo regresa en una ráfaga furiosa. La estación me parece estrepitosa y no sé si Anna podrá oír mi grabación. Ahora se ha formado un corro, a ambos lados de la barrera, en torno a nosotras. Un hombre ha sacado el móvil y está haciendo fotos.

—¡Por favor! Esto es importante. —Manipulo con torpeza el móvil, desbloqueo la pantalla, abro el fichero—. Anna, por favor. ¿Por Kate?

Me mira fijamente. Se hace la calma de repente, y entonces el vigilante vuelve a pedirme que me aparte. Es mi última oportunidad.

—Dele esto. Por favor…

—Señora… —empieza, pero Anna le interrumpe.

Tiene la mano tendida.

—Voy a escucharlo. No sé qué quieres, pero voy a escucharlo.

Le alargo el teléfono al hombre que está entre nosotras y él se lo pasa a Anna.

—Pulsa reproducir, por favor.

Duda y luego lo hace. Se queda donde está, con el cuello estirado hacia delante. La sección que he elegido está preparada. Mi voz, su voz. Tal como lo estaba en el taxi. Anna está apartada y no oigo qué está escuchando, pero me lo sé de memoria: «… un arreglito estupendo…, no la quiero». Escucha lo suficiente, apenas unos momentos, y luego se acaba. Se derrumba. Es como si toda la tensión de los últimos minutos la hubiera hundido.

—Lo siento.

Me mira. Está destrozada. Parece empequeñecida, vacía. Privada de toda emoción. Ojalá pudiera tender los brazos y consolarla. No soporto la idea de haberle hecho esto y dejar que se marche. De regreso a casa. Sola.

Entonces habla:

—No te creo. Ni siquiera parece su voz. Ryan tiene razón.

Veo la duda en su cara. No está segura.

—Escúchalo otra vez. Escúchalo…

—No es él. —Se le entrecorta la voz, rota—. No puede ser.

Pero lleva la mano libre al móvil. Pulsa reproducir e intenta subir el volumen.

«¿Querer a Anna? … no la quiero.»

—Anna. Por favor…

Noto una mano en el brazo, alguien me tira de la manga de la chaqueta, intenta apartarme de en medio.

—Anna…

Levanta la mirada. La expresión de su rostro es espeluznante, sus ojos se abren como platos de incredulidad y horror. Puedo ver todos sus planes evaporarse, alzar el vuelo cual pájaros asustados, y no dejar nada a su paso.

—Lo siento.

—Tenemos que hablar.

Lo dice con voz tan queda que apenas la oigo. El gentío en torno percibe que la tensión disminuye y empieza a moverse, regresa a su rutina. La burbuja de dramatismo que se había formado ante ellos ha estallado. Anna se vuelve hacia el vigilante que está entre nosotras y dice:

—¿Puede dejarme volver a pasar? Por favor… Tengo que hablar con mi amiga…

El tiempo parece acelerarse. El mundo estaba en pausa, sumido en la furia de Anna y en mi desesperación. Pero ahora todo se ha liberado; irrumpe con fuerza. El ruido de la estación, el ajetreo y el parloteo, el viejo piano que han instalado en el vestíbulo y que alguien toca sin maña, la misma frase musical una y otra vez. La cojo del brazo y no ofrece resistencia; nos vamos juntas, subimos por las escaleras mecánicas, apoyándonos la una en la otra. Calladas. Sugiero tomar un café, pero niega con la cabeza, dice que necesita una copa. Yo también necesito un trago, me digo que podría, solo esta vez, pero me obligo a ahuyentar la idea. Anna llora, la voz se le rompe cuando intenta hablar. Busca un pañuelo de papel y subimos al bar. Me siento fatal, la sensación de culpa es casi abrumadora. Lo único que puedo pensar es: «Esto lo he hecho yo. Es culpa mía».

Nos sentamos bajo las sombrillas. Detrás de mí la puerta da al hotel, a la habitación donde Lukas y yo nos acostamos por primera vez. Hay recuerdos de nuestra aventura por todas partes; desvío la mirada, intento ignorarlos. Anna murmura algo acerca de su tren.

—Voy a perderlo —comenta, pese a que es evidente—. Quiero irme a casa.

Le doy un pañuelo de papel.

—No te preocupes. Te echaré una mano. Puedes quedarte conmigo, o...

—No. ¿Por qué iba a querer quedarme contigo?

Parece enfadada. Es como si para ella las cosas por fin comenzaran a tomar forma, como si el dolor que siente se hubiera condensado, se volviera más fácil de entender. Quiero hacer algo, tener algún pequeño detalle, por absurdo que parezca.

—Entonces te pago el billete para el próximo tren. Pero tienes que dejarme que te lo explique, Anna. Yo no quería que pasara nada de esto...

—Puedo pagármelo yo.

Se muestra desafiante, pero luego baja la mirada a su regazo. Imagino que se pregunta cómo ha podido meterse en esta situación, cómo pudo confiar en Ryan. Y también cómo pudo llegar a confiar en mí. Viene el camarero y pido agua y una copa de vino blanco. Pregunta cuál queremos, si deseamos ver la carta.

—El que sea. Vino blanco de la casa ya está bien...

Una vez se ha alejado, Anna levanta la vista.

—¿Por qué?

—No lo sé. Créeme. No tenía ni idea... No sabía que ese hombre, Lukas, estaba saliendo contigo. De haberlo sabido, ni se me habría pasado...

—¿Quieres decir que no te lo dijo? ¿No te contó que estaba prometido? ¿Conmigo?

—No. —Soy rotunda—. Claro que no. —Quiero hacérselo entender; por lo visto ahora mismo es lo único que importa.

—¿Y no se te ocurrió preguntárselo?

—No, Anna. No se me ocurrió. Llevaba alianza…

Me interrumpe, conmocionada.

—¿Alianza?

—Sí. Me contó que en el pasado había estado casado, pero que su mujer murió. Eso fue todo. Pensaba que no tenía pareja. No… No habría quedado con él de haber sabido que estaba saliendo con otra. Y mucho menos de haber sabido que eras tú.

Mientras lo digo me pregunto si es verdad. ¿Estoy engañándome? Mi relación con Lukas se desarrolló de manera gradual, empezó con mi búsqueda de la verdad, se transformó en conversaciones online y de ahí pasó a lo que acabó siendo. Aunque hubiera estado casado, o comprometido, ¿en qué punto me habría detenido, habría dicho no, hasta aquí pero más no? ¿En qué punto debería haberlo hecho?

Hay un punto en el que un flirteo en la red puede volverse peligroso, pero ¿quién puede saber de veras cuál es?

—Te lo juro.

—¿Y se supone que tengo que creerlo?

Noto un destello de ira, de orgullo herido, pero su rostro permanece impasible.

—Me persiguió, Anna. Es posible que no quieras oírlo, y lo siento, pero tienes que saberlo. Vino a por mí.

Parpadea.

—Mientes. No haría tal cosa.

Sus palabras son una bofetada. Me escuecen. ¿Por qué no?, siento deseos de decirle. ¿Por qué no haría tal cosa? Vuelvo a ser consciente de cómo me hacía sentir Lukas. Joven, deseable. Viva.

—¿Por mi edad?

Suspira.

—Lo siento —dice—. No me refería a eso. Solo quería decir… —La frase se diluye, y ella deja caer la cabeza hacia el pecho. Parece agotada—. No sé qué pensar.

—Anna…

Levanta la cabeza. Parece derrotada, está buscando ayuda, algún lugar adonde huir.

—Dime lo que ocurrió. Quiero saberlo todo.

Así pues, lo hago. Le cuento todo, con gran detalle. Guarda silencio mientras hablo. Cinco minutos. Diez. El camarero vuelve con la copa de vino y mi agua, pero aparto la bebida y continúo hablando. Hay cosas que ya ha oído, y cosas que no, sin embargo, es la primera vez que sabe que no se trata de una historia sobre un desconocido y yo sino sobre su prometido y yo. A mí me resulta muy duro; para ella el dolor debe de ser insoportable. Cada vez que le pregunto si prefiere que pare, niega con la cabeza. Dice que tiene que oírlo. Le hablo del primer acercamiento de Lukas. Le cuento que empezamos a mensajearnos con regularidad, que yo pensaba que vivía en el extranjero, en Milán, que me dijo que viajaba mucho. Le explico que me propuso quedar con él, en persona, y que yo pensé que solo sería una vez y que quizá me permitiera averiguar la verdad sobre lo que le ocurrió a mi hermana, y accedí.

—¿Y os acostasteis?

Aprieta los labios con fuerza. Dudo. Sabe que sí.

Asiento.

—¿Cómo fue?

—Anna. Por favor... No sé si es buena idea...

—No. Dime.

Sé que quiere oír que fue una decepción. Que no encajamos, que era evidente que él no ponía mucho empeño. Quiere tener derecho a creer que lo que tienen ellos es especial, y que lo que ocurrió entre él y yo fue un rollo de una noche, nada más.

No puedo mentir, pero tampoco quiero que se sienta peor de lo que ya se siente.

Desvío la mirada. Sin darme cuenta, la poso en la estatua al otro extremo de los andenes.

—Estuvo... bien.

—Bien. Así que no volviste a verle, después de esa vez. ¿Verdad?

Su sarcasmo es mordaz. Sabe que volví a verle.

—Yo nunca tuve intención de que se convirtiera en una aventura. Nunca tuve intención de que ocurriera nada de eso.

—Y sin embargo aquí estamos.

—Sí. Aquí estamos. Pero tienes que entenderlo, Anna, no sabía que te conocía siquiera. Te lo prometo. ¿Por qué quieres que lo jure? —Susurro—. ¿Por la vida de Connor? Créeme, si es necesario, lo haré.

Mira la copa de vino que tiene delante y luego vuelve a mirarme a mí. Parece que ha tomado una decisión.

—¿Por qué? ¿Por qué hace esto?

—No lo sé. ¿Por dinero?

—¿A qué te refieres?

—Sabe que Kate te dejó dinero a ti, y también a Connor. Igual esperaba echar mano a la parte de Connor además de a la tuya...

—¡A la mía no va a echarle mano! —Parece escandalizada, ofendida—. ¡Vamos a casarnos!

—Lo siento. Ya sabes lo que quiero decir.

—Y entonces ¿cómo iba a echar mano a tu parte?

Desvío la mirada una vez más.

—Tiene fotos. Fotos de los dos. De mí...

—¿En la cama? —Suena desolada, las palabras se le escurren. Asiento. Bajo la voz.

—Ha amenazado con enseñarlas a otros. A Hugh.

Veo la cara de Hugh, sentado a la mesa del comedor, mirando las fotografías. Parece confuso, luego estupefacto, luego furioso. «¿Cómo has podido hacer esto? —dice—. ¿Cómo has podido?»

—¿Te pidió el dinero de Connor? —pregunta Anna.

Pienso en el chantaje. Si dejo que empiece, no terminaría nunca. Me pediría cada vez más.

—Aún no. Pero es posible que lo haga.

Baja la vista de nuevo. Su mirada parece desenfocarse. Asiente lentamente con la cabeza. Está recordando, atando cabos.

—En esa grabación —mascula al fin— dice que no me quiere.

Alargo el brazo y le cojo la mano.

—Tú no tienes ninguna culpa. Recuérdalo. Podría ser cualquiera. Probablemente no se llama Ryan ni Lukas. No sabemos quién es, Anna. Ninguna de las dos… —Respiro hondo, es doloroso. Intento ofrecerle apoyo cuando no tengo fuerzas para sostenerme yo misma.

Pero tengo que hacerlo.

—Anna —digo. Me detesto por preguntárselo, pero sé que debo hacerlo—. ¿Te ha hecho daño alguna vez?

—¿Hacerme daño? No. ¿Por qué?

—Durante el sexo, quiero decir.

—¡No! —contesta un poco más rápido de lo debido, y me pregunto si me está diciendo toda la verdad.

—Solo quería asegurarme.

Parece horrorizada.

—Ay, Dios mío. ¿Sigues creyendo que mató a Kate?

—No —digo—. Estoy segura de que no. No pudo ser él…

—Estás loca —dice, pero al mismo tiempo veo que el horror aflora a su cara. Es como si viera desaparecer la fe, la confianza que tenía en su prometido—. Mató a Kate —dice.

—No. No pudo…

Me interrumpe.

—¡No! No lo entiendes —dice. Habla atropelladamente, atrapada en el engranaje de su propia fantasía. Eso mismo hacía yo no mucho tiempo atrás. Intentaba encajar el comportamiento de Lukas en un modelo que pudiera reconocer—. Igual la conoció, en internet, y luego se enteró de lo del dinero. Quizá se acercó a mí solo para llegar hasta ella, después la mató, y…

—No. No, es una coincidencia. Lukas estaba en Australia cuando Kate murió. Y de todos modos…

—Pero ¡eso no lo sabemos! Tal vez nos mintió a las dos…

—Han detenido al hombre que la mató, ¿recuerdas?

Sigue sin estar convencida. Continúo.

—Sea como sea, hay fotos. Se le ve en Australia. Tienen fecha de los días en que Anna fue asesinada…

—¿Es concluyente? O sea, ¿esos datos no se pueden alterar?

No contesto.

—Pero lo principal es que lo han detenido, Anna. Han detenido al hombre que la mató.

Por fin parece asimilarlo.

—Esto es increíble —dice. Un gemido grave brota de su garganta; creo que va a gritar—. ¿Cómo ha podido hacerme esto? ¿Cómo ha podido?

—Todo irá bien. Te lo prometo.

—Tengo que cortar con él, ¿verdad?

Asiento. Coge el bolso.

—Voy a hacerlo ahora mismo…

—¡No! No lo hagas. No puede saber que te lo he dicho. Dijo que si te lo contaba le enseñaría esas fotografías a Hugh. Anna, tenemos que conducirnos con astucia…

—¿Cómo?

Guardo silencio. Sé lo que quiero que haga. Que espere, que finja ante el hombre a quien llama Ryan que sigue enamorada de él. Y que luego le ponga fin de una manera que en apariencia no tenga nada que ver conmigo.

Pero ¿cómo voy a pedirle que haga eso? No puedo. Es una idea monstruosa. Tiene que darse cuenta por sí misma.

—No lo sé. Pero si cortas ahora sabrá que yo he tenido algo que ver.

No puede creerlo.

—¿Quieres que siga viéndole?

—No exactamente.

—¡Sí que quieres!

—No, Anna. No… No sé…

Se le desencaja la cara. Toda su actitud desafiante se esfuma, sustituida por amargura y pesar.

—¿Qué voy a hacer? —Abre los ojos—. ¡Dime! ¿Qué voy a hacer?

Tiendo los brazos hacia ella. Me alivia que no me rechace. La tristeza se adueña de su rostro. Parece mucho mayor, más cerca de mi edad que de la de Kate.

—Depende de ti.

—Tengo que pensarlo. Dame unos días.

Tendré que vivir con la incertidumbre, pero en comparación con lo que le espera a ella no es nada.

—Ojalá no hubiera ocurrido esto. Ojalá todo pudiera ser distinto.

—Lo sé —dice.

Permanecemos sentadas un rato. Estoy exhausta, sin energía, y cuando la miro veo que ella está igual. La estación parece menos concurrida, pero puede que sean imaginaciones mías; la hora del almuerzo apenas cambia nada en un lugar tan perpetuamente ajetreado. Aun así, se hace la calma. Anna termina su copa y dice que tiene que marcharse.

—Saldrá otro tren pronto. Tengo que ir a por el billete…

Nos levantamos. Aferramos la silla en busca de apoyo, como si el mundo se hubiera inclinado en un nuevo eje.

—¿Quieres que te eche una mano? No me importa pagártelo, de verdad.

—No. No pasa nada. Estoy bien. No tienes por qué.

Sonríe. Sabe que me siento culpable, que ofrecerle dinero es una manera de atenuar esa sensación de culpa.

—Lo siento muchísimo —digo otra vez.

Necesito desesperadamente saber que cuento con su amistad, pero durante un largo momento permanece quieta. Luego se funde conmigo. Nos abrazamos. Creo que va a echarse a llorar de nuevo, pero no lo hace.

—Te llamaré. ¿Dentro de un par de días?

Asiento.

—¿Estarás bien? —Me doy cuenta de lo trillada, lo absurda que suena la pregunta, pero estoy agotada. Solo quiero que sepa que me preocupa.

Asiente.

—Sí. —Luego me suelta—: ¿Y tú?

—Sí. —No estoy ni remotamente segura de que sea verdad. Coge la maleta—. Venga. Esto corre de mi cuenta. Y buena suerte.

Me besa otra vez. Sin decir nada más, da media vuelta y se va. La veo cruzar el vestíbulo y bajar las escaleras que llevan a las taquillas. Vuelve la esquina y la pierdo de vista. De pronto me siento terriblemente sola.

QUINTA PARTE

29

Lunes. Hugh tiene hoy una reunión sobre su caso; averiguará si su declaración ha satisfecho al director general, al director médico y a la junta de dirección clínica. De ser así, impugnarán la demanda; en caso contrario, reconocerán que cometió un error.

—Y cerrarán filas —ha dicho—. Todo girará en torno a mantener la reputación del hospital. Lo más probable es que se me sancione.

—Pero no perderás tu empleo, ¿verdad?

—Lo dudo. Pero dicen que podría ser.

No lo imagino siquiera. Su trabajo es su vida. De perderlo, las repercusiones serían catastróficas, y si algo así golpeara a nuestra familia no estoy segura de ser lo bastante fuerte para hacerle frente. No con todo lo demás que está ocurriendo.

Aun así, tendría que enfrentarme a ello, no hay alternativa. Me aferro a ese «lo dudo».

Tengo que ser fuerte.

—¿Estás bien? —he preguntado.

Ha respirado hondo, se ha llenado los pulmones al tiempo que echaba la cabeza atrás.

—Sí. No me queda otra. Esta mañana tengo quirófano. Tengo que operar a una mujer que podría morir en cuestión de semanas si no se hace nada. Y necesito tener la mente despejada, al margen de todo lo demás. —Ha movido la cabeza. Parecía furioso—. Eso es lo que más me cabrea. No he hecho nada mal. ¿Lo sabes? Se me pasó advertirles que durante unas semanas quizá su padre olvidara dónde había dejado el mando a distancia. No —se ha corregido—, ni siquiera eso. Se me pasó poner por escrito que se lo había advertido. A eso se reduce todo. Estaba tan ocupado pensando en la intervención en sí misma que no anoté los detalles de una conversación trivial.

He sonreído con tristeza.

—Seguro que irá bien. ¿Me llamarás?

Ha dicho que sí, pero ahora suena el teléfono y no es él.

—¿Anna?

Titubea. Cuando por fin habla, suena distante, disgustada.

—¿Qué tal estás?

—Bien —respondo.

Quiero que me diga qué ha decidido. Durante dos días he estado convenciéndome de que se lo ha replanteado, o que no me creyó en absoluto. He imaginado que hablaba con Lukas, que le contaba que fui a buscarla a la estación, que le relataba lo que le dije.

No me atrevo a imaginar cómo reaccionaría él entonces.

—¿Cómo te encuentras?

No contesta.

—He estado pensando. Ryan seguirá fuera otra semana. Se ha quedado en Londres. Cuando vuelva, necesitaré una semana.

No sé con seguridad a qué se refiere.

—¿Una semana?

—Tengo que cortar con él. Pero he de hacerle creer que no tiene nada que ver contigo. Ya le dije que no te he visto desde la otra noche en el hotel, que no te has puesto en contacto conmigo. Le dije que eras una chiflada, que no quería saber nada más de ti. Cuando regrese, tendré que mantenerme ocupada, fingir que tengo mucho trabajo o lo que sea. Me parece que durante una semana podría apañármelas.

—¿Y luego?

—Luego le pondré fin.

Parece desafiante. Segura por completo.

—Buscaré las fotos, las que tiene de ti, y las borraré de su ordenador. Encontraré la manera, tengo llave de su piso, no debería de ser muy difícil. Después, aunque sospeche, será demasiado tarde para ponerle remedio.

Cierro los ojos. Qué agradecida le estoy, qué peso me quita de encima. Podría funcionar. Tiene que funcionar.

—¿Estarás bien?

Suspira.

—La verdad es que no. Aunque supongo que en realidad ya me olía algo. Había algo extraño en él, pero yo no era capaz de identificarlo. Siempre tenía que irse de viaje, casi sin avisar. Debería haberme dado cuenta.

No sé si creerla. Parece una justificación en retrospectiva. Continúa:

—Quizá cuando todo haya terminado podríamos quedar y salir a tomar algo. No perder nuestra amistad por esto.

—A mí también me gustaría —digo—. ¿Seguiremos en contacto? Durante las dos próximas semanas, quiero decir.

—No nos conviene que Ryan se dé cuenta de que hablamos.

—No.

—Intentaré llamarte cuando pueda.

—De acuerdo.

—Tendrás que confiar en mí —dice.

Hablamos un minuto más o así y luego se despide. Antes de colgar quedamos en volver a vincular nuestros perfiles en Find Friends. Después me quedo sentada y me inunda una sensación de alivio, alivio y miedo, y luego llamo a Hugh. No sé muy bien por qué. Quiero oír su voz. Quiero demostrar que lo apoyo, que no he olvidado el mal trago que tiene que pasar hoy. Contesta su secretaria; sigue reunido.

—¿Le dirás que me llame cuando salga?

Dice que lo hará. Casi sin pensarlo le pregunto si puede

pasarme con Maria. Quiero tener la seguridad de que Paddy está bien, de que se ha recuperado.

Pienso en los pasos que estoy dando. He hecho inventario moral; sin siquiera ser consciente de ello, estoy esforzándome por enmendar las cosas.

—Hoy no ha venido —dice. Le pregunto si está de vacaciones—. No, tiene algún problema en casa. —Baja el tono de voz—. Parecía muy disgustada.

Cuelgo. Estoy inquieta. Hugh siempre dice que se puede contar con Maria; nunca se pone enferma, nunca llega tarde. No alcanzo a imaginar qué puede ocurrir. ¿Una enfermedad? ¿Paddy? ¿Sus padres, quizá? No son mayores, pero eso no descarta nada, lo sé tan bien como cualquiera.

Estoy a punto de llamarla, pero luego decido que no. Bastante tengo ya entre manos, y además ¿qué iba a decirle? En realidad tampoco somos tan amigas. No la veo desde que fuimos a visitar a Paddy, hace semanas. Hugh no los ha invitado, o igual sí y no han venido. Me pregunto si sería por decisión de Paddy, y de ser así, qué excusa le habría dado a su mujer.

Paso la tarde trabajando. Connor llega a casa y sube a su cuarto. A hacer deberes, dice, aunque no sé si creerle. Sospecho que pasa horas conectado —con sus amigos, Dylan, su novia—, e incluso ahora, cada vez que subo a ver si quiere tomar algo, a intentar convencerle de que baje a cenar, a establecer alguna clase de vínculo, parece empeñado en mostrarse frío conmigo. Sigue enfadado por el castigo, supongo; aunque solo sea una semana, por lo visto se le está haciendo muy larga.

Tal vez sea otra cosa. Sigue disgustado porque la detención del hombre que mató a Kate no le ha proporcionado el alivio que esperaba. Ahora busca en otra dirección. «¿Sabes quién es mi padre de verdad?», preguntó el otro día, y cuando respondí que no, añadió: «¿Me lo dirías si lo supieras?». Claro que no me lo dirías, parecía estar dando a entender, pero procuré mantener la calma. «Sí. Claro que te lo diría. Pero no lo sé», contesté.

Quiero decirle que eso no cambiaría nada. Decirle: «Tu padre, sea quien sea, fuera quien fuese, probablemente era muy joven. Abandonó a tu madre, o lo más seguro es que ni siquiera supiese que estaba embarazada». En cambio dije: «Tu familia somos nosotros», pero él se quedó mirándome como si eso ya no fuera suficiente.

Es triste, pero me digo que es normal, es un adolescente. Está madurando, se aleja de mí. Antes de que me dé cuenta estará haciendo los exámenes de acceso a la universidad y luego se irá de casa. Quedaremos solo su padre y yo, y ¿quién sabe si vendrá de visita siquiera? Todos los jóvenes pasan por una fase en la que aborrecen a sus padres, pero dicen que a los hijos adoptados les resulta más fácil cortar los lazos. A veces esa separación es permanente.

No sé si podría afrontarlo. No sé si eso no me mataría.

Estoy en la cocina cuando Hugh llega a casa. Me da un beso y va directo al frigorífico para ponerse algo de beber. Parece furioso. Le pregunto qué tal ha ido.

—Les van a hacer una oferta. Un acuerdo sin llegar a los tribunales.

—¿Creen que la familia lo aceptará?

Aguardo mientras apura el vaso y se sirve otro.

—Eso espero. Si llega a juicio, estoy jodido.

—¿Qué?

—Me equivoqué. Está claro, al menos para ellos. Cometí un error. Si llega a juicio, perderemos y tendrán que dar ejemplo de algún modo conmigo.

—Ay, cariño...

—La semana que viene tengo que seguir un cursillo. —Sonríe amargamente—. Redacción de informes. Tengo que cancelar las operaciones y aprender a escribir unas puñeteras notas.

Me siento enfrente de él. Veo lo dolido que está. Parece tan injusto...; después de todo, no ha muerto nadie. No es como si hubiera cometido un error durante una operación.

Intento mostrarme esperanzada.

—Seguro que todo irá bien.

Suspira.

—Seguro... Y Maria no se ha presentado hoy, joder.

—Lo sé.

—¿Lo sabes?

—He llamado. Me han dicho que no había ido. ¿Qué ocurre?

Saca el móvil y hace una llamada.

—Ni idea. Pero espero que tenga intención de ir mañana. —Se lleva el teléfono a la oreja. Suena varias veces y contestan, un hola distante. La voz de Maria—. ¿Maria? Oye... —Me mira, luego se pone en pie—. ¿Qué tal va todo?

No oigo la respuesta de ella. Hugh ha dado media vuelta y sale de la cocina, tiene toda la atención puesta en su colega. Sigo preparando la cena. Hugh, Connor, Anna. Solo espero que todo vaya bien.

Dos días después llama Paddy. Es la primera vez que oigo su voz desde hace semanas, y en cierto modo suena distinto. Le pregunto si le ha ocurrido algo a Maria, pero dice que no, que está bien.

—Solo es que he pensado que a lo mejor querías quedar. A comer o algo así...

¿Así estamos? ¿Quiere intentar seducirme otra vez?

—Más vale que no...

Me interrumpe.

—Por favor... Solo un café... Lo único que quiero es hablar contigo.

Suena inquietante; desde luego no parece una invitación a la ligera. ¿Cómo puedo negarme?

—De acuerdo.

Esa noche se lo comento a Hugh.

—¿Paddy? —dice. Asiento—. Pero ¿para qué quiere verte?

Le aseguro que no lo sé. Le pregunto por qué quiere saberlo; al fin y al cabo somos amigos, no debería chocarle tanto.

Se encoge de hombros, pero parece preocupado.

—Solo me lo preguntaba.

Se me pasa por la cabeza que Connor vio algo aquel día. Igual se lo ha contado a su padre y él ha decidido no decir nada siempre y cuando el asunto no vaya a más.

O quizá le preocupe que vayamos a un bar, que me convenza de beber alcohol.

—No hay nada entre Paddy Renouf y yo —digo—. Solo vamos a tomar un café. Y será un café. Te lo prometo.

—De acuerdo —dice. Pero no parece convencido.

Quedamos en un Starbucks del centro. Hace frío, llueve, y llega tarde. Para cuando aparece, estoy sentada con una bebida. La última vez que lo vi estaba magullado, con la cara hinchada, pero de eso hace semanas, ahora tiene un aspecto normal.

Nos besamos con torpeza antes de tomar asiento. Un gesto amistoso, un besito en cada mejilla. Pienso en la vez que nos besamos en el cenador de Carla. Qué distinto fue aquello. Se me pasa por la cabeza que las cosas habrían ido mejor si me hubiera acostado con él en vez de con Lukas. Pero también es verdad que podría haber ido peor. ¿Cómo saberlo?

—¿Qué tal estás?

Tomo un sorbo.

—Estoy bien. —La atmósfera es densa, incómoda. No sabía qué esperar, pero no era esto. Salta a la vista que ha venido por una razón. Tiene algo que decirme—. ¿Va todo bien?

—Solo quería decirte que lo siento.

Me coge por sorpresa que sea él quien se disculpe.

Bajo la vista a mi bebida. Un chocolate caliente, con nata montada encima.

—¿El qué?

—Lo que ocurrió en verano. Ya sabes. En la fiesta de Carla. Y luego…

Le interrumpo.

—Olvídalo.

Pero él continúa:

—… y luego por no haberte llamado. Me pasé el verano queriendo disculparme. Había bebido más de la cuenta, pero no es excusa. Supongo que estaba avergonzado.

Le miro. Veo lo que le está costando ser sincero, pero no puedo corresponderle. Por un instante me gustaría hacerlo. Me gustaría contarle todo. Me gustaría decirle que no tiene de qué disculparse porque, en comparación con mis transgresiones, las suyas son insignificantes.

Pero no lo hago. No puedo. Son cosas que nunca podré contarle a nadie.

—De verdad. No pasa nada…

—No he sido un buen amigo.

Ha sido una temporada rara, siento ganas de decir. Yo tampoco he sido buena amiga.

Pero no lo hago.

Me mira.

—¿Qué tal te va ahora?

—Bastante bien. —Caigo en la cuenta de que en buena medida es verdad; la pena no ha desaparecido, pero empiezo a ver el modo de convivir con ella—. Ya sabes que detuvieron al tipo que mató a mi hermana.

Niega con la cabeza. O Hugh no se lo comentó a Maria, o Maria no se lo ha dicho a su marido. Le cuento la historia y al hacerlo me doy cuenta de que la niebla de la muerte de Kate se está levantando. El dolor sigue ahí, pero por primera vez desde febrero no es el prisma a través del que todo lo demás se refracta. No estoy atascada, vadeando una vida impregnada de pesar e ira, ni dando tumbos de aquí para allá fuera de control, y ya no estoy enfadada con ella porque acabaran asesinándola ni conmigo por no ser capaz de hacer nada para protegerla.

—Sigue doliéndome —digo—. Pero va a mejor.

—Bien. —Hace una pausa. Estamos yendo hacia alguna parte—. ¿Tienes amigos que te apoyen?

¿Los tengo? Adrienne, sí, hemos hablado estos dos últimos días, pero aún nos falta un trecho para arreglar los daños causados.

—Sí, tengo amigos. ¿Por qué?

Parece curiosamente aliviado, y caigo en la cuenta de que, de alguna manera, la razón por la que ha venido tiene que ver conmigo.

—¿Qué ocurre, Paddy?

Permanece inexpresivo un momento y luego parece tomar una decisión definitiva.

—Tengo que contarte una cosa.

Procuro centrarme, anclarme en el presente.

—¿Qué?

No respiro. El aire entre nosotros es denso como el aceite.

—Maria me ha dicho que se acostó con un hombre.

Asiento lentamente y entonces sé lo que se avecina. Una parte de mí —una parte soterrada, una parte reptil— sabe exactamente lo que va a decir.

Abre la boca para hablar. Parece que tarde una eternidad. Lo digo por él.

—Hugh.

Su cara se transforma en un gesto de alivio. Aun así, en cierto modo sigo esperando que me contradiga, pero no lo hace. Me pregunto cuándo se enteró.

—Sí. Me dijo que se acostó con Hugh.

No consigo discernir cómo me siento. No estoy conmocionada; es como si lo hubiera sabido desde el primer momento.

Se acerca más al aturdimiento, a una ausencia de sensaciones. Respiro hondo. El aire me llena los pulmones. Me expando, me pregunto si podría seguir respirando hasta crecer más que el dolor.

—¿Cuándo? —Mi voz resuena en las paredes.

—En Ginebra. Dice que solo fue una vez. Por lo visto, no ha vuelto a ocurrir desde entonces.

Se calla. Me pregunto si espera que diga yo algo. No tengo nada que añadir. ¿Solo una vez? Me pregunto si cree a su mujer. Me pregunto si yo la creo.

—¿Hugh no te lo contó?

—No.

O sea que por eso hace meses que Hugh no les invita. No tiene nada que ver con lo que Connor vio o no vio en el cenador.

Tengo frío, como si estuviera sentada en una corriente de aire. Hugh y yo siempre nos hemos dicho la verdad. ¿Por qué me ha ocultado esto?

Pero entonces pienso en lo que le he ocultado yo.

—Lo siento.

Le miro. Está más dolido que yo. Se le ve vacío, hueco. Se nota que no ha dormido.

Entonces lo entiendo. Por eso me besó. Lo sabía, o al menos lo sospechaba. Era su venganza.

No se lo echo en cara. Tendría que alargar las manos, abrazarlo y decirle que todo irá bien, tal como le digo a Connor que todo irá bien. Porque tengo que hacerlo. Porque es mi deber, tanto si lo creo como si no.

Pero no lo hago. Dejo las manos sobre la mesa.

—Gracias por decírmelo.

—Creía que debía hacerlo. Lo siento.

Permanecemos sentados. Da la impresión de que el espacio entre nosotros se expande. Deberíamos ser capaces de ayudarnos mutuamente, pero no podemos.

—No, has hecho bien. —Me callo. ¿Ha hecho bien? No está

tan claro; a veces hay cosas que es mejor ignorar—. ¿Qué vas a hacer?

—No lo sé. No lo he decidido. Maria y yo tenemos que hablarlo, pero sé qué es esto. Supongo que todos cometemos errores. —Habla consigo mismo, no conmigo—. ¿Verdad?

Asiento.

—Todos.

De regreso a casa llamo a Hugh. Me siento distinta, pero no sé exactamente en qué sentido. Es como si algo hubiera cambiado en mí, como si hubiera habido una violenta reorganización y las cosas aún no se hubieran asentado. Estoy furiosa, sí, pero es más que eso. Mi furia se mezcla con algo más, algo que no alcanzo a identificar. ¿Envidia porque la aventura de Hugh ha sido breve y no ha acarreado complicaciones? ¿Alivio porque mi marido tiene un secreto, casi a la altura del mío, y ya no tengo por qué sentirme tan mal?

Su teléfono sigue sonando. No estoy segura de qué voy a decirle, y cuando salta el buzón de voz me alegro.

Me oigo hablar.

—Solo quería saber que estás bien. —Me doy cuenta de que en realidad le he llamado para eso. Para oír su voz. Para tener la seguridad de que todavía existe y no ha sido arrastrado por el maremoto que ha hecho peligrar todo lo demás—. Llámame cuando tengas ocasión.

Cuelgo. Me pregunto cómo me sentiría si no me devolviera la llamada, si no volviese a llamar nunca. Imagino un coche que se empotra contra él, un atentado terrorista, o algo tan prosaico como un ataque de corazón, un ictus. Me imagino intentando seguir adelante sola, consciente de que durante los últimos meses de su vida estuve resentida con él, albergaba sospechas, desviaba la mirada para evitar enfrentarme a mí misma. Al intentarlo, me doy cuenta de que no puedo. Él siempre está ahí. Siempre lo ha estado. Aún me veo bajando de aquel avión, el que pagó él, el que me trajo de vuelta a casa. Me estaba esperando, no con flores, ni siquiera con amor, sino con algo mucho más sencillo y mucho más importante en aquel entonces. Aprobación. Aquella noche me acogió en su casa, no en su cama, sino en la habitación de invitados. Me dejó llorar, y dormir, y se quedó conmigo cuando yo quería que estuviese y me dejó sola cuando no. A la mañana siguiente buscó ayuda. No me exigió nada, ni siquiera respuestas a sus preguntas. Prometió que no le diría a nadie que estaba allí hasta que me sintiera fuerte, hasta que estuviera preparada.

Me apoyó de la manera más real y más sincera posible. Y sigue siendo la persona a quien acudo, la persona en la que confío. La persona para quien deseo lo mejor, y para quien quiero ser lo mejor, igual que él para mí.

Le quiero; enterarme de que se ha acostado con otra —incluso con la sosa de Maria— ha hecho que eso se vuelva de alguna manera más real. Me ha recordado que es deseable, que tiene capacidad para la pasión.

Cierro los ojos. Me pregunto si de verdad se habrán acostado solo una vez. Sea como sea, ha tenido una aventura que de algún modo contrarresta la mía. Una de las bazas que Lukas creía tener contra mí se ha ido al garete, tan sencillo como eso. Anna borrará las fotos y lo expulsará de su vida, y de la mía. Por primera vez en meses imagino la posibilidad de emerger en un futuro sin Lukas, limpia, pura y libre.

Hugh vuelve a casa. Llega tarde; un caso ha excedido el tiempo previsto.

—Lo siento, querida —dice al entrar en la cocina—. Ha sido un día de pesadilla. Y Maria me ha dejado otra vez tirado, en el último momento. —Me da un beso. Una vez más, siento alivio—. Alguna crisis en casa.

Así que Maria no le ha dicho a Hugh que Paddy lo sabe todo. Me pregunto por qué se lo contó a su marido, qué la empujó a confesarlo. El remordimiento, supongo. A fin de cuentas, a eso acaba reduciéndose todo.

—¿Qué tal el café con Paddy?

Se me pasa por la cabeza que si se lo voy a contar, este es el momento. Sé lo tuyo con Maria, podría decir. Me lo ha contado Paddy. Y quiero decirte una cosa.

—¿Hugh?

Me mira.

—¿Sí?

Hago una pausa. Estoy sirviendo la cena. Me pregunto qué pasaría si siguiera adelante. Si le contase lo de Lukas. Me pregunto si lo entendería, si quizá ya lo sospechaba. Me pregunto si me perdonaría, como me doy cuenta de que yo ya le he perdonado.

Cambio de parecer. El secreto que ahora sé que guarda hace que la presión que Lukas ejerce sobre mí no sea tan acuciante. Amo a Hugh, y no quiero renunciar a eso. No se subsana un error cometiendo otro, pero igual sí que equilibra un poco las cosas.

—Dile a Connor que baje, ¿quieres?

Lo hace, y unos minutos después nuestro hijo baja las escaleras. Comemos juntos, sentados a la mesa del comedor. Mientras lo hacemos, contemplo a mi familia. He sido una boba, una idiota. He estado a punto de perderlo todo. Pero he aprendido la lección. ¿De qué serviría confesarlo ahora?

Esa noche nos acostamos temprano. Le digo que le quiero, y él me dice que también me quiere, y lo decimos de corazón. No es automático, una respuesta aprendida. Proviene de un remanso de sinceridad, profundo e ignoto.

Me besa y le beso. Estamos juntos de verdad, por fin.

30

Es el día que Lukas tiene previsto regresar a París, con Anna. Cuando Hugh me llama, estoy trabajando, retratando a una familia que se puso en contacto conmigo a través del perfil que creé en facebook. Dos mujeres con sus dos hijitos.

Está yendo bien, es una distracción. Estamos casi al final de la sesión, de lo contrario habría dejado que saltara el buzón de voz.

—¿Os importa? —pregunto.

—Qué va —dice la más alta de las dos mujeres—. Además, creo que Bertie tiene que ir al baño.

Les indico dónde está el baño en la planta baja, en la parte de atrás, y luego contesto.

—¿Hugh?

—¿Estás ocupada?

Salgo al aire frío de otoño y cierro la puerta del cobertizo a mi espalda. Hoy estoy inquieta, con los nervios en punta.

—Estoy terminando una sesión. ¿Va todo bien?

—Sí, bien. —Suena animado. El miedo que había empezado a constreñirme me suelta—. Solo quería decírtelo.

—¿Sí?

—Han aceptado la oferta de llegar a un acuerdo fuera de los tribunales. Van a retirar la demanda.

Se me hunden los hombros del alivio que siento. No era consciente de la tensión que había ido acumulando en el cuerpo.

—Qué bien, Hugh. Es maravilloso.

—He pensado que hay que celebrarlo. ¿Salimos a cenar esta noche? ¿Los tres? No estás ocupada, ¿verdad?

Le digo que no lo estoy. Creo que me ayudará a relajarme, a distraerme de lo que pueda estar pasando en París. Llevo una semana preguntándome qué estará pensando Anna, resistiéndome a la tentación de llamarla, preocupada por que cambie de parecer y decida quedarse con él. ¿Qué ocurriría entonces, si lo hiciera? Me exigiría dinero, supongo. En ningún momento creí que lo único que quería de mí era que dejase en paz a Anna.

Y aunque así fuera, no podría hacerlo. No podría dejarla en manos de un hombre dispuesto a mentir como miente Lukas. Es mi amiga. La mejor amiga de mi hermana. Se lo debo.

Pero todo eso aún no ha sucedido, me digo. Una semana más y habrá terminado.

—Me parece muy bien —le digo a Hugh.

—Voy a reservar mesa en algún sitio. ¿Se lo dices tú a Connor?

Termino la sesión justo antes de la hora de comer. Le digo a la pareja que les enviaré las fotos por correo electrónico cuando las tenga listas y así podrán elegir las que más les gusten. Me dan las gracias, nos despedimos, luego recojo el equipo y retiro los focos. Pienso en lo que tendrá que hacer Anna. Me la imagino teniendo una de esas conversaciones en plan: «No eres tú, soy yo. Ahora mismo no estoy segura de que quiera casarme».

¿Daría resultado? ¿Creerá Lukas que no tiene nada que ver conmigo, que me he mantenido al margen?

Debería hacerlo en un bar, creo. En algún sitio neutral, donde él pueda ponerse furioso pero no violento. Debería haberle sugerido que antes cambiase las cerraduras.

Me pregunto si debería ir para hacerle compañía. Pero eso podría empeorar las cosas. Por ahora tiene que arreglárselas sola.

Acabo de recoger y entro en casa. Abro el frigorífico; hay algo de ensalada, un poco de caballa ahumada. Las saco y miro la hora; Connor debe de estar almorzando. Saco el móvil y le llamo. Le digo que esta noche cenaremos fuera. Se queja: «¡He quedado con Dylan!». Adopta un tono implorante, quiere que le diga que no importa, que puede irse con su amigo, pero no lo hago.

—Es importante, Con. Para tu padre.

—Pero…

Me cambio el móvil a la otra oreja y cojo un plato del armario.

—No pienso discutir, Connor. Después de clase, tienes que venir a casa.

Suspira, pero dice que vendrá.

Acabo de prepararme la comida y como en la cocina, luego vuelvo al estudio. Miro las fotografías que he hecho y empiezo a pensar en la edición, tomando notas de las que han salido mejor. A eso de las dos de la tarde suena el teléfono.

Me sobresalto. Pienso que es Anna, pero cuando contesto la voz no me resulta conocida.

—¿Señora Wilding?

—¿Sí?

—Ah. —La mujer al otro lado de la línea suena aliviada. Se presenta: es la señora Flynn, del instituto de Connor—. Llamo del Saint James. Se trata de Connor.

Me estremezco, es una premonición.

—¿Connor? ¿Qué ocurre?

—Me preguntaba si está en casa.

El mundo se detiene; se inclina y se desplaza. De pronto hace mucho frío en la habitación.

—No. No está aquí. Está en el instituto. —Lo digo con firmeza, con autoridad. Como si creyera que basta decirlo para que sea así—. Le he llamado a la hora de comer. —Miro el reloj—. Está ahí. ¿No?

—Bueno, cuando han pasado lista esta tarde no estaba.

—No parece inquieta, lo que contrasta a más no poder con el

pánico que empieza a anidar en mi interior, pero tengo la sensación de que su actitud es forzada. Solo intenta tranquilizarme—. No es propio de él, así que queríamos ver si estaba en casa.

Me echo a temblar. De un tiempo a esta parte es habitual que se comporte de un modo que no es propio de él.

—No. No está aquí. —No sé si se supone que debo disculparlo o no. Estoy enfadada y al mismo tiempo a la defensiva, y detrás de todo eso noto una oleada de miedo a punto de romper—. Voy a llamarle. Averiguaré dónde está. ¿Ha ido esta mañana?

—Sí. Ha venido como siempre. Me han dicho que en apariencia todo iba bien.

—De acuerdo.

Me digo que debo mantener la calma. Me digo que no hay nada de lo que preocuparse; está malhumorado, le he dicho que venga a casa en vez de ir con sus amigos, me está dando una lección.

—Lo que pasa es que después del almuerzo no ha vuelto a clase.

—De acuerdo —repito.

Cierro los ojos al estrellarse contra la costa otra oleada de pánico. ¿Me he preocupado demasiado por lo que ocurre en París y muy poco por lo que tengo delante de las narices?

—¿Señora Wilding?

—Gracias por ponerme al tanto —digo.

Parece aliviada de que siga al teléfono.

—Ah, no pasa nada. Seguro que no hay de qué preocuparse. Yo también tendré unas palabras con él al respecto el lunes, así que sería estupendo que lo hable usted con él durante el fin de semana.

—Lo haré.

—¿Me llamará cuando lo localice?

—Claro.

—Son las normas, nada más. Me refiero a si desaparece de las dependencias del instituto.

—Claro —repito—. La llamaré.

Nos despedimos. Sin pensarlo, llamo a Connor. Su móvil suena y luego salta el buzón de voz, así que hago la prueba de llamar a Hugh, que contesta de inmediato.

—¿Julia? —Se oye una discusión al fondo; no está solo en el despacho. Me pregunto vagamente si será Maria, pero no me importa mucho.

Me salen las palabras atropelladamente y se me quiebra la voz.

—Connor ha desaparecido.

—¿Qué?

Lo repito.

—¿Qué quieres decir con que «ha desaparecido»?

—Ha llamado la secretaria del centro. La señora Flynn. Esta mañana estaba en el instituto, pero por la tarde no ha vuelto.

Mientras lo digo veo una imagen. Lukas lo mete como si fuera un fardo en un coche y arranca. No consigo ahuyentar la sensación de que está ocurriendo algo terrible, y de que, de alguna manera, Lukas está detrás. Creía que había conseguido escapar, pero sigue ahí, una fuerza malévola, una sirena que me atrae con su canto hacia una pesadilla.

Me digo que estoy siendo ridícula, aunque no lo creo.

—¿Le has llamado?

—Sí. Claro que le he llamado. No ha contestado. ¿Te ha llamado a ti?

—No. —Lo imagino negando con la cabeza.

—¿Cuándo has hablado con él por última vez?

—Tranquilízate —dice. No me había dado cuenta de lo asustada que parezco. Carraspea y baja el tono de voz—: Todo irá bien. Tú tranquilízate.

—Se ha fugado.

—Solo está haciendo novillos. ¿Has probado a llamar a sus amigos?

—No, todavía no…

—¿A Dylan? Últimamente pasan mucho tiempo juntos.

Los imagino en el parque bebiendo una botella de sidra barata, mi hijo atropellado por un coche al cruzar la carretera. O igual están pasando el rato en un puente del ferrocarril, retándose a asomarse por la barandilla, a esquivar un tren que se acerca.

—O a Evie. ¿No puedes llamar a su madre?

Claro que no puedo llamar a su madre, siento deseos de contestar. No sé quién es su madre.

Vuelvo a imaginar a Lukas, esta vez acechando a Connor. Parpadeo para alejar la imagen.

—No tengo su número. ¿Crees que está con ella?

—No lo sé.

Pienso en el otro día, después de que me dejara plantada en el restaurante. Se puso a hacer el equipaje. «¡Voy a ver a Evie!»

—Está con ella. —Empiezo a subir las escaleras, hacia su cuarto—. Tenemos que encontrarla.

—Eso no lo sabemos… —dice Hugh, pero yo estoy subiendo los peldaños de dos en dos y cuelgo.

En el umbral de la habitación de mi hijo, dudo; busco inútilmente alguna clase de indicio. La cama está deshecha, hay prendas amontonadas de cualquier manera sobre la mesa y la silla, un vaso vacío al lado de la cama, un plato lleno de migas. Estas últimas semanas se ha vuelto más reservado, quizá le preocupa que encuentre una pila de revistas o una camiseta con pegotes de semen debajo de la cama, no se da cuenta de que cuanto más reservado se vuelve, más difícil me resulta no buscar.

Doy un paso adelante y me detengo. Vuelvo a llamarle, pero esta vez el teléfono está apagado. Pruebo por tercera vez, y luego de nuevo, y esta vez dejo un mensaje.

—Cariño, haz el favor de llamarme. —Procuro que mi voz suene serena, que no denote más que preocupación. No quiero que oiga nada que pueda interpretar como enfado, ni siquiera por un instante—. Solo dime que estás bien, ¿vale?

Me adentro más en su habitación. Sé por qué lo está haciendo. Aquel día le prohibí que fuera al encuentro de Evie; ahora me está demostrando que si quiere hacer algo, lo hará. No puedo hacer nada al respecto.

Miro primero en el armario y luego debajo de la cama. Montones de ropa, zapatillas viejas, CD y videojuegos, pero la bolsa no está por ninguna parte. Debe de habérsela llevado al instituto, ya llena. «¡Joder!», me digo. Me quedo plantada en mitad de la habitación a la luz menguante del atardecer. Siento ahogo, impotencia.

Enciendo su ordenador y miro antes que nada sus correos electrónicos. Hay cientos, de Molly y Dylan, Sahil y muchos otros, pero ninguno de su novia. Luego abro skype y después facebook. Ha vuelto a conectarse, claro. En la casilla de búsqueda en la parte superior de la pantalla tecleo «Evie».

Aparece su nombre al lado de una fotografía. Es una foto distinta de la que me enseñó; parece un poco mayor y sonríe feliz. Veo que no es la chica de la fiesta de Carla, aunque no son muy distintas.

Pero al fondo está el Sacré-Coeur.

Noto otro tirón hacia las profundidades, otro descenso espeluznante.

No es nada, nada en absoluto. Me oigo hablar en voz alta. Muchos chicos han estado en París. El Sacré-Coeur es un sitio típico que forma parte de la ruta turística, un lugar delante del cual es normal fotografiarse. No es más que una coincidencia que Lukas lo escogiera para pedirle matrimonio a Anna. Tiene que serlo.

Un momento después el ordenador emite un tintineo y aparece una casilla en la parte inferior de la pantalla. Es un mensaje nuevo. De Evie.

«¡Estás conectado!», dice. De inmediato me veo en mitad de

mi aventura con Lukas. Cuántas conversaciones empezamos con esas palabras, o similares. Cuántas veces me dejé arrastrar.

Sin embargo, en aquel entonces deseaba eso. ¿Verdad? Lo quería todo.

Ahuyento esos pensamientos. Tengo que centrarme. Tengo que contestar al mensaje de Evie.

Procuro tener presente que cree que está hablando con mi hijo. Podría decirle que se equivoca, o podría averiguar qué está ocurriendo.

«¡Sí!», escribo.

«¿Con el móvil?»

Por un instante me pasa inadvertida la importancia de la pregunta, pero luego lo entiendo. Da por sentado que no está ante el ordenador, no está en casa.

«Sí.»

«Te quiero.»

No sé qué decir. Vuelvo a verme arrastrada hacia el pasado con una ferocidad que me deja sin aliento.

«Dime que tú también me quieres.»

Tengo que concentrarme en Connor. Esta chica cree que lo quiere, o al menos eso dice.

«Te quiero», le digo.

«¿Has salido del insti sin problemas? ¿Estás en camino?»

Así que es verdad. Se ha saltado las clases y ha ido a encontrarse con esta chica. Estoy a punto de contestar cuando suena mi teléfono. Es estrepitoso y me sobresalto antes de cogerlo de un manotazo.

—¿Connor? —pregunto, pero no es él, sino Anna.

—Julia —dice.

Suena apresurada, sin aliento por causa de la ansiedad, pero ahora mismo no puedo ocuparme de ella. En comparación con Connor me parece que no tiene ninguna importancia.

—Ahora no puedo hablar. Lo siento.

—Pero…

—Connor ha desaparecido. Es complicado. Te llamo enseguida, te lo prometo. Lo siento.

Cuelgo antes de que tenga ocasión de contestar y vuelvo al teclado.

«Sí. Estoy en camino.»

«¡Es increíble que por fin vaya a conocerte! ¡No puedo creer que hayamos dado con él!»

Noto que me contraigo, se me tensa la piel. ¿A quién han encontrado?

«¡Imagínatelo! ¡Después de tanto tiempo! ¡Tu padre!»

La trampilla se abre. Me precipito por ella.

Así que eso era lo que estaba haciendo. Buscaba a su padre.

Y lo ha conseguido.

Pero ¿cómo?

Me obligo a permanecer en el presente. Tengo que hacerlo. Me obligo a imaginar qué escribiría mi hijo.

«¡Lo sé! ¡Va a ser alucinante! ¿Dónde habíamos quedado?»

Pulso enviar. Un momento después contesta.

«¡En la estación, donde dijimos! ¡Nos vemos allí!»

Me inclino hacia delante para escribir, pero un instante después llega su mensaje de despedida. Tres besos. Y luego ya no está.

Joder, pienso. Joder. Igual debería haberle dicho quién soy, que estoy furiosa, que más le vale decirme ahora mismo dónde ha quedado con mi hijo.

Pero ahora es demasiado tarde. El punto verde junto a su nombre ha desaparecido. Se ha desconectado y no hay manera de ponerse en contacto con ella. Estoy atascada, no tengo idea de adónde ha ido mi hijo. «La estación.» Podría ser cualquier sitio.

Las ruedecillas de mi mente engranan y el motor arranca con un zumbido. No me puedo permitir sumirme en la desesperación. Tengo que centrarme. Tengo que encontrarlo. ¿Qué estación, dónde? Tiene que haber alguna pista. Hay una pila de papeles y revistas en la mesa y los hojeo rápidamente, luego abro un cajón. Nada. Solo bolígrafos y lápices, un ejemplar de *La guía del autoestopista galáctico* que le regaló Hugh por su cumpleaños hace unos años, una perforadora y una grapadora, un par de tijeras. Notitas adhesivas, residuos de los estudios.

Me levanto, miro alrededor. Me fijo en el póster de fútbol encima de la cama, la bufanda colgada detrás de la puerta. Ningún indicio, ningún sitio evidente donde buscar.

Y entonces se me ocurre una idea. Vuelvo al ordenador y poco después tengo abierto su historial de búsquedas. Lo primero que veo es una cuenta de twitter nueva que debe de haber creado. @ayudaaencontraramipadre. Pero antes de que pueda asimilar lo que eso significa, veo, en la parte superior, la última página web que ha visitado. Esta misma mañana, antes de ir a clase. Eurostar.com.

Cuando hago clic en el enlace, me lleva a un mapa de la Gare du Nord.

Va rumbo a París.

31

Intento convencerme de que es una coincidencia, no tiene nada que ver con Lukas.

Pero no lo puedo creer. Hoy precisamente no. El día que él tiene previsto regresar a París; no puede ser coincidencia que mi hijo también vaya hacia allí.

Aunque Hugh haya hablado con Evie, aunque esté seguro de que es una chica.

Anna responde al segundo tono.

—Gracias a Dios —dice.

Tengo la boca seca, pero estoy desesperada.

—Anna, escucha…

—Gracias a Dios —vuelve a decir. Alcanzo a oír el alivio en su voz, pero hay algo más. Suena fatal. Sin resuello, casi presa del pánico—. Lo siento mucho. —Baja el tono hasta susurrar casi, apenas oigo lo que dice. Es como si no quisiera que la oyeran—. He intentado decírselo. Lo he intentado. Lo siento mucho. Lo siento mucho.

Suena horrible y su miedo se me contagia.

—Anna, ¿qué ocurre? ¿Dónde está Lukas? ¿Está ahí?

Es como si no me hubiera oído.

—No podía esperar. He intentado decírselo. Hoy. He intentado decirle que se había acabado, que tenía que marcharse…

—¿Dónde está? ¿Anna?

—Se ha ido hecho una furia. Pero volverá en cualquier momento. Entré en su ordenador, Julia, como acordamos. Para buscar esos archivos. Encontré otra cosa.

Su voz temblorosa denota una incertidumbre que no había advertido nunca.

—¿Qué? ¿Qué encontraste?

—Había unos archivos. Uno con el título de «Julia», pero también había otro.

Sé lo que va a decir.

—Llevaba el nombre de «Connor».

Mi mundo encoge hasta la nada.

—Había cantidad de fotografías.

Estoy paralizada, soy un punto diminuto. Tengo la sensación de llevar días sin respirar. Hago un esfuerzo enorme por hablar. Mi voz es un susurro.

—¿Qué clase de fotografías?

—Solo…, ya sabes. Fotos de él…

—¿De qué clase?

—Fotos normales. Está sonriendo a la cámara.

—Dios…

—Crees que me estaba utilizando para llegar hasta Connor…

—No. No, no.

Me pregunto si esa certidumbre solo se debe a que no puedo afrontar la mera idea de que sea así.

—Connor se ha fugado.

—¿Se ha fugado?

—Ha ido a ver a Evie. Su novia. Pero ha ido a París. Van a ver al padre de Connor.

—¿Su padre? Pero ¿cómo…?

—No lo sé. En internet, me parece.

—Espera. ¿Cómo has dicho que se llama su novia?

Cierro los ojos. El miedo cobra intensidad, me infecta. Tengo la carne de gallina. Me obligo a hablar.

—Evie. ¿Por qué?

Suspira.

—Julia, he encontrado una lista. En el ordenador de Ryan. Todos sus nombres de usuario y contraseñas. —Lo dice en tono vacilante, como si no estuviera segura o estuviera uniendo cabos sobre la marcha—. Al menos eso creo que son. —Sigue una larga pausa—. Uno es Lukas, pero hay muchos más. Argonosequé, Crab, Baskerville, Jip. Y hay un montón de nombres. Muchísimos, Dios sabe lo que habrá estado haciendo.

Sé lo que va a decir antes de que lo diga.

—Uno es Evie.

Algo cede en mi interior. Ahora estoy segura.

—Ay, Dios —digo.

He tenido semanas para entenderlo. Meses. Pero no he querido.

—¿Cómo crees que la conoce? ¿Cómo conoce Ryan a la novia de Connor?

—Anna. No la conoce. Creo que es ella.

—Pero…

—¿Tienes ahí su ordenador?

—Sí.

—Conéctate. Mira facebook.

Escucho mientras va a otra habitación. Oigo que coge un aparato, suena una ráfaga de música cuando lo pone en funcionamiento. Al poco dice:

—Estoy dentro. Lo ha dejado conectado. ¿Qué…?

Y se calla.

—¿Qué pasa? ¡Dime, Anna!

—Tienes razón. La foto que usa es de una chica joven —dice—. Y el nombre… no es Ryan. Tienes razón, Julia. Es Evie.

Todo se me viene encima al mismo tiempo. Todas las cosas que he pasado por alto, que no he querido ver. Todo lo que no he investigado. Me acerco a la cama de Connor. Me siento; el colchón cede, el edredón huele a él. A mi niño. Mi niño, al que he puesto en peligro.

—Anna —digo—. Tienes que ayudarme. Ve a la estación. A la Gare du Nord. Busca a mi hijo.

En la planta baja, pido primero un taxi por teléfono y luego llamo a Hugh. No tengo tiempo de pasar por su despacho, de explicárselo cara a cara. Tengo que tomar el próximo tren a Francia.

Responde al tercer tono.

—Julia, ¿alguna novedad?

Aún no sé qué le voy a decir.

—Va camino de París.

—¿París?

Está estupefacto. Quiero contárselo. Tengo que contárselo. Y al mismo tiempo no sé cómo.

—Puedo explicar...

—¿Por qué a París?

—Va..., cree que va a conocer a Evie.

—¿Cómo lo sabes?

—He hablado con ella.

—Bueno, espero que le hayas dicho lo absurdo que es esto. Tiene catorce años, por el amor de Dios. No debería faltar a clase para largarse a París. —Toma aliento—. ¿Qué ha dicho?

Intento explicárselo.

—No es tan sencillo. Hemos hablado en la red. Me he conectado al ordenador de Connor. Ella pensaba que hablaba con él. Así he averiguado adónde se dirige.

Dejo de hablar. Ha llegado el taxi, oigo el motor al ralentí en la calle, delante de la puerta.

—Tengo que irme —digo.

No me ha dado tiempo de hacer el equipaje, pero tengo el pasaporte, y he metido en el bolso los cuarenta euros que me traje la última vez y dejé en un tarro en uno de los estantes de la cocina.

—¿Adónde?

—A París. Voy para allá. Lo traeré conmigo.

—Julia…

—Tengo que hacerlo, Hugh.

Hay un momento de silencio mientras decide qué hacer.

—Yo también voy. Tomaré el primer tren que pueda. Nos vemos allí.

Voy sentada en el tren. Estoy aturdida, no puedo centrarme en nada. No puedo leer ni comer. He dejado atrás la seguridad y no sé lo que me espera de ahora en adelante.

Me concentro en permanecer tan quieta como puedo. Miro a la gente alrededor. Una pareja de norteamericanos sentados al otro lado del pasillo hablan de la reunión de la que a todas luces regresan; hablan en tono sucinto y profesional, así que decido que no son amantes, solo colegas. Otra pareja, enfrente, permanecen sentados en silencio, ella lleva puestos los auriculares y cabecea al ritmo de la música mientras él consulta una guía turística de París. De repente me doy cuenta claramente de que llevamos máscaras, todos nosotros, todo el tiempo. Mostramos una cara, una versión de nosotros mismos, al mundo, a los otros. Mostramos una cara distinta dependiendo de con quién estamos y de qué esperan de nosotros. Incluso cuando estamos a solas, no es más que otra máscara, la versión de nosotros mismos que preferimos ser.

Vuelvo la cabeza y miro por la ventanilla cómo atravesamos la ciudad y salimos al campo. Parece que vamos tomando impulso; entramos en el túnel a gran velocidad. El ruido que hacemos es un golpe sordo, y por un momento todo se vuelve negro. Cierro los ojos y entonces veo a Frosty, que posa su copa, vino tinto, y bebe como siempre con pajita. Va maquilladísima, aunque estamos en pleno día y su peluca sigue en el piso de arriba.

—Cielito —me dice—. ¿Dónde está Marky?

Levanto la vista. Parece aterrada, y no sé por qué.

—Arriba. ¿Por qué?

—Vamos —dice, y sale corriendo de la cocina, y aunque la sigo tan rápido como puedo, me muevo a cámara lenta, y subimos las escaleras, esas escaleras oscuras y sin moqueta.

Cuando llegamos al cuarto que yo compartía con Marcus, la puerta no se abre. La ha bloqueado con una silla y Frosty tiene que abrirla a golpes de hombro.

Ahuyento esa imagen. Vuelvo a mirar el móvil. Se supone que aquí abajo ahora hay cobertura, pero yo no tengo. Me inclino hacia la pareja americana y les pregunto si captan algo. «Yo no», contesta la mujer negando con la cabeza, y su colega me dice que ya ha preguntado a un interventor y nadie tiene señal. «Por lo visto hay algún problema con el equipo.» Fuerzo una sonrisa y les doy las gracias, luego vuelvo la cabeza. Voy a tener que esperar.

Me viene a la memoria lo que me ha dicho Anna sobre los nombres de usuario de Lukas. Argonosequé, lo sé. Crab, Baskerville, Jip. Están relacionados, estoy segura, aunque no alcanzo a ver de qué manera.

Baskerville es fácil, pienso. Hay un tipo de letra que se llama así, claro, pero la única referencia que se me ocurre aparte de esa es Sherlock Holmes, *El perro de los Baskerville*. Lo desentraño poco a poco: Jip es de *David Copperfield*, así como de *La historia del doctor Dolittle*, y Crab es de Shakespeare, aunque no recuerdo de qué obra. Y Argos es de la *Odisea*.

Son todos nombres de perros.

Entonces lo veo todo. De repente lo entiendo. Hace unos años, cuando Connor tenía nueve o diez, fuimos los tres de vacaciones a Creta. Nos alojamos en un hotel, cerca de la playa. Una noche estábamos cenando, hablando de nuestros nombres, de su procedencia, su significado. Luego Hugh los consultó en la red, y mientras desayunábamos nos dijo lo que había averiguado. El mío significa «juvenil», el suyo «mente» o «espíritu».

—¿Y el mío? —preguntó Connor.

—Bueno, el tuyo es irlandés —dijo su padre—. Por lo visto significa «el que adora los perros».

La verdad que he estado intentando esquivar resulta ya ineludible. Desde el principio, desde la primera vez que Lukas me envió un mensaje, con el nombre de Largos86, todo tenía que ver con Connor.

Desde el primer momento.

32

Cuando salimos del túnel está atardeciendo. Cojo el móvil, pero sigue sin haber cobertura, y mientras espero miro por la ventanilla.

El paisaje francés se me antoja irreal, velado por una fina llovizna. Veo hipermercados inhóspitos, con aparcamientos inmensos en los que no hay ni rastro de los compradores que han conducido hasta allí. El tren parece llevar ahora un ritmo distinto, como si el mero hecho de viajar a un país diferente hubiera desplazado ligeramente el mundo. Adelanto una hora el reloj; mi móvil se ha puesto en hora automáticamente. Un minuto después veo tres barritas en la pantalla y al instante mi teléfono emite un pitido que anuncia la llegada de un mensaje de voz. Es de Anna.

Lo escucho. «¡Julia!», empieza. Ya estoy buscando indicios; al fondo alcanzo a oír lo que suena como el ajetreo de la estación, y parece emocionada. ¿Es posible que sean buenas noticias? Continúa: «¡Lo he encontrado! Estaba bajando del tren cuando he llegado». Su voz suena amortiguada, como si tuviera el móvil pegado al pecho, y luego: «Lo siento, pero no quiere hablar contigo». Baja el tono. «Me parece que está avergonzado. Sea como sea, vamos a quedarnos aquí a tomar un batido y luego iremos a mi casa. Llámame cuando oigas esto, y nos vemos allí.»

El alivio se mezcla con la ansiedad. Ojalá se quede ahí con él, donde está, o lo lleve a alguna otra parte. A cualquier parte menos a su piso, siento deseos de advertirle. No entiende el peligro que corre.

La llamo; el teléfono empieza a sonar. Venga, me digo una y otra vez, pero no contesta. Lo intento de nuevo, y luego por tercera vez. Sigue sin haber respuesta. No es buena señal. Dejo un mensaje, no puedo hacer otra cosa, y después pruebo a llamar a Hugh.

Él tampoco contesta; su teléfono salta directamente al buzón de voz. Supongo que viene en otro tren, sin cobertura. Le dejo el mensaje de que me llame. Estoy sola.

Permanezco sentada. Me concentro en mi respiración, en mantener la calma. Me concentro en no desear una copa.

Intento deducir por qué hace esto. Por qué finge ser la novia de mi hijo, por qué lo ha atraído a París con un señuelo.

Pienso en los perros. Largos86.

Por fin me centro en la última verdad que ha estado eludiendo mi mente.

Lukas es el padre de Connor.

Los elementos empiezan a encajar. Debió de trabar amistad con Kate, primero, y quizá con Anna más o menos al mismo tiempo. Es posible que ninguna de las dos supiera de su existencia en la vida de la otra; tal vez solo tenía amistad por internet con Kate. Él debía de ser el que intentaba convencerla de que recuperase a Connor, y luego, justo cuando parecía que podría lograrlo, la asesinaron.

Así pues, fue a por mi hijo utilizando la única vía que tenía abierta. A través de mí.

¿Cómo es que no lo vi? Pienso en todas las veces que sospeché que en nuestra relación había más de lo que yo sabía, todas las veces que lo intuí y luego lo eludí.

Me pregunto qué pensaba Lukas que ocurriría. Me pregunto si esperaba que rompiera con mi marido para irme con él, de modo que formáramos una gran familia feliz.

Me remonto a aquellas ocasiones. Cuando Kate me llamaba:

«Quiero que vuelva conmigo. Es mi hijo. No os lo podéis quedar. Ojalá no hubiera permitido que me lo arrebatarais».

Ahora sé que era él, Lukas, quien le indicaba qué decir; Lukas, que había vuelto a por su hijo. Mi hijo.

«Quiero a Connor», decía Kate una y otra vez, noche tras noche.

En lo más hondo sé que seguiría con vida si no me hubiera opuesto.

Llegamos a la Gare du Nord y me apeo del tren para tomar un taxi. Ya ha oscurecido, y la lluvia cae sobre las plateadas calles de París mientras nos dirigimos hacia el distrito once. He llamado a Hugh y le he dado la dirección de Anna; ha dicho que nos veríamos allí. Ahora llamo a Anna de nuevo. Tengo que hablar con mi hijo.

La pantalla indica que está conectada, disponible para charlar en vídeo. Pulso llamar y unos instantes después una ventana se abre en mi pantalla. Veo el salón de Anna, el mismo mobiliario que conozco, los mismos cuadros en las paredes. Un momento después aparece ella.

—Gracias a Dios. Anna…

Me quedo de piedra. Parece angustiada, tiene los ojos muy abiertos e impregnados de rojo. Parece aterrorizada.

—¿Qué ocurre? ¿Dónde está Connor?

Se acerca a la pantalla. Ha estado llorando.

—¿Qué ha pasado? ¡Dónde está mi hijo!

—Está aquí —dice, pero mueve la cabeza—. Ryan ha vuelto. Estaba furioso…

La interrumpo.

—¡Pero Connor estaba contigo!

—No, no. Connor estaba esperando fuera. Pero… no he podido detenerlo. Las fotografías que tiene en el ordenador… creo que se las va a enviar a Hugh. Y… y me ha pegado.

Parece aturdida, casi como si estuviera anestesiada.

Pienso en aquella vez con David, y en el incidente en el coche, el cuchillo.

—Estaba furioso.

—¡Eso no es excusa! ¡Anna, tienes que irte de ahí!

Se acerca aún más al ordenador.

—Estoy bien. Escucha —vuelve la vista por encima del hombro—, no tengo mucho tiempo. Tengo que decirte una cosa. Tengo una pistola.

Al principio creo que no he oído bien, pero su expresión es grave. Me doy cuenta de que sí la he entendido, y habla en serio.

—¿Qué…? ¿Una pistola…? ¿Qué quieres decir?

Empieza a hablar a toda prisa.

—Cuando murió Kate…, un amigo… me dijo que podía conseguirme una. Como protección. Le dije que no, pero…

—Pero ¿qué?

—Pero luego, con el asunto de Ryan. Estaba asustada. Yo…

—Le dijiste que sí.

Asiente. Me pregunto cómo ha degenerado en esto la situación, y si hay algo que no me ha contado acerca de Ryan. Acerca de lo que puede haber hecho ya.

—Pero… —digo—. ¿Una pistola?

No responde. Veo que mira por encima del hombro. Se oye un ruido, y luego otra vez. Un golpeteo sordo.

—Oye… —Habla deprisa, entre susurros. Me esfuerzo por entender lo que dice—. Hay otra cosa. Hugh me hizo prometer que no te lo diría, pero tengo que hacerlo…

—¿Hugh? —Su nombre es lo último que esperaba oír.

—… se trata de Kate. Ese tipo. El que encontraron con el pendiente. No fue él.

Niego con la cabeza. No. No, eso no puede ser.

—¿Qué quieres decir con que no fue él?

—Tenía coartada.

—Hugh me lo habría dicho. No habría dejado que siguiera pensando…

La frase se apaga. Quizá sí. Para que estuviera en paz.

—Lo siento, pero es verdad. Dijo… —Se oye un ruido fuerte. Parece un portazo, una voz, aunque no alcanzo a entender qué dice—. Tengo que irme. Ha vuelto.

—¡Anna! —empiezo—. No…

No llego a acabar la frase. Por encima de su hombro veo a Lukas, está gritando, parece furioso. Lleva algo en la mano que lanza un destello, pero no veo qué es. Anna me lo tapa al levantarse. Oigo que él le pregunta con quién habla, oigo las palabras «¿Quién coño?» y «el chico». Ella lanza un grito ahogado y la pantalla se oscurece. Me doy cuenta de que la ha empujado contra la mesa, ella ha caído sobre el portátil y ha tapado la cámara. Cuando la imagen vuelve, el ordenador está en el suelo y veo las tablas del parquet, la alfombra, el borde de uno de los sillones.

Sin embargo puedo oír lo que está pasando. Oigo que él dice que va a matarla, y que ella jadea, llora, chilla «¡No!» una y otra vez. Grito su nombre, pero no sirve de nada. Oigo un golpetazo, un cuerpo contra la pared, o contra el suelo. Soy incapaz de apartar la mirada de la pantalla. El ordenador de Anna recibe un golpe y la imagen cambia. Aparece su cabeza, lanzada contra el suelo. Deja escapar un grito ahogado y un momento después sufre una violenta sacudida hacia atrás. Se oye otro golpe al alcanzarla el puño de él, un crujido espeluznante. Grito su nombre, pero lo único que puedo hacer es ver cómo su cabeza se sacude hacia atrás una y otra vez hasta que, por fin, queda en silencio.

Miro fijamente la pantalla. La sala está en silencio. Vacía. Y sigue sin haber señal de Connor. Me invade el terror.

Desesperada, pongo fin a la llamada. En un francés horrible le pregunto al taxista cuánto cree que tardaremos, y dice que unos cinco minutos, quizá quince. Estoy frenética, me hierven todos y cada uno de los nervios por efecto de una energía imposible de contener. Quiero abrir la puerta del coche, saltar en mitad del tráfico y echar a correr hasta nuestro destino, pero sé que aunque pudiera no llegaría más rápido, así que me echo hacia atrás en el asiento y deseo con todas mis fuerzas que el tráfico se despeje, que los coches vayan más deprisa.

Marco el número de Hugh. Sigue sin contestar.

—¡Joder! —digo, pero no hay nada que hacer.

Poco después empiezo a reconocer las calles. Recuerdo haber pasado por aquí, allá en abril. Consumida por el dolor, ardiendo en una hoguera que me había convencido había logrado eludir. Qué sencillas eran las cosas entonces —lo único que tenía que hacer era superarlo, sobrevivir al dolor—, pero no me daba cuenta.

Por fin llegamos a la calle de Anna. Veo la lavandería, aún cerrada, y enfrente la *boulangerie* donde la última vez compramos pan recién hecho para desayunar. Tengo que ir con cautela. No hay coches de policía, ni sirenas. Igual llegan con retraso.

Le pido al conductor que se detenga unos portales antes del de Anna; quizá sea mejor que los sorprenda. Lo hace y le pago. Un instante después de que arranque, suena mi móvil.

Es Hugh.

—Acabo de llegar a Francia. ¿Dónde estás?

—En casa de Anna —respondo—. Creo que Connor está aquí.

Le cuento lo que he visto y le digo que llame a la policía.

—Anna ha sufrido una agresión —le advierto—. Te explicaré lo demás luego. Y, oye, ¿Hugh?

—¿Sí?

No se lo quiero preguntar, pero sé que debo hacerlo.

—El tipo al que detuvieron. ¿Qué ocurrió?

—¿A qué te refieres?

Dime la verdad, pienso. Dime la verdad sin que te la exija, y entonces quizá tengamos una oportunidad.

—Me dijiste que lo condenaron.

Guarda silencio, y sé que lo que me ha dicho Anna es verdad, y Hugh también lo sabe.

Le oigo carraspear.

—Lo siento.

No hablo. Apenas puedo respirar, pero tengo que mantener la calma.

—Creía que estaba haciendo lo más adecuado. Julia…

Me digo que todo irá bien. Hugh llamará a la policía y no tardarán en llegar. Intento decirme que, al margen de lo que haya hecho, Lukas es el padre de Connor. Es posible que lo lleve a alguna parte, pero no le hará daño.

Se lo debería decir. Debería decirle a Hugh por qué estamos aquí. Pero no puedo. Así no.

—Llama a la policía y ven. Por favor.

Voy corriendo hasta el portal de Anna y pruebo a girar el pomo. Estoy de suerte. La cerradura digital está averiada, me dijo que ocurría a menudo. La puerta se abre, entro y la cierro suavemente a mi espalda.

No enciendo la luz y enfilo las escaleras. En el primer rellano veo la puerta de Anna, tal como la recordaba. A través de los paneles de vidrio brilla una luz difusa, pero cuando me acerco y escucho no oigo nada. No hay voces, ni gritos. Nada. Me acerco al escritorio y, con tanta suavidad como puedo, abro el cajón y rezo para que la llave que guardó Anna siga allí, y no haya cambiado las cerraduras desde mi última visita.

La suerte sigue sonriéndome. Está ahí, pegada con cinta adhesiva a la cara inferior. La cojo y me acerco de nuevo a la puerta de Anna. No se oye nada. Entro. La luz del pasillo está encendida, hay un jarrón con flores secas en la encimera. Avanzo; el chirriar de mis zapatos se oye muchísimo en el silencio.

El apartamento parece mucho más grande en la oscuridad. Tengo que hacer uso de toda mi fuerza de voluntad para no gritar, no preguntar si hay alguien. Caigo en la cuenta de que no sé qué deseo más, que haya alguien o que la casa esté vacía.

Registro el apartamento. Una habitación tras otra. La televisión está encendida en el salón —una cadena de noticias, pero sin sonido— y en la cocina hay una silla tirada y manchas color marrón de restos de comida en las paredes. Algo cruje bajo mi pie; al bajar la vista veo los trozos del cuenco con rayas azules que debía de contenerla.

Sigo adelante. Miro en el dormitorio de Kate y luego paso al de Anna. Vacilo en el umbral. Me pregunto qué encontraré. Me imagino a Kate, con la cabeza aplastada, el pelo apelmazado por la sangre, los ojos abiertos y las extremidades retorcidas.

Respiro hondo y trago saliva. Abro la puerta.

Bajo la luz tenue me parece ver una mancha de color rojo sangre en la cama, pero cuando enciendo la luz veo que no es más que la funda nórdica retirada del borde de la cama. El cuarto está tan vacío como el resto del apartamento.

No lo entiendo. Saco el teléfono y abro la aplicación Find Friends. El punto de color púrpura sigue parpadeando, ahora encima del mío, aquí mismo, justo donde estoy. Anna debería estar aquí.

Pulso llamar. Durante un momento oigo el tono internacional, y luego resuena un zumbido, grave e insistente, en alguna parte a mis pies. Me agacho. Un móvil vibra en el suelo, debajo de la cama, emitiendo destellos. Seguramente se ha caído y ha acabado ahí de una patada. Me pongo a cuatro patas y lo cojo, y entonces veo que también hay otra cosa ahí debajo, algo reluciente y metálico. La pistola.

Me quedo paralizada. No quiero tocarla. Me pregunto cómo habrá llegado ahí, debajo de la cama. Imagino a Anna y a Lukas peleando, ella sacando el arma para intentar amenazarle. Quizá le han dado una patada durante el forcejeo. O tal vez Anna no ha llegado a tanto. Igual tenía el arma ahí y ni siquiera ha podido cogerla.

Pero ¿dónde está Connor?

Siento que el mundo se desmorona, empieza a desintegrarse. Respiro hondo y me digo que tengo que serenarme. Me siento en la cama, con la pistola al lado. El móvil de Anna indica mi llamada perdida, pero hay otro mensaje, un texto enviado desde un número que no reconozco. «Julia, si quieres encontrar a Connor, devuelve esta llamada», dice.

Titubeo, pero solo un momento. No tengo elección. Paso el dedo por la pantalla y el móvil establece conexión.

Es una llamada de vídeo. Un momento después, responden; aparece el contorno de una cara. Es Lukas, está sentado en la oscuridad, delante de una ventana. Su cuerpo tapa la escasa luz que entra desde la calle y perfila su silueta. Por un instante me vienen a la cabeza esos programas de televisión sobre crímenes reales, la víctima irreconocible, la voz distorsionada, pero luego pienso en todas las veces que hemos hablado por vídeo.

—Has encontrado el móvil.

Respiro hondo, intento armarme de tanto valor como puedo. Pongo la mano encima de la pistola a mi lado; réplica o no, me da fuerzas.

—¿Qué quieres? —Aun así se me quiebra la voz. Soy consciente de la impotencia que denota la pregunta.

Se inclina hacia delante. La luz de su pantalla le ilumina la cara. Está sonriendo.

No ha cambiado, y sin embargo no lo reconozco en absoluto. El Lukas que conocí ha desaparecido por completo.

—¿Dónde está Connor?

—No tengo ni idea.

Sus palabras llevan una carga de amenaza.

—Déjame verlo.

No me hace caso.

—Como dije, he decidido que quiero la parte de Connor del dinero de tu hermana.

Sé que miente. Sus palabras suenan apagadas, poco convincentes. Aunque no conociera la verdad, me daría cuenta.

—No se trata de dinero. Sé quién eres.

—¿De verdad?

Cierro los ojos. El odio me inunda; no puedo dejar de darle vueltas a la cabeza. ¿Cuánto tiempo lleva hablando con mi hijo este hombre? Su padre fingiendo ser su novia.

Por un momento me siento inmensa, incontenible, como si mi odio fuera ilimitado y pudiera trascender el hardware que nos pone en contacto, la fibra óptica, los satélites, y destruir a Lukas simplemente por desearlo.

Pero sé que no puedo. Me esfuerzo por volver a concentrarme en la pantalla. Lukas sigue hablando, pero no lo oigo.

—Déjalo ir —digo—. Déjalos ir a los dos. ¿Qué te han hecho?

No contesta. No me hace caso. Levanta el lápiz de memoria.

—Te dije lo que ocurriría si no nos dejabas en paz a Anna y a mí…

Se me aparece una imagen. Él y yo, en una habitación de hotel, follando. Tengo una mano en el cabezal de la cama; él está detrás de mí. Siento náuseas.

—No lo hagas. Por favor. Déjame ver a Connor.

Se ríe.

—Demasiado tarde. Te dije que le contaría la verdad a tu familia.

Se levanta, sostiene la cámara del móvil delante de sí y su cara sigue encuadrada. Da la impresión de que lo que gira violentamente es el fondo, como un barco dando bandazos. Veo una bombilla sin pantalla —fundida, supongo, o sin encender— y luego una puerta con entrepaños de cristal, detrás de la que debe de haber otra habitación, y al lado una cocina.

—Julia… —dice.

La imagen vuelve a girar y luego se para; Lukas está inmóvil, como perdido en sus pensamientos. Por encima de su hombro veo una ventana y al otro lado la calle.

—Quiero la parte de Connor del dinero de tu hermana. Me parece lo más justo, ahora que ya no voy a tener la de Anna.

No consigo entender por qué hace esto.

—¡Sé que esto no tiene nada que ver con el maldito dinero! —grito, la furia me recorre el cuerpo con una intensidad candente—. ¡Sé quién eres!

No me hace caso.

—No te olvides de las fotos. Vamos a ver. ¿Por qué no te quedas ahí esta noche? Ponte cómoda, seguro que a Anna no le importa. Mañana, a primera hora, me paso por allí. Tú me das el dinero y yo te entrego esto. —Vuelve a enseñar el lápiz de memoria—. O, si no, se lo doy a tu familia. Tú decides.

Guardo silencio. No tengo nada que decir, nadie a quién recurrir.

—Bien. Entonces, hasta mañana. —Se ríe. Estoy a punto de contestar cuando dice—: Y si quieres podemos echar un polvo de despedida, por los viejos tiempos.

Y luego desaparece.

Me levanto. Me embarga una ira volcánica, y sin embargo me siento impotente. Quiero repartir golpes a diestro y siniestro, aplastar y destruir, pero no puedo hacer nada. Miro la pistola y la cojo. Pesa.

No tengo tiempo de pensar. La policía no ha aparecido aún, pero es posible que lleguen pronto. Habrán hecho el viaje en balde, pero he forzado la entrada; sostengo un arma; harán preguntas. Tengo que irme. Hurgo en la cómoda junto a la ventana. Saco un jersey de color limón, envuelvo la pistola con él y la guardo en el bolso. Cierro la puerta a mi espalda al salir y bajo las escaleras a toda prisa.

Lukas ha cometido un error. Al girar el móvil en la cocina, he visto por la ventana a la derecha de su hombro la calle. No ha sido mucho rato, pero sí lo suficiente. Por la ventana he visto una calle, una hilera de tiendas, un anuncio de neón en el que ponía CLUB SANTÉ!, con un airoso signo de admiración y el logo de un corredor diseñado a partir de una curva y un punto. Encima había una palabra. BERGER.

Cuando pierdo de vista el apartamento busco en el móvil, introduzco las palabras en el buscador mientras rezo para que solo tengan una sucursal. Se me cae el alma a los pies al ver que hay dos —una en el distrito diecinueve y otra en el diecisiete—, pero ambas vienen con mapas adjuntos y una parece una calle ajetreada mientras que la otra está enfrente de un parque.

Debe de ser el diecinueve, que calculo que está a tres kilómetros de donde me encuentro.

Tengo que llegar allí. Tengo que recuperar a Connor, y entonces tal vez pueda obligar a Lukas a darme el lápiz de memoria y meterle miedo para que suelte a Anna y nos deje a todos en paz.

Paro un taxi. Doy la dirección y me monto.

—¿Cuánto tardaremos? —le pregunto al taxista, en inglés. Tardo un momento en darme cuenta del error y repito—: *Combien de temps pour y arriver?*

Me mira por el retrovisor. Parece más bien indiferente. Se encoge de hombros y contesta:

—*Nous ne sommes pas loin.*

Del espejo cuelga un arbolito de plástico y en el salpicadero hay una foto: una mujer y un niño. Su familia, supongo, como un reflejo de la mía. Miro por la ventanilla, hacia las calles que van pasando. Ha empezado a llover con fuerza; la gente ha abierto el paraguas o corre con un periódico encima de la cabeza. Apoyo la frente en el vidrio frío y cierro los ojos. Quiero quedarme así para siempre. En silencio, calentita.

Pero no puedo. Saco el móvil y llamo a mi marido.

—Hugh, ¿dónde estás?

—Estamos llegando a la Gare du Nord.

—¿Has llamado a la policía?

Guarda silencio.

—¿Hugh?

—Sí. Les he llamado. Van en camino.

—Tienes que volver a llamar. Por favor. He ido a casa de Anna. No está allí. El piso está vacío. Ella y Connor... Creo que ha pasado algo terrible.

—¿Terrible?

—Reúnete conmigo aquí —digo, y le doy la dirección—. Lo antes posible.

—¿Por qué? ¿Julia? ¿Qué hay ahí?

Cierro los ojos. Ya está. Tengo que decírselo.

—Hugh, escucha. Es a donde ha ido Connor. Esa tal Evie no existe.

—Pero yo hablé con ella.

—No es más que un nombre que utilizó para atraerlo hasta aquí.

—¿Quién? Lo que dices no tiene ni pies ni cabeza, Julia.

—Hugh, escúchame. Connor ha encontrado a su padre. Su padre de verdad. Ha venido para conocerlo, pero está en peligro.

Hay un silencio. No puedo ni empezar a imaginar lo que debe de estar sintiendo mi marido. En un instante me preguntará cómo lo sé, qué ha ocurrido, y todo saldrá a la luz a raudales. Respiro hondo. Estoy preparada.

—El padre de Connor... Lo conozco. No me dijo quién era, pero...

Hugh me interrumpe.

—Pero eso no es posible.

—¿Qué?

Oigo que suspira.

—Lo siento, Julia. Kate me dijo...

—¿Qué?

—El padre de Connor está muerto.

Guardo silencio.

—¿Qué? Entonces ¿él quién es? Eso es absurdo.

—Ahora no te lo puedo explicar. Así no.

Oigo de fondo un anuncio de megafonía. Su tren está entrando en la estación.

Empiezo a gritar.

—¿Hugh? ¡Dímelo!

—Ya hemos llegado. Tengo que bajarme.

—¡Hugh!

—Lo siento, cariño. Llego enseguida. Te lo contaré todo.

33

Aminoramos la velocidad hasta ir a paso de tortuga y luego el tráfico se detiene. Hay unos semáforos más adelante, en una intersección transitada donde un puente del ferrocarril sortea la carretera. Hugh se equivoca, tiene que estar equivocado. Ha olvidado que Kate a veces era una embustera, que le habría contado a Anna lo que más le conviniera, dependiendo del momento. Cualquiera cosa para ganarse su simpatía. El padre de Connor no está muerto, y además ha atraído a su hijo aquí con un señuelo.

—*Nous sommes ici* —dice el taxista, pero señala más adelante.

Escudriño entre la lluvia y alcanzo a ver el local. Berger. Sigue abierto, la entrada parece cálida, acogedora. Sale una mujer y casi se topa con un hombre que entra. Veo que ella se detiene y enciende un cigarrillo. No puedo aguantar más quieta; tengo que ponerme en movimiento. El taxista reniega cuando le digo que me bajo aquí; le pago y me apeo. Llueve a raudales y al instante estoy empapada. La mujer del cigarrillo camina hacia mí; saluda con la cabeza al pasar y ya estoy delante del gimnasio. El apartamento de Lukas tendría que estar en la acera de enfrente, y sin embargo, ahora que estoy aquí, no sé qué hacer. Miro hacia el otro lado de la calle, más allá de un edificio de oficinas prefabricadas cubiertas de grafitis pintados con spray. El edificio de enfrente es gris, las ventanas son de una regularidad monótona. Parece institucional; podría ser una cárcel. Me pregunto qué piso es el suyo, y cómo entrar. Calle arriba un tren pasa con estruendo por la vía y veo una hilera de bolardos que jalonan la acera cual centinelas. Justo detrás hay un quiosco, de color azul intenso, con un anuncio de Cosmétiques Antilles, y a este lado una callejuela oscura se desvía de la carretera describiendo una curva hacia quién sabe dónde.

Entonces lo sé. Estoy segura. He visto este lugar antes, en el ordenador. Al principio no lo había reconocido en la penumbra, pero este es el lugar. Paso por delante de Berger hacia la embocadura de la callejuela. Estoy en lo cierto.

Aquí es donde murió mi hermana.

Entro a paso ligero en la callejuela. Está empapada de lluvia, casi del todo a oscuras. No me lo puedo creer. Estoy aquí. Es el sitio. Es donde encontraron el cadáver de mi hermana, donde se desangró hasta perder la vida sobre los adoquines. Aquí es donde comenzó la pesadilla que han sido los últimos meses.

La mente se me dispara. He sido una boba. Desde el principio. Lukas no estuvo de vacaciones en Australia, o al menos no estaba allí cuando Kate fue asesinada. No la mató un camello.

A Kate no la atracaron para robarle un pendiente barato, no la agredieron mientras compraba droga, no la asesinaron al azar cuando volvía a casa de un bar. Había venido aquí a verle, a reunirse con el padre de su hijo.

Intento imaginármelo. ¿Esperaba él reconciliarse con Kate? La veo rechazándolo, diciéndole que no quería saber nada de él, que nunca volvería a ver a Connor. Discuten, se insultan, un puño se levanta.

O igual lo tenía planeado desde el principio. Traerla aquí. Castigarla por enviar a Connor a otro lugar y luego no lograr recuperarlo.

Saco el móvil. Echo en falta a Hugh. Necesito su ayuda, quiero saber a qué distancia está, pero es más que eso. Quiero decirle que se equivoca, que lo que dijo Kate, fuera lo que fuese, era mentira. El padre de Connor está vivo, y la mató. Quiero que lo entienda, y decirle cómo lo averigüé, y que es culpa mía y lo siento. Quiero decirle que le quiero.

Pero su teléfono salta al buzón de voz. Una vez más, estoy sola.

Me siento extrañamente en calma, como una piedra, sin embargo en el fondo empiezo a notar un nudo en el estómago y soy consciente de que es el primer indicio de un maremoto en ciernes. Tengo que mantenerme centrada, permanecer serena. Se me va la mano a la pistola en el bolso, pero esta vez no me da confianza. Al contrario, me recuerda hasta qué punto es imposible lo que tengo que hacer. Por un momento siento deseos de echar a correr, no al encuentro de la policía, sino lejos. Lejos de todo, hasta un tiempo donde todo esto nunca ocurrió, y Kate sigue viva y Connor es feliz.

Pero eso no es posible. El tiempo avanza inexorable. Así que estoy atrapada; no hay salida. Quiero hundirme en el suelo mojado y que la fría lluvia me cubra.

De pronto se oye un ruido, un chirrido. Me sobresalto. Pasa un tren arriba. Ha aparecido de la nada. Levanto la vista; es amarillo y blanco, y va tan rápido que casi es un borrón. Aun así, alcanzo a distinguir a los pasajeros, todos con la mirada baja, serios. Sin duda, leen el periódico, trabajan con el portátil, llevan auriculares. ¿Ninguno de ellos vio lo que ocurría? ¿Nadie miró casualmente a la calle, abajo, y vio a mi hermana forcejeando con Lukas?

Tal vez sí, y no le dio mayor importancia. Una pelea, nada más, una discusión. Ocurre constantemente.

Las ruedas chirrían y el tren pasa tan rápido como ha llegado. Vuelvo la vista hacia el comienzo de la callejuela, donde confluye con la calle.

Y ahí está. Aunque es imposible que sepa que estoy aquí, que he averiguado dónde vive, está ahí. Plantado a la entrada de la callejuela con el mismo anorak azul que llevaba el otro día. Lukas.

Algo en mi interior se desata. La ola crece y doy un paso atrás.

—¿Qué...? —empiezo, pero ya sé cómo me ha encontrado.

417

—¿Crees que ha sido un descuido? ¿Dejar que vieras por encima de mi hombro? Eres una chica lista, Julia. Sabía que lo deducirías. Además, sabía que no querrías dejarlo para mañana...

—¿Dónde está Connor? ¿Dónde está mi hijo?

—No sé de qué hablas.

Maldito sea. Empiezo a moverme. Mi mano se desplaza hacia el bolso y luego dentro. Noto el peso del arma, su dureza. Me pregunto si la lluvia le afectará, y luego recuerdo que da igual. No tengo intención de usarla, aunque sea real. Tengo que meterle miedo. Tengo que hacerle creer que soy capaz de matar, cosa que ahora sé que él ya ha hecho.

No. Corto por lo sano el pensamiento. Me viene a la cabeza el rostro de Connor. No puedo permitirme pensar en Kate. Ahora no. Tengo que centrarme. Tengo que conseguir que me devuelva a mi hijo, y luego que reconozca lo que hizo, lograr de algún modo que se entregue.

Levanto la cara hacia él. Desafiante. La lluvia me alcanza.

—Sé lo que hiciste.

—¿Lo que hice? ¿A Anna? ¿Y qué hice?

—Aquí. Sé lo que ocurrió aquí. Hablabas con Kate, en la red. La... la engatusaste para que viniera aquí. La mataste...

Niega con la cabeza.

—Sé que eres el padre de Connor. Da igual lo que ella le dijera a Anna, o a mí, o a Hugh. Eres el padre de Connor.

Entorna los ojos.

—Estás más loca de lo que pensaba. Ni siquiera conocía a Kate.

—Embustero. —Procuro controlar la voz y lo digo de nuevo—: Eres un embustero.

—No seas ridícula. Yo no...

Saco la mano del bolso. El jersey resbala. Ve el arma y abre unos ojos como platos.

—¡Joder!

Siento cómo llega. La ira hirviente, la rabia. La ola está a punto de romper, pero no puedo rendirme, todavía no. Tengo que mantener las ideas claras.

—¡Mataste a Kate! —Mi furia es lava fundida; arde y es incontenible. Me seco la lluvia de los ojos con el dorso de la mano que sostiene la pistola—. ¡Mataste a mi hermana!

Da un paso adelante.

—Julia —dice—, escúchame…

Asoma a su rostro un destello de miedo y su arrogancia bravucona se esfuma. Vuelve a ser Lukas, el hombre al que conocí en el pasado. Mi mente se remonta a aquella vez que me enfadé con él, le dije que no estaba segura de lo que estaba ocurriendo entre nosotros, de si quería seguir adelante. Me pareció que se asustó. Pensé que era porque me quería, pero en realidad era porque estaba a punto de escapar de él.

Levanto el arma. Le apunto al pecho. Pienso que aprieto el gatillo, que veo brotar la mancha roja en su camisa. Por un instante me gustaría poder hacerlo.

—¡Aléjate de mí!

Se queda inmóvil. Veo que intenta dilucidar qué hacer. Probablemente cree que podría abalanzarse sobre mí y quitarme el arma. Probablemente cree que no apretaría el gatillo.

—¡He dicho que te alejes!

Da un paso atrás. Ahora parece menos seguro, no sabe qué hacer. Vuelve la vista hacia donde ha venido, luego la levanta hacia el apartamento, como si la respuesta estuviera allí.

—Vamos a hacer lo siguiente. —Vacilo; intento calmarme—. Vamos a subir a tu apartamento. Dejaremos que Anna se vaya y luego…

—Escucha. —Me mira, implorante, y por un momento quiero creer que es inocente, que nada de esto es real—. Estás equivocada. Yo no maté a tu hermana. Ni siquiera la conocía. Anna dijo que sabía que habías heredado una cantidad de dinero y que creía que podíamos conseguirlo…

Adelanto el arma hacia él.

—Mientes.

—No, escucha. Lo de Anna no es nada serio, ¿sabes? La conocí en internet. Igual que a ti. Hace unos meses…

—¡Cállate!

—… no nos vamos a casar. Sugirió que te chantajeáramos.

Doy un paso adelante. Poso el dedo en el gatillo.

—¡Deja de fingir que se trata de dinero!

Cierro los ojos, los abro otra vez. Quiero creerle. Quiero creer que esto no tiene nada que ver con Connor.

Pero sí tiene que ver. Mi hijo ha desaparecido. Claro que tiene que ver.

—¿Dónde está Connor?

—Solo era parte del juego. No sé nada de tu hijo. Tienes que creerme.

Grito:

—¿Dónde está? —Mi voz resuena en las paredes frías de la callejuela. Niega con la cabeza—. Mi hijo ha desaparecido. Mi hermana fue asesinada aquí mismo, justo donde estamos, y esperas que yo…

—¿Qué?

Parece confundido de veras.

—Murió aquí.

Niega con la cabeza.

—No. No.

Las dudas vuelven a asomar. Igual me equivoco, igual esto es un error.

Apunto el arma con más firmeza. No pienso dejar que me convenza otra vez. Por encima de su hombro veo la callejuela adelante; una figura cruza la calzada y viene despacio hacia nosotros. ¿Un transeúnte? Desde que estamos aquí no ha pasado nadie.

Parece Anna. No quiero que se vuelva y la vea.

—Deja de mentirme.

—Julia. Créeme. ¿Cómo podría haber matado a tu hermana? Estaba en Australia. Eso ya lo sabes…

No le hago caso. La figura que se acerca pasa por debajo de una farola. Estoy en lo cierto, es Anna, e incluso con tan poca luz alcanzo a ver que tiene un aspecto horrible. Tiene la cara magullada y una mancha oscura que puede ser sangre en la camisa blanca. Lanzo un grito ahogado, no lo puedo evitar:

—¡Anna!

Lukas se da la vuelta, pero no se mueve. Ella pasa por su lado y llega a mi altura.

—Julia, diga lo que diga, miente. —Está sin resuello, pero habla rápido, con furia—. Escúchame…, mató a Kate…, lo descubrí…, fue por Connor…, pero me obligó a mentir…, me obligó…

Mi último jirón de esperanza desaparece. Lo miro a los ojos y recuerdo que le quise —o al menos creí quererle— y él había matado a mi hermana.

—Fuiste tú.

—No seas ridícula. ¡No la creas! Yo no maté a tu hermana. Lo juro…

—La mataste. —Casi lo digo en un susurro, la lluvia se traga mis palabras—. Y luego hiciste que me enamorase de ti. —Vacilo. No me salen las palabras—. Te quería y tú mataste a mi hermana. Me utilizaste para llegar hasta Connor.

—¡No! —Da un paso adelante. La lluvia le ha pegado el pelo a la frente; le gotea, lo empapa—. No maté a nadie, te lo juro. —Me mira a mí y luego a Anna—. ¿Qué estás haciendo? —Alarga los brazos hacia ella, pero agito el arma y los retira—. ¿Cómo puedes decir que mentiste por mí? ¡Yo mentí por ti!

Levanto la pistola.

—¡Díselo! —exclama entonces. Se dirige a Anna—. ¡Dile que esa noche yo estaba en el extranjero!

Ella niega con la cabeza.

—No pienso volver a mentir por ti. —Solloza—. Mentí a la policía, pero no pienso volver a hacerlo. Me dijiste que estabas en el extranjero, pero no era así. La mataste, Lukas. Fuiste tú.

—¡No! —dice él—. ¡No!

Pero apenas alcanzo a oírle. Solo oigo a Anna. «Fuiste tú.»

—Escucha —dice Lukas—. Puedo explicarlo…

Empieza a temblarme la mano. La pistola es pesada, brilla por efecto de la lluvia.

—¿Dónde está Connor?

Nadie dice nada.

—¿Dónde está?

Anna me mira.

—Julia —dice, y veo que está llorando—. Julia. Connor… está arriba. He intentado protegerle…

Miro la sangre que tiene en la camisa.

—No he podido. Hay que pedir una ambulancia. Tenemos que llevarlo al hospital…

Todo se derrumba. Es automático, impulsivo. Un acto reflejo. Ni siquiera lo pienso. Miro la pistola en la mano y, más allá, veo a Lukas.

Aprieto el gatillo.

Lo que ocurre a continuación no es lo que se suponía. Hay un instante —un momento casi imperceptible— de algo parecido a la quietud. Inmovilidad. No tengo la sensación de haber tomado una decisión irreversible; por un momento es como si aún pudiera retractarme. Dar la vuelta. Convertirme en otra cosa, o seguir un camino que lleva a un futuro distinto.

Pero entonces el arma abre fuego. Mi mano se sacude por el retroceso; hay un destello y ruido. Es intenso; todo mi cuerpo reacciona mientras la detonación resuena en las paredes de la callejuela. Un instante después se ha acabado y ha dejado en su lugar un aturdimiento abrumador. En medio del silencio miro horrorizada la pistola en mi mano, como si no pudiera creer lo que he hecho, y luego miro a Lukas.

Da vueltas, alejándose de mí, con las manos en el pecho.

Incluso mientras gira veo que abre mucho los ojos, aterrorizado; en cuestión de un par de segundos yace en el suelo contra la pared de enfrente de la callejuela. La inmovilidad regresa. Noto un silbido en los oídos, pero todo lo demás es silencio. Miro la pistola. Hay un ligero olor, seco y acre, que no se parece a nada conocido. Nadie se mueve. No pasa nada. Oigo los latidos de mi corazón.

Y entonces brota una mancha roja en su camisa, el mundo sonoro irrumpe de nuevo y todo ocurre al mismo tiempo.

Doy un paso atrás y noto la pared fría contra mí. Lukas habla; suena increíblemente fuerte ahora que he recuperado el oído, y sin embargo, no es más que un fino hilo de voz aflautada lo que le sale de su garganta.

—¡Puta idiota! ¡Me has pegado un tiro, joder!

Mi valor se ha esfumado, mi arrogancia ha desaparecido. Me llevo la mano a la boca.

Jadea, mira la sangre que empieza a asomar entre sus dedos. Grita. No entiendo qué dice, es poco más que un gemido ronco, pero desplaza la mirada de su pecho ensangrentado a Anna y me parece oír un nombre. Algo así como «Bella».

Me resulta vagamente familiar, pero no consigo ubicarlo. Miro a Anna. Ayúdame, quiero decirle. ¿Qué he hecho? Pero ella me está mirando. Tiene el rostro sereno, los ojos muy abiertos, como por efecto de la conmoción, pero al mismo tiempo luce una media sonrisa.

—Bella —repite Lukas.

—Cállate, joder —dice ella. Da un paso adelante. Se mueve despacio. Está la mar de tranquila.

La miro. No doy crédito. No sé qué decir. Abro la boca, la cierro. Me mira.

Mi mundo está implosionando. No entiendo lo que está pasando. Todo parece brillar mucho, como si hubiera estado mirando el sol. No veo más que contornos, sombras. Nada es sólido, nada parece real.

—¿Dónde está Connor? ¿Dónde está?

Sonríe, pero no dice nada.

—¿Anna? ¿De qué va esto? Somos amigas… ¿Verdad?

Se ríe. El nombre empieza a salir a la superficie. Lo he oído antes. Sé que lo he oído. Bella.

Simplemente no consigo ubicarlo. Miro el cuerpo a mis pies, necesita ayuda con desesperación.

—¿Lukas?

Me mira. Jadea, está pálido. Se le cierran los ojos, los abre de nuevo.

—¿Lukas?

Intenta respirar hondo otra vez, hablar, pero las palabras se quiebran y no salen.

Habla Anna. Es difícil saberlo, pero parece que ha empezado a llorar.

—La policía no tardará en llegar, Julia.

Miro la pistola en mi mano, al hombre al que acabo de dispararle. La verdad empieza a resplandecer, y sin embargo sigue distorsionada, todavía desenfocada.

—No tenía intención de matarlo.

—Nunca la tienes…

—¿Qué…?

—Sin embargo, sigue muriendo gente…

No sé a qué se refiere.

—¿Qué? ¡Anna…!

—Ay, Julia. Aún no lo has entendido, ¿verdad?

Empiezo a sollozar.

—Es tu pistola. Es tuya. Fuiste tú la que me habló de ella.

—Pero yo no he sido la que ha apretado el gatillo.

—¡Mató a mi hermana!

Sonríe entonces y da un paso hacia la luz.

—No, no la mató.

Su voz suena fría en extremo, sus palabras salen tan afiladas que podrían cortar la carne.

—¿Qué?

—Era conmigo con quien había quedado aquella noche. Le dije que teníamos que hablar. Pero no aquí. —Mira a Lukas, que yace en silencio en el suelo—. En casa de él. Dijo que la podíamos utilizar.

—¿Qué?

—Pero se retrasó. Se quedó a tomar otra copa. Así que me la encontré aquí. Justo donde estamos.

—¿A Kate?

Asiente.

—Le dije que ya era hora. Lo habíamos intentado todo, pero tú seguías sin devolvernos a Connor. Así que le dije que teníamos que contarte la verdad.

Una oleada de miedo me envuelve, se aferra a mi garganta. Hago esfuerzos por respirar.

—¿Eras tú? La que la persuadía…

—Sí. Le dije que teníamos que hablaros del padre de Connor. Deciros que tenía familia, familia que cuidaría de él. No solo Kate…

Vuelvo a mirar a Lukas.

—¿Él?

—No seas boba. Él no era más que un tipo al que me estaba follando. —Muevo la cabeza—. Me refiero a mí.

Doy un paso atrás. Dejo caer el arma al costado. No doy crédito a lo que oigo.

—Pero…

—Kate no quiso ni oír hablar de ello. Dijo que no pensaba decírtelo. Que te haría muchísimo daño. —Vuelve a mover la cabeza—. Como si tu sufrimiento tuviera la menor importancia después de lo que hiciste. Nos peleamos.

—¿Qué…? ¿Quién eres?

—No tenía intención de empujarla.

—¡La mataste tú!

Me mira. Levanta la barbilla, desafiante. Su odio es casi físico; pegajoso, empalagoso. Me llega hasta lo más hondo. Me mira y veo que le doy asco.

—La empujé. Se golpeó la cabeza. Estaba furiosa, quise contenerme, pero… —Se encoge de hombros—. No sabía que estaba muerta cuando me fui. Pero lo estaba. La dejé aquí y fui a su casa —vuelve a mirar a Lukas—, y luego, al día siguiente, me enteré de que había muerto. Y me alegré. ¿Sabes? Me alegro de haberla dejado aquí, sola.

Mis sollozos se transforman en lágrimas hirvientes que me resbalan por la cara. Levanto la pistola.

—Me alegro porque es exactamente lo que hiciste tú con mi hermano.

—¿Qué…? —digo, pero una imagen me viene a la cabeza. La última vez que estuve junto a un hombre agonizante. Y entonces por fin cobra nitidez. Recuerdo cómo llamaba Marcus a su hermana.

—Bella… Eres Bella.

Ahora lo veo, eso que no había atinado a ver en todo este tiempo. Bajo ciertas luces, desde ciertos ángulos. Se parece un poco a su hermano.

De pronto estoy otra vez allí. Lo veo aquella noche, la cara pálida, exangüe, y aun así velada de sudor. Parecía irreal de algún modo, como hecho de goma. Tenía saliva en las comisuras de la boca; había vómito en el suelo.

—¡Vete! —dijo Frosty.

—No. No puedo.

Frosty levantó la vista hacia mí. Estaba llorando.

—Tienes que irte. Si nos encuentran aquí…

—No.

—… se habrá acabado para todos nosotros. —Se levantó y me abrazó—. Ahora ya no podemos hacer nada por Marky, cariño. Se ha ido. Se ha ido…

—¡No!

—… y ahora tú también tienes que irte.

Y entonces lo vi. Vi la verdad. Las vidas que había destrozado al quedarme con un hombre al que ya era tarde para ayudar.

—Pero...

—Te prometo que les diré que está aquí. —Me besó en la coronilla—. Venga, vete. Y cuídate.

Y luego ella volvió a agacharse junto a Marcus y, tras mirar por última vez su cuerpo, yo di media vuelta y los dejé allí.

Miro a la mujer que creía que era mi amiga Anna. La mujer que ha estado fingiendo ser la novia de mi hijo.

—Eres la hermana de Marcus.

No hay respuesta. Me tiemblan las manos.

—Mira. No sé qué piensas...

—Marcus iba a venir a casa. ¿Sabes? Íbamos a cuidar de él. Le queríamos. Su familia. Tú no. Tú ni siquiera estabas allí. Lo abandonaste.

—¡Sufrió una sobredosis, Anna! Es posible que no te guste, pero es verdad. Llevaba semanas limpio, se metió más de lo que podía aguantar. No fue culpa de nadie.

—¿Ah, no? —Mueve lentamente la cabeza con los ojos entornados de amargura—. Tú vendías tus fotografías, le comprabas droga. Lo sé...

—No. No.

—Y luego, cuando ya no pudo con ello, cuando sufrió una sobredosis, lo dejaste morir.

—¡No! Yo le quería. Quería a Marcus... —Ahora estoy sollozando, mi cuerpo se convulsiona, las lágrimas se mezclan con la lluvia que me resbala por la cara—. Nunca he querido a nadie como lo quería a él.

Su mirada fría sostiene la mía.

—Ni siquiera sabes lo que pasó. Ya estaba muerto. Tenía que marcharme. Marcus había..., habíamos..., sencillamente tuve que marcharme.

—Lo dejaste allí, agonizando en el suelo. Huiste. Volviste a casa para empezar una nueva vida, con tu preciosa casita y tu maridito, un triunfador de la hostia. Y tu hijo, tu querido Connor.

—Connor. ¿Dónde está?

—Me lo arrebataste todo. Mi madre se ahorcó…

Le apunto con la pistola.

—¿Dónde está?

—Luego murió mi padre. Tendrías que haber ido a la cárcel por lo que hiciste. —Se interrumpe, ladea la cabeza. Oigo sirenas entre la intensa lluvia—. Y ahora vas a ir a la cárcel. Vienen a por ti.

Grito.

—¿Qué le has hecho a mi hijo?

—¿A Connor? Nada. Nunca le haría daño a Connor. Es lo único que me queda.

Entonces lo entiendo, por fin.

—¿Marcus? ¿Marcus era el padre de Connor?

No dice nada, y pese a lo mucho que deseo no creerlo, sé que es verdad. Lo veo todo. Tuvo que ocurrir cuando Kate vino de visita. Justo antes de morir Marcus.

Asiente.

—Yo no sabía que había tenido un hijo. Pero el año pasado Kate me contó lo de Connor. Que se quedó embarazada cuando fue a ver a su hermana a Berlín, y que su hermana seguía sin saberlo. No tenía idea de que hablaba de Marcus, pero luego me enseñó aquella foto de vosotros dos. A punto estuve de decirle que Marcus era mi hermano, pero decidí no hacerlo. ¿Sabes por qué? Porque al fin todo tenía sentido. Después de tantos años, ahora sabía quién era la zorra que lo había dejado morir. —Me mira a los ojos—. Fuiste tú, Julia. Y aquí estaba yo, viviendo con tu hermana. —Mueve la cabeza—. Esa foto. Empecé a verla por todas partes…

—Si le has hecho daño a mi hijo…

—Es mi sobrino, y lo quiero, Julia. No puede quedarse contigo. Mírate. Fíjate en lo que has hecho. No estás capacitada para ser su madre. Lo he demostrado. He enviado los vídeos a Hugh, a todo el mundo. Ahora todos sabrán que no eres más que una putilla barata.

Así que es eso. Todo giraba en torno a recuperar a Connor, desde el principio. No era un asunto de dinero.

Miro a Lukas. Lukas, que yo creía que me estaba chantajeando por dinero. Está tendido, inmóvil, sus ojos ciegos muy abiertos.

Oigo que aparca un coche, se abre una puerta. No me atrevo a volverme. Miro el arma en mi mano. Es como si no tuviera nada que ver conmigo.

Está muerto. El hombre que demuestra lo que ha estado ocurriendo ha muerto. Y lo he matado yo.

—Una putilla —dice Anna.

Da un paso hacia mí. La tengo casi al alcance de la mano. Oigo pasos que se acercan. Me arriesgo a mirar de reojo por encima del hombro. Han llegado dos coches de policía y Hugh está bajando del primero junto con tres o cuatro agentes. Todos gritan en una mezcla de francés e inglés. La voz de Hugh es la única que distingo.

—¡Julia! —dice—. ¡Julia! ¡Tira el arma!

Le miro. En el coche a su espalda veo otra figura y con una sacudida de alivio me doy cuenta de que es Connor. Me mira. Parece perdido, desconcertado. Pero está vivo. Anna mentía. Está a salvo. Hugh debe de haberlo encontrado deambulando por la Gare du Nord, tal como había fingido Anna. O quizá por fin se rindió y encendió el móvil para llamar a su padre.

—¡Julia! —vuelve a decir Hugh. Se detiene con un patinazo.

Los agentes le han tomado la delantera y se han agazapado. Me apuntan con sus armas. Miro a Anna.

—¡Ella mató a Kate! —digo.

Anna habla en voz demasiado baja, nadie la oye salvo yo.

—Eres una yonqui, una puta y una asesina.

Sigo mirando a mi marido. Recuerdo lo que ha dicho por

teléfono cuando venía en camino. «El padre de Connor está muerto.»

Él lo sabía. Kate debió de contárselo. Y se lo calló.

Vuelvo a mirar a Anna. Sé que dice la verdad. Le ha enviado las fotos a Hugh.

Sonríe.

—Me he quedado con todo. Te he destrozado la vida, Julia, y ahora vas a perder a tu hijo.

—No... —empiezo, pero me hace callar.

—Se acabó, Julia.

Levanto la pistola. Los policías gritan, Hugh dice algo, pero no le entiendo. Sé que ella tiene razón. Pase lo que pase, ahora se ha terminado. No hay vuelta atrás. Amé a alguien, alguien que no era mi marido. Amé a alguien y le he pegado un tiro. No hay vuelta atrás. Mi vida —mi otra vida, la vida a la que escapé cuando huí de Berlín— se ha acabado.

—Tendría que matarte —digo.

—Pues hazlo.

Cierro los ojos. Es lo que quiere. Sé que lo es. Y si lo hago, habrá ganado. Pero ahora no me importa. He perdido a Hugh, perderé a Connor. No tiene la menor importancia.

Me tiembla la mano, no sé qué voy a hacer. Quiero disparar, y al mismo tiempo no quiero. Quizá no sea demasiado tarde, quizá aún pueda demostrar que Bella asesinó a mi hermana, que me ha engañado para que disparase a Lukas. Pero no veo qué cambiaría eso; es posible que Lukas fuera muchas cosas, pero no era un asesino. He matado a un hombre inocente; si lo he hecho o no deliberadamente no parece tener mucha importancia. En cualquier caso, no me lo perdonaré nunca.

Abro los ojos. Pase lo que pase ahora, tanto si disparo como si no, se ha acabado.

Agradecimientos

Tengo una deuda de gratitud muy especial con Clare Conville, Richard Skinner y Miffa Salter. Por su asesoramiento práctico en cuestiones de fotografía, mi agradecimiento a Annabel Staff y a Stuart Sandford. Gracias a mis editores por todo el mundo, en particular a Larry Finlay, Claire Wachtel, Michael Heyward y Iris Tupholme. Gracias a mi familia y a mis amigos, en especial a Nicholas Ib.

El nombre del personaje Paddy Renouf me lo proporcionó su propietario original, que se ganó el derecho a que su nombre figurase en este libro durante una subasta benéfica a fin de recaudar fondos para el Kelling Hospital, en Norfolk. El personaje es ficticio por completo.